PEPI PROHASKA PROPHET

Satz: Hanna Knezourek, A-4785 Haibach/Schärding
Printed in Austria by Welsermühl, Wels
ISBN 3-7017-0460-0

Peter Henisch
Pepi Prohaska Prophet

ROMAN

Residenz Verlag

für Miriam
(früher oder
später)

Weil die Pupille dunkel ist,
nimmt sie alles Licht in sich auf.

Rabbi Pinchas von Korez

I

Damals, als ich ihn zum ersten Mal wiedersah – nicht mehr das Kind, das ich gekannt hatte, aber auch noch nicht ganz erwachsen, hoch aufgeschossen im Vergleich zu früher (in unserer Volksschulklasse war er einer der Kleinsten gewesen) –, damals hätte ich ehrlich gestanden nicht gedacht, daß aus ihm werden würde, was später aus ihm geworden ist. Es war anläßlich eines Fußballspiels, zu dessen Besuch mich mein Bruder überredet hatte, der sich, zum Unterschied von mir, für Sport interessierte; ich ging nur aus brüderlicher Solidarität mit. Auf einem inzwischen längst verbauten Areal in Wien Favoriten sollte die Heimmannschaft, der Franz aus mir nicht nachvollziehbaren Gründen anhing, gegen irgendwelche Gäste antreten, deren Namen ich vergessen habe. Als wir das Drehkreuz hinter uns hatten und uns einen Platz suchten, war noch das Vorspiel der Jugendmannschaften im Gang, eine, wie ich der Reaktion meines Bruders entnahm, selbst für ihn eher unerhebliche Angelegenheit – er sah kaum aufs Spielfeld, blätterte in der Zeitung, in der das Hauptspiel angekündigt war, und machte sich schließlich an die Verfolgung eines durch die Sitz- und Stehreihen klingelnden Eismanns. Ich fühlte mich also nicht einmal um seinetwillen bemüßigt, die auf dem schütteren Rasen hin und her rennenden Jungfußballer – grün bedreßt die einen, rot die andern – besonders zu beachten. Doch machten mich vereinzelte Pfiffe und volkstümliche Unmutsäußerungen, die ich hier nicht wiedergeben will, auf den meist die Outlinie entlang trabenden Linksaußen der Grünen aufmerksam, dessen Schuhe offenbar mindestens eine Nummer zu groß waren und dessen Stutzen ständig rutschten. Er wurde höchst selten angespielt, zwei Mal, an die ich mich erinnern kann, stolperte er und wirbelte sonnenvergilbte Grasbüschel durch die Luft. Das dritte Mal zögerte er, vor dem gegnerischen Tor stehend, so lang, bis ihm der Tormann, sichtlich ungeduldig geworden, den Ball ganz einfach vom Fuß nahm. Danach bückte er sich und schnürte an seinem Schuh, was die bis dahin moderaten Pfiffe zu einem kurzen Crescendo anschwellen ließ. »Charly Chaplin!« rief jemand, als er, gesenkten Kopfs, zurück in seine Outlinienposition lief, »Charly Chaplin, Charly Chaplin!« fielen ein paar andere ein, statt der Pfiffe gab es jetzt Gelächter. Der Vergleich war nicht abwegig: um ihm vollkommen gerecht zu werden, fehlte dem unfreiwillig komischen Linksaußen eigentlich nur der Schnurrbart. Ich sehe ihn heute noch deutlich vor mir, wie er – ein fußballerisches Exempel der Sinnlosigkeit – bis zum Spielende tapfer weiter trabte, aber (vielleicht war er ohnehin froh darüber) keinen Ball mehr bekam. Wahrscheinlich wäre dieses Bild, so kurios es an sich sein mag, nicht mehr im Album meiner Erinnerung, hätte ich nicht kurz darauf in eben jenem Linksaußen, der, mit einer gewissen Distanz von den anderen, als Letzter vom Feld kam, Pepi Prohaska erkannt. Um Mißverständnisse gar nicht erst aufkommen zu lassen, merke ich an, daß er nicht mit dem später, wie sogar ich weiß, recht populär gewordenen Fußballer gleichen Familiennamens verwandt oder gar ident ist, obwohl er damals, zu meiner Überraschung, die gleiche Karriere anstrebte. »Bertl«, sagte er, als wir – ich wollte die Pause vor dem Hauptspiel für einen Gang auf die Toilette nutzen – einander über den Weg liefen (keine Ahnung, woran er *mich* erkannte, ich jedenfalls erkannte ihn an seinen Augen wieder, auf die ich, denke ich, noch einige Male zu sprechen kommen werde) »heute haben sie mich ausgepfiffen, aber sie wissen nicht, was sie tun.« – »So?« fragte ich. »Meine Stunde ist noch nicht da«, antwortete er. »Aber ich sag dir: ich komm noch ins Nationalteam!«

Diese seine erste (zumindest seine erste *mir* gegenüber getane) Prophezeiung ist, wie sich leicht nachweisen läßt, nicht in Erfüllung gegangen. Aber das beweist nichts, außer daß vielleicht auch und besonders ein Prophet seine Entwicklung braucht. Es ist nicht die Absicht dieses meines Berichts, zu beurteilen, ob P. P. ein echter oder ein falscher Prophet war, in dieser Frage fühle ich mich nicht kompetent. Seiner Ent- oder Ver-wicklung auf die mir mögliche, persönliche Weise nachzuspüren und sie gerade in einer Situation, in der manche dazu neigen, ihn zu mystifizieren, der Öffentlichkeit mitzuteilen, fühle ich mich aber durchaus berufen: bin ich ihm doch (trotz zeitweiliger räumlicher und vor allem geistiger Entfernung) nähergestanden als die meisten anderen.

Fußballerische Ambitionen hätte ich ihm, nach dem Bild, das ich bis dahin von ihm hatte, am allerwenigsten zugetraut. Aber man konnte sich (das weiß inzwischen nicht nur ich) in ihm irren, vielleicht sogar an ihm irre werden. Als ich ihn zum ersten Mal sah – es war an unserem gemeinsamen, ersten Schultag –, hatte ich den Eindruck, er sei ein weiches, wehleidiges, für einen, in dessen Familie der vielen Geschwister wegen die Herausbildung solcher Charakterzüge gar nicht in Frage kam (also für einen wie mich), geradezu ärgerlich verwöhntes Kind. Er war der einzige, der heulte, saß da und preßte ein sehr weißes Taschentuch gegen seine (infolgedessen noch nicht zur Geltung kommenden) Augen; mir, der ich damals eine Bankreihe vor ihm saß und mich nach ihm umwandte, war das geradezu peinlich.

Der erste Eindruck wurde bestätigt durch die unglückliche Figur, die Prohaska beim Turnen machte. Über die als harmlose Hürden von etwa 20 cm Höhe in den Weg gekippten Holzbänke sprang er nicht, wie wir anderen, sondern stieg, vorsichtigen Fußes (mit gewissermaßen spitzen Zehen) und an die Brust gewinkelten Arms, ›wie ein Mäderl‹, was in einer reinen Knabenklasse wie der unseren ein abfälliges Urteil war. Nachher, im Umkleideraum, war er nicht imstande, sich die Schuhbänder ordentlich zu schnüren (ja, mit den Schuhen hatte er immer Probleme, vielleicht ist das der Grund, warum er später so gern Sandalen trug), und latschte mit offenen (gleich wieder aufgegangenen) Schnürriemen über den Gang ins Klassenzimmer zurück. Während der nächsten Unterrichtsstunde versuchte er dann, wenn er sich unbeobachtet glaubte, unter die Bank tauchend, den Toilettefehler zu korrigieren, aber die üblichen Knoten- und Maschenmodelle beherrschte er offenbar nur unzureichend, und zur Erfindung neuer reichte seine in praktischen Angelegenheiten auch später wenig entwickelte Phantasie nicht.

Ansonsten war diese allerdings schon damals sehr ausgeprägt. Wenn es darum ging, etwas zu erzählen, beispielsweise vom König Richard Löwenherz, über den uns, da eine Gasse in der Nähe unserer Schule nach ihm benannt war (angeblich war er, vom Kreuzzug zurückkehrend, ebendort in ein Wirtshaus eingekehrt und erkannt worden), unser Lehrer schon in der ersten Klasse informierte, und wir anderen, weniger Sprach- geschweige denn Hochsprach-Begabten, bestenfalls ein paar klägliche Satztröpfchen aus uns herausquetschten, redete Prohaska wie ein Wasserfall. Wie sich Löwenherz in seinen Mantel gehüllt habe, daß dieser Mantel von grauer Sackleinwand gewesen sei, aber darunter hervor habe ein reich besticktes Wams geschimmert etc. etc., lauter Details, die der gute, dicke, ständig schwitzende Kattinger gar nicht erwähnt hatte. Und was der Wirt, von Löwenherz, der kein Kleingeld bei sich trug, mit einem schweren Goldstück bezahlt, gedacht und wie der König endlich stolz sowie – trotz der schlimmen Folgen, die das für ihn hatte – irgendwie erleichtert seine unscheinbare Verkleidung abgeworfen und gesagt habe: Ja, ich bin es!

Natürlich tat sich Pepi auch im Zeichnen hervor, und zwar durch die Schöpfung von allerlei Wunderblumen und Fabeltieren, die dann, weit häufiger als die von uns anderen zu Papier gebrachten Kräuter und Kreaturen (für die Natur als Modell hatte Kattinger viel übrig), die Wände des Klassenzimmers zierten. Sein Eifer bei der Produktion solcher, durchaus nicht allseits geschätzter Kunstwerke (»Was soll denn *das* wieder sein«, kritisierte etwa der realistische Mitschüler Tulipan, »das gibt's doch gar net!«) manifestierte sich schon rein körperlich: er kniete, was Kattinger in diesem Fall duldete, auf einem Sessel, lümmelte über dem Tisch und zeigte die Spitze seiner Zunge. In die Musikstunde durfte er sein Akkordeon mitbringen, ließ es sich allerdings (typisch für ihn) vom körperlich wesentlich stärkeren, ›bladen‹ Miksch-Peter tragen. Besonders gern spielte er ›Lustig ist das Zigeunerleben‹, griff kühne, uns andere beim Singen irritierende Akkorde und bekam dabei jenen seltsam schwimmenden, die Gegenwart (damals die unseres trüben Musikzimmers, in dem vom grünen Wald, den wir besangen, variavaria, keine Spur war, denn die Fenster schauten auf eine Feuermauer) gewissermaßen transzendierenden Blick, den er später so kultivierte.

Daß ich ihm näherkam, hängt zuallererst mit einer rein räumlichen Annäherung zusammen. Im Zuge der Sitzordnungsreform, die unser Lehrer nach etwa drei Monaten Schulbetrieb, also Ende November, durchführte, weil die bis dahin nebeneinander sitzenden Schüler durch munteres Plaudern den Unterricht störten, wurde er neben mich gesetzt. Wir lasen gerade ein Gedicht aus dem Lesebuch, in dem ein Bratapfel auf der Herdplatte lag, duftete und allmählich die Farbe wechselte. Natürlich war es Pepi, unser bester Leser, den Kattinger zum Vorlesen aufrief. Da er sein Buch vergessen hatte (was ihm eher nachgesehen wurde als anderen), schauten wir beide in meines. Ich erinnere mich genau, daß mir der Unterschied zwischen der Mühe, mit der *ich* buchstabierte, und der Leichtigkeit, mit der *er* – und zwar ohne Gebrauch des Zeigefingers –

förmlich über die Zeilen hinwegflog, aus diesem Grund besonders auffiel. Unglaublich! Der Vorsprung, den er auf diesem Gebiet hatte, schien mir uneinholbar. Das war das erste Mal, daß ich Pepi beneidete.

Nein, ich konnte ihn noch eine Weile nicht leiden! Aber das gewissermaßen widerwillige Interesse, das ich von Anfang an für ihn aufgebracht hatte, nahm zu. Da er nun neben mir saß, brauchte ich mir nicht mehr den Kopf nach ihm zu verrenken. Er allerdings würdigte mich vorerst kaum eines Blicks, sondern zeigte mir, mit der ihm eigenen, schüchternen Arroganz, vor allem sein Profil. So hatten wir einen Monat lang wenig Kontakt. Im Unterricht sollten wir ohnehin nicht schwätzen, und in der Pause wandte sich Pepi eher dem Erich Koneczny, seinem früheren Sitznachbarn, zu, ich aß mein Jausenbrot und war, obwohl ich mir das nicht eingestand, beleidigt. Nach Schulschluß wurde Prohaska meist von seiner Mutter abgeholt, und deren für meine Begriffe außergewöhnliche Erscheinung verstärkte den Eindruck seiner etwas anrüchigen Exklusivität. Sie trug Dauerwellen und war geschminkt, etwas, das damals (in unsere Hefte schrieben wir Tag für Tag das Jahr 1950) tatsächlich recht selten war und bei meiner eigenen, biederen Mutter nur zu besonderen Anlässen vorkam.

Unsere Freundschaft begann bezeichnenderweise an einem Tag, an dem ihn seine Mutter *nicht* abholte. Es schneite, da stürmten die meisten von uns mit Indianergeheul aus dem Schultor –: er nicht. Skeptisch verkniffenen Gesichts blickte er ins Gestöber, als ihn, zu allem Überfluß, ein Schneeball traf. Ich weiß nicht warum, aber ich hatte das Gefühl, daß sich das nicht gehörte – jedenfalls ging ich zu ihm hin und putzte ihn ab. Von da an, so scheint es mir zumindest aus der Distanz all der Jahre, begleitete ich ihn. Der Weg von der Schule bis zu dem Haus, in dem er wohnte, war für mich ein nicht unerheblicher Umweg, aber ich nahm ihn in Kauf. Er erzählte mir

Filme, die er gesehen hatte, eine für mich, der ich noch nie im Kino gewesen war, an sich schon sehr aufregende Vorstellung. Daß er darüber hinaus sogar für Jugendliche verbotene Filme gesehen haben wollte (»Mein Papa«, sagte er, »gibt dem Billeteur im Kapitolkino ein Trinkgeld, dann lassen sie mich in die Balkonloge«), wäre meinethalben gar nicht notwendig gewesen, steigerte aber, so schien es, für ihn die Faszination des Erzählens. Vor allem schwärmte er für Piratenfilme. Ein gewisser Pedro de Malaga, der, fälschlich der Seeräuberei verdächtigt, dann justament unter die Seeräuber ging, hatte es ihm besonders angetan. In seltsamen Rollenspielen, eigentlich Dialogen, mit denen wir uns während des Gehens unterhielten, war er natürlich dieser Pedro. Ich indessen war – und das entsprach unserer Beziehung – sein im Zuge der Verlagerung des Landadelshaushalts auf ein Piratenschiff zum Freund gewordener Exdiener Pablito.

Durch seinen Vater, den ich mir, solange ich ihn nicht kannte, als reichen Mann vorstellte, war er übrigens nicht nur ins Kino, sondern auch sonst erstaunlich in der Welt herumgekommen. Etwa zum Heurigen, was damals in meinen Ohren klang, als wäre er in einem Nachtlokal gewesen. Um Mitternacht, sagte er, habe er, um seinem Papa eine Wette zu gewinnen, auf der Opernkreuzung den aus einem Heimatfilm aufgeschnappten Schlager ›Mariandl‹ gesungen. »Darfst du denn überhaupt so lang aufbleiben?« fragte ich. »Klar«, sagte er, »wir haben oft Gäste im Atelier.« Ich wußte natürlich nicht, was ein Atelier war. Daß sein Vater Maler sei, erwähnte er öfter, nicht ohne Stolz, aber das lag sozusagen jenseits meines Horizonts. Ich dachte dabei immer an einen Maler & Anstreicher wie den Herrn Resch, der schräg gegenüber von unserem Haus ein Geschäft mit einem selbstgemalten Schild hatte und immer im weißen Overall umherlief. Erst als mich Pepi eines Tages im Frühling aufforderte, noch einen Sprung, wie er sich erwachsen ausdrückte, mit ihm zu kommen, weil er mir etwas zeigen wolle, klärte sich dieses Mißverständnis.

Was er mir zeigen wolle?

Er sagte: »Die Aktbilder.«

Was denn das sei?

Er lächelte altklug: »Komm mit.«

Ich folgte ihm zögernd bis in den letzten Stock.

Er klingelte an der Tür. Seine auch zu Hause dauerbewellte Mutter machte uns auf: »Aha«, sagte sie, »du hast Besuch mitgebracht.«

»Ja«, sagte Pepi, »wir wollen ein bißchen spielen.«

»Gut«, sagte seine Mutter mit ihrem Mund, der mich damals frappant an Himbeerzuckerln erinnerte, einen süßen Wunsch, der mir allerdings nur höchst selten erfüllt wurde, »das Essen ist ohnehin noch nicht fertig. Ihr könnt ja derweil in dem Pepi sein Kabinett gehn.«

Wir gingen also ins Kabinett (seins!, ein für mich unvorstellbarer Besitz), Pepi warf seine Schultasche in die Ecke und zeigte mir seine Spielsachen. Das heißt, er kippte zahllose Bausteine, Tier- und Indianerfiguren sowie eine komplette Eisenbahnanlage mit aufziehbarer Lokomotive aus großen Waschpulverschachteln. Besonders die Eisenbahn imponierte mir so sehr, daß ich glatt vergaß, was Pepi mir angekündigt hatte. Aber nach einer Weile boxte er mich in die Seite und forderte mich auf, mitzukommen.

Wir schlichen an der Küche vorbei, in der seine Mutter am Herd stand und (die Dauerwellen waren jetzt mit einem Kopftuch bedeckt), nach dem Duft zu schließen, Palatschinkenteig sprudelte. Wir schlichen weiter durchs Vorzimmer, Pepi griff sich einen neben der Eingangstür hängenden Schlüsselbund vom Nagel und schlüpfte, mir voraus, auf den Gang. Die Eisenblechtür vis-à-vis, die er danach aufsperrte, hatte ich zuvor für die zum Dachboden gehalten, und tatsächlich lag auch ein Dachboden dahinter, aber was für einer! Er war vollgestopft mit Bildern: Stadtansichten, Landschaften, Tieren, Blumenstücken, Stilleben und – ja, eben Aktbildern. Jetzt wußte ich, was ein Atelier war, und nicht, was ich sagen sollte, denn es verschlug mir sozusagen die Rede. *Und* den Atem – die, wie ich heute sagen kann, in jeder Hinsicht dick aufgetragenen Gemälde rochen stark nach Ölfarbe. »Das ist die Margit«, sagte Pepi vor dem Bildnis einer sehr rosarot auf ein sehr blaues Sofa hingegossenen jungen Dame, die zwar die Augenlider niederschlug, aber sonst alles zeigte, was sie hatte (keine Ahnung, wer diese Margit war, Pepi schien sie, nach dem vertraulichen Tonfall, in dem er ihren Namen nannte, jedenfalls gut zu kennen). »Und das«, sagte er angesichts einer anderen, ebenso splitternackten Frau, die man allerdings, im Abendlicht ans Fenster gelehnt, mit viel violettem Schatten nur von hinten sah, »das ist meine Mutter.«

Ich muß gestehen, daß ich ziemlich schockiert war. So sehr, daß ich danach, als wir in der Küche saßen und den Kaiserschmarrn aßen, auf den auch ich eingeladen war, fortwährend errötete, wenn mich Pepis Mutter ansah oder gar anredete. Wenn ich mir vorstellte, daß *meine* Mutter – also nein, das war (abgesehn davon, daß sie dafür wahrscheinlich weniger geeignet gewesen wäre) überhaupt nicht denkbar. Meine Familie war schrecklich katholisch, ging jeden Sonntag geschlossen in die Messe, und nicht einmal wir größeren Kinder sollten uns, wenn es sich irgendwie vermeiden ließ, voreinander nackt zeigen.

Pepis Vater, dessen Abwesenheit bei meinem ersten Besuch mich keineswegs überrascht hatte, da ich ja meinen eigenen Vater nie vor sechs Uhr abends sah, lernte ich ungefähr eine Woche später kennen. Es war April und regnete, ›auf der Gasse‹, wo ich mich nachmittags meistens herumtrieb, war nicht viel anzufangen, da besann ich mich der aufziehbaren Eisenbahn. So groß war meine durch sie ausgelöste Faszination, daß ich um ihretwillen sogar meine Hemmung wegen der Aktbilder (ein Wort, das mir ständig durch den Kopf spukte) überwand.

»Grüß Gott, Frau Prohaska«, sagte ich und gab mir

vergebens Mühe, nicht gleich wieder rot zu werden, »ist der Pepi da?«

»Ja«, sagte Pepis bekleidete Mutter. »Komm nur herein.«

Pepi lümmelte in seinem Kabinett auf der Couch und las. »Servus«, sagte er, als er mich sah, und seufzte. »Wart, ich les nur noch das *eine* Kapitel zu Ende... Also was willst du?« fragte er schließlich und klappte das Buch zu.

»Können wir Eisenbahn spielen?« fragte ich.

»Von mir aus«, brummte er. Es klang nicht begeistert.

Zog die entsprechende Schachtel hervor, kippte Gleise, Waggons und die sagenhafte Lokomotive aufs Linoleum, begann träge mit dem Aufbau der Utensilien.

»Aber Pepi«, sagte ich, »du kannst doch den Bahnschranken nicht quer über die Schienen stellen!« – »Ach so«, sagte er.

Und dann, ich zog gerade die Lok auf, eine Tätigkeit, für die Pepi wenig übrig hatte, sei es, weil sich seine auch später auffallend kleinen Hände mit dem großen Schlüssel und dem strengen Widerstand, den die Spiralfeder bot, wirklich schwer taten, sei es, weil er dazu ganz einfach zu faul war, dann ging die Tür auf und herein trat, einen Zeichenblock unter dem Arm, Prohaska senior. Ich wollte aufstehen, ihm die Hand reichen, einen Diener machen, wie ich es gelernt hatte, aber er winkte ab. Sagte nur »Grüß euch« und setzte sich, etwas entfernt von uns, im Schneidersitz auf den Boden. Die Bezeichnung Schneidersitz fällt mir übrigens nicht von ungefähr ein, denn er ähnelte frappant meiner Vorstellung vom tapferen Schneiderlein, nur daß er nicht nähte, sondern, den Kohlestift (wie ich, den man die Vorschulzeit lang gezwungen hatte ›mit der schönen‹ Hand zu arbeiten, befremdet bemerkte) links haltend, flink übers Zeichenpapier strichelte, was ein gewissermaßen flüsterndes Geräusch gab. Als er spürte, daß ich ihn anstarrte (ich hatte noch keinen auf dem Boden sitzenden Vater gesehn) steckte er den Daumen der freien, rechten Hand in den Mund und tat so, als bisse er ihn ab, ihn hinter der Handfläche versteckend und angelegentlich kauend, wobei er wahrscheinlich die Zunge im Mund hin und her schob, sodaß sie, einmal auf dieser, einmal auf jener Seite, die Wange wölbte. Obwohl mir dieser Trick nicht neu war und ich natürlich nicht an den abgebissenen Daumen glaubte, verursachte mir die Perfektion, mit der Pepis Vater ihn beherrschte, so oft er ihn vorführte (und er führte ihn oft vor), stets eine leichte Gänsehaut. »So«, sagte er, als er uns, ich schätze in weniger als fünf Minuten, skizziert hatte, »fertig ist das Kunstwerk.« Die Ähnlichkeit hielt sich in Grenzen, zwei ziemlich schwarze Buben beugten sich über eine zu meinem Bedauern nicht sehr detailliert ausgeführte Eisenbahn, aber ich war trotzdem beeindruckt.

Von da an ging ich am Nachmittag öfter zu Pepi. Meine Eltern sahen beziehungsweise hörten das allerdings nicht gern. »Was brauchst du denn«, fragten sie, »fremder Leute Brot zu essen?« Sie waren erst knappe drei Jahre nach meiner Geburt aus dem westlichen Niederösterreich zugereist und dementsprechend zurückhaltend bis mißtrauisch. Was mich betraf, so erinnerte ich mich unserer ländlichen Herkunft nur dunkel. Die Großmutter, der ich den Vornamen Engelbert verdanke, besuchten wir zwar manchmal, aber ich fühlte mich bei ihr ›daheim‹, wie das mein Vater nannte, trotz zweier Kühe, mehrerer Hühner und eines kleinen Obstgartens, in dem man Zwetschken ernten konnte, weniger zu Hause, als in unserem ›Grätzel‹ zwischen Hainburgerstraße und Baumgasse. Darüber kam ich allerdings selten hinaus. Wie ein streunender Hund oder Kater hatte ich meine Grenzen, die ich kaum überschritt.

Gerade deshalb ist mir ein Erlebnis mit Pepi und seinem Vater in besonderer Erinnerung. Es war an einem jener langweiligen Samstagnachmittage, die meine Geschwister und ich zu Hause verbringen mußten, weil unser Vater da nicht in die Fabrik brauchte. Zwar lag er dann meist auf der Couch und schlief (»Der Papa arbeit' die ganze Wochen schwer«, hieß es, »der Papa muß seine Ruh haben«). Aber obwohl wir – zum Unterschied von der Mutter, die sich die stille Flickarbeit fürs Wochenende aufhob – immer wieder in Versuchung kamen, diese ›Ruh‹ durch eine heftige Bewegung, ein lautes Wort oder gar ein Lachen zu stören, war unsere Anwesenheit während dieser endlosen Stunden obligat – das verstand man bei uns unter Familienleben. An so einem Samstagnachmittag also klopfte es (wir hatten keine Klingel) dreimal an der Tür. Der Vater gab einen sehr unwilligen Ton von sich, die Mutter zuckte zusammen, wir Kinder erstarrten. Eine weitere Serie von Klopfgeräuschen folgte, nun etwas lauter. »Wer ist denn *das?*« fragte der Vater. »Ich weiß nicht«, sagte die Mutter. »Ich geh schaun«, sagte mein Bruder.

»Da draußen, da steht einer«, grinste er zurückkehrend, »der will was von dir.«

Draußen stand Pepi Prohaska. In Knickerbockers.

»Servus«, sagte er, nichtsdestoweniger selbstbewußt, »kommst du mit in den Prater?«

Mich traf beinahe der Schlag. »In den Prater? Du, ich glaub, das geht nicht.«

Dazu muß man wissen, daß der Prater für mich ein bis dahin unerfüllter Traum war. Trotz seiner relativen Nähe hatten es meine puritanischen Eltern zeit meines damals immerhin schon siebenjährigen Lebens nicht angebracht gefunden, mit uns Kindern dort hinzugehn. Vielleicht, wenn wir brav waren, dereinst, anläßlich der Hl. Firmung ... Aber ganz einfach *so?* Das war nicht vertretbar. Und kostete nur Geld.

»Das geht nicht? Warum nicht?«

»Naja ... Das ist *so* ... Was weiß *ich* ...«

»Frag doch ganz einfach!« sagte Pepi Prohaska.

»Das kann ich nicht«, fand ich.

»Geh!« sagte Pepi. »Wieso nicht?«

Und dann sprach er einen denkwürdigen Satz, der mir in Hinblick auf seine spätere Karriere bedeutsam erscheint und mit dem er (wie mit so manchem) über sein Alter hinaus war:

»Alles kann man, wenn man will.«

Ich Ungläubiger zuckte die Achseln.

Pepi schlug vor: »Soll *ich* fragen?«

»Nein, lieber nicht!«

»Na schön«, sagte sein Vater, »dann frag *ich*.«

Er war bis dahin etwas abseits auf dem Gang gestanden, sodaß ich ihn nicht gesehn hatte. Jetzt trat er, Baskenmütze auf dem Kopf, Zeichenblock unter dem Arm, auf unseren Fußabstreifer.

»Darf ich weiterkommen?«

»Moment!« versuchte ich ihn hinzuhalten und sauste voraus ins Zimmer.

»Du Papa«, stotterte ich, »der Herr Prohaska...«

»*Wer* ist der Herr Prohaska?«

»Der Papa vom *Pepi*...«

Mein Vater stopfte sich hastig das Hemd in die Hose, aber da stand der Herr Prohaska schon auf der Schwelle.

»Entschuldigen Sie«, sagte er, »daß ich so unangemeldet hier hineinschneie. Mein Name ist Prohaska. Ihr Sohn geht mit meinem in dieselbe Schulklasse. Er war auch schon ab und zu bei uns zu Besuch. Ein lieber Lauser. Sie haben wohl nichts dagegen, wenn ich mich setze...«

Und so weiter. Daß ich letzten Endes wirklich die Erlaubnis bekam, mit in den Prater zu gehen, wundert mich ehrlich gesagt noch heute. Aber mein Alter war, glaube ich, ganz einfach überrumpelt. Daß er dem Herrn Prohaska nichtsdestoweniger mißtraute, erwies sich beim Abendessen. Über den Prater befragte er mich kaum, wohl aber über diesen ›komischen Kauz‹, wie er Pepis Vater nannte.

»Wie der daherredet!« sagte er. »Und wie der ausschaut! – *Was* ist der? Maler? Ein Künstler? Was du nicht sagst! – Kunst! Jaja Kunst. Das kennt man. Kunntst mir net ein' Schilling borgen?« – Und dann sagte er etwas, was sich mir tief einprägte, obwohl (oder weil) er es leise sagte und ich es damals nicht verstand: »Wieso hat den der Hitler eigentlich übrig gelassen?«

Aber ich wollte von unserem Besuch im Prater erzählen. Wir gingen, ich erinnere mich daran, als wäre es gestern gewesen, die mit Katzenkopfsteinen gepflasterte Haidingergasse Richtung Donaukanal und stiegen in die Überfuhr. Schon das war sehr aufregend: der Kanal, dessen Ufer im Vergleich zu heute noch natürlich (das heißt mit staubig grünem Gesträuch) bewachsen war, erschien mir als mächtiger Fluß. Und die Überfahrt mit dem an einem Drahtseil hängenden, nach Teer riechenden Fährboot kam mir unglaublich lang vor. Drüben der Wurstelprater – damals, so kurz nach dem Krieg, tatsächlich recht verwildert – war mir ein bißchen unheimlich. Ein Ort, an dem, wie ich gehört hatte, ›Kinderverzahra‹ ihr Unwesen trieben und Besatzungssoldaten auf Frauen lauerten, um ihnen, ich wußte nicht was, zu tun. Auch Schleichhändler gab es dem Vernehmen nach, und ich schaute mich manchmal möglichst unauffällig um, ob sie nicht hinter uns her schlichen. Aber Prohaska senior und junior waren ganz unbefangen, so als gingen sie hier öfter. Pepi hatte sogar Lust, einen Abschneider durchs Dickicht zu nehmen und mir »was zu zeigen«. »Was denn?« fragte ich unsicher. »Wirst schon sehen.« Dann standen wir plötzlich vor einer hohen, mit großen Vierkantnägeln besteckten Eibe. Und Pepi kletterte mir erstaunlich behend voraus und schaute, eine kühne Stirnfalte zwischen den Augen, in die Ferne.

Dann aber, endlich, waren wir da – im Wurstelprater! Unter brandschwarzen Karussellskeletten (auch und vor allem das Riesenrad war ja eine Ruine) gab es nur einige wenige, rasch wieder aufgerichtete Buden. Mir jedoch war dieser arme, invalide Prater, wie gesagt, die Verwirklichung eines Traums. Und daß uns Papa Prohaska auf ganzen vier Ringelspielen – ich glaube, mehr gab es gar nicht – fahren ließ, war sicher noch mehr, als ich mir bis dahin erträumt hatte. Danach klappte er einen Hocker auf, den ich, da er mit Stoff bezogen war, bisher für einen Regenschirm gehalten hatte, setzte sich und begann (er sei ja, sagte er lächelnd, schließlich nicht nur hergekommen, um Geld *auszugeben,* sondern auch, um welches zu *verdienen*) Passanten zu zeichnen. Und zwar ob sie wollten oder nicht – für diejenigen, die wollten, kostete ein Porträt 5 Schilling, mit denjenigen, die *nicht* wollten, stritt er. Und diese Art von Streit schien ihm Spaß zu machen. Kein Wunder: sein Wortschatz war phänomenal, und solang wir diesen Diskursen zuhörten, war ihm keiner seiner Kontrahenten auch nur im entferntesten gewachsen. Wir hörten sie allerdings, obwohl das den Rest des Nachmittags durchaus kurzweilig gefüllt hätte, nicht vollständig, denn zum krönenden Abschluß des Praterbesuchs setzte er uns ins Kasperltheater. Und dort, auf der rohen Holzbank, nicht mehr zu zweit mit Pepi, sondern zwischen all den andern, dünnen Kindern, fiel mir etwas auf, das mir als Indiz für Pepis problematische Persönlichkeit, um die es ja hier geht, auch heute noch wesentlich vorkommt. Auf die Frage »Kinder, seid ihr alle da?« riefen natürlich, wie sich's gehört, alle derart angesprochenen, ich eingeschlossen: »Ja!« Alle bis auf Pepi, der sich offenbar *nicht* angesprochen fühlte, weder durch den Plural ›Kinder‹, noch durch das eben jeden einzelnen unter diesen Plural subsumierende ›alle‹ – die Kinder, das waren für ihn die andern.

Diese sozusagen elitäre Haltung, die Prohaska auch später, trotz all seiner volkstümlichen Anwandlungen, nie ganz verleugnen konnte, ist sicher nicht zuletzt auf den Einfluß seiner Großmutter zurückzuführen. Ich erinnere mich eines Nachmittags, an dem diese winzige Frau mit der nobel gekrümmten Nase, deretwegen sie ihr Sohn scherzhaft Schäfchen nannte, mit uns, Pepi und mir, der ich der Familie trotz eines gewissen Unwillens der Meinen mehr und mehr zuwuchs, in den sogenannten Beserlpark ging und auf eine freie Bank zusteuerte, die im letzten Moment von einer aus der anderen Richtung kommenden älteren Dame besetzt wurde. »Ausgerechnet da muß sie sich hersetzen«, raunte die Oma und setzte sich mit der Miene einer höhergestellten Persönlichkeit, die sich durch eine nicht ebenbürtige Person belästigt fühlt, ans andere Bankende. »Ausgerechnet da! So groß ist der Park! Aber ausgerechnet da!« – Den Beserlpark, in dessen Niederungen sich auch Pepi, hatte ich den Eindruck, nur mir zuliebe ab und zu herabließ (oder in den er sich, man kann es auch so sehen, ohne mich nicht getraute, denn so wie er redete, wurde er von den Buben, die dort das Sagen hatten, kaum akzeptiert, und selbst wenn er den Mund hielt, sah er ganz einfach anders aus und vor allem drein), den Beserlpark mochte die Großmutter ohnehin nicht. Viel lieber verschleppte sie ihren Enkel und, da unsere Freundschaft immer unzertrennlicher wurde, »nolens volens« (eine ihrer bevorzugten Redewendungen) auch mich in die »Stadt«, den ersten Bezirk also, einen Bereich, in den ich bis dahin ebensowenig vorgedrungen war wie in den Prater. Im Burggarten oder beim Theseustempel konnte man auf Sesseln sitzen, die von durch eine Art Straßenbahnschaffnertaschen gekennzeichneten ›Sesselfrauen‹ für ein paar Groschen (»ein Sechserl«) vermietet wurden. »Da rückt einem«, sagte die Oma, »niemand zu Leib.« Nein, sie schätzte partout nicht jede Nähe. Eine, die sie schätzte, war allerdings die der Kaiserin Elisabeth. Die war zwar (wie andere Denkmäler) noch unter einem ursprünglich zum Schutz gegen Bomben- und Granatensplitter aufgebauten Ziegelklotz verborgen. Aber die Großmutter wußte: die Sissy war dahinter. »Die hab ich noch selber gesehn«, sagte sie jedesmal, wenn sie, je näher wir kamen, mit umso erstaunlich längeren Schritten ihrer kurzen Beine auf ihren Lieblingsplatz zusteuerte. »Und zwar beim Blumenkorso in der Hauptallee, großer Gott, war das ein Bild von einer Frau! In einer offenen Kutsche ist sie vorbeigefahren, und ihr dichtes, narzissenbestecktes Haar hat im Wind geweht. Und dann – dann hat sie so ein meschuggener Anarchist mit einer Nagelfeile erstochen; ach Kinder, die Welt ist traurig!«

Der Name Prohaska bedeutet auf tschechisch Spaziergang. Das wußte ich damals noch nicht, aber in den Erinnerungen an meine frühe Freundschaft mit Pepi überwiegen (nomen est omen) die Spaziergangsszenen. Spaziergänge mit Pepi und seinem Vater, Spaziergänge mit Pepi und seiner Großmutter, wie die soeben beschriebenen. Aber allmählich (und ab Beginn des zweiten Schuljahres immer regelmäßiger) besonders Spaziergänge zu zweit. Der Beserlpark, wie gesagt, war nicht Pepis Fall. Auch liebte er nicht die Ecken, an denen sich Buben unseres Alters zusammenrotteten und einfach herumlungerten. Machten wir trotzdem ab und zu an so einer Ecke halt, weil ich den einen oder anderen der dort Herumlungernden kannte, so zog er sich hinter ein eigenartig puppenhaftes Gesicht zurück. Waren andere von uns Erwachsenen gegenüber schüchtern, so war er, im Umgang mit jenen geradezu weltgewandt, Kindern gegenüber gehemmt, nur wirkte diese Hemmung manchmal wie Arroganz. So gingen wir meistens nach kurzem Wortwechsel weiter. Suchten, vor allem um seinetwillen, Gegenden auf, in denen wir möglichst niemanden trafen. Das sogenannte Ratzenstadel etwa, das sich, ebenso überraschend wie romantisch, hinter einem Wall von brennesselüberwucherten Schutthalden am Anfang der Gestättengasse auftat: zwei dörfliche Straßenzüge mit gedrungenen, sozusagen hockenden Häusern, rundbogigen Holztoren und grasbewachsenen Innenhöfen inmitten der Stadt. Oder (sobald wir uns über die Schlachthausgasse, die uns immer ein bißchen unheimlich war, hinauswagten) das ›Erdberger

Mais‹, ein Areal von Gärtnereien Richtung Simmering, das, auch wenn man dort war, merkwürdig fern wirkte, irgendwie jenseitig mit seinen langen, blaugrünen Salatfeldern und seinen matt irisierenden Glashäusern. – Was wir dort taten? Wir gingen spazieren und redeten. Das heißt, daß vor allem Pepi redete. Ich hörte eher zu. Wovon wir redeten? Rückblickend habe ich den Eindruck, daß wir viel philosophierten. Aber vielleicht ist das eine Projektion, denn im Detail kann ich mich an wenig erinnern. Es scheinen mir allerdings sozusagen philosophische Grundfragen gewesen zu sein, die wir auf diesen Spaziergängen erörterten. Wieso ist überhaupt etwas und nicht vielmehr nichts? Woher kommen wir, wohin gehen wir, und wozu ist das alles gut? Vielleicht ist die Welt überhaupt nur ein Traum, den wir träumen, und dann sind wir (oder ist einer von uns) der liebe Gott. – Daß dieser eine im Zweifelsfall er, Pepi, war, sprach er, schon damals von einer gewissermaßen diplomatischen Raffinesse, nicht aus, aber auf diese Idee kam sogar ich. Daß ich, meine Wenigkeit, ihn, seine Vielfalt, träumte, entsprach ganz einfach unserm Verhältnis nicht, das stand mir eindeutig nicht zu. Dafür, daß ich das unausgesprochen einsah, bekam ich übrigens seine Zuneigung. Er legte mir den Arm um die Schultern oder streichelte mir, gegen den Strich, über die Stoppelglatze (meine Eltern waren, auch was die Friseurbesuche betraf, ökonomisch) – eine scherzhafte Zärtlichkeit, die ich bestimmt von keinem andern geduldet hätte.

Womit wir bei Gott und der Welt sind, einem Thema, das Pepi tatsächlich schon damals weit über den altersüblichen Horizont hinaus interessierte. Er war der einzige in unserer Klasse, der die Religionslehrerin, eine junge Dame von transparenter Fleischlosigkeit, durch Fragen unterbrach und – was allerdings nicht schwer war – durch Einwände aus der Fassung brachte. Schon der Fall der sogenannten bösen Engel schien ihm »ungerecht«, weil sie ja nur ihre berechtigt kritische Meinung über den ihnen unterbreiteten Heilsplan (in dem so unangenehme Ereignisse wie Sündenfall, Sintflut, Sprachverwirrung zu Babel, Zerstörung von Sodom & Gomorrha etc. auf Kosten der Menschen vorgesehen waren) deponiert hatten. Sicher, das sagte er wohl doch in etwas kindertümlicheren Worten, aber sinngemäß sagte er's bestimmt, so wahr ich vier Semester Theologie studiert habe.

In diesem Zusammenhang fällt mir übrigens der Abend ein (es war der Abend eines 5. oder 6. Dezember, wahrscheinlich 1951), an dem wir, Pepi und ich, am Straßenrand standen und dem traditionellen Maskenumzug der Nikolos und Krampusse zusahen, den es damals in unserem Viertel noch gab. Es schneite (der Winter kam in jenen Jahren früh) in großen, segelnden Flocken, und die Luft roch nach Maroni. Vorbei ziehen – zumindest in meiner Erinnerung – endlose Scharen von Maskierten, die einen mit golden gefärbten Bischofsmützen aus Pappendeckel, rosa gepuderten Wangen und weißen Wattehaaren, die andern gehörnt, mit rußgeschwärzten Gesichtern oder Larven und langen, roten, aus den Mündern baumelnden Zungen. In den Händen trägt man – je nach Parteizugehörigkeit – Bischofsstäbe oder Ruten, auf dem Rücken Erdapfelsäcke oder Kohlenhändlerbutten, wer einen Nikolaus darstellt, singt etwas Frommes, wer ein Krampus sein will, brüllt, blökt, wiehert, bellt, miaut oder rasselt, falls er eine hat, mit seiner Kette.

»Hältst du zu den Nickerln oder zu den Kramperln?« fragte mich Pepi auf einmal. Welch eine Frage! Nie wäre für mich, ein, wie gesagt, katholisch erzogenes Kind, die Frage der Wahl zwischen diesen beiden Möglichkeiten überhaupt aufgetaucht.

Für Pepi jedoch war das offenbar anders (oder wollte er, dem, so ernst er auch aussehen konnte, schon damals der Schalk im Nacken saß, bloß mich, den Naiven, leicht Irritierbaren, bluffen, schockieren?). Jedenfalls sagte er, und das gab mir derart zu denken, daß ich ihn von da an in mein Nachtgebet einschloß:

»Ich halte zu den Kramperln.«

Mein Freund war gefährdet, kein Zweifel. Ich bangte um ihn. Der alte Bundespräsident starb (sein Bild in der Schule wurde mit einem Trauerflor versehen), wir bekamen frei, da die Klassen als Wahllokale gebraucht wurden, ein neues Staatsoberhaupt sollte gewählt werden. »Wir hoffen alle«, sagte ich, zu Hause Gehörtes nachplappernd, »daß es der Gleissner wird!« – »*Wir* hoffen alle«, konterte Pepi, »der Körner wird es!«

Nun war Dr. Gleissner, der, im Steireranzug von den Wahlplakaten herablächelnd, ein kleines Mädchen mit adretter Kopfmasche auf dem Schoß hielt, das sich dort sichtlich wohlfühlte, der ›christliche‹ Kandidat der Österreichischen Volkspartei. General Körner jedoch, obwohl er, zwar ohne kleines Mädchen, aber mit weißem Bart, noch väterlicher, ja großväterlicher aussah, war, so mein Alter, ein Sozi und ehemaliger Schutzbündler, worunter ich mir zwar nichts rechtes vorstellen konnte, was aber für meine Großmutter, die wir während des verlängerten Wochenendes besuchten, etwas ähnliches zu sein schien wie der unheilige Gottseibeiuns. Ein Sozi, ein Roter, brr, noch röter waren nur noch die Kummerln, die Kommunisten, und die waren ohnehin mit den Russen verwandt, die unser schönes Heimatland besetzt hatten. Zwar hatten auch die Amerikaner, Engländer und Franzosen unser schönes Heimatland besetzt, aber die Amerikaner, Engländer und Franzosen waren wenigstens Christenmenschen.

Die Russen, die man, wenn man etwa von unserem dritten in den vierten Bezirk überwechselte, marschieren sehen konnte, wobei sie die in hohen Stiefeln und etwas unförmigen Reithosen steckenden Beine in die Luft schleuderten und wilde Lieder sangen, die Russen hingegen, sagte mein Vater, waren das nicht. Im Gegenteil: sie hatten die Religion abgeschafft und gingen, nachdem sie bei sich daheim die Kirchen zu Museen oder Lagerhäusern gemacht hatten, nicht zur Sonntagsmesse. Als ich das hörte, erschrak ich, und zwar weniger wegen der Russen, die ohnehin ein verlorener Menschenschlag zu sein schienen, als wegen Pepi. Er und die Seinen gingen, soviel ich bis dahin mitbekommen hatte, auch nicht in die Kirche.

Jedenfalls nicht so richtig. Das heißt nicht zur Messe. Sein Vater pflegte, erzählte mir Pepi nicht ohne Stolz, unseren Lehrer einzuladen und mit ihm (der ein braver Katholik war) über Religion zu diskutieren. Er selbst, Prohaska senior, habe die seine (welche eigentlich?) im Krieg verloren. Er sei aber, habe der Lehrer gesagt, ein Suchender, was Pepi, wie es schien, imponierte. Seine Mutter machte zwar manchmal ›einen Sprung‹ in die Herz Jesu Kirche, aber nie zu Meßzeiten. Diese Sprünge hätten sich gehäuft, als sein Vater die mir ja zumindest vom Bild her bekannte Margit gemalt habe. Die Großmutter schließlich sei überhaupt nicht katholisch. Was sie dann sei? Naja, evangelisch auch nicht.

Mit einem Geheimnis, das mir Pepi in diesem Zusammenhang anvertraute, konnte ich nicht viel anfangen. »Papa, was ist ein U-Boot?« fragte ich also meinen Vater, einige Tage später das Siegel der Verschwiegenheit, die mir auferlegt war, nicht gerade brechend, doch – es war weniger Neugier als, ja: ehrlich besorgte Beunruhigung, die mich dazu brachte – immerhin ankratzend. »Ein U-Boot?« sagte mein Vater. »Ein Unterseeboot!« – »Schon«, sagte ich, »aber...« – »Was aber?« – »Ich weiß nicht. Garnix!«

Dieser mein Rückzug ärgerte meinen Alten. Da ich nicht weiterreden wollte, schickte er mich (wir saßen gerade beim Abendessen) vorzeitig ins Bett. Dort lag ich dann wach und grübelte, wie ein Mensch ein U-Boot sein konnte. Und daß, wenn Papa Prohaska eigentlich gar nicht Prohaska hieß, Pepi Prohaska eigentlich auch nicht Prohaska heißen konnte. Das war alles sehr kompliziert.

Daß mit Pepis religiösen Verhältnissen, trotz seines persönlichen Nahverhältnisses zu frommen oder – im weiteren Sinne – weltanschaulichen Fragen irgend etwas nicht richtig war, lag jedenfalls auf der Hand. Da herrschte keine Ordnung, sondern Schlamperei, ja Chaos, was seine spätere Entwicklung (seine Predigt vom ›Heiligen Chaos‹ kann man anderswo nachlesen) wahrscheinlich vorentscheidend geprägt hat. Natürlich ging er auch nicht in den Seelsorgeunterricht, der jeden Donnerstagnachmittag in der Sakristei der Apostelkirche stattfand, sodaß also – das kam mir damals vor, als hätte er für den Aufbau seiner Knochen keinen Lebertran bekommen, wohingegen ich, wie alle andern mir bekannten Kinder, meinen Lebertran, trotz heftiger Abscheu, nahm – nicht entsprechend für seine Seele gesorgt wurde. Und als wir anderen, in schreckliche schwarze oder blaue Anzüge gesteckt, lange, rosig oder golden verzierte Kerzen in der Hand, zur ersten Kommunion geführt wurden und den oblatenen Leib Christi mit gesenktem Blick und herausgestreckter Zunge vorm Altar kniend erstmals erwarteten, war kein Prohaska dabei.

So blieb mein Pepi fürs erste ein halber Heide. Außerdem (vielleicht gerade deshalb) zeigte sich bei ihm schon früh jene Verquickung von religiösen und sexuellen Regungen, die – hier zitiere ich besser ihn selbst, P. P., mit einer Stellungnahme aus dem Jahr 1973 – »nur auf den ersten, übrigens prüden Blick widersprüchlich erscheint und sich meistens selbst verleugnet«. Bei ihm war das schon 1950 nicht sehr der Fall. Ich, der ich, zum Unterschied von ihm, vor der hl. Beichte zitterte, sah und hörte das damals mit einem gewissen Gruseln, wenngleich (und das gehört ja zum Gruseln) nicht ohne Faszination. Pepi zeichnete dem Adam und der Eva im Katechismusparadies Geschlechtsteile. Auch den Armen, die trotz ihrer Sünden geschlechtslos glatt (und merkwürdigerweise ebenfalls nackt) von der Großen Flut ersäuft werden sollten, ließ er noch rasch Genitalien angedeihen. Womit Frau Potiphar den Ägyptischen Joseph derart erschreckt habe, daß er, sein Gewand in ihrer Hand zurücklassend, Hals über Kopf geflohen sei, wollte er genau wissen. Und das Glaubensbekenntnis betete er mit dem an die üblichen Glaubensartikel (›Ich glaube an Gott, den allmächtigen Vater‹ etc. etc.) angefügten, allerdings geflüsterten und daher nur von mir, der ich neben ihm stand, gehörten, einschränkenden Postdictum: »nur nicht an die ewige Keuschheit«.

Nun weiß ich nicht genau, was er damals, mit seinen sieben, acht Jahren, unter ›ewiger Keuschheit‹ verstand – wahrscheinlich handelte es sich um ein Mißverständnis. Ein Mißverständnis, das allerdings im Zusammenhang mit der Art, auf die unser Religionsfräulein von ›unschamhaften Dingen‹ sprach, leicht aufkommen konnte. War doch zum Beispiel schon ohne Badehose ins Kinderbassin zu springen unkeusch, und einer Heiligen, von der uns besonders gern erzählt wurde, ward, als ihr irgendein Moslem, der sie ohnehin schon entführt hatte, auch noch die Unschuld (was immer das war) rauben wollte, vom Lieben Gott über Nacht ein langer Bart beschert. Mit Pepis frühem häretischem Ansatz hatte es jedoch, abgesehen davon, daß er, hätte er die Unkeuschheit als Sünde im Sinn der keuschen Katechetin akzeptiert, zumindest seinen Vater, seine Mutter und die ominöse Margit für Sünder und Sünderinnen hätte halten müssen, die, hätten sie gottbehüte mit ihren befleckten Seelen das Zeitliche gesegnet, zumindest ins Fegefeuer gekommen wären, eine ganz besondere Bewandtnis.

Es war Sommer, als ich sie zum ersten Mal sah, wenige Wochen vor Schulschluß, wir hockten, erinnere ich mich, in kurzen Hosen vor Pepis Haustor und spielten mit Tonkugeln. Sie kam von der gegenüberliegenden Straßenseite und trug einen Krug Bier, den sie für ihren Vater, den Flickschuster Vitasil, aus dem Wirtshaus an der Ecke geholt hatte, aber Informationen über ihre Familienverhältnisse gab mir mein Freund natürlich erst später. Die Sonne glänzte auf ihrem roten, schneckenförmig zu einer sogenannten Gretelfrisur hochgesteckten Zopf, ihre Knie waren aufgeschunden und ihre nackten Füße überzogen mit einer Patina von Staub, aus der die kleinen, rosigen Zehennägel keck kontrastierend hervorlugten. Ich habe diese Füße deshalb so detailliert vor Augen, weil sie (die Steffi) direkt vor meiner (oder nein: eher Pepis) Nase stehenblieb, den Bierkrug schwenkend, und eine spannungsgeladene Weile einfach nichts sagte.

»Wollts ihr ein bissel vom Schaum kosten?« fragte sie endlich. Pepi nickte, ich wußte nicht, was ich antworten sollte, durch dieses Angebot verwirrt. Sie hielt erst ihm, dann mir den Krug hin, ich hatte bis dato noch nie an Bier genippt, es schmeckte, obwohl ich sehr vorsichtig war, für meinen an Kracherl gewöhnten Gaumen zu bitter. Als sie sich von uns abwandte und, tänzelnden Schritts, in Richtung auf das Gewölbe ihres Vaters davonging, rief ihr Pepi nach: »Wann machen wir's wieder?«

»*Was?*« fragte ich nachher beim Hydranten, an dem wir uns, einer nach dem andern Wasser pumpend, den Mund spülten, »was macht ihr?«

»Ja weißt du, die Steffi«, lächelte Pepi, »ist meine Geliebte.«

»Ja, aber ... was macht ihr da miteinander?«

Er lächelte weiter.

»Drüben im Rabenhof«, sagte er, »gibt es viele versteckte Platzerln. Naja, du weißt schon ...«

Ich wußte *nicht*. Aber was er da sagte, war beunruhigend aufregend. Der Rabenhof war ein Gemeindebau, in dem es tatsächlich viele Winkel und Nischen gab; dort machten sie es also.

»Seit wann macht ihr das?« fragte ich.

»Ach«, sagte Pepi, »ich weiß nicht. Ich hab es vergessen. Aber ich glaub, schon immer.«

Nicht sicher bin ich, ob ich das damals unmittelbar so empfand, aber wenn ich heute daran zurückdenke, habe ich den Eindruck, daß seit diesem Eingeständnis *seines* Verhältnisses zu Steffi *mein* Verhältnis zu Pepi gestört war. Die Art, wie er dabei gelächelt hatte – vielleicht ist feinschmekkerisch der treffendste Ausdruck dafür –, machte ihn mir fremd und entfernte ihn von mir, und zwar in anderer Weise als bisher. Klar, eine gewisse Distanz war immer zwischen uns gewesen, aber nicht diese. Hatte ich bislang zuweilen *ihn* für gefährdet gehalten und mir Sorgen um ihn gemacht, so hielt ich mich jetzt, durch den Umgang mit ihm, selbst für gefährdet – es war also höchste Zeit zum Rückzug.

Das war allerdings viel leichter gedacht als getan. Zwar besuchte ich ihn seltener zum Eisenbahnspielen (sollte er sich seine Lok doch selber aufziehn!) und schützte, wenn er mich zu nachmittäglichen Spaziergängen einlud, familiäre Verpflichtungen vor (»du weißt ja, mein Vater ...«), aber so leicht kam ich nicht von ihm los. Erstens saß ich ja vormittags in der Schule nach wie vor neben ihm und entdeckte das Lächeln, das mir so mißfiel, manchmal auch während des Unterrichts auf seinen Lippen (» ... wovon träumt der Prohaska immer?« fragte naiv unser Lehrer). Zweitens aber zog es mich nachmittags, wenn ich, scheinbar ziellos, umherstreunte, immer wieder in die Nähe des Rabenhofs, wo etwas vorging, das ich mir Abend für Abend, mich von meinem Bruder, der neben mir im Bett schlief, abwendend, im Dunkel suchend, vage ausmalte.

Und dann *sah* ich die beiden einmal, wie sie ›es‹ machten, am hellichten Tag. Das heißt, genaugenommen war es im Halbdunkel eines der zahlreichen, spitzbogigen Durchgänge des Rabenhofs, in einem dort seit Jahr und Tag abgestellten, verrosteten Motorradbeiwagen. In diesem Motorradbeiwagen hatten wir ehemals Flugzeug gespielt, Pepi und ich, er war der Pilot gewesen und ich sein Copilot. Und dort ›machten sie es‹, ausgerechnet da, dachte ich in den Worten der Schäfchenoma, mußten sie es machen, wirklich: so groß war der Rabenhof, aber ausgerechnet da!

Als sie mich auch sahen (mich unbemerkt davonzustehlen gelang mir leider nicht), erstarrten sie für eine kleine Schrecksekunde, zogen – es war, glaube ich, schon in den Ferien – ihre Schwimmhosen hoch und taten auf nonchalant. »Na?« lächelte Pepi, nun nicht feinschmeckerisch, sondern maliziös, »wohin des Wegs?« Sein sozusagen literarischer Sarkasmus war mir in diesem Augenblick zuviel. Ich hätte ihn am liebsten ins Gesicht geschlagen, wandte mich aber stattdessen ab und rannte davon.

Danach, kommt mir vor, sah ich Pepi sehr lange nicht. Wahrscheinlich war ich mit meinem Bruder bei der Großmutter auf dem Land und kam erst Ende August wieder nach Wien zurück. Als das neue Schuljahr begann, bekam ich Brillen und wurde (von Pepi weg) in die erste Bank versetzt. Das hätte mich ein Jahr früher sehr traurig gemacht, jetzt aber war's mir ganz recht, ich drehte mich selten um und bekam lauter Einser im Semesterzeugnis. Natürlich hörte mein Kontakt mit Pepi nicht völlig auf, aber er war sachlicher als bisher. Wir tauschten zum Beispiel Karl May-Bilder, die gewissen Kaugummipackungen beilagen. (Übrigens hatte Pepi, dem, zum Unterschied von mir, Buchwünsche prompt und nicht nur zu heiligen Zeiten erfüllt wurden, damals schon eine stattliche Bücherwand von sage und schreibe dreißig Karl May-Bänden. Davor standen – auch chronologisch, als frühere Leseerfahrungen – ›Kribbel Krabbel Kugelrund‹, ›Kasperle auf Burg Himmelhoch‹, ›Pu der Bär‹, alle ›Doktor Dolittle‹-Bücher und ›Der kleine Brockhaus‹, den er angeblich in den zwei Wochen, die er einmal mit Mumps im Bett gelegen war, von A bis Z gelesen hatte.)

Beide gewannen wir – da wir einander ein wenig verloren – andere Freunde. Er Gerhard Grill (genannt Jiminy Grille, ein Leichtgewicht in jeder Hinsicht), der ihn auch auf dem Nachhauseweg begleitete und – soviel ich mitbekam – in Pepis konjunktivischen Spielen etwa den Hadschi

Halef Omar zu verkörpern hatte, während der Herr Prohaska (unglaubhaft genug) natürlich Kara Ben Nemsi war, ich den stillen Stremnitzer Erich, der allerdings, im Vergleich zu Pepi, wirklich nicht viel zu sagen hatte. Beide sahen wir einander – ich nehme an, daß es auch ihm mit mir so ging – nun etwas objektiver (falls das, ich rede jetzt nur von mir tatsächlich Objektivität war). Daß er, Pepi, von unserem Lehrer in vieler Hinsicht bevorzugt wurde (»immer«, beschwerte sich Tulipan, »gibt es für den Prohaska eine Extrawurst«), fiel mir jetzt anders auf als früher: in einem Theaterstück, das wir zur Weihnachtsfeier aufführten, durfte er den Oberzwerg namens Saladro darstellen, während ich (wie die meisten anderen) ein namenloser Zwerg blieb.

Mit Steffi sah ich ihn noch einige Male, habe aber, da ich versuchte, nicht hinzuschauen, keine konkreten Bilder vor Augen. Nur eins (wieder ein Sommerbild), auf dem die beiden dem Spritzwagen nachlaufen, der über den noch ungepflasterten Platz vor Pepis Haus fährt, und sich – die Haltung, in der sie das taten, kam mir damals besonders lasziv vor – anspritzen lassen. Daß sie ›es‹ weiterhin machten, glaubte ich ihnen an den Nasenspitzen anzusehen. Übrigens deutete der Miksch Peter, der, dumm wie er war, nach wie vor Pepis Akkordeon trug, die Existenz einer Art von Exklusivclub an, dem außer Pepi und Steffi noch andere Kinder beiderlei Geschlechts angehören sollten, die sich entweder einmal wöchentlich oder aber einmal monatlich (in diesem Falle bei Vollmond) an einem geheimen Ort (womöglich gar auf dem unter der Stadionbrücke in den letzten Kriegstagen von einer Granate getroffenen und seither dort schräg im seichteren Uferwasser liegenden Raddampfer Leopold) trafen und Verbotenes taten. Letzteres halte ich inzwischen für ein von P. P., der ja dieser seltsamen Art von Imagepflege auch später nicht abhold war, bewußt in die Welt gesetztes Gerücht. Damals beurteilte ich das weniger kühl, geriet sogar ins Schwitzen, wenn ich mir, was da angeblich vorging, allzu konkret vorstellte, wich aber Pepi, obwohl ich mich zu ihm hingezogen fühlte, nun erst recht aus. Trotzdem gingen wir einmal, entsinne ich mich, mitsammen zur Stadtbahnhaltestelle Hauptzollamt, wo man an einem Informationsstand die bunten, als Abzeichen ansteckbaren Blechfähnchen der amerikanischen Marshalplanhilfe bekam (oder waren es die für 5 Schilling-Spenden zur Renovierung des Domdaches erhältlichen Stefansgroschen?), allerdings merkwürdig schweigend. Außerdem kann das auch früher gewesen sein, und ich habe nur vergessen, was wir uns erzählt haben – meine P. P. betreffenden Erinnerungen aus unserer späteren Volksschulzeit sind jedenfalls lücken- und sprunghaft.

An unseren letzten, gemeinsamen Schulausflug erinnere ich mich allerdings detaillierter. Es muß im Herbst gewesen sein, Anfang der Vierten, denn Pepi, dessen Eltern eine neue Wohnung in einem anderen Bezirk bekamen, verließ uns noch vor dem Halbjahr. Wir stiegen auf die Ruine Aggstein, wo sich Pepi, wie konnte es anders sein, als Kenner der Materie produzierte und eine Menge über das Raubrittergeschlecht der Kuenringer wußte, wofür er, wie üblich, von unserem Lehrer gelobt wurde. Beim Völkerballmatch auf der Lagerwiese spielte er jedoch eine weniger attraktive Rolle; auf der Heimfahrt im Autobus schließlich wurde er ganz grün und mußte sich, als wir endlich vor der Schule hielten, eilig zum Ausgang drängend, auf dem Gehsteig übergeben.

Dann, eines kalten Montags, kam er nicht mehr. Vor Weihnachten hielt uns der Lehrer an, ihm zu schreiben. Lieber Pepi, schrieb ich, Du fehlst uns allen sehr etc. etc. Und abschließend: Du warst der beste Leser in unserer Klasse, jetzt bin ich der beste Leser.

⋆

II

Und nun, nach fünf Jahren Trennung, traf ich ihn wieder.

Während der Osterferien war es, die ich, inzwischen Konviktszögling zu Seitenstetten, in Wien verbrachte, und Franz hatte mich, wie gesagt, auf den Sportplatz verschleppt: mein Bruder, ein Werkzeug.

Nichts ist Zufall, sollte Pepi später sagen, alles ist Fügung. Wort des Propheten Prohaska, fragt sich nur, welcher Provenienz.

»Na sowas, Bertl!« / »Na sowas, Pepi!« (In diesem Sinn).

Das Hauptspiel, das nun begann, interessierte ihn, sei's angesichts der Wiederbegegnung mit mir, sei's infolge des nur mäßigen Anklangs, den er im Vorspiel gefunden hatte, erfreulicherweise nicht. Und mir war der wiedergefundene Pepi eine willkommene Ausrede. So kam es, daß mein Bruder seiner Mannschaft ohne mich die Daumen drückte und sich wahrscheinlich, wie ich ihn kannte, die Seele aus dem Leib schrie. Wir aber drehten eine große Runde durch just jene Stadtrandlandschaft, die ihm, P. P., nachmals noch so viel bedeutete.

Fast unmittelbar nach dem Wasserturm begann eine ausgedehnte Schrebergartenanlage, die mein Freund auf für mich labyrinthischen Wegen ortskundig durchquerte. Und dann gingen wir auf einem schmalen gelben Wiesenstreifen den Lehmabbruch gegen das Wienerberger Ziegelwerk entlang, den wir weitere fünfzehn Jahre später wieder gingen, allerdings in umgekehrter Richtung. Unten glänzten Teiche, Spielzeugbagger zerfurchten die rote Erde, Falken hingen in der Luft. Und der Wind blies durch Pepis Haar, das sich, zum Unterschied von meinem, nun erst recht kurzem, jetzt länger noch als früher lockte.

Gewiß, er hatte sich ziemlich verändert (ich mich ja auch). Rein äußerlich: das schmaler gewordene Gesicht, die deutlicher hervortretende, etwas an die der Schäfchenoma erinnernde Nase, der dunkle Bartflaum. Die Arme – er trug ein ärmelloses Leibchen und kurze Sporthosen – gebräunt und erstaunlich sehnig, desgleichen die Beine. Letztere allerdings, das sah ich nun, aus der Nähe, noch deutlicher als vorher, mit für einen Fußballer zu zarten Fesseln und Waden.

Und natürlich hatte er sich nicht nur äußerlich verändert, das entnahm ich seiner Erzählung, deren Inhalt ich auf den folgenden Seiten wiedergebe. Einer Erzählung übrigens, deren Details ich, wie man sich denken kann, nach späteren Gesprächen mit ihm ergänzt habe. (Außerdem war mir der Koffer, der nach seinem mysteriösen Verschwinden auf mich gekommen ist, eine große Hilfe. Ich meine: der *Inhalt* des Koffers – aber davon wird noch ausführlich die Rede sein.) Einer Erzählung, die er mit männlich gewordener Stimme und mich für geraume Zeit irritierenden Dialektanklängen vortrug. Früher hatte er ein mir, wenn Dritte dabeiwaren, manchmal geradezu peinliches Hochdeutsch gesprochen. Aber indem er neben mir herging und redete, redete, war er doch der geblieben, der er gewesen war. Und war in gewisser Hinsicht schon der, der er sein würde: Pepi Prohaska, Josef Spaziergang, Giuseppe Passegiata.

Der Schulwechsel hatte dem Pepi nicht gutgetan. Kein Wunder – Mitte der vierten Volksschulklasse zu einer seit über drei Jahren verschworenen Gemeinschaft zu stoßen und in sie aufgenommen zu werden, wäre, denke ich, auch einem anderen, Integrationsfähigeren nicht leicht gefallen. Er war schon unter uns ein Außenseiter gewesen, wenngleich ein gerade aufgrund seiner Außenseiterqualitäten akzeptierter. In der neuen Schule, die ihm bereits beim ersten Mal, da er sie betrat, unsympathisch war (vom benachbarten Kindergarten hatte sich ein Geruch nach

Einbrennsuppe in der Aula, im Stiegenhaus und sogar in den Klassen festgesetzt, vor dem ihm, in Reminiszenz an die schwedische Ausspeisung, bei der wir uns noch gemeinsam um ein Mittagessen hatten anstellen müssen, schlichtweg grauste) – in der neuen Schule kam er mit diesen seinen Außenseiterqualitäten nicht an.

Und zwar weder bei den Mitschülern, die ihm samt und sonders auf unangenehme Art erwachsen, ja alt vorkamen (»kleine große Buben«, erzählte er, »mit langen, desillusionierten Gesichtern«), noch beim Lehrer. Letzterer, Schatzl mit Namen, sei eine Art Leitwolf gewesen: Gesicht auf die Schnauze hin konzentriert, etwas zu magere, drahtige Figur, federnder Gang. Kühl abschätzend der Blick, geradlinig nüchtern die Rede, vor allem praktisch orientiert der Sinn. Ganz anders als unser dem guten Doktor Dolittle ähnelnder, kurzer, runder Kattinger. Entsprechend sei auch sein Unterricht gewesen: Rechnen, Werken und Turnen habe er, vom Standpunkt einer ›Tüchtigkeit‹ aus, auf die es im Leben ankam, hervorgehoben. Lauter Fächer, für die Pepi wenig Talent und Neigung mitbrachte. Der Kombination von Zahlen konnte er, bevor er die kabbalistischen Möglichkeiten entdeckte, nicht viel abgewinnen. Mit seinen Händen mochte er nie viel anfangen, und daß er kein großer Turner war, habe ich schon erwähnt. Ich kann mir gut vorstellen, wie er schaudernd vor den Tauen stand, die zu erklettern Schatzls Schüler gewöhnt waren, und dann, mit seinen damals noch butterweichen Muskeln, bestenfalls ein, zwei Meter hinaufkam. Und wie er den Bock, den Kasten oder das Pferd vor sich sah, lauter schreckliche Hindernisse, die man noch dazu im Sprung überwinden sollte. Was, wenn er nicht vorher, unter dem Gelächter der Kameraden, bremste oder abdrehte, bei ihm am ehesten mit Sturz endete. Von einem solchen schon früher getanen Sturz erzählte er übrigens, zur Rationalisierung seiner Angst – man hörte ihm nicht zu. Mit seinen musischen Fähigkeiten hingegen kam er nicht an. Die phantasievollen Aufsätze etwa, mit denen er uns und unseren Lehrer beeindruckt hatte, waren hier nicht gefragt. Zum Thema ›Wie ich einmal auf dem Bau zugesehen habe‹ fiel ihm (tatsächlich hatte er noch nie auf dem Bau zugesehen) wenig ein. Und auch die Frage ›Wie nähe ich einen Knopf an?‹ wußte er (da er noch nie in die Lage geraten war, das zu versuchen) in Form einer ›Beobachtungs- und Beschreibungsübung‹ kaum zu beantworten.

So wurde er auch dessen, was er konnte, unsicher, begann, da ihn – zumindest im Schulbereich – niemand bestätigte, an sich zu zweifeln. Seinen Mitschülern kam er nur komisch vor, die andere, sagen wir seltsame Seite seines Wesens, fiel keinem auf. Einen bewundernden Freund wie mich fand er nicht, und nach dem, was er selbst erzählte, bot er in dieser Phase auch wenig Grund zur Bewunderung. Sicher, er hatte Schulwegbegleiter (einen Ulram Michi, einen Ritter Herbert, einen Viehuber Erich), doch denen wurde er in seiner – ohnehin unterdrückten – Andersartigkeit (er habe wahrhaftig, erzählte er, binnen weniger Monate nicht mehr gewußt, wie er dreinsehen, gestikulieren, sich bewegen und besonders reden sollte) vor allem zum Ziel von Neckereien und Spott, sodaß er froh war, wenn er sich von ihnen verabschieden und das Haustor hinter sich schließen konnte.

In der neuen Wohnung (gepflegt, zweiter Stock, mit Lift) habe er sich aber nicht daheim gefühlt. Zwar gab es da (im Unterschied zu der alten) ein Badezimmer, und die weiß emaillierte Badewanne kam ihm, der an eine Sitzwanne aus Zink gewöhnt war, am Anfang riesig vor, wie ein kleines Schwimmbad. Auch hatte er nun ein eigenes Zimmer, viel größer als sein von mir schon so sehr bewundertes Kabinett, und konnte Spielzeug und Bücher aus den Waschpulverschachteln in Kästen und Schränke aus Lindenholzimitation räumen. Aber wenn er, was er früher gern getan hatte, kleine Männchen (oder Weibchen) an die Wand über seinem Bett zeichnete, so bekam seine Mutter, die plötzlich (ich verwende, so weit ich mich daran erinnern kann, seine Ausdrücke) ihre putzteufelhaften Tugenden entdeckte, einen halben Nervenzusammenbruch und scheuerte hinter ihm her. Auch Prohaska senior malte nicht mehr im selben Haus – hier gab es keinen für künstlerische Zwecke adaptierbaren Dachboden –, sondern mietete, zusammen mit einem gewissen Grandits, ein Atelier im sechsten Bezirk, dies ein Unternehmen, mit dem er sich, nebenbei gesagt, übernahm, doch davon später. Der Junior jedenfalls fühlte sich isoliert und isolierte sich selbst. Schloß die Zimmertür hinter sich, hing, den Globus, den er zu Weihnachten bekommen hatte, drehend, Träumen nach einer unbestimmten Ferne nach. Amerika, Afrika, Asien – egal: da, wo er war, gefiel es ihm nicht. Dort, wo er gewesen war, ja – danach habe er sich heftig zurückgesehnt. Zwar war man nur vom dritten Wiener Gemeindebezirk in den fünften umgezogen, aber ihm schienen Zeitalter und Welten zwischen diesem und jenem zu liegen. Dort war ein Sommer gewesen, in dem man hatte barfuß laufen können, hier war ein endloser, naßkalter Winter, in dem man unförmige Pelzstiefel brauchte. Dem Haus gegenüber lag zwar noch ein zum Rodeln geeigneter Schutthaufen, aber die Buben und Mädchen, die dort rodelten, kannten (und anerkannten) ihn nicht und schienen ihm überdies rüde und ohne Anmut.

Apropos Anmut. Hier kam er auf Steffi zu sprechen.

Ob ich mich, fragte er, an die Steffi erinnere.

»Natürlich«, sagte ich kurz angebunden.

Ob ich auch wisse, was sie ihm bedeutet habe.

»Ich glaube«, sagte ich, »schon.«

Sie gehe ihm ab.

Das heiße natürlich, sie sei ihm abgegangen.

Ob er nie versucht habe, wieder mit ihr Kontakt aufzunehmen.

Nein.

Und warum nicht?

»Warum nicht? Warum wohl nicht!«

Da wäre er sich, sagte er, nach einem kurzen, sehnsüchtigen Anklang an sein früheres Hochdeutsch jetzt wieder im breitesten Dialekt, da wäre er sich halt ganz einfach deppert vorgekommen.

Blöd vorgekommen sei er sich ja nun überhaupt leicht. Etwa, wenn er in den Spiegel geschaut habe: durch den neuen, ›erwachsenen‹ Haarschnitt, den ihm der Friseur in der Kliebergasse verpaßte, wirkten seine Ohren ungewohnt abstehend. Die Kleidung, die ihm seine Mutter zumutete (»saudumme, ärmellose Pullover in Pastellfarben, idiotische Bundfaltenhosen mit Pepitamuster«), paßte ihm im doppelten Sinn dieses Wortes nicht. Und die Pullmanmütze, die er nach dem Vorbild der väterlichen Baskenmütze bisher widerstandslos getragen hatte, bezeichneten seine Schulkollegen, wenn sie ihn damit sahen, gnadenlos als Affenkappel.

Seine Schüchternheit, in den dreieinhalb Volksschuljahren bei uns nach gewissen Anfangsschwierigkeiten gekonnt überspielt, kam nun zum Ausbruch wie eine lang unterdrückte Krankheit. Und zwar nicht nur Gleichaltrigen gegenüber – Pepis Gewandtheit im Umgang mit Erwachsenen war bis auf weiteres dahin. Betrat er ein Geschäft, um etwas, das ihm seine Mutter auf einen Zettel geschrieben hatte, einzukaufen, so verspürte er eine schreckliche Hemmung. »Ich krieg das und das« – er mußte sich schon ungefähr hundert Meter vor Betreten des Ladens und dann die ganze Zeit über, die er in der Schlange stand, ein ›Sprücherl‹ vorsagen, um, wenn er endlich an der Reihe war, nicht allzusehr zu stottern.

»Noch etwas«, sagte er, »wenn du wirklich ein Pfaff werden willst, wird dich das interessieren. Sie haben mich *doch* noch in den Seelsorgeunterricht und zur Erstkommunion geschickt, als sie mir draufgekommen sind, daß ich dort noch nicht war. Der Katechet, gleichzeitig Kaplan in der nur zwei Gassen von der Schule entfernten Pfarre, hat gemeint, das geht nicht. Nämlich, daß ich den Religionsunterricht besuch, aber die allerheiligsten Sakramente der Buße und des Altars noch nicht empfangen habe – das muß sich schleunigst ändern.«

Also schickte man ihn, den bis dahin mehr oder minder Freigeisternden, mit den kleinen, siebenjährigen Haschern zur Sakramentsvorbereitung. Das war (abgesehn davon, daß man ihm dort, spät, aber doch, Schuldgefühle erzeugte, denn wie oft hatte er den Tag des Herrn nicht geheiligt, Vater und Mutter nicht geehrt, falsches Zeugnis gegeben wider seinen Nächsten und vor allem Unkeuschheit getrieben) ein weiterer Knick für sein Selbstbewußtsein. Ja, blöd und in jeder Hinsicht fehl am Platz vorgekommen sei er sich auch da. Und als er dann endlich, es war am Palmsonntag, mit schon am Freitag patentgereinigter Seele auf dem Weg zum Altar war, da wurde ihm bewußt, daß er ja am dazwischenliegenden Samstag schon wieder gesündigt hatte, wenn auch nur in Gedanken, und er fiel in Ohnmacht.

»Na, was sagst du?«

Ich gab keinen Kommentar. Im stillen allerdings dachte ich, daß man ihn, wäre ihm das im Mittelalter passiert, möglicherweise für vom Teufel besessen gehalten und vorsichtshalber verbrannt hätte. Und tatsächlich kam ja – wer diese Lebensbeschreibung weiterliest, wird mir beipflichten – bis zu seiner Entrückung immer wieder etwas zutage, das sozusagen gegen den heiligen Strich ging. Das Sakrament hat er übrigens not- bzw. durch den Kaplan gedrungen, doch noch empfangen, obschon, nach erneuerter Seelenwäsche, eine Woche später.

So ungünstig konditioniert kam Pepi ins Gymnasium. Die Aufnahmsprüfung im Juni bestand er, obgleich die erwähnte Verunsicherung von Seele und Leib allmählich auch seinen Geist erfaßte. »Gaudeamus igitur«, sang die Großmutter, die ihn, obwohl er ihr über den Kopf wuchs, nach wie vor zum Spazierengehen abholte, den ganzen Weg die Wiedner Hauptstraße stadteinwärts. Was, wie er erzählte, ihm peinlich, aber gut gemeint war – die Schäfchenoma, die auch in Krisenzeiten an ihren außergewöhnlichen Pepi glaubte, war einfach ein Schatz. Die bestandene Aufnahmsprüfung war allerdings sein bis auf sehr weiteres letztes schulisches Erfolgserlebnis. Als er, Anfang September, das neue Schulhaus zum ersten Schultag betrat, stolperte er über einen in der Aula zur Schonung des Fliesenbodens aufgelegten Kokosläufer. Das war, falls es wahr ist, ein schlechtes Omen und wäre, sollte es erfunden sein, ein ausgezeichnet erfundenes. Die Geistesgegenwart und vor allem das Selbstbewußtsein Caesars, der bei einem ähnlichen Anlaß »Ich fasse dich, Afrika« gesagt haben soll, besaß der nachhaltig verunsicherte P. P. zu diesem Zeitpunkt nicht mehr / noch nicht, abgesehn davon, daß er natürlich erst später von Caesar lernte und ihn (nicht nur, weil er lateinisch schrieb) nie leiden konnte – er nahm dieses Zeichen eines vorläufig wenig wohlwollenden Himmels fatalistisch zur Kenntnis.

Der Himmel wollte ihm aber geradezu übel. Gab ihm gar nicht die Möglichkeit, nach der Verschnaufpause der Ferien ganz neu anzufangen. Sondern setzte ihn (etwas Perfideres hätte ihm gar nicht einfallen können) mit den ›Freunden‹ aus dem letzten Volksschulhalbjahr in eine Klasse. Er war unter sie gekommen, doch sie hatten ihn nicht erkannt. Der Ulram Michi, der Viehhuber Erich, der Ritter Herbert. Die ließen ihm gar keine Chance, sich ein neues Image aufzubauen, nagelten ihn fest auf sein altes. Der Pepi Prohaska war ungeschickt, feig und dumm. Kein richtiger Bub, eine Jammergestalt, ein ›Seicherl‹. Dem mochten sie, wenn sie ihn auf dem Schulweg begleiteten, das Affenkappel wegnehmen und damit ein Ballspiel beginnen, in dem er, bis ihm die Tränen in die Augen traten, zwischen ihnen hin und her hetzte. Dem durften sie in gewissen Unterrichtsstunden, die ihn interessiert hätten, während sie ihresgleichen nur für Unfug benutzte (Zeichnen, Geschichte) den schmutzigen Inhalt einer Malschale oder ein aus dem Samen der Platanen, die im Schulhof wuchsen, gewonnenes Händchen voll Juckpulver in den Kragen schütten. Den konnten sie in den Pausen (ich zitiere P. P. nun direkt) »völlig ungestraft in den Arsch treten. Ich war nicht gewöhnt, mich zu wehren, und habe noch eine Zeitlang gebraucht, es zu lernen«.

Was er indessen tat, anstatt sich zu wehren? – Er spielte allmählich die Rolle, die sie ihm aufzwangen. Lernte, mit den Ohren zu wackeln und die Augen so beängstigend zu verdrehen, daß selbst seinen Peinigern angst und bang wurde. Betätigte sich in der Naturgeschichtsstunde als Tierstimmenimitator und in Musik als Kunstfurzer. Natürlich nahm das die Lehrer nicht für ihn ein. Er war ein lästiger Störer – die Ursachen seiner Gestörtheit zu erkennen, dazu waren sie nicht Psychologen, ja nicht einmal Pädagogen genug, und warum hätten sie es auch sein sollen? Sie hatten ihren Stoff vorzutragen, die Schüler zu prüfen und ihnen dreimal im Jahr Zensuren zu verpassen, was Psychologie, was Pädagogik! Die Choleriker unter ihnen brüllten Pepi an, die Sanguiniker und Melancholiker zogen ihn, je nachdem lust- oder unlustbetont, am Haarschopf, die Phlegmatiker stellten ihn in die Ecke.

Zu Hause ging's ihm inzwischen auch nicht besser. Eher schlechter: zu seiner persönlichen Krise schlug sich noch die der Eltern. Tags war der Vater im Atelier, da saugte die Mutter (zum Leidwesen des sein Lebtag geräuschempfindlichen Sohnes) Staub. Nachts, wenn der Senior, immer gedämpfter, heimkehrte, machte ihm die Mutter (ich konnte mir die in meiner Erinnerung weiterhin sehr attraktive Frau Prohaska gar nicht so vorstellen) immer schrillere Vorhaltungen, bis er, in die Enge der (so Pepi) ungewöhnlich ungemütlichen Küchenecke getrieben, sich irgendein Stück Geschirr vom darüberhängenden Bord griff, das er dann gegen die Wand schmetterte.

Spätestens hier wachte der Junior auf, knipste das Nachtlicht an und griff zu einem guten Buch. Auf diese Weise las er ›Die Schatzinsel‹, ›Robinson Crusoe‹ und eine Prosanacherzählung der Odyssee. In letzterer besonders gern die Stelle, an welcher der ungeschlachte Riese Polyphem den listigen Odysseus so lange für niemand hält, bis ihm der – das hat er dann davon – sein einziges Auge aussticht. Van de Veldes ›Vollkommene Ehe‹ las er auch, aber nur wenn die Eltern, kurzfristig wieder versöhnt, miteinander ins Kino gingen.

Was war geschehen? – Beeinflußt vom Ateliercompagnon Grandits, den Mama Prohaska einen »falschen Hund« nannte, weil er ihren Mann in anrüchige Lokale, zum Beispiel in den ›Strohkoffer‹, verschleppte, entwickelte Papa Prohaska den Ehrgeiz, surrealistisch zu malen. Worauf der Markt seiner üblichen Abnehmer, etwa jene auf Schlafzimmerbilder spezialisierte Galerie Willy, die er bis dahin meterweise beliefert hatte, nervös reagierte. Mit steigender Nervosität sanken die Einkünfte der Prohaskas, die Ausgaben für die neue Wohnung und das externe Atelier hingegen sanken nicht. Von ebenfalls steigender Tendenz waren allerdings die Sicherheitsbedürfnisse der Gattin und Mutter, die einen Gutteil ihres Charmes auf hinhaltende Flirts mit Steuerexekutoren verschwendete. Also begann Herr Prohaska, diesem Genre auch früher nicht abgeneigt, neben der surrealistischen (der Titel ›Verlorener Fäustling in der Wüste Gobi‹, den mir Pepi exemplarisch genannt hat, verrät einen trotz allem ungebrochenen Humor) noch eine andere, zumindest unter der Hand verkäuflichere Art von Bildern zu malen. Beziehungsweise (da sich das Atelier auch dafür eignete und die Bilder auf diese Art sowohl schneller fertig als auch, in vielerlei Hinsicht, schärfer wurden) zu fotografieren. Worauf Frau Prohaska, vielleicht nicht ganz unberechtigt, auf den Verdacht kam, ihr Mann bilde seine Modelle (darunter auch Petra, die, wenn man seinem Pinsel glauben durfte, zwetschkenbrüstige Freundin des Herrn Grandits, die er zuvor als ›Blaue Sphinx‹ gemalt hatte) jetzt noch unwahrscheinlicher als früher mit nicht mehr als interesselosem Wohlgefallen bloß ab. Alles in allem ist dies ein schönes Beispiel für die Wechselwirkung von ökonomischen und privaten Verhältnissen.

Der Sohn reagierte darauf auf seine Weise. Zog sich, mehr noch als früher, in sein Zimmer zurück, schlug, sagte er, die Tür hinter sich zu und gab sich (unter diesen Umständen kein Wunder) vor allem sexuellen Phantasien hin. Erfand sich eine Insel, Jamay mit Namen, auf der paradiesische Zustände und heidnische Kulte herrschten, eine Mischung von Arkadien und Schlaraffenland mit freier Liebe für alle und einem hohen Königspaar (Pepi und Steffi) auf einem Doppelthron. Die Regierungsgeschäfte dieser beiden bestanden vor allem in der Eröffnung und beispielhaften Einleitung von Bacchanalien, einer Freizeitgestaltung, der die Jamayaner auch zu sonst in der Welt üblichen Arbeitszeiten frönten, und die abstrakte Trennung zwischen Arbeits- und Freizeit, gegen die P. P. später leidenschaftlich polemisieren sollte, existierte, so simpel abgeschafft oder gar nicht erst eingeführt, dortselbst überhaupt nicht.

Das war – in Pepis Kopf – das Reich der Freiheit: im Reich der Notwendigkeit, draußen, sah es leider anders aus. Dumpf brütend streifte der Einsame, wenn ihn der Besuch eines die Mutter immer öfter beratenden Versicherungsvertreters namens Eberbaum, dessen sonore Stimme ihm auch durch die geschlossene Tür auf die Nerven ging, aus seinem Refugium trieb, durch den grauen, ihm unsympathischen Bezirk. Hohlweggasse, Amtshausgasse, Einsiedlerplatz: schon die Straßen- und Platzbezeichnungen in seiner neuen Wohngegend hatten etwas ausgesprochen Tristes. Zuweilen brach Pepi die blitzenden Kühlersterne geparkter Mercedes-Autos ab.

Freund hatte er keinen und erst recht keine Freundin. Im

Haus gab es einen gewissen Manfred, der ihm zu jung (vielleicht acht), und eine gewisse Maresi, die ihm zu alt war (vierzehn). Außerdem – und das gab wohl den Ausschlag – gefielen ihm, einem schon damals unverbesserlichen Ästheten, beide nicht. Manfred sah aus (ich zitiere:) wie ein Engerling, Maresi wie ein Nilpferd.

Eines Tages wurde der spätere Prophet bei der Milchfrau erwischt, wie er, den Einkaufskorb mit den bezahlten Artikeln in der Rechten, mit der Linken eine Cremeschnitte grabschte, obwohl er, erzählte er, gar keine Süßigkeiten mochte. Daraufhin ließ man ihn ›technologisch testen‹, er mußte lange und etwas bange warten, wie beim Zahnarzt, dann auf ein Klecksbild hin assoziieren und ein Puzzle zusammensetzen. In einem listig als harmlos getarnten Aufsatz mit dem Allerweltstitel ›Was ich einmal werden möchte‹ schrieb er: Pirat. Er hatte (vielleicht erinnert man sich mit mir des edlen Don Pedro de Malaga) gewisse Ideen, denen er unter allen Umständen treu blieb.

In der Schule kam er in diesem ersten Jahr noch mit einem blauen Auge davon. Ein im vorletzten Moment engagierter Nachhilfelehrer (Dr. Feigl), den er mit allerlei Tricks (Abmontieren der Türglocke beispielsweise, eine für Pepi, den technisch Unbegabten, erstaunliche Leistung) von sich abzuhalten versuchte, verhalf ihm, allen Widerständen zum Trotz, zu einem knappen Genügend in Mathematik. Während der Ferien, die ihm als sonnig in Erinnerung blieben, lernte er Tina, die Tochter eines dem Vater befreundeten Schauspielers kennen. Mit ihr im Heu wäre er Steffi beinahe untreu geworden, aber dieses Kind war keins mehr und hatte schon gelernt, daß es für eine junge Dame darauf ankommt, sich, nachdem sie lang genug gelockt hat, rechtzeitig zu entziehen – Pepi, von Steffi anderes gewohnt, litt und verfaßte Gedichte.

In romantischer Stimmung war übrigens auch sein Vater. Der Mond hing voll über Weilern (so hieß das Nest, in dem sich all diese Denkwürdigkeiten abspielten), da schwor er seiner Frau, daß es mit der Zwetschkenbrüstigen ein für allemal vorbei sei. Pepi hörte das, am Fenster stehend, seine Eltern gingen – zwei zu *einer* zusammengewachsene Silhouetten – auf den in dieser Nacht dotterfarbenen Erdtrabanten zu, der Vater, der eine hübsche Baritonstimme hatte, sang. Das war im Juli. Den August verbrachte Pepi traditionsgemäß mit der Großmutter auf der Hohen Wand. Im September fühlte sich Frau Prohaska schwanger, und hiemit begann für P. P. das neue Schuljahr.

Nun – er hätte sich vielleicht auch ganz anders auf das bevorstehende Ereignis einstellen können. Sich durch die neue (kuschelige) Nähe der Eltern angeheimelt fühlen, ihre Vorfreude teilen, die Aussicht, in absehbarer Zeit großer Bruder eines kleinen Geschwisterchens zu werden, wenigstens amüsant finden. Tatsächlich aber konnte er dieser Aussicht nicht viel abgewinnen, Babies, die nun plötzlich ins Blickfeld der Familie rückten, erschienen ihm als störende, kleine Ungeheuer (meistens rotgesichtig, manchmal übelriechend, häufig aus unerfindlichen Gründen brüllend), die vorschüssige Liebe, die man dem Kind im sich rundenden Mutterleib angedeihen ließ, hätte er, wenn auch in anderer Form, selbst nötig gehabt. In der Schule rutschte er weiter ab, zu Hause fand er jetzt erst recht keinen Halt, die mit dem selten häßlichen Herbst voranschreitende Verfinsterung empfand er auf immer ausgedehnteren Gängen (*Spazier*gänge, meinte er rückblickend, wäre wohl nicht das richtige Wort dafür) als seine eigene.

Die trotzdem einsetzende vorweihnachtliche Helligkeit sabotierte er, indem er (eine Kunst, deren er nicht ohne Schadenfreude inne wurde) durch Konzentration seiner, wie man sieht nicht unerheblichen inneren Spannungen Kurzschlüsse auslöste. Sein Vater suchte nach technischen Ursachen und elektrisierte sich einige Male. Seine psychischen Kräfte auch positiv anzuwenden und die im engen, verregneten Hof aus dem Beton wachsende, kahle Akazie wider den Lauf der Natur zu begrünen oder gar zum Blühen zu bringen, gelang Pepi trotz größter, mehrere Wochen lang durchgehaltener Anstrengung nicht. »Es hätte mir«, sagte er, »sogar noch geholfen, wenn mir der Baum wenigstens durch ein relativ frühes Erwachen im, sagen wir: März, entgegengekommen wäre, aber nichts da, er rührte sich erst im späten April.«

Bis dahin hatten die Schwangerschaft der Mutter, der etwas fahrige Stolz des Vaters und die neue, schnäbelnde Innigkeit der beiden miteinander ihren gemeinsamen Höhepunkt erreicht. Da war blaue und rosa Babywäsche gestrickt und ein silbern glänzender Kinderwagen gekauft worden, die Eltern kosten einander (was sie seit Pepis frühester Kindheit nicht mehr getan hatten) mit allerlei diminuierenden Tiernamen. Nur Pepis Sinn war durchzogen von schwarzen Wolken und manchmal daraus hervorzuckenden, zynischen Blitzen. Ihm erschien das ganze Getue unecht, und damit hatte er (seine Sensibilität für falsche Töne war ja schon in der Volksschule stark entwickelt) wahrscheinlich nicht so unrecht.

Durch die Zeugung von Kindern lassen sich Ehen, diese Erfahrung habe ich später auch machen müssen, nicht wirklich retten. Das zu solchem Mißbrauch von den Prohaskas herangezogene Seelchen ließ sich diese Funktionalisierung auch prompt nicht gefallen und entschlüpfte, gleich bei der Geburt, dahin zurück, woher alle Seelen stammen. Das war nun an sich schon tragisch genug (zumindest mit irdischen Augen betrachtet). Noch tragischer aber war, daß Papa Prohaska, in Hinblick auf das freudige Ereignis, das sich nun als trauriges herausstellte, seine freie künstlerische Tätigkeit aufgegeben, das kostspielige Atelier zur Gänze Grandits überlassen und eine Anstellung als Gebrauchsgrafiker angenommen hatte. Zwar meinte die Großmutter, so habe alles Böse auch sein Gutes und ihr Sohn solle dem Himmel danken, daß er jetzt, mit vierzig, gerade noch Unterschlupf gefunden habe, denn mit der Malerei (wie immer drückte sie sich bildhaft aus) wäre er eines Tages sicher im Regen gestanden. Ihr Enkel aber, der sie sonst, wie wir wissen, sehr schätzte, sah das ganz anders. Von da an war sein ihm früher so imponierender, besonderer Vater genau wie andere Väter, ging morgens, eine komische Figur mit Krawatte, Sakko und kaum mehr ausgebeulten Hosen, aus dem Haus und kam abends, von der Langeweile des verlorenen Tages müder als von seiner Anstrengung, zurück mit einem Gesicht, das zusehends leerer wurde. Von da an (so Pepi später) »hörte er auf, er selber zu sein«.

Aber zurück in jene für Pepi und die Seinen so krisenhafte Zeit (1955). Mitte Mai wurde definitiv, was sich schon zweieinhalb Trimester lang abzeichnete: der Schüler Prohaska würde das Schuljahr nicht positiv abschließen. Erinnerung an die Diskrepanz: ganz Wien war beflaggt, im Belvedere wurde der Staatsvertrag unterzeichnet, aber im Hause Prohaska waren die Fenster verhängt. Pepi nahm den blauen Brief aus der Schultasche, die Mutter wurde vorläufig damit verschont, der Vater zuckte nur still die Achseln.

»Ach was«, sagte die Großmutter, »selbst Einstein ist in Mathematik durchgefallen« (diese Großmutter war unbezahlbar). Allerdings hatte Einstein, falls diese Geschichte nicht bloß tröstlich erfunden war, kaum auch in Physik versagt. Ebenso unwahrscheinlich, daß er ein Nichtgenügend in Naturgeschichte bekommen hatte. Pepi war sich nicht sicher, ob der Vergleich mit Einstein nicht doch zu seinen Ungunsten ausgefallen wäre: sein Selbstbewußtsein war auf dem Nullpunkt. Doch wohin wendet der Mensch sich, bevor er verzweifelt? Und wenn außerdem Schuldgefühle tief in seinen seelischen Eingeweiden nagen (in immer wiederkehrenden Träumen hatte P. P. jemanden umgebracht und die Leiche im Hof verscharrt, wachte, schweißgebadet aus Angst vor Entdeckung, auf und brauchte, erzählte er, jeweils ein paar Minuten, um sich erleichternd klarzumachen, daß dieser Traum nur ein Traum war)? Wohin? Erraten. Zu Gott und wieder zu Gott. Zwar hatte Pepi damals auch in Religion nur ein Befriedigend zu erwarten, aber er ging in sich und geriet Anfang Juni dieses remarkablen Jahres in seine erste wirklich religiöse Phase.

Der Katechet, ein gewisser Schiffkowiak, hatte ihn bis zu diesem Zeitpunkt nicht leiden können. Die Buben, meinte er, sollten aus Gründen des öffentlichen Anstands nicht mit kurzen Hosen in die Schule kommen – Pepi kam. Sie sollten, wegen der dadurch womöglich verursachten problematischen Gefühle, nicht auf der Zentralheizung sitzen – Pepi saß. Und die Sonntagsmesse, nach deren Besuch er sich regelmäßig erkundigte, hatte Pepi (sonst ein guter Lügner) eingestandenermaßen selten bis nie besucht. Nun aber befand sich ausgerechnet dieser Prohaska auf dem besten Weg, Schiffkowiaks Lieblingsschüler zu werden. Und bekanntlich herrscht mehr Freude über einen bekehrten Sünder im Himmelreich, als über x Gerechte. Einer Heiligen, deren Namen ich in diesem Zusammenhang nicht in Mißkredit bringen will, war angeblich geoffenbart worden, daß nicht in Todsünde sterben werde, wer eine erkleckliche, aber keineswegs astronomische Anzahl von Wochen hindurch jeden Freitag zur Frühmesse die Kommunion nehme. Aber natürlich ohne zwischendurch eine Todsünde zu begehen, das war der Pferdefuß im heiligen Handel. Pepi tat sein möglichstes, kasteite sich sozusagen, sündigte, wenn man ihm glauben darf, eine beachtliche Durststrecke lang nicht. (Wenn er allerdings morgens, das sagte ihm Schiffkowiak in einem Gespräch unter vier Augen ausdrücklich, seine Hände in einer ›unschamhaften‹ Lage vorfand, so sollte er schnell drei Ave Maria beten.) Es hätte nicht viel gefehlt, und P. P. wäre damals, mit zwölf, ganz heimlich, still und leise zum Heiligen geworden. Und nicht erst später zum Propheten, was mir persönlich die problematischere Position zu sein scheint, in seinem Fall besonders. Aber dann kamen die Ferien, was den bis dahin unter der Patronanz Schiffkowiaks tapfer durchgehaltenen Besuch der Freitagfrühmesse entscheidend erschwerte. Und wenn Pepi seine Hände am Morgen in einer unschamhaften Lage vorfand, hatte er viel Zeit, viel mehr als für drei Ave Maria. »Und jetzt«, sagte der Satan bei solchen Gelegenheiten zu Pepi, »ist es auch schon egal.« Also wiederholte P. P. die zweite Klasse des Gymnasiums nicht als Heiliger, sondern im Gegenteil: als notorischer Sünder.

Als Repetent hatte man gleich von vornherein ein besonderes Image. Man gehörte einer übelbeleumdeten Kaste an, von der 1.) schlechtes Betragen und 2.) trotz Wiederholung des Lehrstoffs kein gutes Fortkommen erwartet wurde. Die Vergangenheit, die man eigentlich guten Muts hätte bewältigen und überwinden sollen, hing einem nach, holte einen ein und überholte einen manchmal sogar. Daß es so kam, dazu taten die Mitschüler, vor allem aber die Professoren das Ihre.

Pepi hatte das Pech, in eine ausgesprochene Repetentenklasse zu kommen. Der Anteil der sitzengebliebenen Schüler betrug an die 30%, sie saßen vor allem in den hinteren Bankreihen (was sich vielleicht durch ihr – in diesem Alter macht ein Jahr etwas aus – den anderen gegenüber weiter fortgeschrittenes Wachstum erklären läßt) und vom Katheder aus gesehen links (was sich nicht oder nur archetypisch erklären läßt); überwiegend schwarzhaarig und dunkelhäutig waren sie nicht. Pepi war sogar das – sein in der Volksschule noch brünettes Haar war nachgedunkelt, und den leicht bronzefarbenen Teint hatte er von seiner Großmutter. Er war also, das sahen ihm die in langen Dienstjahren, in denen sie sich mit Repetenten grau geärgert hatten, immer unduldsamer gewordenen Lehrer gleich an, sozusagen der Superrepetent.

Es hatte folglich gar keinen Sinn, diese Rolle nicht annehmen und etwa den braven, aufmerksamen Schüler mimen zu wollen. »Das hätten«, erzählte P. P., »die Professoren nicht gefressen, und in der Gruppe, zu der ich nun immerhin gehört hab, wär ich gleich untendurch gewesen.« Repetenten waren anders und hatten das auch zu beweisen. Zum Beispiel: indem sie während der großen Pause auf dem Klo rauchten, auch wenn sie (wie Pepi) noch nie zuvor geraucht hatten und sich durch den Hustenanfall, den der als besonders fesch geltende Lungenzug auslöste, der Gangaufsicht verrieten. Repetenten zeichneten sich auch sonst durch eine gewisse provokante Renitenz aus. Schaukelten während der Stunden auf dem Sessel, drehten die Augen gelangweilt zum Plafond, summten sich ab und zu sogar ein Liedchen. Selbstverständlich gehörte es auch zum Bild des Repetenten, daß er unter der Bank las. Aber nicht die Odyssee und nicht einmal (man merkt schon, Pepis Entwicklung stagnierte in gewisser Hinsicht) die Karl May-Bände 31–72, sondern richtige Schundhefte.

Letztere mußte mein Freund sich extra besorgen. Aber allmählich, erzählte er, fand er Geschmack dran. Zackpeng! / Na warte, du Schurke! / Nimm! / Dafür dieses! / Siehstewohl? / Autsch! / Hast du geglaubt, du kannst dem roten Rächer entgehn? / Ja Pustekuchen! / Stöhn! . . . Dieses besonders hübsche Westdeutsch mischte sich in der Sprache der Repetenten auf eigenartige Weise mit einem besonders lässig gesprochenen Wiener Dialekt. Einem Wiener Dialekt, der, aus dem jeweils freien Mundwinkel kaugummikauender Münder gepreßt, eine eigenartige Symbiose mit einem Idiom einging, das für amerikanisch galt. Zwar waren die Besatzungssoldaten weg, aber für die Repetenten schickte es sich ganz einfach, gewisse, meist aus Amerika importierte Filme zu sehn. Die spielten in den Savannen von Arizona oder in den Straßen von Chicago, wenn nicht gleich in den Dschungeln von Korea, aber auch und besonders dort war man repetentisch männlich.

Nun war unser Pepi gar nicht der Typ für sowas. Aber er gab sich Mühe, das muß man ihm lassen. Schon um in die frühestens ab vierzehn freigegebenen Filme »hineinzukommen«, waren einige Veränderungen seines Äußeren vonnöten, die nicht nur äußerlich blieben. Er tauschte die Pullmankappe gegen eine »schieberische« Mütze aus Schnürlsamt, die er extra speckig pflegte, und ließ sich, obwohl ihn die Äußerung dieses Ansinnens infolge der nach wie vor lästigen Hemmungen große Überwindung kostete, beim Friseur die Haare im Nacken ausrasieren, statt sie, wie bisher, verlaufen zu lassen, was, im Jargon »Packel« genannt, in jenen Jahren als besonders aufmüpfige Frisur galt. So sah er, zusammen mit Freunden oder Kumpanen, die er jetzt wenigstens fand, sogar Filme ab sechzehn. Obwohl der jeweilige Billetteur angesichts dieser Rudel entweder blind gewesen sein oder, wie Pepi rückblickend meinte, zumindest ein Auge zugedrückt haben muß. Nicht lang allerdings und Pepi entdeckte eine »Falte« in seinem Schülerausweis, die, entsprechend behandelt, zu einer wunderbaren Wandlung des Geburtsjahrgangs ›'43‹ in ›'42‹ führte. Von da an wies er, zumindest bei Filmen ab vierzehn, sein Dokument vor.

Noch etwas Besonderes aber gab es für die Repetentenclique. Etwas, das es im Kino damals noch *nicht* gab. »Ich zeig euch was Schönes!« sagte Billy Biber, über die ganze glänzende Visage grinsend, ein Äuglein verkniffen, mit dem Zeigefinger der Patschhand lockend. »Come with me! Ein Vorschlag für Repetenten!« – Dann ging man die Wendeltreppe zum Biberbau hinauf. Und oben, im dritten Stock, waren Billys Eltern nie zu Haus. Ja, stimmt, es muß so ähnlich gewesen sein wie damals, als Pepi *mich* ins Dachbodenatelier seines Vaters lotste. Nur daß er jetzt, sieben Jahre später, selber gelotst wurde: »Come with me, brother!« Brother ums Eck, da gab es einen Schlafzimmerkasten mit Lade. Und in dieser Lade gab es (unter einigen Wäschestücken, die man später wieder genauso hinlegen mußte, wie sie gelegen waren, wozu sich Billy Biber immer einen Lageplan zeichnete) einen kleinen Stoß Hefte. Schwarzweiß, nicht besonders scharf, wie Pepi fachmännisch feststellte, aber immerhin, sie kamen, laut Impressum, aus Paris. Dort standen, wie man sah, die Hausfrauen, nur eine kleine, weiße Schürze, weiter nichts, umgebunden, am Herd oder saugten, nur mit schwarzen Strapsen und sonst gar nichts bekleidet, Staub, eine sicherlich aparte Angewohnheit. Pepi allerdings, schon wieder einmal überlegen, lächelte beim Anblick solcher, wenn auch hübscher Halbheiten. Lächelte dieses schmale, in genüßlich höllenwärts herabgezogenen Mundwinkeln endende Lächeln auch jetzt noch, drei Jahre danach, als er bei dieser delikaten Episode seiner ausführlich erzählten Geschichte (wie lange hatte er geschwiegen, daß es jetzt so detailliert aus ihm heraussprudelte?) angelangt war. Pepi Luzifer! Habe sein Vater doch, wie er zuvor erwähnt hatte, als er vom Atelier ins Grafikbüro wechselte, eine Reihe von Fotos – Die Zwetschkenbrüstige? – Auch. Aber vor allem (hier wurde Pepi allerdings, graugrün ins abendliche violette Wiener Becken blikkend, ernst), vor allem seine Mutter ... Oh Pepi! Nein! Pepi Ödipus! Hat man Worte? *Ich* hatte nicht. Mir verschlug es die Rede. Und ich fühlte mich erröten. Sieben Jahre nachdem ich Frau Prohaskas (damals noch vergleichsweise keusch in Öl gemalte) Hinteransicht erblickt und danach geraume Zeit ernsthaft mit Eurotophobie – das ist, wie ich später in Psychologie lernen sollte, die Angst vor dem Erröten – gekämpft hatte, glühten, ich spürte es, meine Ohren, und zwar ärger denn je. »Ja«, sagte der findige Pepi, dem die nach Auflösung des Ateliers mit allen andern nicht verkauften Schöpfungen seines Vaters in den Prohaskaschen Kohlenkeller übersiedelte Fotoschachtel nicht entgangen war, sagte es, indem er mich Gott sei Dank nicht an-, sondern wie gesagt bedeutsam (mit Denkermiene) durch mich durch sah, sodaß er meine in der Dämmerung wahrscheinlich *leuchtenden* Ohren nicht wahrnahm, »jaja, so ist das«.

Vielleicht ist es jetzt angebracht (und erspart mir die weitere Beschreibung meiner damaligen besonderen Verlegenheit), etwas Allgemeines über Pepis gewiß manisches Verhältnis zur Sexualität anzumerken. In einem, so etwa ein Vierteljahrhundert nach diesem Spaziergang an der Wienerbergküste (»Früher, ich meine vor der Eiszeit, war da ein Meer«, sagte P. P., »eigentlich wandeln wir also jetzt auf dem Wasser ...«) aufgenommenen Interview, sagte mein ehemaliger Schulfreund folgendes: »Es ist ja verniedlichend, Sexualität nur als Zeugungsakt zu interpretieren – und selbst nur als Akt einer mehr oder minder vergnüglichen Kommunikation ... Sexualität ist, wenn Sie verstehn, was ich meine, auch oder gar nicht zuletzt ein Akt des unter Umständen radikalen Widerstands.«

Nun, ich bin nicht sicher, ob die Journalistin, die den soeben von den Medien entdeckten Propheten damals interviewte, verstand, was er meinte. Vielleicht errötete übrigens auch sie, und vielleicht war Pepis Statement überhaupt nur darauf angelegt, diesen (oder wer weiß welchen) Effekt zu erzielen – der reifere P. P. hatte es, diese Bemerkung erlaube ich mir als der bis auf weiteres sicher fundierteste Pepi Prohaska-Kenner, faustdick hinter den Ohren. Anderseits waren die Zeiten fortgeschritten und dieser Prophet (echt oder falsch, das war eine sekundäre Frage) galt als fortschrittlich. Und *war* es auch in gewisser Hinsicht: schließlich verweigerte er, und damit stand er in guter Tradition, die Steuerzahlung, mit der Begründung, er wolle nicht die Erzeugung und den Export von Waffen beziehungsweise Panzern durch verstaatlichte oder vom Staat gestützte Betriebe mitfinanzieren – und überhaupt gefalle ihm und wahrscheinlich auch dem Lieben Gott das wenigste von dem, was mit Steuergeldern angefangen, man sollte wohl treffender sagen: ange*stellt* werde.

Doch um auf den früheren Pepi zurückzukommen: was mich betrifft, so habe ich zwar, seit ich sie einigermaßen kenne, eine gewisse Reserve gegen die Theorien Freuds und seiner wimmelnden Epigonen, aber man muß zugeben, daß gewisse Passagen in P. P.s Biografie ein Festfressen für Psychoanalytiker wären. Seine etwas eigenartige Mutterbeziehung wird durch eine Episode, die er bezeichnenderweise gleich anschließend an die Repetentenvorschlaggeschichte erzählte, noch deutlicher beleuchtet. Die kokette Tina (man erinnert sich: Tochter eines Schauspielers) tauchte wieder auf, da drehte Mama Prohaska durch. Nein, nicht sofort – Pepi traf sich ein paarmal mit Tina. Sie gingen zum Beispiel zusammen eislaufen (auf einem von Papa Prohaska geschossenen Foto – man bedenke, welch eine Ritterlichkeit bei Pepis diesbezüglichem Ungeschick! – schnürt er ihr den Schuh). Auch kam Tina einige Male zu Besuch, Pepi erzählte von einer scherzhaften Balgerei in seinem Zimmer, bei der sie unversehens auf die Couch gerieten, sie unten, er oben, und es war plötzlich so ein seltsamer Blickwechsel zwischen ihnen und eine Art von Erschrecken. Aber da wahrte die nach der Totgeburt schonungsbedürftige Mutter (vielleicht auch aus einfacher Lethargie) noch die Fassung. Dann aber, es war im Frühjahr und Pepis Zeugnisauspizien waren in diesem (wiederholten) Schuljahr gar nicht so katastrophal, rief die kecke Tina eines Tages bei Prohaskas an und machte einen Vorschlag. Wie es denn wäre, wenn Pepi am Wochenende zu einem Ausflug, den sie mit einigen Freundinnen und Freunden vorhatte, mitführe, nein, keine Erwachsenen sollten dabeisein, nur »Kinder«. Das komme, meinte die Mutter und erblaßte bis an die Nasenspitze, überhaupt nicht in Frage, ihre Erregung über dieses Projekt, sagte Pepi, war erstaunlich, unverhältnismäßig, sie begann sogar zu weinen. Danach traf er Tina nur mehr selten; nach den Ferien, die er dieses Jahr ganz mit der Großmutter verbrachte, entschlummerte die Liaison, und für die nächsten paar Jahre war ihm schon das Anknüpfen von Beziehungen zu Mädchen ein aufgrund von Hemmungen, die denjenigen beim Betreten von Geschäften nicht unähnlich waren, kaum lösbares Problem.

Hingegen ergaben sich merkwürdige Beziehungen zu Burschen. Etwa im Margaretenbad, in das die Schulklasse einmal pro Woche zum Schwimmunterricht geführt wurde. Das Bad war ihm unsympathisch, erzählte Pepi, kam man von draußen hinein, so verschlug einem der Fauleeiergestank einer angeblich heilsam im Souterrain sprudelnden Schwefelquelle den Atem. Und besonders in der kalten Jahreszeit brach einem der Schweiß aus, bis man, wobei man absurderweise in Pullover und Mantel quer durch die Schwimmhalle mußte, zu den Umkleidekabinen kam. Diese Umkleidekabinen aber waren (ich kannte ähnliches aus dem Konvikt) ein Ort der Versuchung. Je zu zweit zum Aus- oder Anziehen geschickt, kam man, angesichts anfangs nur flüchtig, bald jedoch mit immer bewußterer Muße ebenso preisgegebener wie wahrgenommener nackter Gegenseitigkeit auf seltsame Ideen. Besonders *nach* der Schwimmstunde, wenn die Haut feucht glänzte und man sich noch etwas mehr Zeit lassen konnte, weil man sich schließlich ordentlich abtrocknen mußte. Ein gewisser Semotan, mit dem Pepi, nachdem sie im Physikunterricht davon gehört hatten, übrigens auch eine Taucherglocke bauen wollte, was, wenn man mich fragt, doch auf eine gewisse Neigung zu ungewöhnlicher Zweisamkeit hindeutet, habe ihm zwar keinesfalls gefallen, sei aber – ich verwende, bitte, seine Ausdrücke – ein guter Haberer gewesen, sodaß sie aus ihrer gemeinsamen sexuellen Not (denn eigentlich, sagte er, hätten sie beide von Frauen geträumt, etwa der Gina Lollobrigida, kurz Lollo genannt, mit der zumindest Semotan »nur einmal vögeln und dann sterben« wollte, aber die Lollo war nicht da), sodaß sie also aus ihrer je einsamen sexuellen Not eine gemeinsame Tugend (soll wohl heißen Untugend) gemacht hätten – ich erspare mir Details.

Wirklich platonisch hingegen sei die Beziehung zu

Aichhorn gewesen. Nun hat, nach allem, was ich später von Platon erfahren habe, P.P. den Begriff ›platonisch‹ hier in einem sehr eigenwilligen Sinn des Wortes angewandt. Denn kaum ist anzunehmen, daß sich Platon und seine Freunde damit zufrieden gegeben hätten, miteinander ›Pfitschigogerl‹ (ein mit Mantelknöpfen als Kickern und einem Hemdknopf als Ball zu realisierendes Fußballspiel) zu treiben. Und ihre Leidenschaft, ihren Enthusiasmus weniger aufeinander und über einander hinaus als auf die Knöpfe zu richten, mit denen man dabei agierte. Indes mag der Weg, den Aichhorn und Prohaska da ein Stück miteinander gingen, vielleicht in gewisser Hinsicht doch platonisch gewesen sein. Der ständige Umgang mit Knöpfen (sie trugen nationale Meisterschaften, Europacups und schließlich sogar Weltmeisterschaften aus) ließ sie zu regelrechten Knopfspezialisten, Knopffetischisten werden. Die (auf die Eignung als Fußballer bezogene) funktionale Ästhetik der Knöpfe, die sie bald nicht mehr aus den Nähschachteln ihrer Mütter, sondern, ihr Taschengeld opfernd und regelrecht dafür sparend, aus speziellen Knopfgeschäften bezogen und, stellte sich der eine oder andere Knopf als Star heraus, nach regelrechten Transferverhandlungen hin und her schacherten, die funktionelle Ästhetik der Knöpfe, sagte Pepi, wurde ihm und seinem Partner zum immer höheren Begriff. Und vielleicht wären sie, hätten sie mehr als ein halbes Jahr damit weitergetan, tatsächlich noch zum idealen Knopf, zur Idee des Knopfs vor- und emporgedrungen, doch nach diesem halben Jahr (wir sind jetzt, mit Pepi, übrigens schon in der dritten Gymnasialklasse) verlagerte sich ihr Interesse von Fußballmeisterschaften (für meinen Freund ein übrigens vorläufig rein theoretisches Interesse, denn bei praktischen fußballerischen Versuchen, etwa anläßlich des Nachmittagsturnens auf dem Sportplatz ›Birkenwiese‹, war er noch immer eine Null) auf Radrundfahrten.

Das Radrundfahrtspiel war übrigens viel eher Pepis ursprüngliche Erfindung als der (wenngleich von ihm und Aichhorn auf ein ungeahntes Niveau gehobene) Knopffußball. ›Pfitschigogerl‹ wurde ja immerhin auch von anderen gespielt, obschon (in der Schule, während der Pausen) vor allem mit Münzen – das Radrundfahrtspiel nicht. Zwar gab es ein Gesellschaftsspiel, das sich ›Vierländertour‹ nannte, das war für zwei bis sechs Spieler gedacht und führte sechs verschiedenfarbige Plastikradfahrer durch Österreich, Deutschland, die Schweiz und Italien, Start und Ziel war in Wien. Aber was brauchte ein Pepi Prohaska Gesellschaft! In der Zeitung hatte er von der Österreichrundfahrt gelesen, von der Tour de Suisse, vom Giro d'Italia und vor allem von der Tour de France. Die ›Giganten der Landstraße‹ imponierten ihm, sie waren, was er nicht war: Meister der Selbstüberwindung. Auf langen, einsamen Fluchten fuhren sie dem Hauptfeld davon, wurden zwar meistens eingeholt, fielen zurück, aber ließen sich nicht unterkriegen, bissen die Zähne zusammen, holten wieder auf. Und selbst wenn sie, etwa der großen Hitze wegen, vom Rad fielen und aufgeben mußten, waren sie (ihre Märtyrergesichter sah man damals häufiger als heute in der Zeitung, Assoziationen an Golgatha ließen sich daran knüpfen, Schweißtuch der Heiligen Veronika und Dornenkrone) in gewisser Hinsicht Heroen.

Nun ließ sich das nicht mit sechs Plastikradfahrern nachspielen. Pepi ging hin und kaufte sich mehrere Ersatzgarnituren, die er, diverse Buntstifte mit der Zunge anfeuchtend, variabler bedreßte, blaugelb etwa oder rotschwarz, aber das war ihm immer noch zu wenig. Er widmete seine Knöpfe um, sie von Fußballern zu Radfahrern machend, färbte sie ein, numerierte sie, gab jedem einen Namen. Und fuhr dann (seine Informationen über Mannschaften und Fahrer bezog er wie gesagt aus Zeitungen) sämtliche großen Rundfahrten, mit sechzig bis neunzig Teilnehmern, in Dutzenden von Etappen, deren Ergebnisse er in langen Listen notierte, auf eigens dazu gezeichneten Spiel-

Plänen. Dabei würfelte er für jeden einzelnen Fahrer und ließ ihn, der Anzahl der gewürfelten Augen gemäß, auf dem Spielplan vorrücken. Und machte dabei (je geschummelt zu haben, dementierte er auf das heftigste) sozusagen autosuggestive Erfahrungen. Die Roller siegten im Flachland, die Bergspezialisten gewannen die Bergwertungen, die Champions der internationalen Radszene waren auch die seinen. Der von ihm besonders geliebte Charly Gaul allerdings, der einige Jahre später wirklich die Tour de France gewann, gewann sie bei Pepi (auch das ein prophetischer Zug?) schon einige Jahre früher. Bei Aichhorn, der, von Pepi als Partner für Fußballmeisterschaften im Stich gelassen, seine eigenen Radrundfahrten durchführte, siegte damals noch (was weniger prophetisch, ja sogar ein wenig hinter der Realität her war) der mehrfache Rundfahrtsieger Louison Bobet.

Wie man sieht, tauschten die beiden (laut Pepi in durchaus angeregten Gesprächen) die jeweiligen Ergebnisse ihrer jeweiligen Rundfahrten aus, informierten einander in aller Ausführlichkeit über den Verlauf der jüngsten Etappen. Aber so kommunikativ wie die gemeinsamen Knopffußballmeisterschaften waren die Radrundfahrten eben nicht. Das war etwas für einzelne, die sich gern in den Bau ihrer Phantasie zurückzogen, etwas, das, wie wir wissen, Pepi auch schon früher ausgesprochen genossen hatte: er war sich gerne selbst genug. Oder er war sich ungerne selbst zu wenig. Draußen, außerhalb seines phantasieüberladenen Kopfes nämlich, war die Realität, vor allem die schulische, Mitte der Dritten schon wieder derart, daß man P. P.s – ohnehin nur vorübergehend schwächere – Rückzugstendenz aus ihr, die jetzt wieder voll einsetzte, durchaus verstehen kann. Sein mathematisches Untalent kam abermals zum Durchbruch, und das neu hinzugekommene Latein schaffte er, zwar sprachbegabt, aber allergisch gegen auch nur kleine Dosen Grammatik, schon gar nicht. Aber was sollte ihm das? Bis zum Ende des letzten Trimesters fuhren seine

Radfahrer eine von ihm über die tatsächlich existierende Rundfahrtrealität hinausgeführte ›Tour d'Europe‹. Charly Gaul gewann wieder, und Pepi Prohaska, der allerdings letzteres nur von sehr fern registrierte, fiel zum zweiten Mal durch.

Und was geschah dann? Es ist mir ehrlich gestanden nie ganz klar geworden, wieso Pepi doch noch aus seiner Apathie erwachte. Wieso er – zumindest vorläufig – um 180 Grad schwenkte, sich der Realität, die er durch vier bedenkliche Jahre in zunehmendem Maß geflohen war, plötzlich aussetzte, und zwar, wie er glaubhaft versicherte, in gewisser Hinsicht ziemlich erfolgreich. Wieso verändern sich Menschen? Und wodurch genau setzt ihre Veränderung ein? Aber vielleicht denke ich mir Freiheit zu kompliziert, und Pepis Veränderung war eine Veränderung aus simpler Notwendigkeit.

»So wie ich war«, sagte er später, »habe ich nicht bleiben können.« So scheint es tatsächlich, aber was wäre geschehen, wenn ... also wenn er das nicht gerade noch rechtzeitig eingesehen hätte? Oder wenn er es zu sehr eingesehen hätte, denn seine Einsicht und der daraus resultierende ›Realismus‹ (eine Haltung, die er immerhin eine entscheidende Phase lang einnehmen sollte) standen doch, wenn ich seine spätere Entwicklung bedenke, beide unter einem gewissen Vorbehalt. Und wäre letzterer nicht gewesen, so hätte ich heute kein Buch über einen Propheten zu schreiben.

Was wäre geschehen wenn ... ihn sein Vater zum Beispiel, wie nach der zweiten Schulkatastrophe zuerst einmal angedroht, nein, einfach an*gekündigt*, korrigierte sich Pepi, denn Papa Prohaska, nicht der Mann, um zu drohen, stellte das, mit dem bösen Zeugnis in der Hand, einfach in Aussicht, auch wenn es keine Aussicht war, schwerlidrigen Blicks ... wenn ihn sein Vater nun tatsächlich in die letzte Hauptschulklasse und dann in »irgendeine Lehre« geschickt hätte? Nicht, daß mir das prinzipiell zu minder erschiene, Handwerk hat goldenen Boden und meine Brüder sind beide Meister geworden, relativ anständige Menschen und glückliche Familienväter dazu. Aber Pepi? Kann ich mir Pepi als Kunsttischler oder Automechaniker vorstellen? Kaum. Da schon eher als von vornherein zum Scheitern verurteilte, verkrachte Existenz, in Haupt- und Berufsschule weiter verunsichert, von Kollegen und Lehrherrn nicht vollgenommen, als ärgerlichen Versager. Und in der Folge? Was wäre aus ihm geworden? Ein linkischer Komplexler, ein unattraktiv an sich selbst Leidender, ein trüber Verlierer? Ein Trinker, ein Drogensüchtiger, ein Irrenhauspatient, ein Exhibitionist oder Kinderschänder, ein Selbstmordkandidat? Das alles wäre möglich gewesen. Und ist doch nicht wirklich geworden. Wie finden wir unseren Weg?

Oder konträr: was wäre geschehen wenn ... wenn er seine Anpassung, denn es war eine, zu weit getrieben hätte, nachdem ihm seine vive Großmutter, mit ihren alten, aber immer noch agilen Füßen treppauf treppab von Direktor zu Direktor laufend, doch noch einen Mittelschulplatz verschafft hatte? Real-Schule, das ist eine Schule für Realitätstüchtige, kein Latein, also bitte, kein Gaudeamus am Ende, kein Doktorhut, aber vielleicht wenigstens ein Dipl. Ing. in nüchtern-eleganter Schrift auf dem Türschildchen? Oder wenigstens – wenn man die Matura hat, dann hat man schon etwas – eine solide Beamten- oder Angestelltenlaufbahn bei Bund oder Gemeinde, nun, vielleicht auch bei einer Sparkasse? – Kann ich mir Pepi in einer von diesen Rollen denken: ernst, anstellig, fleißig, seinen Vorgesetzten ein Wohlgefallen, mit den Jahren in hohe und höhere Positionen aufrückend, seriös, saturiert, Sie sprechen mit / wenden Sie sich vertrauensvoll an / beispielsweise Filialleiter Josef Prohaska? Nun? Nun, ich weiß nicht.

Sicher, auch so ein Leben wäre ihm möglich gewesen. Und wahrscheinlich hätte er's, die Annahme der Spielregeln vorausgesetzt, darin leichter gehabt, als er es (zumindest materiell) tatsächlich hatte. Und nichts gegen so ein Leben, sage ich im Namen aller Beamten und Angestellten, sei's im öffentlichen Dienst, sei's in der Privatwirtschaft, die Diplomingenieure unter und über ihnen nicht zu vergessen, so ein Leben ist, verglichen mit manchen anderen, zweifellos ein in vieler Hinsicht besseres, man braucht, außer der Inflation und der Atombombe, nichts groß zu fürchten und kann (vorausgesetzt, es kommt weder diese noch jene) im jeweils nächsten Sommer einen schönen Urlaub machen, mit Wohnwagen nach dem Süden ziehend oder sogar hinfliegend und (etwa beim Club Mediterranée sich noch etwas besser fühlend) in der Sonne liegen, auf den Wellen schaukeln, gut bis exquisit essend und trinkend. Aber wo bleibt in einem solchen Leben, würde Pepi Prohaska der Prophet fragen, die Transzendenz?

Wodurch aber damals der Schwenk, die Wende, die Umkehr? Nicht anläßlich unseres Wiedersehensspaziergangs, aber ein anderes, späteres Mal hat mir Pepi etwas davon erzählt, das womöglich hierher gehört. Er sei, sich völlig miß- und unverstanden fühlend, von zu Hause ausgerissen, nein, es wäre wohl zutreffender, zu sagen: weggeblieben. Habe sich durch Wien treiben lassen wie durch eine fremde Stadt: so fremd gefühlt und wohl auch so fremd fühlen wollen habe er sich, daß im Ostbahngelände, das (ich habe mich davon überzeugt) besonders gut zu dieser Stimmung paßte, ein Eisenbahner ihn für einen Ungarnflüchtling gehalten und ihm – ein guter Mensch – einen Fünfzigschillingschein zugesteckt habe; er, Pepi, der Spende wegen verlegen und vor allem des Ungarischen, das von ihm erwartet wurde, mit keinem Wort mächtig, habe das Geld zwar genommen, aber, wenn er sich recht besinne, in der Keplerkirche, an der er danach vorbeikam, dem Heiligen Antonius abgetreten. Jedenfalls habe ihn der Eisenbahner an seinen Großvater erinnert, nein, nicht den im Krieg verschwundenen Mann der Schäfchenoma, sondern den der anderen, früh verstorbenen Großmutter mütterlicherseits. Und der (ich hatte bis dahin noch nie von ihm gehört) sei Lokomotivführer gewesen und habe, wenngleich wegen eines Unfalls, den er, bei einer Nachtfahrt jenseits des Semmerings (und seiner eigenen Widerstandskraft gegen den Schlaf) eingenickt, verschuldet habe, zwangspensioniert, damals noch gelebt. Meistens daheim sei er gesessen und habe Kreuzworträtsel gelöst und seine vom winterlichen Stehen auf der offenen Lok erfrorenen Füße gebadet. »Na sowas, Pepi«, habe er gesagt, »was führt dich zu mir?« – »Ah geh«, habe der Großvater nachher gesagt, »das ist doch alles halb so schlimm. Magst du Skubanki? Du, die sind gut. Seit die Großmutter tot ist, mach ich sie mir immer selber. Weißt du, die Zeit vergeht, und es ist wenig, was dafürsteht, daß man sich darüber aufregt. Das meiste, was einem geschieht, ja sogar das, was einem angetan wird, kommt einem später ganz komisch vor.«

Manches allerdings, habe der Großvater gemeint, des Enkels wegen (und das wollte etwas heißen) in die Stiefel geschlüpft und das erste Mal seit Wochen wieder aus dem Haus gegangen, südwärts, peripheriewärts, bevor sie nordwärts, stadtwärts, zu Pepis Eltern zurückkehrten, manches könne und solle man nicht vergessen. »Da unten im Ziegelwerk, da haben die Arbeiter, wie ich noch klein war, in den Ringöfen gehaust, so arm waren die, mein Wenzelonkel, der an Tuberkulose zugrund gegangen ist, auch. Der Victor Adler hat sich dort eingeschlichen und einen Bericht darüber geschrieben: ›Die Sklaven vom Wienerberg‹. Und da oben im Gemeindebau, da haben wir uns Anno 34 hinter den Koloniakübeln verschanzt, wie das Bundesheer auf uns geschossen hat. Das war die gute alte Zeit.«

Mir will noch scheinen, daß in dieser Erzählung Pepis der ›Böhmische Prater‹ zum ersten Mal vorkam. Beim

Polkatanzen habe der Großvater dort die Großmutter kennengelernt, und auch das sei, obwohl sie viel gestritten hätten, solang sie, die Annerl, noch gelebt habe, auch das sei es wert, daß man sich daran erinnere. Vielleicht also hat so manches in Pepis Entwicklung mit diesem (sonst nie erwähnten) Großvater zu tun. Nicht zuletzt ein gewisser unter der bürgerlich gepflegten, nach fast adeligen Allüren zugeschnittenen Bewußtseinshecke der Schäfchenoma zuweilen hervorwuchernder, ›proletarischer‹ Bewußtseinswildwuchs, der von Stacheln umgebene Blüten trieb.

Aber genug der Spekulationen. Zurück zu den Tatsachen.

Tatsache ist, daß Pepi, der Schulversager, im Herbst 1957 noch eine Chance bekam. Und daß er die Chance, wie man sehen wird, zu nützen verstand. Die neue Schule betrat er mit neuem Bewußtsein.

Woher er das hatte? – Im folgenden *seine* Version:

»Na, woher schon? Ein Engel ist mir erschienen. Im Traum. Ich hab ihn ganz deutlich vor mir gesehn. Pepi, hat er gesagt, du Tschapperl, was läßt du dich ins Bockshorn jagen?« (Hiemit zitiere ich aus einer Tonbandaufnahme. Sie stammt aus dem Jahr 1983, und der bereits zum zweiten Mal als solcher auftretende Prophet, der einer – allerdings zweifelhaften – Biographin ein Interview gibt, ist, man hört es recht deutlich, ein bißchen betrunken.)

»Steh auf, hat der Engel gesagt, beweg deinen spätkindlichen Leib, zackzack, und versuch ein Mann zu werden. Deine pubertäre Lethargie findet, kann ich dir sagen, höherenorts wenig Anklang, ja um ehrlich zu sein, sie geht uns auf die Nerven.

Und siehe, so begann Pepi, bis dahin bloß ein Spaziergänger, seinen Körper zu stählen (der Geist war ohnehin ganz auf Draht). Machte Liegestütz und Kniebeugen, schwang eine Hantel, rannte durch den Wald. Das war nämlich in den Ferien, liebe Sibylle. Und als er, Prohaska, dann Anfang September nach Wien zurückkam, fühlte er sich stärker und größer.

Aber der Engel hat mir noch was gesagt. Pepi, hat er gesagt, in einem männlichen Körper hat auch eine männliche Seele zu wohnen, kapiert? Mit gewissen Kindereien hat es jetzt ein Ende, auf gewisse Lausbübereien läßt du dich gefälligst nicht mehr ein, von gewissen Anpöbelungen läßt du dich fortan einfach nicht mehr beeindrucken. Wir haben noch Großes mit dir vor. Also mach uns keine Schande.« Schluß des Zitats.

Doch Engel beiseite, wie auch immer – und sei es rein biologisch – diese Wandlung zustande kam, P. P. ermannte sich damals wirklich. Ehedem, in unserer gemeinsamen Volksschulzeit, hatte er sich im Vergleich zu den andern nur erwachsener *gefühlt,* jetzt war er's tatsächlich. Vielleicht stilisierte er das auch ein bißchen – wegen der schwarzen Hemden, die er von nun an mit Vorliebe trug, bekam er den Spitznamen Zorro. Aber gerade dieser Spitzname zeugt, wie man zugeben wird, von einer gewissen, sogar ein bißchen bewundernden Wertschätzung seitens der neuen Mitschüler. Nein, dieses Image (der Rächer mit der Maske) ist nicht gerade das des Angepaßten. Doch nahm Pepi, wenn man ihm glauben darf, den Zorro, so gut ihm der Name gefiel, nicht ganz ernst. Hatte nicht die Absicht, wirklich für einen potentiellen Peitschenschwinger und Pistolenschützen zu gelten, über sowas war er hinaus. Aber wenn er (besonders, wie er sich später äußerte) Idioten gegenüber das Flair einer gewissen Unangreifbarkeit hatte, so sollte ihm das recht sein. Die Klassentyrannen und ihre Gorillas rührten ihn nicht mehr an. Die zwei Jahre Rückstand wurden ihm nun zum Vorsprung – er war einfach keiner mehr, auf den man so ohne weiteres mit den Fäusten losschlug. Doch stand er, und das ist entscheidend, trotz einer nicht immer, aber häufig merkbaren intellektuellen Distanz nie richtig (d. h. nie falsch) beiseite. War nicht überall, aber bei vielem dabei, war, wenn auch kein

Possenreißer, so sicher kein Spielverderber, unter seinen neuen Kameraden kein ganz anderer, sondern höchstens ein Besonderer.

Erstens (was für ihn enorm wichtig war) einer der besseren und – da er teils mit Selbstüberwindung, teils mit Lust weitertrainierte – allmählich einer der besten Turner. »Weißt du«, sagte er, »was das für ein gutes Gefühl ist, wenn du dich, das Gegenteil gewohnt, auf einmal deines Körpers nicht mehr zu genieren brauchst?« Zwar war ihm das Geräteturnen, wie er mir gestand, nach wie vor unheimlich, aber er überwand seine Angst. Und wo Kraft und Ausdauer erforderlich waren, zum Beispiel beim Seilklettern im Saal oder beim Mittelstreckenlaufen auf dem Sportplatz, war er bald Spitze. Zweitens aber (und auch das war nicht unerheblich) einer der besseren und – da ihn sein neuer Klassenvorstand, Bürger hieß er, vorurteilslos akzeptierte – allmählich einer der besten Schüler. »Naja«, modifizierte Pepi diese Selbsteinschätzung später, »sagen wir beinahe. In gewisser Hinsicht«, erzählte er, »habe ich das Lernen auch wie eine sportliche Disziplin aufgefaßt.« Man sieht schon: der Pepi dieser etwa zwei Jahre dauernden Konsolidierungsphase ist eigentlich ein Langweiler.

Aber er wäre nicht Pepi gewesen, hätte er nicht nach und nach eine gewisse Reibung an der Realität gefunden, vielleicht sogar gesucht. Und der Pepi, dem ich wiederbegegnete, dieser Charly Chaplin des grünen Rasens, war ja offenbar schon wieder drauf und dran, ins – seinem Wesen zweifellos viel eher entsprechende – Abseits zu traben. Ich weiß nicht genau, wann er auf die merkwürdige Idee gekommen ist, einem Fußballverein beizutreten, auch will und kann ich hier kein Urteil über sein fußballerisches Talent abgeben. Mir kommt nur vor, daß er mit seinem Ehrgeiz, Fußballer zu werden, einerseits über die ihn wahrscheinlich schon selbst langweilende Anpassungsrealität hinauswollte und daß er andererseits unter den Fußballern eben jene Anpassung, die ihm, wenn man seiner Erzählung glaubt, unter den Mitschülern gelungen war, partout nicht geschafft hatte.

Mein Bruder, der ihn allerdings nie hatte leiden mögen, sah diese Problematik, zumindest was die fußballerische Karriere betraf, so simpel wie drastisch. »Wie man so etwas kicken lassen kann«, sagte er, nachdem ich ihn vor dem bereits geschlossenen Sportplatztor wieder getroffen und mich von Pepi verabschiedet hatte, »ist mir ehrlich gesagt ein Schleier!« Klar, er war ungehalten, weil wir ihn hatten warten lassen, aber aus ihm sprach nicht nur Zorn, sondern auch Kennerschaft. Eine Woche darauf, wieder im Konvikt, bekam ich den ersten einer Reihe von Pepi Prohaska-Briefen, die ich im folgenden, unerheblich gekürzt, abtippe:

(1. Brief)
26. 4. '59

Lieber Engelbert!

Darüber, daß wir uns wiedergetroffen haben, hab ich mich ehrlich gefreut. Auch & vor allem darüber, daß wir nach all den Jahren wieder so gut miteinander reden konnten. Ja, ich weiß, ich hab wohl ein bißchen viel geredet & Du hast ein bißchen viel zuhören müssen. Aber wenn Dein Vorschlag, daß ich Dir auch noch schreiben soll [*sein* Vorschlag, Anm. d. Biogr.] nicht nur ein Versuch war, mir fürs erste zu entwischen, dann hat's dich ja interessiert, was ich Dir erzählt hab, & wenn Du jetzt prompt diesen Brief kriegst, bist Du selber schuld.

Daß ich gern rede, hast Du ja schon früher gewußt. Daß & wie ich gern schreibe, wirst Du im folgenden merken. Ich meine: falls Du Dir die Mühe machst, mein Geschreibsel (verzeih die Handschrift) wirklich & womögl. sogar bis zum jetzt noch nicht absehbaren Ende zu lesen. Denn wenn ich einmal anfange ... Schluß der Vorrede. Ich habe Dich gewarnt.

Also, die Osterferien sind vorbei & der Schulalltag hat mich wieder. Nicht, daß mich das sehr belastet – ich hab Dir ja gesagt, daß mir das Lernen jetzt relativ leicht fällt –, aber einige Exemplare aus unserer Professorenmenagerie gehen mir trotzdem auf den Nerv. Zum Beispiel haben wir einen Französischprofessor, Malthus heißt er, der ist einfach eine Kröte. Kindchen, quakt er, & dabei läßt er die Fingerspitzen der linken & rechten Hand mit schleimiger Elastizität auf einander zu & von einander weg wippen, Kindchen, bei mir ist Französischlernen kein Spaß, sondern bitterer Ernst, ich warne euch ausdrücklich. Fallt ihr nicht in der Fünften durch, dann fliegt ihr in der Sechsten. Fliegt ihr nicht in der Sechsten, so poltert ihr in der Siebenten. Poltert ihr nicht in der Siebenten, so erwischt's euch in der Achten. & wenn ich euch doch zur Matura zulaß, dann gnade euch Gott!

Prof. Angerl hingegen ist eher ein Wildschwein. Der quält uns – ich weiß nicht, womit wir uns das verdient haben – in Physik. Mir eilt – so hat er sich gleich in der ersten Stunde vorgestellt – mir eilt der Ruf voraus, der strengste Professor an dieser Schule zu sein. & ich muß sagen (grins) dieser Ruf ist berechtigt. Zum Beweis dafür prüft er jede Stunde. Hin & her gehend, sodaß man, wenn er sich von einem abwendet, sein unappetitlich rotes Genick sieht. Die einzige Chance, ihn davon abzubringen, ist, ihn etwas über den Feldmarschall Rommel oder über die Jagd zu fragen. Das gehört zwar nicht zu seinem Unterrichtsfach, aber darüber vergißt er es, wenn man Glück hat, denn b) ist er (verbürgt) ein passionierter Jäger & a) war er (angeblich) eine Zeit lang Rommels Adjutant, na Waidmanns-heil!

Das dritte Vieh unterrichtet uns in Chemie. Heißt Zipperer & ist, wenn Du mich fragst, die typische Viper. Glatt, leise & gefährlich; einen Mitschüler, der – was allerdings wirklich ein Fauxpas ist – gleich am Anfang eines Tests den Sauerstoff mit dem Wasserstoff verwechselt hat, hat er gute fünf Minuten über jenen, statt über diesen reden lassen. & dann hat er: danke nichtgenügend gesagt, obwohl – abgesehn von der anfänglichen, wahrscheinlich durch die Aufregung bedingten Verwechslung – alles richtig war, & sein Opfer hat gar nicht begriffen, wie ihm geschehn ist.

Diese Herren wiederzusehen ist also wirklich kein Vergnügen. Mich aber kriegen die trotzdem nicht mehr klein. Obwohl ich mir manchmal wünsche, daß ein Kugelblitz einschlägt, während sie alle drei auf dem Professorenklo sitzen, lächle ich ihnen ins Gesicht. & erwecke den Eindruck, mich sowohl für ihren Unterricht zu interessieren als auch etwas zu können (was übrigens wirklich der Fall ist).

Denn weißt Du: Morgenstunde hat Gold im Munde. Das heißt, ich steh um sechs, wenn es sein muß auch um fünf Uhr Früh auf & lern halt, was anfällt. Formeln oder Vokabeln memoriere ich dann noch auf meinem (im Vergleich zu früher ziemlich langen) Schulweg. Die Nachmittage jedenfalls sind mir, außer in Extremfällen, also z. B. vor schweren Schularbeiten, zum Lernen zu schade. Da muß ich trainieren, verstehst Du, mit meinen sportlichen Plänen ist es mir nämlich wirklich ernst. Auch wenn sie mein Vater belächelt & den Kopf schüttelt, wenn ich Liegestütz (ich schaffe 50) oder Kniebeugen (100) mache. Nach dem Essen lese ich eine halbe Stunde (hab ich Dir gesagt, wie sehr ich Hemingway schätze? Der hat übrigens auch viel für Sport über ...). Dann schlüpf ich in meine Basketballschuhe & laufe – auch das schon ein gutes Training – hinauf zur Wasserturmwiese. Das ist – vielleicht erinnerst Du Dich, wir sind da auf unserem Spaziergang unlängst vorbeigekommen – noch eine richtige, schöne ›Gstätten‹ vom alten Schlag. Dort treffe ich Gleichgesinnte, u. a. meinen Cousin, der übrigens mit mir in der Jugendmannschaft spielt, Du mußt ihn eigentlich gesehn haben. So ein bulliger Typ (rechter Außendecker), der immer, bevor er den Ball kriegt, tief Luft holt, als ob er tauchen wollte, aber das nur nebenbei. Naja & dort kicken wir dann, bis es dunkel wird.

Kannst Du nicht verstehn, wie ich mir denken kann, aber Bertl, nur so kommt man auf diesem Gebiet weiter. Der Sindelar (sagt Dir der Name etwas?) hat auch vor allem auf Gstätten gekickt, & dann war er der Star des Wunderteams. Ich weiß, meine Vorstellung als Fußballer kann Dich nicht überzeugt haben, mein Cousin hat das auch gemeint. Aber der wird schon noch sehen, Du wirst schon noch sehen, die Welt wird schon noch sehen! Was meinen Cousin betrifft, so haben wir übrigens noch ein gemeinsames Interessengebiet außer dem Fußball. Brigitte Bardot, derentwegen es sich übrigens lohnen würde, ordentlich französisch zu lernen. Wir sehen alle Filme mit ihr & haben ernsthaft erwogen, in den Ferien per Autostopp nach Saint Tropez zu fahren. Vielleicht treffen wir sie & dann kann sie sich ja für einen von uns entscheiden. Wir stehn nämlich so auf sie, daß sie das eigentlich spontan einsehn & entsprechend honorieren müßte. Nebenbemerkt kann ich mir nicht vorstellen, daß sich Brigitte Bardot für meinen Cousin entscheidet. Hingegen für mich: warum nicht? Erst recht angesichts des Kontrasts. Du siehst also, auch auf diesem Gebiet sind meine Chancen gar nicht so übel.

Aber lassen wir, bester Engelbert, unsere Gedanken lieber nicht allzusehr in solche Sphären schweifen. Ich seh Dich erröten, & auch mir tut es nicht gut um diese Stunde... Ich meine: ich hab noch die Abendgymnastik vor mir, Programm ist Programm. Also alles zu seiner Zeit. Nachher dusche ich mich & geh mit den Brüdern Karamasow ins Bett. Ich mag nämlich dicke Bücher, weißt Du, es ist immer ein gutes Gefühl, wieder 1000 Seiten gelesen zu haben. Abgesehn davon, imponiert mir der Dostojewskij inhaltlich sehr. ›Der Jüngling‹, ›Der Idiot‹, ›Die Dämonen‹ – hast Du was davon gelesen? Ich hab vor zwei Jahren

›Schuld und Sühne‹ in der sonst unerheblichen Bibliothek meines Vaters entdeckt & war begeistert. Das war zu einer Zeit, zu der uns unser Deutschprofessor noch mit den ›Bunten Steinen‹ u. solchem Kinderkram fadisiert hat. Rodeon Romanowitsch Raskolnikow – schon der Name des Helden hat mir imponiert. Engelbert! Schreib mir doch, was Du liest, was Du treibst! Eine gemeinsame Vergangenheit wie die unsere verbindet [sic. Anm. d. Biogr.] vielleicht bringen wir, durch die Verbindlichkeit von Briefen, auch eine gemeinsame Gegenwart zustande & [du ahnungsvoller Teufel du! Anm. d. Biogr.] eine gemeinsame Zukunft.
(...)

(2. Brief)
2. 5. '59

Lieber Bertl!

Ganz herzlichen Dank für Deinen Brief & das Buch. Das müssen ja schöne Zustände sein bei Euch im Konvikt, aber Du trägst sie, merk ich, mit Humor & Fassung. Zwar weiß ich nicht, warum Du Dir das alles antust bzw. antun läßt, aber wahrscheinlich schreibe ich mir leicht. Außerdem bist Du halt, wie ich weiß, ein geduldiger Mensch. Fein, daß Du trotzdem einen so guten Freund gefunden hast im (heiligen) Michel. Das scheint ja ein ausgesprochen klasser Bursch zu sein, vielleicht lerne ich ihn einmal kennen. Jetzt sitz ich da & überlege, was ich Dir schreiben kann bzw. soll. Ich hab schon kapiert: nicht wieder so viel über Fußball.

(...)

Also vielleicht mach ich's einfach so ähnlich wie Du & schreib Dir, nachdem Du mir so relativ ausführlich über Deine Kollegen geschrieben hast, ein bißchen über meine. Z. B. über den Kurz Toni. Das ist unser Vorzugsschüler. Allerdings keiner, dem man das gleich auf den ersten Blick ansieht. Auch auf den zweiten nicht. Eher im Gegenteil. D. h.: er kämpft gegen dieses vorbelastende Image, & zwar ganz erfolgreich. Macht einen meist desinteressierten & fast immer unausgeschlafenen Eindruck. Lanciert sogar das Gerücht, Alkoholiker zu sein. Doch hängt ihm sein guter Ruf bei den Professoren verhängnisvoll nach (mit ihm tausche ich Briefmarken). Pausback Franzi: nomen est omen: ein Putto. Beliebtes Streichelobjekt nicht nur des ebenerwähnten Toni. Die Versuchung ergibt sich wohl auch durch seine Frisur, eine niedliche Art von Pagenschnitt. Trotz seines kindlichen Aussehens in gewisser Hinsicht weiter als andere (ein Pfiffikus): verteilt Flugblätter der sozialistischen Jugend, was häufig Anlaß zur Diskussion gibt. Kaizar Dietmar: wie man so sagt, ein langes Elend. Repetent aus einer Lateinklasse. Gibt sich intellektuell. Betont würdevolles Auftreten. Im Turnen beim Basketball zwar ungeschickt, aber aufgrund seiner Größe trotzdem ein Turm in der Schlacht, weswegen ich ihn, zum Wähler bestimmt, fast immer in meine Partei wähle. Legt darauf Wert, adelig zu sein u. Otto v. Habsburg zu kennen (trotzdem ein kluger Kopf). Zillinger Reinhold: ein ziemlich komischer Kauz. Sieht aus wie Franz Schubert. Ist aber Zeuge Jehovas. Erklärt Rock n'Roll-Veranstaltungen, Kino- u. Theaterbesuche für sündig, womit er sich unbeliebt, & das hingebungsvolle Streichen von Fensterrahmen für tugendhaft, womit er sich lächerlich macht. Ich nehme ihn manchmal in Schutz. Mich interessiert er.

Soweit der Kreis meiner eher entfernten Freunde. Am nächsten aber steht bzw. sitzt mir Peter Pawlowsky. Er hat ein bißchen etwas von Pierre Besouchow. Wenn Du ›Krieg und Frieden‹ gelesen hast, weißt Du, was ich meine, wenn nicht, so rat ich Dir, lies es. Körperlich groß, eher dick & ohne seine Brillen ein paar Augenblicke zwinkernd hilflos, ist er der gutmütigste Mensch, den ich kenne – eine richtig sensible Seele. Trotzdem ist meine erste Erinnerung an ihn interessanterweise die an eine Rauferei. Obwohl er, wie Du Dir nach der eben gegebenen Charakteristik denken kannst, alles andere als ein Raufer ist. Aber damals, vor nunmehr zwei Jahren, als ich zu dieser Klasse gestoßen bin, hat man ihn angegriffen. Angreifer war der Piffl (ein typischer Depp). Vasall u. Gorilla eines gewissen Weiler Schurli, der drei bis vier Akkorde auf der E-Gitarre spielen & eher minder als mehr wie Elvis Presley dreinsehen konnte – inzwischen sind wir beide los. Mit mir haben solche Herrschaften damals nicht mehr viel anzufangen gewußt, haben sie mich angeblödelt, so habe ich (wenn auch subtil) zurückgescheitelt. Aber den Peter Pawlowsky haben sie, teils wegen seiner Kurzsichtigkeit, teils wegen seiner Massigkeit, die einen gewissen Widerstand signalisiert hat, im Visier gehabt. Na schön, der Piffl, der übrigens kaum kleiner war als er, nur ungeschlachter, aus zwei weniger kurzsichtigen, aber eindeutig doofen Ochsenaugen schauend, hat den Pawlowsky Peter, der keiner Fliege was zuleide getan hat, in der Pause provoziert. Hat auf ihn losgeboxt, & der Pawlowsky, 1.) wie gesagt seinem Wesen nach gutmütig & 2.) um seine Brille besorgt, hat ihn mit einem rechten Ausleger (ich weiß nicht, ob Du in der Boxersprache bewandert bist: also mit gestrecktem, rechtem Arm) von sich abgehalten. Dabei war er allerdings bewußt defensiv; na hau doch zurück, du fette Sau, hat der andere, der es, mit seiner Punchingballfigur, gerade nötig gehabt hat, solche Reden zu führen, geätzt; aber der Peter war nicht einmal ein Zurückschläger. So hat ihn der Piffl immer näher an die Wand gedrängt, & als es dort nicht mehr weiter gegangen ist, hat er Maß genommen & zum entscheidenden Schlag ausgeholt & dieser Schlag war, wie Du gleich sehen wirst, tatsächlich ein entscheidender. Der Pawlowsky Peter hat sich nämlich, weit wendiger, als man ihm das zugetraut hätte, gebückt, & sein Gegner hat den mit ziemlicher Wucht angesetzten Schlag mit tatsächlich ziemlicher Wucht gegen die Wand geführt. & nicht nur gegen die Wand, sondern gegen ein an ihr hängendes Bild, das (ich weiß nicht, welchen pädagogischen Wert es haben sollte) einen Husaren in roten Hosen gezeigt hat. Der Husar war verglast, & die Faust, die der Piffl danach mit einem mir unvergeßlich blöden Blick aus dem Rahmen gezogen hat, war dann ebenso rot wie die Husarenhose. In diesem Moment ist außerdem, Triumph, Triumph! der Klassenvorstand dazu gekommen & hat, nicht zuletzt aufgrund meiner Zeugenschaft, den Piffl entsprechend bestraft – ach ginge es doch allen Aggressoren so!

Na, jedenfalls, ist die Sympathie, die wir, der Peter & ich, schon bis dahin füreinander empfunden haben, mit diesem Tag zur Freundschaft geworden. Auf dem Heimweg haben wir einander die eben geschilderte Szene ein paar Dutzend Mal erzählt. Um dann nahtlos von diesem besonderen Ereignis zu allgemeinen Themen überzugehen, die uns beide berührt haben. Gerechtigkeit & Ungerechtigkeit, Frieden & Krieg, die beste Gesellschaftsordnung. Du mußt nämlich wissen, der Peter ist Kommunist. D. h. genaugenommen: sein Vater ist es. Ein Funktionär der KP in der Gewerkschaft der Post- oder Bahnangestellten. Naja, & da hat der Peter halt den Kommunismus von Kind auf als das einzig Richtige & Wahre mitgekriegt, wie andere (beispielsweise Du) den Katholizismus. Was mich betrifft, so weißt Du, daß ich da von vornherein nicht so fixiert bin. Aber ich fühl mich von jeher denen verbunden, die von den jeweils einen schief als die jeweils anderen angesehen werden, das hab ich sozusagen im Blut. Vielleicht liegt das wirklich an meiner Großmutter, der es übrigens gut geht (sie läßt Dich schön grüßen). Daß der Peter, der mit seiner Überzeugung (d. h. genaugenommen: der seines Vaters) nicht hinter dem Berg gehalten hat, deswegen von manchen als ›Kummerl‹ belächelt worden ist, hat mich jedenfalls für ihn eingenommen. Obwohl ich anderseits einen prinzipiellen Widerspruchsgeist habe & in unseren Diskussionen oft justament einen dem seinen entgegengesetzten Standpunkt verteidige. Als advocatus diaboli oder – der

Peter ist ja sozusagen ein konfessioneller Atheist – konträr: als advocatus dei. Darüber geraten wir manchmal, selbst wenn es kalt ist, ganz schön in Hitze, aber wir sind uns deswegen keineswegs böse. Im Gegenteil: daß wir einander so aufregen, regt uns an & steigert noch unsere gegenseitige Wertschätzung. Wertschätzung ist übrigens schwer untertrieben: wir mögen uns richtig. Sind wir im Lauf unserer Streitgespräche bei meinem Haustor angelangt, so sind die Weltprobleme, die wir diskutieren, natürlich noch immer ungelöst, & das ist gut so. Dann kann ich mich nämlich entschließen, ihn bis an sein Haustor zu begleiten, das prolongiert unsere erfreuliche Gemeinsamkeit um eine Viertelstunde. Sind wir dann dort, so entschließt er sich seinerseits, & wir schlendern wieder zu meinem Haustor zurück. Besonders ereifert haben wir uns über das Problem, ob die Welt durch & durch wissenschaftlich erkennbar ist. Peter meint, eines Tages werden alle Welträtsel gelöst sein & dann ist alles happy, das steht, behauptet er, bei Lenin. Ich glaube das nicht, & im übrigen bin ich dagegen. Wenn alle Welträtsel gelöst sind, habe ich gesagt, dann ist es ja fad auf der Welt, & außerdem hätten wir dann keinen Grund mehr, zwischen unseren beiden Haustoren zu pendeln. Darüber hinaus weigere ich mich zu akzeptieren, daß es bei der Lösung der Welträtsel nur darum geht, ob irgend so ein Sputnik in den Weltraum fliegt. Das ist ein reaktionärer Standpunkt, hat der Peter gesagt, daran haben alle Reaktionäre ein Interesse, daß der Fortschritt nicht fortschreitet & die Probleme nicht im praktischen Sinn der dialektisch-materialistischen Theorie gelöst werden. Ja aber, wenn die praktisch dialektischen Materialisten mit dem Schuh auf den Tisch der Uno-Generalversammlung klopfen, hab ich gesagt, dann ist das auch kein besonders konstruktiver Beitrag zu irgendeiner Problemlösung. & außerdem ist das nicht die feine, englische Art – da haben wir gelacht.

Siehst Du, das ist es nämlich – wir sind nicht todernst.

Wir philosophieren nicht nur, sondern blödeln auch viel. Manchmal unterhalten wir uns königlich über etwas, das andere gar nicht verstehn. In der Schule, wo wir seit der Piffl-Geschichte nebeneinander sitzen, haben wir einmal, beim Aufschlagen des Atlas am Anfang der Geographiestunde, einen Ort namens Huben gefunden, das hat uns, frag mich nicht warum, derart amüsiert, daß wir, vorerst einmal bis zur nächsten Pause, darüber gekichert haben wie (so der Geographieprofessor) zwei Backfische. & mit der Pause hat das nicht aufgehört. Hat einer von uns das Wort Huben gesagt, so hat sich der andere noch Wochen & Monate danach auf die Schenkel geklopft. Das war dann sozusagen ein Spiel zwischen uns. Besonders raffiniert war es übrigens, das Wort Huben zu flüstern oder, wenn es in der Klasse ganz ruhig war, *Huben* in zierlichen Buchstaben auf einen Zettel zu schreiben & die Wirkung abzuwarten. Auch über Mickymaushefte unterhalten wir uns köstlich. Die Wendung: Kreisch, ich bin ihre Nachbarin & von Beruf Hexe! (Gundel Gaukeley zu Donald Duck) ist zwischen uns zur stehenden Redewendung geworden. – & Sie, Sie gefallen mir gar nicht. Ich werde Sie verhexen! – So? & wie machen Sie das? – Das ist wie eine Grußformel.

Schüttelst Du jetzt den Kopf? Das mußt Du nicht tun! Du brauchst, mein Lieber, keine Angst um unser kulturelles Niveau zu haben – auch auf einer, sagen wir etwas höheren Ebene wird uns die Literatur zur Kommunikationsbasis. Peter hat mir ›Das Kapital‹ mitgebracht (ledergebunden, strengen Geruchs, entwendet aus der Bibliothek der Österreichisch-Sowjetischen Gesellschaft). Es ist allerdings, Dir kann ich's gestehen, nicht ganz mein Geschmack. & dabei habe ich mir gerade von diesem Buch ganz Besonderes erwartet. Als ich es nach Hause getragen hab, ist es mir vorgekommen wie ein erotischer Roman, so geheimnisvoll, so verboten. Doch die Erregung, die ich beim Aufschlagen dieses Folianten empfunden habe, ist, das kannst Du mir glauben, *nach* dem Aufschlagen rasch

abgeklungen. Vielleicht liegt das daran, daß die Menschen darin nicht als einzelne, sondern nur als Gattung, als Angehörige von Klassen vorkommen, was meinst Du?
(...)

(3. Brief)
14. 5. '59

Mein lieber Bertl!

Au weh! Ich sag Dir's! Das Leben!

Draußen ist ein strahlender Nachmittag, aber ich muß, ganz gegen meine jüngst beschriebene Gewohnheit, im Zimmer sitzen & strebern. Vor einem zweidimensionalen Zeichenblatt sitzend soll ich mir dreidimensionale Körper vergegenwärtigen (weißt Du, wie ein Rhombendodekaeder ausschaut?). Es gibt angeblich Menschen, die sich das einfach in ihrem Kopf vorstellen können, aber zu denen gehöre ich nicht.

Scheiße! Ich habe die letzte Schularbeit in Darstellender Geometrie verhaut. Jetzt muß ich dazuschaun, sonst komm ich noch ernstlich ins Schlittern. Quälend. Ich würd mir lieber ganz andere Körper vorstellen, aber was hilft's? Abstraktionen! Die hab ich nie leiden können.

Außerdem ist der Professor, den wir in diesem Fach haben, zwar nicht zuwider, aber nichtsdestoweniger eine Zumutung. Betritt mit Dreieck & Zirkel die Klasse (nein, umgekehrt, Dreieck & Zirkel, beide von überdurchschnittlicher Größe, kommen mit ihm, einem 1.50-Riesen, zur Klassentür herein), kurbelt die Tafel auf sein Giftzwergenmaß herab & beginnt wortlos zu zeichnen. Dazu murmelt er irgend etwas, das keiner versteht, weil sein Kehlkopf vom Kettenrauchen so kaputt ist, daß er nur mehr ein heiseres Flüstern zustandebringt & sonst nichts. Das einzige, was man aus der dritten Bankreihe, in der ich sitze, halbwegs deutlich hören kann, ist ein rhythmisches Hüsteln. Nein, er ist wirklich nicht ungut, der Fischlein (so heißt er), aber m. E. gehört er nicht als Lehrer in eine Schulklasse, sondern als kurioses Ausstellungsobjekt ins Naturhistorische Museum.

Aber ich hab jetzt eine Pause gemacht & Dir, wie Du merkst, zu schreiben begonnen, um auf andere Gedanken zu kommen. Was mir, wie Du ebenfalls merkst, nicht recht gelingt. Mein Vater geht mir in letzter Zeit auch wieder schwer auf den Wecker, weil er sich (eine Folge meines oben erwähnten Mißgeschicks) nach wohltuend langer, diesbezüglicher Abstinenz, nun plötzlich wieder als Erziehungsberechtigter aufspielt. Eine Rolle, die, wie Du weißt, nie zu ihm gepaßt hat &, wie Du Dir denken kannst, jetzt erst recht nicht zu ihm paßt.

Apropos Abstinenz: in dem Sinn, in dem man es für gewöhnlich gebraucht, paßt dieses nüchterne Wort überhaupt nicht zu ihm. Er hat – ich habe es schon angedeutet – ganz simpel zu saufen begonnen, kommt selten ohne Fahne nach Haus & belästigt dann meine Mutter sozusagen unsittlich. Es ist peinlich, weißt Du, er stammelt allerlei Kosenamen, aber sie steht nicht mehr auf ihn – & wenn er betrunken ist schon gar nicht. Sie entzieht sich, er läuft ihr nach, es ist wie bei den Tauben auf der Straße, nur daß er halt schon ein recht alter, schäbiger Täuberich ist – also in solchen Situationen könnte er einem direkt leid tun.

Jedenfalls möcht ich niemals so werden wie er. Obwohl er mir manchmal immer noch imponiert. Vor einiger Zeit hat er eine Nachzahlung (Steuerausgleich) bekommen & ist, aus Freude darüber, statt ins Wirtshaus in die Delikatessenhandlung gegangen. Wollte ein bißchen feiern, & zwar nicht allein, sondern (was will sie?) mit meiner Mutter. Es klingelt also & draußen steht der Ernährer. Mit einem Huhn unterm Arm & zwei Flaschen Wein. Schau, Rita, sagt er, was ich mitgebracht hab! Sie schaut u. sagt nichts. Na, sagt er, freust du dich nicht? Nein, sie macht nicht den Eindruck. Sie freut sich nicht, sagt er. Huhn & Wein in den Händen. Was sagt man dazu? Na, ich hab gar nichts gesagt, nur die Achseln gezuckt. Doch meine Mutter, die hat jetzt losgelegt. Von überflüssigen Ausgaben hat sie geredet & daß wir ohnehin nur Schulden haben. & was er doch für ein unvernünftiger Mann ist im Vergleich zu anderen, vernünftigen Männern. & daß der Gerichtsvollzieher da war & den Kuckuck auf die Möbel gepickt hat. & daß sie nicht mehr aus noch ein weiß & schon gar nicht, wie sie eigentlich zu alldem dazukommt. Soll das heißen, hat mein Vater gesagt & ganz enge, gelbe Augen gekriegt, daß du das Hendel nicht willst? – Du schmeißt doch das Geld zum Fenster raus, hat sie gesagt. – So, hat er gesagt, na dann schmeiß ich halt zur Abwechslung einmal ein Hendel zum Fenster raus. & hast Du nicht gesehn, ist das Hendel tatsächlich zum Fenster raus geflogen – ein hübscher Anblick!

Richtig zum Schießen, nichtwahr, wie's bei uns zugeht. Apropos Schießen. Also ob Du's glaubst oder nicht, Bertl – ich hab ein Tor geschossen! Nein, nicht auf der Wasserturmwiese, sondern auf dem Simmeringer Platz. Gegen die als besonders hart verschriene Simmeringer Jugend. Und was für ein Tor, mein Lieber, was für ein Tor! Also ganz ehrlich gesagt, der Zufall hat auch ein bissel mitgespielt, aber sag's nicht weiter. Von links kommend, bin ich in eine Flanke von rechts gehechtet, wollt sie per Kopf erreichen. Hab sie verfehlt, aber der Ball ist (ich bin mit angewinkelten Beinen gesprungen) von meiner Ferse abgeprallt u. zur völligen Überraschung des Tormanns, der in die andere Ecke geflogen ist, exakt ins Kreuzeck gesaust – so schön, daß man durchaus sagen könnte: mit Gottes Fügung.

So viel (oder wenig) vorläufig auf Deine im letzten Brief ganz einfach gestellte Frage, ob & inwieweit ich an Gott glaube. Sag einmal: kannst Du mich nicht etwas Leichteres fragen? Glaube ich, glaube ich nicht? Vielleicht sollt ich ein Gänseblümchen rupfen. Aber wahrscheinlich werde ich meines Glaubens sicherer, wenn Gott meine Gebete um eine wenigstens befriedigende Schularbeitsnote erhört.

(...)

(4. Brief)
22. 5. '59

Hallo Bertl!

Jetzt geht es mir wieder gut.

Ein mittlerer Felsen ist mir vom Herzen gefallen, denn auf die Schularbeit (Du weißt schon: die geometrische) hab ich ein Befriedigend. Jetzt atme ich frei. Jetzt kann mir nichts mehr passieren. Dieses Schuljahr ist so gut wie gelaufen.

Dazu kommt, daß unser lieber Prof. Malthus die Freundlichkeit gehabt hat, das Zeitliche zu segnen. Ja, Du liest richtig: die Französischkröte: unerwartet: nach kurzem Leiden. Es ist vielleicht pietätlos, aber ich kann nicht umhin, mich darüber sozusagen teuflisch zu freuen. Kindchen. Fallt ihr nicht in der Fünften durch, dann fliegt ihr in der Sechsten etc. Ja, Schnecken!

Schuldgefühle habe ich diesmal keine. Hat ihn ja nicht der von mir herbeigesehnte Kugelblitz getroffen & die Herren Angerl & Zipperer erwecken (leider) nach wie vor den Eindruck robustester Gesundheit. Es war übrigens nicht nur ich, der sich über den Trauerfall gefreut hat, sondern (in seltener Einhelligkeit) die ganze Klasse. Tagelang hat eine sozusagen aufgekratzte Heiterkeit geherrscht – eine richtige Feststimmung. Na, jedenfalls sind das auch für die fernere Zukunft erleichternde Perspektiven. & für die nähere, diese knappen anderthalb Monate bis zum Schulschluß, kann man sich's ohnehin schon gut gehn lassen. Beim jour fixe im Amalienbad z. B. – aber hab ich Dir überhaupt schon von unserm jour fixe im Amalienbad erzählt? Nein? Also, Freund meiner jungen Tage, höre:

Wir treffen uns dort jeden Mittwoch zwischen halb vier und halb sieben & verbinden das sportlich & hygienisch Nützliche mit dem gesellig Angenehmen. Wer? Also einige Schulkollegen & ich, z. B. der Kurz Toni & der Pausback Franzi, die ich unlängst erwähnt hab, dazu der (im Brief damals glaub ich sträflicherweise vergessene) Resnicek Ernstl, genannt Resi, selbstverständlich der Peter Pawlowsky und – sozusagen als Gaststar – mein edler Cousin. Dort sind wir dann richtige Gymnasiasten im griechischen Sinn. Ich meine: wir streben nicht ohne Vergnügen nach einer sozusagen klassischen Ausgewogenheit von körperlicher & geistiger Ertüchtigung. D.h., wir springen, schwimmen & tauchen natürlich. Aber zwischendurch liegen wir in Mußehaltung auf den Steinstufen oder promenieren sozusagen peripatetisch am Rand des Schwimmbeckens. Sogar unter der Warmbrause philosophieren wir, stell Dir vor. & – naja, das ist wohl die Abweichung vom griechischen Ideal – wir interessieren uns auch für Mädchen.

Nun ist dieses Interesse (ich bin jetzt in einer Position, aus der ich Dir das gestehen kann) bisher ein ziemlich theoretisches gewesen. Ich meine – ich weiß nicht warum –, wir haben zwar viel nach den Mädchen geschielt, taxierend über sie geredet, nicht immer feinsinnige Witze über sie gerissen, aber der Kontakt zu ihnen war (abgesehn von gelegentlichen Berührungen im & v. a. unter Wasser, einer gewissermaßen sportlichen Disziplin, in der sich besonders mein Cousin hervortut) kaum real. Sicher hat jeder von uns (ich schließe da wohl nicht unrichtig von mir auf die Freunde) so getan, als wäre das anderswo anders – der Kurz Toni z. B. hat immer von »seiner Frau in Floridsdorf« gefaselt – & als wäre unser Interesse an den hiesigen Mädchen nur deshalb so mäßig. Aber die Wahrheit ist, daß wir halt alle miteinander irgendwie schüchtern & verhemmt waren, auch wenn wir uns Mühe gegeben haben, einen sozusagen fesch über sowas erhabenen Eindruck zu erwecken. Es ist sogar schon passiert, daß sich einer von uns (ich!) vor lauter Vermittlung dieses Eindrucks gewissermaßen selbst ausgetrickst hat. Einmal haben wir, mein Cousin, der Resnicek & ich, die oben erwähnten Tauchspiele mit zwei gar nicht so unhübschen & v. a. ihrerseits erstaunlich entgegenkommenden Mädchen ziemlich weit getrieben. Dann sind wir beim Fön gestanden, um die Haare zu trocknen, da kommt die eine, Fülligere, daher & flüstert mir laut ins Ohr, daß die andere, Schmalere, »auf mich abfährt«, so sehr, daß sie nicht abgeneigt wäre, draußen, bei der Schlüsselabgabe, zwecks intensiverer Kontaktaufnahme auf mich zu warten. & ich Idiot spiele, obwohl jetzt endlich die lang ersehnte Gelegenheit gekommen ist, weiter den Souveränen, sage ganz cool, daß ich meinerseits aber nicht interessiert bin, & gebe mich mit der fragwürdigen Bestätigung zufrieden, daß die Füllige, Postillionin d'amour im Interesse ihrer gutwilligen Freundin, etwas pikiert feststellt: Du mußt ja an jedem Finger zehn haben! – Nachher, beim Umziehen, kommt mir der Widersinn dieses meines Verhaltens erst voll zu Bewußtsein, ich gebrauche meinen Freunden gegenüber irgendeine Ausrede, sause ihnen voraus zur Schlüsselausgabe & spähe nach den beiden Damen. Sind sie schon weg oder kommen sie noch – ja, wer weiß? Gerade will ich hinaus auf die Straße, um sie evtl. dort noch zu erwischen, da sehe ich sie die Treppe hinunterkommen. & mit Herzklopfen gehe ich ihnen entgegen, aber die Schlankere, die mir nun auf einmal ausgesprochen attraktiv scheint, macht einen ganz kleinen Mund, schaut durch mich durch, als ob ich transparent wär, & geht an mir vorbei.

Ja, Bertl, so ist das. Bzw. so war das. Denn jetzt ist das anders. Genau seit vergangenem Montag. Das war übrigens (unser jour fixe ist wie gesagt Mittwoch) ein außerordentlicher Badetermin. Aber der erfreuliche Tod des Herrn Malthus wie gesagt – man muß die Feste feiern, wie sie fallen. Nun ist aber Montag (ich weiß nicht, ob Du das weißt) Friseurinnentag. D.h. die Friseurinnen und v.a. auch die Friseurlehrmädchen haben frei – aber ich will nicht vorgreifen. Also schon beim Betreten des Foyers hatte ich so ein seltsames Gefühl. Das hat im Kästchenraum & unter der Dusche noch zugenommen. Nebenbei war ich – das war wohl entscheidend – allein. Die Freunde wollten zwar kommen, aber vorläufig war noch keiner da. Ich hab eine Runde ums Schwimmbecken gedreht, Brust heraus,

Bauch hinein, eindrucksvollen Blicks. & – ja – da hab ich gespürt, daß mich jemand anschaut. Nein, nicht gleich hab ich mich umgedreht, wollt ich doch den Blick, der da (wie ich jetzt weiß: mit Wohlgefallen) auf mir geruht hat, nicht wieder verscheuchen. & diese Taktik war richtig: wie ich mich nämlich dann doch umgedreht hab, plötzlich, da hab ich ihn sozusagen gefangen. Sie hat wasserstoffblondes Haar, was mir an sich nicht gefällt, aber das ist sozusagen eine Berufskrankheit. In Wirklichkeit ist sie, das will ich Dir verraten / hier endet der Brief. Daß er das so abrupt tut, liegt, wie man sich denken kann, kaum an Pepi. Das Couvert, in dem ich ihn bekommen hatte, war mir gleich merkwürdig vorgekommen, etwas aufgeweicht an der Verschlußseite. Ehrlich gesagt, hatte ich mich ohnehin schon gewundert, daß die zwar keineswegs offizielle, aber von uns Zöglingen nie bezweifelte Konviktszensur noch nicht zugeschlagen hatte. Daß Pepi das letzte Blatt (oder die letzten Blätter) seines Briefs ganz einfach hinzuzufügen vergessen hätte, ist ja trotz seiner sich in obigem anbahnenden Euphorie eher unwahrscheinlich. Sie (diese Euphorie) dürfte übrigens etwas verfrüht gewesen sein. Denn von der Friseurin, die er mir im nicht folgenden offenbar detaillierter vorstellen wollte, habe ich nie wieder gehört. Ich habe ihn allerdings, muß ich gestehen, auch nie nach ihr gefragt. Dieser Brief verursachte mir – nicht nur, weil ihn wahrscheinlich gewisse Personen vor mir gelesen hatten – ein vages Unbehagen, und ich ließ ihn entsprechend unbeantwortet.

(5. Brief)
9. 6. '59

Bester Engelbert!

Bist Du am Ende beleidigt?

Seit Wochen höre ich nichts mehr von Dir & kann mir dieses Dein Schweigen nicht ganz erklären. Naja, vielleicht liegt es nur an der Post & weiter an nichts. Oder liegt es gar daran, daß ich die von Dir gestellte Gretchenfrage nun schon zwei Briefe lang aufgeschoben & immer noch nicht beantwortet habe – verzeih, verzeih! Es waren doch nur die Verhältnisse schuld daran oder? Erst die schulischen, dann die sog. privaten. Was einen Menschen halt abhält von den wesentlichen Fragen. Jetzt haben beide an Aktualität verloren, leider bzw. gottlob.

Womit ich auf Gott zu sprechen komme: der Herr ist so fern! Ich glaube, wir Menschen brauchen was Näheres, beispielsweise Jesus. *Der* imponiert mir. Jawohl. Aber nicht als Gottessohn. Sondern als Menschensohn. Ja. So hat er sich doch genannt. Siehst Du, es kommt mir recht witzlos vor, wenn der kleine Jesus schon in der Wiege liegend weiß, wer er ist. Die Engel besingen ihn, die Hirten beten ihn an, die drei Könige bringen Geschenke, sogar seine Eltern rutschen vor ihm auf den Knien. & er lächelt von Anfang an, denn er denkt sich insgeheim: ist ja alles nur Komödie. Ich bin zwar in dieses Menschenkostüm geschlüpft, muß jetzt 30 bis 33 Jahre so tun als ob, aber in Wirklichkeit bin ich die zweite göttliche Person. Selbst wenn ich am Ende Schmerzen erleide & sterben muß: d. i. ja eigentlich die Erlösung. D. i. ja alles seit Anbeginn so geplant & abgesprochen. & wenn ich das übertaucht habe, werde ich auferstehn. & auf den Wolken wiederkommen & richten über die Lebendigen & die Toten, halleluja.

Klar, es ist kein Spaß, sich verspotten, dornenkrönen, geißeln & zu allem Überfluß noch kreuzigen zu lassen. Aber wenn er ein Menschenleben auf sich genommen hat – was wäre denn das für ein Menschenleben gewesen ohne Zweifel & Verzweiflung? & das steht ja auch in der Bibel, daß er am Ölberg gezweifelt & am Kreuz verzweifelt nach seinem Vater gerufen hat, warum hast du mich verlassen. Also wenn Jesus groß war, dann nicht als Gott (d. i. angesichts der Weltgeschichte, mit der dieser Gott ja auch was zu tun hat, überhaupt eine zwielichtige Rolle), sondern gerade als Mensch wie Du & ich.

Das würde mich übrigens interessieren: die Psychologie von Jesus. Wie er nach & nach draufgekommen ist oder sich eingebildet hat, der Messias zu sein (falls das wirklich der Fall war). & wie ihm gedämmert ist, daß dieser Messias ganz anders ausschaut, als sich der kleine Maxi das vorstellt. Wie gesagt: falls – dann vielleicht, ja sehr wahrscheinlich, hat er das noch gar nicht von sich selbst geglaubt.

Naja, d.i. ehrlich gesagt nicht alles auf meinem Mist gewachsen, sondern bis zu einem gewissen Grad angeregt durch den Dr. Stranitzky. D.i. unser neuer Religionslehrer, weißt Du, ein spannender Typ. Anders als andere Religionslehrer, man würd ihm, wenn man's nicht wüßte, daß er einer ist, den Priester nicht ansehn. & daß man das nicht gleich tut, darauf legt er offenbar auch großen Wert. Hier sein Steckbrief: kein weißer Kragen, sondern nur ein schwarzer Pullover. Redet nicht salbungsvoll wie ein Pfarrer, sondern richtig wie ein Mensch. Obenauf nicht mehr allzuviel Haar, Intellektuellenbrille, manchmal spöttischer, in Kombination mit einem irgendwie haifischhaften Zug um den Mund hier & da sogar boshafter Blick. Dazu eine Nase im Gesicht, die er beim Denken & Diskutieren mit Daumen & Zeigefinger maniriert, aber nicht unironisch von der Wurzel abwärts streichend gewissermaßen zuspitzt. Wir machen das manchmal in mehr oder weniger großen Gruppen nach, um ihn zu necken. Aber er grinst nur unter der Haut & tut so, als wär nichts. Überhaupt ist er ein großer Unter-der-Haut-Grinser, der Doktor Stranitzky. Als ob er sich seinen Teil über Verschiedenes dächte, sogar über sich selbst.

Denken & Diskutieren ist übrigens auch das, was wir in seinen, Stranitzkys, Unterrichtsstunden vorwiegend tun. Natürlich gibt es ein paar, die weder zum Einen noch zum Zweiten fähig sind – aber die meisten haben schnell begriffen, daß diese Religionsstunden nicht am besten zum Schlafen oder Aufgabenschreiben benutzt werden, wie die sonst üblichen. & daß sie auch anders sind, als die anderen

Unterrichtsstunden, in denen halt einer was mehr oder minder Langweiliges vorträgt & man eine gewisse Mindestenergie darauf aufwendet, zuzuhören, nicht, weil es so interessant ist, sondern weil man irgendwann nachher darüber geprüft wird. Nein, die Stranitzkystunden, auf die ich mich – & das will was heißen – immer schon von vornherein freue, sind so etwas wie ein geistiges Training, verstehst Du, & wenn es beim Sport in den Muskeln kribbelt, weil man auf angenehme Weise spürt, wie sie wachsen, so kribbelt es hier in den Gehirnzellen.

Apropos Training: denk Dir: meine Großmutter hat mir zum Schulschluß ein Rad gekauft. Ja sicher, genaugenommen haben wir noch nicht Schulschluß, aber es ist so gut wie sicher, daß ich recht positiv abschließe, & ich hab es einfach nicht mehr erwarten können. Ein Rad! Ein richtiges Rennrad mit zehn Gängen & Rennlenker, was sagst Du? Jetzt strample ich, so oft es geht, zum Schloß Laxenburg & wieder zurück, d. i. gut für die Waden. Aber nicht *nur:* dieses einsame Radfahren ist eine ganz eigenartige, fast kontemplative Übung. Wenn ein Hügel kommt, & Du kämpfst Dich hinauf, & dann, wenn Du über den Hügelkamm drüber bist, & es geht wieder bergab – weißt Du, was das für ein Gefühl ist? Sich selbst besiegen ist der größte Sieg, das fällt mir in diesem Zusammenhang manchmal ein, wer hat das geschrieben oder gesagt? Aber egal, wer's gesagt oder geschrieben hat, mir kommt vor, als hätte es ganz speziell für mich was zu bedeuten.

(...)

(6. Brief)
12. 6. '59

Herzallerliebster Bertl!

Stell Dir bloß vor!

Ich hab's ja gewußt! Jetzt bin ich bestätigt! Ich bin entdeckt! Erinnerst Du Dich an mein mit Gottes Hilfe [s. Brief 3, Anm. d. Biogr.] geschossenes Tor, ich meine den Superfersler? Er ist von der Fußballwelt nicht unbeachtet geblieben. Aber alles nach der Reihe.

Also, in den letzten Wochen ist des öfteren ein Mensch im grauen Trenchcoat bei unserem Training erschienen. Ist einfach am Spielfeldrand gestanden & hat geschaut. Er ist natürlich aufgefallen, den Geheimagenten haben sie ihn in der Kabine genannt – der beobachtet einen von uns. Aber *wen* er beobachtet hat, das hätten sie sich nicht gedacht, die Herrn Kickerkollegen!

Gestern hat er dann: wen? Du errätst es: mich! beiseite genommen & unter vier Augen mit mir geredet. Er kommt von Rapid, weißt Du, was das heißt, Rapid ist Österreichischer Rekordmeister! Er hat mein Tor [s. o.] damals gesehn & war schwer beeindruckt. Jetzt hat er den Eindruck verifizieren wollen. So ein Tor, hat er gesagt, schießt man nur alle zehn Jahre (da kann ich lang warten!), aber ich habe ihn nicht enttäuscht. Ich bin, hat er gesagt, obwohl ein Individualist, ein im Grunde sehr mannschaftsdienlicher Spieler. Nur spiele ich, hat er gelächelt, offenbar in der falschen Mannschaft. Wenn es mir gelänge, aus meiner Isolation herauszukommen, könnte ich, meinen Willen zum vollen Einsatz für den Fußball vorausgesetzt, eines Tages ganz groß einschlagen.

Langer Rede kurzer Sinn, er ist bei Rapid der zweite Jugendtrainer & würde mich gern in der neuen Mannschaft, die er jetzt aufzubauen im Begriff ist, sehn. Ich soll mich morgen (das ist also heute) um 17 Uhr (das ist in einer Stunde) auf der Pfarrwiese (das ist der Rapidplatz) einfinden. Er will mich eine Weile probeweise mitlaufen lassen & die Sache dann, nach Rücksprache mit dem ersten Jugendtrainer, fix machen. Die Formalitäten mit meinem jetzigen Club könne man später erledigen. Bertl! Drück mir die Daumen! Ich muß jetzt aufbrechen.

(...)

(7. Brief)
23.6. '59

Lieber Bertl!

Was meinst Du? Wie ist das? Spinn ich?

Spinnen *wir?* Respektive spinnt *unsereiner?* – Wenn man auf gewisse Probleme zu sprechen kommt, ja wenn man überhaupt auf Probleme zu sprechen kommt, schauen einen die meisten in unserer Klasse an, wie ein Fabelwesen. Oder genauer: wie ein Wesen von einem anderen Stern. Ja, ich weiß, ich hab schon Konträres geschrieben. Aber was soll's? Unter den 30, mit denen ich Vormittag für Vormittag beisammensitze, sind, nüchtern betrachtet, 25 Krautköpfe. Leute, die sich für *überhaupt nichts* interessieren. Wenn Du Dich für *irgendwas* interessierst, bist Du denen schon irgendwie verdächtig.

Ich weiß nicht, wieso mir das gerade in den letzten Tagen wieder einfällt. Oder doch, ja: wahrscheinlich liegt es daran, daß Peter Pawlowsky die Klasse hier kaum mehr positiv abschließen kann & daher rechtzeitig (also noch vor Schulschluß) die Schule wechselt. Es ist übrigens Angerl, Du erinnerst Dich: der Physikprofessor, der ihn rasseln lassen will. Aber selbstverständlich läßt sich nicht nachweisen, daß die Nichtgenügend, mit denen der Schüler Pawlowsky seine Physikprüfungen abschließt, mit seinem (& Angerls) politischem Hintergrund zusammenhängen. Klar ist ein Schulwechsel unter diesen Umständen das Beste, was man tun kann. Aber ich? Ich kann nicht schon wieder wechseln! So wird er gehen, mein Freund, & ich werde bleiben. Ich werde bleiben & mich vereinsamt fühlen. Sicher, da sind noch ein paar, die sind halbwegs hell. Aber eigentlich, fällt mir jetzt auf, sind das lauter komische Figuren. Sie sind mir allesamt ganz sympathisch, das schon. Aber anderseits ... Bertl, sei ehrlich ... siehst Du mich auch so?

Ich meine: ich hab mich redlich bemüht, Du verstehst

mich. Zweieinhalb Jahre lang habe ich mich bemüht, den andern zu gleichen. D. h. eigentlich den einen (soll heißen denjenigen, die sich für die einen halten). Naja, genaugenommen nicht ihnen zu gleichen, aber ihnen, sagen wir, besser nicht aufzufallen. Oder doch, ihnen gegebenenfalls schon aufzufallen, aber tunlichst nicht unliebsam. Eher: was ist das Gegenteil? – nennen wir's liebsam. Durch Übererfüllung des Plansolls gewissermaßen. & jetzt? Gehör ich zu ihnen? Sie schaun mich dumm an mit ihren Knopfaugen! – Übrigens auch die neuen Fußballkollegen. Bei den alten hab ich schon nicht mehr darauf geachtet, aber die ... Ich tu mir nicht leicht mit ihnen, beileibe nicht. Oder noch eher beileibe als beiseele oder gar beigeiste. – Die sind die einen, & ich gehör nicht zu ihnen. Aber die andern: will ich zu denen gehören? Die andern der einen, die andern der andern, kennst Du Dich aus? Nein? Kein Wunder. Ich kenn mich ja auch nicht mehr aus.

Du, Bertl, wie ist das mit Dir, ich meine, wo stehst Du? Du kommst doch die Ferien wieder nach Wien, oder nicht? Wenn alles klappt, trampe ich wirklich mit meinem Cousin Richtung Saint Tropez. Allerdings scheint sich da einiges zu verzögern, also in der ersten Juliwoche könnten wir uns bestimmt sehn. Wie schön wäre es, wieder zu reden, statt immer zu schreiben. Wir könnten z. B. einen Ausflug machen & über alles quatschen. Auch über die Zweifel, Deine Zukunft betreffend, die Du im letzten Brief andeutest. Wie wärs mit dem Kahlenberg? Da könnten wir hinaufsteigen & auf verschiedenes hinunterblicken.

(...)

(8. Brief)
7. 7. '59

Liebster Engerl!

Aus Saint Tropez, wie Du als detektivisch begabter Mensch schon an der Briefmarke bemerkt haben wirst, schreib ich Dir nicht. Dieses kühne Projekt ist nicht nur an meinem Cousin gescheitert, dem wegen meines ihn schnöde beim F. C. Wien zurücklassenden Flirts mit Rapid Beleidigten, sondern auch an meinen Alten. (Immer größere Bedenken in bezug auf die Gefahren einer so langen Autostopreise – dabei haben sie gar nicht gewußt, von *welchen* Gefahren sie sprechen –, immer kleinere finanzielle Zuschußangebote ...) B. B. wird also warten müssen & womöglich alt werden, bis sie mich kennenlernt (ihr Pech).

Was mich betrifft, so teile ich das Doppelbett, in dem ich die nächsten drei Wochen schlafen werde, statt mit ihr, kurios aber wahr, mit meiner Großmutter. Jawohl, mein Lieber, Du hast recht verstanden: wir sind wieder auf der Hohen Wand, die Schäfchenoma & ich, wie schon die vergangenen neun Sommer. Heuer ist der zehnte, also feiern wir gewissermaßen ein Jubiläum. & angesichts der Freude, die das der alten Dame bereitet, bin ich (Brigitte Bardot hin oder her) eigentlich ganz froh, daß ich ihr (meiner Großmutter) letzten Endes doch keinen Korb gegeben hab.

Für sie ist das eine große Sache, verstehst Du. Die Nacht vor der Abreise muß ich schon immer bei ihr verbringen; sie läßt es sich nicht nehmen, mir ihre Couch zur Verfügung zu stellen, sie selbst schläft auf einem Klappbett; bevor wir einschlafen, stellt sie sich zwei Wecker, noch dazu eine Viertelstunde vor, damit wir ja nicht zu spät aufwachen & den Bus versäumen. Dann schleppen wir (morgens um sechs) die Koffer zum Verkehrsbüro, wo wir natürlich zu früh ankommen, sodaß wir zumeist eine gute halbe Stunde warten müssen, bis der Bus überhaupt auftaucht, aber das macht nichts. Auf unseren Koffern sitzend, sind wir ganz gespannte Erwartung. D. h. natürlich, *sie* ist es, sitzt da wie ein kleines Mädchen (Du weißt, was für kurze Beine sie hat) & freut sich. Manchmal faßt sie meine Hand & schaut mich an, da ist ein Glanz auf ihrem Gesicht, der ist mir allerdings fast peinlich. Die anderen Reisenden, die jetzt allmählich eintrudeln, sind nämlich wesentlich nüchterner, ganz zu schweigen vom Chauffeur, der routinemäßig den Busbauch aufklappt & das Gepäck hineinschubst, man fährt schließlich nur knappe zwei Stunden. Aber die Aufregung der Großmutter nimmt nicht ab, sondern zu. Kaum sind wir aus Wien draußen, sucht sie die Hohe Wand schon am Horizont: Dort ist sie! zeigt sie. – Nein, Oma, sag ich, das ist der Anninger! – Sie will es nicht wahrhaben. – Wieso? – Bei der Haltestelle in Wiener Neustadt wird sie ganz ungeduldig: Können die nicht schneller einsteigen? – kritisiert sie die von dort aus noch Mitreisenden – wir haben bestimmt schon Verspätung! & erst, wenn's dann endlich die Kurven den Berg hinaufgeht. Da schnappt sie sich wieder meine Hand & preßt sie, angesichts der Felswände. & wenn wir dann endlich oben sind auf dem Parkplatz! Schon beim Aussteigen holt sie tief Luft & bekommt eine gesunde Gesichtsfarbe, obwohl es da rundherum noch nach Bus & Benzin stinkt.

Naja, & dann sind wir halt wieder, wo wir schon waren. Ein an sich auch für mich recht erfreuliches (sozusagen heimatliches) Gefühl, wäre nicht das leidige Begrüßungszeremoniell. Nein so was, der Pepi! So klein war er. So groß ist er. Wie die Zeit vergeht! Da merkt man, wie man alt wird. Darf man Dich überhaupt noch Pepi nennen? Oder muß man am End schon Herr Josef sagen? – Der Pensionsgasthof, in dem wir hier wohnen, trägt nämlich diese Bezeichnung, kann ich dir versichern, völlig zurecht. Er ist eine Art von Pensionistennest oder – der Seehöhe angemessen – Pensionistenhorst, Durchschnittsalter der Stammgäste mindestens 100. Das ist, auch abgesehen von den Begrüßungskalamitäten, lästig, denn natürlich sind sie alle taub. Betrete ich den Speisesaal, so muß ich Mahlzeit schrein, daß die Wände wackeln, sonst hören sie gar nichts & sind außer taub auch noch verschnupft.

Das wäre der negative Aspekt dieser ›Heimkehr‹, aber es gibt auch einen sehr positiven. Ich werd nicht nur wiedererkannt, ich erkenne auch wieder. Weniger die Menschen, die sind, bis auf Adi, den Kühe hütenden Dorftrottel, eher normal & daher langweilig. Vor allem die Gegend erkenne ich wieder (heuer ganz anders & wie soll ich sagen, intensiver als in den Vorjahren) Wald, Felsen, Himmel & an klaren Tagen eine geradezu beglückend weite Aussicht.

Klar, die Spaziergänge mit der Großmutter sind (obwohl sie, wie Du weißt, eine außergewöhnliche Großmutter ist, mit der man über alles mögliche diskutieren kann, z. B., da liest sie gerade ein Buch darüber, über die Französische Revolution) gewissermaßen Pflichtübungen. Aber die einsamen Streifzüge, die ich unternehme, wenn ich sie irgendwo auf eine Bank gesetzt habe, weitab von markierten Wegen, ja überhaupt von Wegen, gefallen mir sehr. Ich klettere über den Zaun, schlüpfe durch unterm Stacheldraht & bin ganz allein mit der Natur. Das ist befreiend & – wie soll ich es sagen – ein bißchen erschreckend. Es ist so heiß, daß die Luft zittert, der Boden duftet so eigen (nicht nur süß, nein, sondern auch scharf, streng, denk Dir ein Gemisch aus Erde, Heu, Klee, Pfefferminz & Wermut), die Bienen, Wespen & Hummeln summen, große, weiße Falter mit wie Samt aussehenden schwarzen & roten Punkten taumeln um mich herum, am Himmel ruft ein Habicht. Engelbert! gestern hab ich mich splitternackt ausgezogen & in eine Mulde geschmiegt, kannst Du das verstehn? Auf dem Rückweg wär ich dann beinahe auf eine Schlange gestiegen, die ist so kompakt zusammengerollt in der Sonne gelegen, daß ich sie im ersten Augenblick für einen toten Vogel gehalten hab, graubraun gezeichnet, aber dann hat sie sich blitzschnell aufgerichtet mit einer richtigen Drohgebärde wie eine Kobra, & ich bin zur Seite gesprungen. Ich weiß nicht, was es war, vielleicht eine Kreuzotter, da ich keine Schuhe angehabt habe, hätte sie mich jedenfalls gut beißen können. Ich habe mir hier nämlich das Barfußgehen angewöhnt – es tut zwar weh, wenn man auf Disteln oder spitze Steine steigt, aber in gewisser Hinsicht genieße ich das sogar, & außerdem schmerzt es ja bekanntlich weniger, wenn man fest auftritt. Schuhe nehme ich nur zum Klettern – unlängst bin ich den Ganghofersteig hinunter, obwohl oder gerade weil auf einem verrosteten Schild vor dem Abstieg gewarnt wird. Das ist schon ein Gefühl, Du, so zwischen Himmel u. Erde in der Wand zu hängen & alles kommt nur auf Dich an & (vielleicht) den lieben Gott (der Großmutter habe ich gesagt, ich mache einen Waldlauf).

Womit wir, lieber Bertl, schon wieder beim Thema wären. Du siehst, mir fällt stets was ein, um unsere Diskussion im Gang zu halten. Wenngleich sie, was ich bedaure, nur schriftlich erfolgt. Aber dem sollten wir endlich Abhilfe schaffen. Also hör zu: das folgende ist ein Vorschlag. Während des Schuljahrs können wir kaum zusammenkommen, aber warum, verdammt nocheinmal, tun wir's nicht jetzt? Ja, stimmt, ich bin ausgerechnet in dem Moment von Wien weggefahren, in dem Du dahin zurückgekehrt bist. Aber wer zwingt Dich, während dieser schönen, heißen Tage in Wien hocken zu bleiben & was hindert Dich, mich auf ein paar Tage zu besuchen? Na, was meinst Du? Die Oma hat nichts dagegen. & was die Finanzen betrifft: es gibt hier auch Touristenquartiere mit Strohmatratzen. Keine Ausreden, steig in den nächsten Bus. Es sitzt & wartet voll Sehnsucht auf Dich

Dein Pepi

So freundlich verlockend endete Pepis vorletzter Brief. Daß ich nicht kam, kommen konnte, liegt an dem Ferienjob, den ich damals, moralisch genötigt durch die von Abend zu Abend giftigeren Blicke meines Vaters, trotz ursprünglich anderer Vorsätze schließlich doch noch annahm. Etwas, das Pepi, den bei allen Problemen und Problemchen vergleichsweise Privilegierten, sicher absurd schien. Aber was half's: meinen Eltern als einziges von vier Kindern müßig auf der Tasche zu liegen, diesen nur verbal unausgesprochenen Vorwurf konnte ich, zu Hause herumhockend, nicht auf mir sitzen lassen, also verlud ich, statt mit Pepi durch Wald und Wiesen zu philosophieren, während der Hundstage 1959 Pakete auf der Bahnpost, wer weiß, wozu es gut war.

Das heißt, ich weiß schon, wozu es gut war (aus Pepis Sicht). Denn kaum, denke ich, hätte er *sie,* von der im *letzten Brief* (einen Brief, auf den ich nicht antwortete) vorwiegend die Rede war, bzw. hätte sie *ihn* ... Geduld, man wird gleich verstehen, was ich meine. Er und *ich,* das hätte geheißen, nicht er und *sie.*

Zum ersten Mal sah er sie – er hat mir das später nicht ohne einen gewissen Sadismus wiederholt und ausführlich erzählt – auf dem steinigen Weg zur Busstation, den er und die Schäfchenoma zweimal pro Woche gingen, um in der nicht weit von dort entfernten Alpenverkaufshütte Obst zu erwerben. Da hinkte sie ihnen entgegen, Köfferchen in der Rechten, den abgebrochenen Stöckel des ihnen näheren, nun stöckellosen Stöckelschuhs in der Linken, ein allerdings nicht nur deshalb außergewöhnlicher Anblick. »Was ist denn *das* für eine Fee? Wie hat sich denn *die* hierher verirrt? Na, recht geschieht ihr!« Pepi, das kann man ihm glauben, drehte sich, zum Unterschied von der Großmutter, nicht nach ihr um und enthielt sich vorläufig jeglichen Kommentars. Nichtsdestoweniger schoß die Kamera seines Bewußtseins folgenden Schnappschuß: Nach oben sehr lange Knie, weißes Kleid mit dunklen Schatten an drei Stellen, hexenschwarzes Haar. Im übrigen gab es eine Geruchserinnerung, denn ihr Parfum, vor und hinter ihr herwehend, kontrastierte sehr deutlich mit der Alpenluft. Als sie zur Pension kamen und die Holztreppe zum Zimmer hinaufstiegen, um sich vor dem Mittagessen, das unten im Speisesaal wie immer allzu zeitig aufgetragen wurde, rasch die Hände zu waschen, habe er, sagte er, ihre zwar erhoffte, nicht aber wirklich erwartete Anwesenheit unter dem auch ihn beherbergenden Dach buchstäblich erschnuppert.

Beim Mittagessen nahmen seine Blicke in ihrem Dekolletée, ihrem ihm zugewandten Achselausschnitt Platz. Sein Appetit ließ die Großmutter ein stilles Dankgebet gegen die betont bäuerlich holzgetäfelte Decke stoßen. Auf dem Gang zur Toilette begegneten sie einander nicht ganz zufällig, aber wie und unter welchem Vorwand hätte er sie – er spürte Hemmungen, wie ehemals beim Einkaufen. Im Verlauf des Nachmittags wußte er ihr noch einige Male in die Quere zu kommen, zeigte sich immerhin, auf ihr Verständnis hoffend, sagte jedoch sein inzwischen eingelerntes ›Sprücherl‹ (»Fräulein, seit ich sie am Vormittag gesehen habe etc. etc.«) nicht, sein Herzschlag war jedesmal hart am Überschnappen. Am Abend kam sein Schachpartner, der Kellner, auf sie zu sprechen, mit einem besonders schrägen Seitenblick und dem Vorschlag zu einer Wette, daß sie ihn, Martin, trotz seines fünfunddreißigjährigen Bauches nicht abweisen würde, käme er in der Nacht zu ihr fensterln. Man sähe doch, sagte er auf seine rustikale Art, wie gamsig die Frau sei, die habe nichts anderes im Sinn als hirscheln. Die vorläufig unbeantwortete Frage war allerdings, warum sie, diese psychophysische Voraussetzung einmal angenommen, ausgerechnet hier herauf kam. Es sei denn (aber diesen Gedanken hatte kaum der Kellner) vom Himmel, respektive, würde ich sagen, von der Hölle gesandt.

Tags darauf, Enkel und Großmutter dösen in Streckfauteuils, er in der Sonne, sie (da ihre Haut sehr schnell zigeunerhaft braun wird, was sie, der damit verbundenen Schärfung der Falten wegen, nicht leiden kann) etwas abseits im Schatten, steht plötzlich Lilith (so heißt sie nicht, aber so nennt er sie später) im Panorama; Rückenansicht. Der winzige Unterteil ihres weißen Bikinis läßt der Kerbe in ihrem herzförmigen Hintern (man merkt: ich lasse kein Prophetenwort verkommen) nach oben hin Luft. Angelegentlich räkelt sie sich, Arm überm Türkensturz, rechte Hüfte vor Winzendorf, ölt sich, indem sie sich liebt wie sich selbst, wobei ihr allerdings der Nächste abgeht, die Hand, die ihr zwischen den Dämoninnenflügeln behilflich ist, lugt, die Augen bedeckend, eine impertinent schöne Heidin, ungemein interessiert ins Land und sucht, jetzt im Profil den Liegestuhl neben sich klappend, try and error, ein Wiesenstück, auf dem er nicht wackelt. Dabei entdeckt sie, allzu offensichtlich überrascht (auch verbal besteht sie darauf, überrascht zu sein), den Enkel, zeigt sich frontal, beschamhaart ihn schwarz, nabelt sich näher, brustwarzt sich neben ihn, die Antwort auf ihre Frage nicht abwartend, ob das Gelände dort streckfauteuilfreundlicher sei, und erst als sie seiner Großmutter hinter den Brombeersträuchern ansichtig wird, ist sie der Meinung: nein – und schenkelt hangabwärts davon.

Am folgenden Fernsehabend machte mein Freund Bekanntschaft mit Liliths Knie, das sich bemerkenswert agil gegen seines preßte. Ihm wurde so heiß, daß er, nicht ohne Hoffnung auf den damit verbundenen Nebeneffekt (er war recht stolz auf seine seit kurzem sprießenden Brustlocken), sukzessive drei seiner Hemdknöpfe öffnete. Gegen Ende der Quizsendung schlüpfte ihr Fuß aus dem Schuh und umzärtelte seinen Knöchel. Das war eine Sprache, die er erst lernen mußte, aber da er als Fußballer sozusagen pedosensibel war, radebrechte er noch vor dem Zubettgehen einige Grundvokabeln.

Was er in dieser Nacht träumte, war tatsächlich prophetisch. Ich meine: er träumte, was kommen mußte, nicht im Detail voraus, aber im Prinzip. Doch ist, wie man weiß, das Prinzip einfach und das Detail kompliziert. Und wie, was kommen *mußte,* kommen *sollte,* war – vor allem auf Grund seines in dieser Situation wieder zu Tage tretenden merkwürdig schüchternen Wesens – noch reichlich unklar.

Nun hatte der Wetterbericht vom Vorabend ausnahmsweise Recht gehabt. Atlantische Störungen schwenkten südostwärts, und der ansonsten in solchen Fällen sofort mit dem Schachbrett auftauchende Martin war diesmal mit glänzender Stirn und bis an den Bizeps beladen überbeansprucht durch einen vom wolkenbruchartigen Regen erwischten Betriebsausflug. Was bleibt da einem Enkel, der, wie die Großmutter befremdet feststellen muß, plötzlich all seine Bücher schon ausgelesen hat, als sich von einer zufällig auch gelangweilten, trotz Schlechtwetters nur mit einem Fähnchen (so die Schäfchenoma) bekleideten jungen Dame, die sich endlich als Inge vorstellt, Rummy und Canasta lehren zu lassen? Obwohl Kartenspiele bekanntlich aller Laster Anfang sind, aber wer hört schon auf eine alte Frau. Natürlich umfaßte Inges Lehrplan mehr als nur Theorie und Praxis des Manövrierens mit Treff, Pique, Karo und Herz, des Operierens mit Assen, Königen, Damen und Buben – im Verlauf der nächsten drei Tage brachte es ihr Schüler zu beachtlichen Kenntnissen in der bereits erwähnten Sprache der Füße. Die reichten von Substantiven sanftestzehelnder Sehnsucht über Verben wildestristelnder Begehrlichkeit zu Interjektionen härtestferselnder Warnung vor dem Herannahen der nun doch sehr mißtrauisch gewordenen Großmutter. Auch daß Finger und Augen einer gewissen Art von Kommunikation dienen können, erfaßte P. P. rasch, begriff zum Beispiel, was Liliths Krallen so nagelfeilspitzig an seiner Handfläche, was ihre Augen so wimperntuschsamtig in seinen suchten. Doch kam er der Aufforderung, die schließlich der ganze Körper da ihm gegenüber in Mini- und Mikro-Bewegungen fast könnte man sagen tanzte, nur unzureichend nach.

Was wohl der Grund war? Etwa Mama Prohaska? Nicht doch – warum sollte Pepi Freuds Komplexe geerbt haben, mit dem er doch nicht (oder bestenfallls sehr entfernt) verwandt ist? Eine Neigung, die eher – aber nein, das wage ich nicht zu denken. Vielleicht wollte man ihn höheren Orts, wie er das selbst manchmal genannt hat, aufsparen, sozusagen für subtilere Aufgaben, obschon – aber wir sind offenbar nicht nur in Gottes Hand, manchmal fingert auch jemand anders dazwischen. Vorläufig jedenfalls appellierte Inge nur mit bestenfalls halbem Erfolg, auch bei zurückgekehrtem Schönwetter. Übers Strumpfband gerutschte Röcke, von den Brustspitzen gewehte Handtücher nahm er zwar wahr, sogar äußerst, doch unternahm er nichts. Vergeblich strapazierte sie ihre Erfindungsgabe: entwich in der Hoffnung auf Nachfolge vom Streckfauteuil ins Unterholz, schlug gemeinsame, doch für Großmütter zu beschwerliche Touren vor, wünschte sich ausdrücklich *einen* Begleiter beim Himbeerensammeln. Er fesselte sich, ein spätpubertärer Hamlet, so lange und stur an Argumente für und wider, bis er sich kaum mehr rühren konnte.

So gingen die Tage ihres Urlaubs dahin. Es blieben noch sechs, noch fünf, noch vier, dann noch drei. Am vorletzten Abend, in der Dämmerung, als gerade das Jugendprogramm abflimmerte, sprang sie, plötzlich angefallen von Müdigkeit, wie sie behauptete, vom Kartenspiel auf und verschwand in Richtung Zimmer. Allerdings unter Zurücklassung ihres Geldtäschchens mitten auf dem Tisch – was mochte das bedeuten? Du kannst doch, dachte Pepi, nun nicht deinerseits gehen und die Geldbörse einfach liegen lassen, Gelegenheit macht Diebe. Doch einstecken kannst du sie auch nicht, wer weiß, wie das wirkt. Also trug er sie zwei Treppen hoch mit spitzen Fingern, um sich dann stumpfe fünf Minuten vor Inges Tür herumzudrükken, wohl ahnend, was das bedeuten mochte. Schließlich klopfte er. Daß sie sich nicht rührte, überraschte ihn kaum. Endlich betätigte er die Klinke. Nun: weder von einer Lohe war sie umgeben noch von einer Dornenhecke. Ihr Rock und ihr Pulli lagen über die Sessellehne geknüllt. Ihre Haut, die sie nicht ausziehen konnte, lockte nymphig grün durchs Unterkleid. Rot stachen die Zehennägel vom Polster ab, ihre Pechhaare flossen pittoresk bis ans Fußende des Betts. Ein Geruch war im Raum, der ihn unruhig machte. Ihre Augen waren geschlossen, er räusperte sich. Liliths Lippen wurden bewegt, aber sagten nichts. Er räusperte sich erneut. Das Geldtäschchen schwitzte in seiner Hand.

Sie sagte: komm. Da gab er sich einen Ruck. Komm, wiederholte sie. Er gelangte ans Bett. Er beugte sich über sie. Er spürte ihren Magnetismus. Und legte die Börse schwarz auf den weißen Überzug. Und ergriff die Flucht.

Am nächsten Tag war Inge sichtlich beleidigt. Nickte ihm nur kurz zu beim Frühstück, legte sich, im Streckfauteuil ruhend, Blätter auf die Augen, wollte ihn, der nun der Großmutter gegenüber alle Verstellung aufgab, sodaß sich die, was selten vorkam, mit kleingefälteltem Gesicht hinter ihr Strickzeug zurückzog, partout nicht mehr zur Kenntnis nehmen. Am Abend war Almkirtag im Kohlröserlhaus. Dort ging sie mit Martin hin. Das traf meinen Freund. Was heißt, das traf ihn? Er haderte förmlich mit sich. Die halbe Nacht rekapitulierte seine Phantasie die tausend versäumten Gelegenheiten der vergangenen Woche und vor allem die tausendste, mutmaßlich letzte. Und jetzt? Jetzt hörte er die grölenden Stimmen der Kirtagheimkehrer. Darüber ein girrendes Kichern. War das Inge?

Und dann brach der letzte Tag an. Der Tag der Entscheidung. Lang vor der Großmutter stand er, was sonst kaum seine Art war, auf, wusch sich wild entschlossen, besprengte sich mit Omas Uraltlavendel. Beim Frühstück zwinkerten seine Augen das ganze während der letzten Tage erlernte Vokabular. Sodaß sie, Lilith, schließlich unvorhergesehen lachen mußte und dabei einen Sprühregen Kaffee aufs Tischtuch blies. Daß der Kellner pfiffig an sie anstreifte und sogar etwas in ihr Ohr flüsterte, worauf sich Pepi einen Moment lang ausgelacht fühlte, hätte beinahe noch alles verhindert. Doch als die Verführerin ihn dann, mit einer Stimme wie Rotkäppchen, fragte, ob er zum Abschied nicht mit ihr Blumen pflücken ginge, konnte er einfach nicht nein sagen. Um nur eine Kleinigkeit zu erledigen, wie sie betont geheimnisvoll lächelte, tat sie noch einen Sprung auf die Toilette. Und dann schlang sie, die Großmutter im Rücken ignorierend, ihren Arm um seine Hüfte.

Nun, ich verstehe. Das heißt, ich versuche wenigstens zu verstehen. Trotzdem erspare ich mir die weiteren Unanständigkeiten, die aus Pepis hinterlassenen Aufzeichnungen hervorgehen. Daß Lilith/Inge ihren Auftrag trotz Pepis selbst im Wald und auf der schließlich zum Tatort erkorenen Lichtung noch auftretenden Widerstände perfektest erfüllte, wundert mich übrigens nicht. Hat sie doch selbst bei mir versucht – aber davon später. Jedenfalls hatte sie sozusagen eine historische Funktion in Pepis Leben. Denn, sagte er später manchmal scherzhaft, wäre sie nicht gewesen, wer weiß, hätte ich, abgesehen von Steffi, je eine Frau gefunden? Ach Gott, diese Koketterie in Pepis Statements! Aber tatsächlich: wer weiß: vielleicht hätte er in diesem Punkt ausnahmsweise recht.

Im auf diese denkwürdigen Ereignisse folgenden Schuljahr hörte ich wenig von Pepi. Das liegt zum einen daran, daß er es, trotz wiederholter Vorhaltungen meinerseits, nun offenbar überhaupt nicht mehr lassen konnte, seine Briefe mit pornographischen Details zu schmücken, wodurch sie meistens verstümmelt bei mir ankamen. Zum anderen aber hatte er, das mußte ich zur Kenntnis nehmen, in den ersten Monaten seiner jungen Männlichkeit ohnehin besseres zu tun, als seinem alten Freund zu schreiben. Auf eine ausgesucht schöne Weihnachtskarte (die heiligen drei Könige von Moritz Schwindt), die ich mit Liebe gewählt und – dem besinnlichen Anlaß entsprechend – mit Worten aufrichtiger Sorge versehen hatte, bekam ich entweder gar keine oder (was noch schlimmer wäre) eine zotige Antwort, im neuen Jahr schlief unser Briefwechsel einfach ein. Und dabei machte ich mir wirklich Sorgen um P. P.! Unter dem Einfluß dieser Frau gab er sogar (man bedenke, was das für ihn bedeutete!) seine in ein so hoffnungsvolles Stadium geratene Fußballerkarriere auf. Ging einfach zu ihr statt zum Training, das er von einem gewissen Zeitpunkt an – wenn meine Rekonstruktion stimmt, schon ab

Oktober – nur mehr als Ausrede seinen Eltern gegenüber benutzte. Er wisse jetzt, schrieb er mir, einfach ein schöneres Spiel als Fußball.

Nicht daß mir – man weiß es – am Fußball gelegen wäre. Aber mich irritierte der plötzliche Mangel an Perspektive, der aus seinen, wie mir schien, höchst oberflächlichen Worten sprach. Er wollte, ganz gegen sein früheres (und späteres) Wesen, nichts werden, sondern ganz einfach sein. Und zwar mit Inge. Im Bett, auf dem Teppich oder weiß der Teufel wo – jedenfalls nichts oder wenig darüber hinaus ...

Und dabei – es muß wohl gesagt werden – war er ganz wissentlich nicht der einzige, der sich derart mit ihr vergnügte. Sie war, wie er mir überraschenderweise schrieb, ›Existenzialistin‹ und verkehrte, so Pepi wortwörtlich, vor allem in Schauspielerkreisen. Von Beruf war sie angeblich Kostüm- und Maskenbildnerin, doch habe ich nie herausgekriegt, für wen, außer für sich selbst, sie ihre Kostüme und Masken eigentlich bildete. Zu allem Überfluß hatte sie noch einen Mann, der (einmal hieß es wegen eines Betrugsdelikts, ein anderes Mal gar wegen eines Postraubs) im Gefängnis saß: ich für meinen Teil enthalte mich diesbezüglich jeglichen Kommentars. Pepi, den sie, wie ich finde, geschmacklos, ihren kleinen Gigolo nannte, beschrieb ihre Wohnung (Jugendstil, grüne Vorhänge mit schlangenartigen Ornamenten). Er beschrieb *sie* (offenbar meist auf dem Bett sitzend, ihre Zehennägel färbend oder entfärbend). Der Geruch von Nagellack bzw. Nagellackentferner, den er aufgrund dieser narzißtischen Manie mit ihr verband, löste bei ihm, wenn man ihm glauben darf, noch Jahre später eine Art von bedingtem Reflex aus. Er beschrieb wohl sonst noch einiges, aber da schlug, wie gesagt, die Zensur zu.

Mit einem Wort – sie war überhaupt nicht das, was man einen guten Umgang nennt. Aber genau das gefiel Pepi – er stilisierte sich regelrecht als zu ihr passender böser Bube.

Ließ sich (ich zitiere hier seinen schon erwähnten Schulkollegen Toni Kurz) die Haare über den Kragen und einen Schnurrbart ins Gesicht wachsen, was (schließlich besuchte er erst die Sechste!) seine Professoren schon hinreichend verärgerte. Das Non-plus-ultra aber war seine ›Lieblingsweste‹. Das war eine Strickweste von infolge ihres Alters undefinierbarer Farbe, die dem Vernehmen nach Inge zuvor als Hauskleid verwendet hatte. Daß er, sofern es das Wetter einigermaßen erlaubte, die Wolle auf nackter Haut trug, fand sie »wahnsinnig sexy«, in der Schule aber verursachte es einen kleinen Skandal. Der sonst tolerante (»alles was recht ist«) Klassenvorstand Dr. Bürger rief, da seine an Pepi gerichteten Ermahnungen, sich anständig anzuziehen, nichts fruchteten, den Direktor zur Hilfe. Der legte Pepi auch noch einen ordentlichen Haarschnitt nahe, mit seinem gegenwärtigen könne er nicht maturieren, aber der Schüler Prohaska wies dieses Ansinnen sowie alle Bekleidungsvorschriften mit dem Hinweis zurück, daß es ja erstens bis zur Matura noch mehr als zwei Jahre weit sei und daß er zweitens bisher den Eindruck gehabt habe, in einer Demokratie zu leben, in der jeder an- bzw. ausziehen könne, was ihm gefiele. Vor allem letzterem widersprach der Direktor. Daß einer »drunter nichts« trage, sei öffentliches Ärgernis. Wieso öffentlich? erkundigte sich Pepi und knöpfte – ein rein taktisches Entgegenkommen – seine Lieblingsweste zu. Zum Ausgleich trug er von da an einen wahrscheinlich ebenfalls von Inge geerbten Ohrclip. Was tat der Direktor? Er lud sich den Vater vor. Aber der war, wie wir bereits wissen, kein Vater, wie ihn ein Schuldirektor sich vorstellt. Zwar war er, verglichen mit ehedem, geknickt, früh gealtert und kam etwas gebeugt daher. Aber gegen die Einschränkung persönlicher Freiheit, wie er das nannte, hatte er prinzipiell etwas und ergriff (das hatte der Direktor nicht erwartet) die Partei seines Sohns. Nach diesem Gespräch gab der vermutlich etwas ratlose Direktor, wie es scheint, auf, und wandte sich Verwaltungsfragen zu. Einige Professoren versuchten (so Toni Kurz) den widerborstigen Schüler »gemein« zu prüfen, aber der ließ sich einfach nichts mehr gefallen. Was die Mitschüler betrifft, so bewunderte ihn der eine Teil, vielleicht weil er tat, was sie sich selbst nicht getrauten, dem anderen ging er mit seinen Eskapaden eher auf die Nerven. Richtige Schulschwierigkeiten hatte Pepi jedenfalls auch infolge der Westenaffaire keine mehr – weder was das (nach wie vor gute) Fortkommen anlangte, noch in sozialer Hinsicht. Das lag wahrscheinlich daran, daß er nichts mehr ernstnahm. »Das Leben ist sinnlos«, schrieb er mir, »also können wir ihm, wie hübsch, wenigstens seinen Un-Sinn geben. Du bist in die Welt geworfen und stellst Fragen an das Sein, aber das Sein, nachdem es natürlich nicht ist, gibt – in logischer Konsequenz – keine Antwort. Sei froh, lieber Engelbert, denn das ist eine frohe Botschaft!«

Nun, ich war nicht froh – vor allem weil er, wie zu befürchten stand, in gewisser Hinsicht recht hatte. Immer klarer wurde mir, daß ich mich zur Priesterlaufbahn nicht berufen fühlte (weder berufen noch gar – eine Selbstüberschätzung, zu der andere offenbar wesentlich eher neigten – auserwählt), und die darauf ausgerichtete Schule trotzdem, im hinhaltenden Zweifrontenkampf gegen Familie und Lehrkörper, zu beenden, machte mir damals, im Frühjahr '61, so schwer zu schaffen, daß ich den perfiden Pepi fast vergaß. Nach Wien zurückgekehrt, inskribierte ich dennoch zuerst einmal an der Theologischen Fakultät. Religionspädagogik. Das war ein Kompromiß. Aber es geht hier nicht um meine, sondern um Pepis Ent- und Verwicklungen. Der freute sich – auch und besonders seinem Schweigen war das zu entnehmen – seiner durch und mit Inge entdeckten Immanenz. ›Die Welt‹ ist, wie jeder Bibelkenner weiß, eine Versuchung, und er, obwohl später Prophet, erlag ihr in dieser Phase seines jungen Lebens bereitwilligst. Dieses Er- und Verliegen wurde, nach dem zumindest in dieser Hinsicht bedauerlichen Einschlafen unseres Briefwechsels, von niemandem kritisiert. Es sei denn von der Schäfchenoma, der er nichts verbergen konnte, schon gar nicht die Fortsetzung dieses von ihr schon im status nascendi mißbilligten Verhältnisses, und die ihn davor warnte, daß ihn diese Person noch »ganz und gar aussaugen« werde.

Persönlich kennenlernen sollte ich »diese Person« erst, nachdem ich schon mehr als ein halbes Jahr wieder in Wien war. Es geschah im Dezember, ich hatte bisher keinen Kontakt zu Pepi aufgenommen und er – wahrscheinlich war ihm die Tatsache meiner Rückkehr noch gar nicht bewußt geworden, womöglich hatte er überhaupt noch nicht an mich gedacht – er keinen zu mir. Allerdings kam er mir des öfteren in den Sinn, und ich hatte sogar – ich gestehe es – eines Nachmittags nach der Exegetikvorlesung bei ihm anzurufen versucht. Als jedoch seine Mutter abhob, deren Stimme ich trotz ihrer Veränderung erkannte (sie klang tiefer und matter als früher, hatte sozusagen an Farbe verloren) hängte ich, erschrocken, ohne genau zu wissen worüber, den Hörer des Telephonautomaten wieder auf die Gabel zurück. Jetzt, im Dezember, es war, um genau zu sein, schon in den Weihnachtsferien, ging ich jedenfalls eines Abends ins Burgkino. Ich kam etwas zu spät, aber das war nicht der einzige Grund, warum ich der Handlung des Films, der da in nichtsdestoweniger faszinierend fotografierten Schwarzweißsequenzen ablief, kaum folgen konnte. Es handelte sich um das jüngste Werk eines Regisseurs der sogenannten Neuen Welle, und daß man nicht recht wußte, worum es eigentlich ging, gehörte, zumindest *das* mußte man wissen, zur werkimmanenten Ästhetik. Wiedemauchsei: während ich dieses cineastische Ereignis über mich ergehen ließ, fiel mir der problematische Pepi aus vorerst unerfindlichen Gründen noch öfter ein als sonst. Vielleicht lag es am Hauptdarsteller, dessen eigentümlich helle Augen recht apart mit seinem dunklen Teint kontrastierten. Aber nein, etwas genauer betrachtet, sah er meinem Freund eigentlich gar nicht ähnlich. Ich fühlte mich ihm, Prohaska, so nah wie schon lang nicht. Als der Film zu Ende war und das Licht aufstrahlte, wußte ich warum: er saß zwei Reihen vor mir. Das heißt, er saß nicht mehr, sondern erhob sich soeben. Und außerdem saß er (erhob er sich) nicht allein. *Sie* war bei ihm (ich vermutete, daß sie es war). Ich wollte mich schnell verdrükken, aber da hatte er meinen Blick schon gespürt und mich, sich umdrehend, gesehn, denn er winkte mir zu.

Wir gingen (zu dritt) ins Espresso gleich nebenan. Er sah ungefähr so aus, wie ich ihn zuvor beschrieben habe, abgesehen davon, daß er die Weste der winterlichen Witterung entsprechend nicht auf nackter Haut trug, sondern über einem Rollkragenpullover. Hingegen sah *sie* überhaupt nicht so aus, wie ich sie mir vorgestellt hatte. Meine diesbezügliche Motivation war unklar, aber fürs erste war ich ein bißchen enttäuscht. Kein Vamp, keine Sexbombe, ja nicht einmal (für meinen Geschmack) eine besonders attraktive Frau. Zu klein, zu blaß, zu dünn, mit einem Wort: in vieler Hinsicht weniger als von mir erwartet. Das alles noch überbetont durch das viele Schwarz, das sie trug. Allerdings hatte sie einen Mund, der seltsam fleischfarben geschminkt und – auch wenn sie schwieg – in ständiger, wie mir schien anzüglicher Bewegung, mich nervös machte, und ein paar Augen, die, obgleich melancholisch ummalt, über alles, und womöglich speziell über mich, amüsiert dreinblickten. Apropos blicken: auch Pepi hatte sich, das war besonders auffallend, einen neuen Blick angewöhnt. Dauernd zog er eine, manchmal sogar beide Augenbrauen schräg, wie ein – das war jedenfalls meine erste Assoziation dazu – wie ein schmierenkomödiantischer Mephisto. Diese mimische Anstrengung stimmte jedoch selten mit den dazu gesprochenen Worten überein. Die waren vorwiegend freundlich, ja irritierend herzlich, er schien sich wirklich zu freuen, mich wiedergetroffen zu haben, und das freute *mich*. Warum (und ob wirklich) er mir nicht mehr geschrieben hatte, bekam ich nicht aus ihm heraus. »Jetzt, wo du wieder da bist«, sagte er nur, »müssen wir uns aber endlich einmal ausführlicher zusammentun – und zwar nicht erst im nächsten Jahr.« – »Das nächste Jahr«, wandte ich ein, »ist aber schon bald.« – »Ah ja, stimmt«, antwortete er, »da hast du wieder einmal recht – aber was machst du zu Silvester?«

So kam es, daß ich die mir in mancherlei Hinsicht unvergeßliche Silvesternacht 1960/61 mit Pepi und (oh ja, der Name paßte doch zu ihr!) Lilith verbrachte. Und nicht nur mit diesen beiden – aber alles der Reihe nach. Wie ausgemacht, stand ich um 20 Uhr 30 vor Inges Tür. In der Hand ein Papiersäckchen voll Mitbringsel (an einer Neujahrsbude erstandene leichtmetallene Goldfische und ebensolche Kleeblätter), im Herzen eine nicht weniger naive Vorfreude. Ich klingelte, aber statt im nächsten Augenblick in die Wohnung gelassen zu werden, auf die ich nach Pepis Briefen neugierig war, wurde ich zurück ins Treppenhaus gedrängt. Eine Horde sichtlich und vor allem hörbar schon recht Angeheiterter stürmte auf den Gang. Übrigens war man verkleidet, geschminkt und maskiert. Pepi, wie konnte es anders sein, gefiel sich als Pirat mit rotem Kopftuch und schwarzer Augenklappe, Inge, die ich, zum Unterschied von ihm, nicht auf den ersten Blick erkannte, als Nixe mit grüner Perücke (das laszive Netz, das sie unter dem Pelzmantel trug, sah ich erst später). Ich wurde, so schnell konnte ich gar nicht schauen, von wildfremden Menschen beiderlei Geschlechts umarmt, von manchen sogar geküßt, und in die Mitte genommen. »Wir fahren«, schrie mir Pepi, zu dem ich mich endlich, schon wieder unten auf der Straße, durchkämpfte, den von der zweifelhaften Gesellschaft entwickelten Lärm übertönend, ins Ohr, »wir fahren jetzt alle miteinander nach Klosterneuburg!« – »Nach Klosterneuburg?« schrie ich zurück,

»was machen wir dort?« – »Dort«, so Pepi mit unverminderter Lautstärke, »dort sind wir eingeladen.«

Eigentlich eingeladen war, wie ich auf der darauf folgenden Autofahrt, während der ich gewisse – auch noch gar nicht begangene – Sünden abbüßte, mitbekam, genaugenommen nur Joschko, der nach seiner Fahrweise zu schließen völlig wahnsinnige Chauffeur des VW-Busses, in den wir uns alle gequetscht hatten. Und auch Joschko nicht direkt: einer seiner Freunde, der, wie ich allmählich begriff, gar nicht mit von der Partie war, hatte ihm erzählt, daß wieder einer seiner Freunde dort draußen ein tolles Fest gab. Joschkos Freund sollte, wenn er wollte, mitbringen, *wen* er wollte, hatte jedoch selbst, wie es schien, etwas Besseres vor. Joschko ganz offensichtlich hingegen nicht, Joschko *wollte* (mit schätzungsweise 100 Stundenkilometern im Stadtverkehr) an seiner statt, begleitet von, wenn ich mich nicht verzählte, zwölf Personen.

So weit, so verrückt – das war aber lang noch nicht alles. Als wir die von Joschko auf einen Zettel gekritzelte Adresse, eine schmucke Villa, nach reifenquietschenden Irrfahrten durch die engen Gassen des klösterlichen Vorstädtchens endlich gefunden hatten, stellte sich – ich muß sagen, ich war kaum überrascht – heraus, daß wir keineswegs erwartet wurden. Ja mehr noch: der Hausherr, ein Mann mit graumeliertem Vollbart, einer in diesen Jahren noch ungewöhnlichen Tracht, bemerkte, die Horde pikiert musternd, daß man bereits überfüllt war. Doch Joschko, wie ich im weiteren Verlauf des Abends erfuhr, ehemaliger Jugendmeister im Mittelgewichtsboxen, schob ihn einfach beiseite und verschaffte uns, mit der Begründung, daß wir uns nach einer so weiten Fahrt durch Schnee und Sturm wenigstens aufwärmen müßten, auch gegen den allerdings nicht sehr überzeugend vorgetragenen Protest der ihrem Mann inzwischen zu Hilfe geeilten Hausfrau, Einlaß. Das hätte ich, muß ich zu meiner Entschuldigung sagen, in nüchternem Zustand gar nicht mitgemacht. Aber man hatte mir während der Autofahrt schon allerlei Alkoholika aus als Wegzehrung mitgenommenen Flaschen eingeflößt, über deren beruhigend-ermutigende Wirkung ich, wie man sich vielleicht vorstellen kann, nicht unfroh gewesen war. So ließ ich mich mitschleifen, ja lachte sogar unbändig über die Blicke der bereits vorhandenen, die weitläufigen Räume übrigens nur mäßig füllenden Gäste. »Laßt euch nicht stören«, gab sich Joschko, einmal eingedrungen, gemütlich, »wir finden uns schon zurecht.« Und wie wir das taten: zuallererst fanden wir uns etwas zu trinken. Der Hausherr versuchte gute Miene zum bösen Spiel zu machen und überließ uns eine Doppelliterflasche Weißwein. Danach, so hoffte man sichtlich, würden wir gehen. Aber als der Doppelliter (bei dreizehn daran beteiligten Personen kein Wunder) sehr bald ausgetrunken war, machten wir uns einfach auf die Suche nach weiteren Getränken und entdeckten, sozusagen nebenbei, auch die Speisekammer. Von da an fühlten wir uns noch wesentlich wohler. Dem Hausherrn und der Hausfrau hingegen ging es sichtlich konträr, sie verschwanden, unter bloßer Zurücklassung ihres Hundes, eines jedoch gutmütigen Rottweilers, noch vor Mitternacht in ihre Privatgemächer. Worauf wir uns mit den so schnöde im Stich gelassenen anderen Besuchern, die dieses Verhalten der Gastgeber inzwischen auch befremdlich fanden, zusammentaten. Und, in gewisser Hinsicht befreit, weiterfeierten, bis – aber um die Kalamität, in die ich letztendlich geriet, verständlich zu machen, muß ich wohl einige bei der Beschreibung der allgemeinen Turbulenz vernachlässigte Einzelheiten nachholen.

Das heißt: soweit ich überhaupt noch Einzelheiten mitbekam. Im Auto etwa – wie sich Pepi und Inge, er links, sie rechts von mir, sozusagen über meinen Kopf hinweg, küßten. Obwohl es dunkel war, merkte ich, wie ihre Zungen einander berührten, ja umschlangen und – so schien es mir wenigstens – eine kleine Ewigkeit nicht mehr voneinander loskonnten, als hätten sie Widerhaken. Auch in der Villa taten die beiden vorerst so weiter. Ich habe schon erwähnt, daß sie, Lilith, unter dem Mantel nur ein im wahrsten Sinne des Wortes schlüpfriges Kostüm trug. Pepi seinerseits, der beim Freistiltanzen (ich kann die Art, wie er sich drehte und wand, nicht anders bezeichnen) ins Schwitzen geriet, warf sein Ruderleibchen ab. Es fehlte nicht viel, und sie hätten – er ein faunischer Narziß, sie eine narzißtische Nymphe – auf einer nicht allzu abseits stehenden Chaiselongue eine Show für Voyeure gegeben. Dann aber trat etwas Überraschendes ein. Als wir um Mitternacht anstießen, umarmte Pepi nicht Inge, sondern eine gewisse Michaela. Inge dagegen legte ihren Kopf an Joschkos von einem großen, meines Erachtens falschen Goldmedaillon verzierte Brust. Aber der ehemalige Boxmeister zeigte schon zu viel Wirkung und sank, obwohl ihr grünumlocktes Köpfchen (wovon ich mich später noch überzeugen konnte) leicht war, unter der süßen Last in ein wahrscheinlich traumloses K. o. Inzwischen war Pepi mit Miachela erfolgreicher. »Naja«, sagte Inge, die jetzt neben mir saß, »sie ist ein schönes Mädchen, nicht wahr?« Ich enthielt mich, ohnehin schon etwas schwerzüngig, jeglichen Kommentars. Aber obwohl ich mich beim besten Willen nicht mehr entsinnen kann, wie diese Michaela genau aussah, nur daß sie mir für Pepi (auch rein physisch) sozusagen eine Nummer zu groß vorkam, hatte Inge wohl recht. »Ich habe mir ohnehin«, sagte Inge, »schon Sorgen gemacht.« – »Worüber?« fragte ich höflich. »Na, daß er sich fixiert.« – »Worauf?« Sie lachte ein bißchen wächsern: »Auf mich. Ich hab ihm immer gesagt, er soll das nicht tun.« Mit diesen (oder so ähnlichen) Worten verschwand sie. Nun, vielleicht war mein Zeitgefühl etwas verlangsamt, aber nach einer Weile hatte ich den Eindruck, sie sei schon eine halbe Stunde weg. Pepi, vergraben in die andere, kümmerte sich um nichts. Also fühlte ich mich bemüßigt, Inge zu suchen. Ich suchte nicht lang. Ich fand sie im Badezimmer. Sie hatte die grüne Perücke abgelegt und betrachtete sich im Spiegel. Ihr Gesicht war sehr weiß; sie hatte sich offenbar gewaschen. »Wie gehts?« fragte ich, »ist dir schlecht?« Sie sagte: »Es geht schon.« Und dann – ich weiß wirklich nicht mehr, wie wir dahin kamen – lagen wir plötzlich (oder eben nicht plötzlich) auf einer Couch. Rundherum war Halbdunkel, draußen, vor dem Fenster, durch das ich auf eine Silbertanne sah, dämmerte schon das neue Jahr. »Du bist lieb«, sagte Inge mit ihrer Lilithstimme, »du bist lieb, du bist lieb, du bist sehr lieb.« Und dabei küßte sie mich von oben bis unten. Oh Gott, ihre Lippen waren recht angenehm. Und sie kam mir auch auf einmal, das muß ich zugeben, sehr attraktiv vor. Besonders ihres Nabels erinnere ich mich: also sie hatte (ganz objektiv) den hübschesten Nabel, den ich je gesehen habe. Ihre Frage, ob sie mir nicht gefalle, traf also keineswegs ins Schwarze. Auch war es wohl nicht (oder nicht nur) der Gedanke an Pepi, der mich störte. Und daß der zutrauliche Rottweiler, seinerseits liebesbedürftig, ab und zu zwischen uns kam, lockerte die Situation, die sich sonst leicht hätte verkrampfen können, wenigstens auf. »Ach so«, sagte Inge endlich und küßte mich abschließend, sehr feinfühlig muß ich sagen, auf die Nase. Nach dieser Nacht sah ich Pepi zwei Jahre nicht mehr.

★

III

Zwei Jahre später hatte ich endgültig genug von der Theologie und wechselte, der familiären Obhut in ein Studentenheim entschlüpft, die Fakultät. Als Philosoph konnte ich einige der bereits erworbenen theologischen Zeugnisse brauchen, als Philosophie- und Geschichtslehrer würde ich, so dachte ich damals zumindest, weit weniger in Gewissenskonflikte geraten, denn als Religionspädagoge. Dermaßen diesseitig eingestellt genoß ich, muß ich gestehen, die materialistische Auffassung diverser Vorsokratiker. Und da – in der Einführungsvorlesung, in der ich saß, ging es gerade um Demokrit – trat Pepi Prohaska erneut in mein Leben bzw. (vermutlich war er da auch schon vorher gewesen) ins Auditorium Maximum. Meine Geschichte mit Pepi Prohaska: eine Geschichte wiederholten Wiedersehens. Ich komme somit in die Verlegenheit, schon wieder ein Wiedersehen mit ihm schildern zu müssen. Entsprechend will ich es kurz machen und nur darauf hinweisen, daß sich dieses Mal auch meine Gefühlsambivalenz vom letzten Mal wiederholte. Das heißt, daß ich (und erst recht nach jener Nacht, an die ich mich ebenso ambivalent erinnerte) nicht wußte, ob ich mich über das Wiedersehen freuen sollte oder (eher) nicht.

Indes – ich begegnete einem neuen Menschen. Daß derjenige, als der er sich nun zeigte, kein eigentlich neuer, sondern im Grunde genommen der alte, eine andere Wirklichkeit des möglichen oder eine andere Möglichkeit des wirklichen Pepi war, ähnlich wie der fußballernde Pepi nur dem Anschein nach ein anderer als der mir zuvor bekannte, einer immer die dialektische Voraussetzung des nächsten, begriff ich damals – wie gesagt stand ich erst am Anfang meines Philosophiestudiums – noch nicht. Pepi Prohaska, der Mensch in seinem Widerspruch: Goethe hätte sich wahrscheinlich durch ihn bestätigt gefühlt. Mich aber versetzte er wieder (und danach noch wiederholt) in Erstaunen.

Rein äußerlich hatte er sich nicht besonders verändert, obwohl der Piratenschnurrbart gefallen war und die Haare sich vorläufig nicht mehr über den Hemdkragen ringelten. Doch sprach, kaum machte er (nach der Vorlesung) den Mund auf, gewissermaßen ein neues Wesen aus ihm. Im Buffet, bei einem Glas Milch sitzend, erzählte er mir von Gretchen, dem Mädchen, das diese seine Veränderung offenbar ausgelöst hatte. Sie hieß übrigens ebensowenig Gretchen, wie Inge, die jetzt weit weg war, Lilith geheißen hatte, aber er neigte nun einmal dazu, den Menschen, die ihm nahestanden, *seine* Namen zu geben, auch später, wenigstens hierin durchaus in der Nachfolge Christi: du bist Petrus, und auf diesen Felsen will ich meine Kirche bauen, du bist nicht Engelbert, sondern Teufelbert, aber alles zu seiner Zeit.

Sie, Gretchen, die ihn jetzt, zum Unterschied von letzthin, so hell erscheinen ließ (letzthin, ich habe das, glaube ich, erwähnt, war er vor allem dunkel erschienen, allerdings damals wie jetzt vor dem Kontrast seiner selbst), hatte er gleich nach der Matura kennengelernt, und zwar auf einer Autostoppreise, die ihn, nein, nicht nach Saint Tropez, sondern, soviel ich mitbekam, noch mit Inge, nach Sizilien, dann aber ohne sie zurück und – eines Geschenks für seine Mutter wegen, die ihm in dieser Situation und auf dieser geographischen Breite einfiel – nach Murano bei Venedig führte. Ihre Eltern hielten ihn für einen Italiener und wollten ihm die Vase abkaufen, die er soeben für die – nebenbei erwähnt, nicht nur von ihm vorübergehend verlassene – Frau Prohaska (sein Vater, auch er immer wieder zu Überraschungen fähig, war eines Tages allein – weder seine Gattin noch sein Sohn interessierten sich mehr für sowas – in den Zirkus gegangen und, bezaubert von einer sogenannten Gummifrau, nicht mehr heimgekehrt), ihre Eltern also wollten ihm die Vase, die er soeben für Mama ausgesucht hatte, abkaufen, und das war Schicksal. Sie, eigentlich hieß sie Susi, schaute *hin*, er schaute *her* oder umgekehrt, ihr Vater jedenfalls schaute streng dazwischen, aber das nützte nichts. Es war (sehr merkwürdig, das aus Pepis Mund zu hören) Liebe auf den ersten Blick gewesen, ihre Mutter erwähnte, versehentlich oder vorsätzlich, wer weiß, daß sie aus Lignano gekommen waren und – für den Rest der Ferien – auch wieder dorthin zurückfahren würden, er setzte sich über sein Vorurteil, diese, wie er sich ausdrückte, Dépendance österreichischer Hausmeister betreffend, hinweg und heftete sich an ihre Spur.

Herr Wirth, Susis Vater, war übrigens kein Hausmeister, sondern Justizwachebeamter, also, laut Pepi, der, was sich auch später noch weisen sollte, zu allerlei Autoritäten ein prinzipiell renitentes und aus seiner eigenen Vaterbeziehung schwer erklärbares Verhältnis hatte, gewissermaßen ein Überhausmeister. Pepis Auftauchen am angeblich goldsandigen Lido (›Lignano Sabbiadoro‹) blieb ihm also weder verborgen, noch war es ihm recht. »Was wollen denn *Sie* da?« fragte er den aufdringlichen jungen Mann und hielt ihn (ich folge Pepis Beschreibung der Situation) mit Hilfe seines beeindruckend weiß behaarten Bauches auf Distanz. Pepi dementierte vorerst bestimmte Absichten, er gehe, sagte er angeblich, am Strande so vor sich hin, allerdings sei er der gnädigen Frau (diese Worte mit einer kleinen, höflichen Verneigung in Richtung derselben) dankbar für die zwei Tage zuvor in Murano ausgesprochene Anregung.

Man merkt schon: er wußte sich, schlau wie er war, eine Verbündete zu schaffen. Die Dame fand ihn (zumindest vorläufig) charmant. Außerdem ähnelte er, wie sich später herausstellte, ihrem ersten Schwarm, einem 1939 noch rechtzeitig emigrierten Eislauflehrer. Daß er der Tochter gefiel, daran zweifelte er nicht, Sympathie, meinte er, beruhe doch immer auf Gegenseitigkeit (ich habe da leider andere Erfahrungen gemacht), sie gefiel ihm ja auch.

Bei diesen Worten zeigte er mir ihr Bild, ein ebendort, in Lignano, selbst geschossenes Foto, und die Art, wie er das tat, mit ebenso zärtlichen Fingern wie Augen nämlich, vertrieb mir gewisse, mit seiner trotz allem leise zynischen Erzählweise zusammenhängende Zweifel. Trotzdem bin ich nicht ganz sicher, ob die durch solches Verhalten signalisierte Empfindung für sie tatsächlich die ursprüngliche war und nicht erst auf besonderen, genauer: besonders komplizierten Umständen: erblühte. Wäre mit ihr alles so problemlos unidealistisch verlaufen, wie er es seit seiner Einweihung in das, was er mit Inge für Liebe gehalten hatte, gewohnt war, Susi wäre wahrscheinlich ein durch seine Trennung von ihr, Lilith, die sich (aber das erzählte er mir erst später) in Taormina mit einem Araber abgesetzt hatte, bedingter Sommerflirt geblieben. Aber mit einem Gretchen ging nichts problemlos.

Auf dem Foto lehnte sie an einem Fahrrad, trug ein nicht ganz vorteilhaft kurzes Ruderleibchen zu den Shorts, die ihre langen, noch etwas schlaksigen Schulmädchenbeine immerhin hübsch zur Geltung kommen ließen und schaute innig in Pepis subjektives Objektiv. Mit dem Fahrrad, erzählte er, habe sie jeden Tag ihre Runden gedreht, während die lieben Eltern, die opulent zu speisen pflegten, ihr Mittagsschläfchen hielten. Das herauszukriegen und ihr mit einem anderen Fahrrad in die Quere zu kommen, war dem raffinierten Pepi natürlich keine Schwierigkeit. Außerdem dürfte sie, nachdem sie ihn am Strand wiedergesehen hatte, ihre Runden durchaus schon in Erwartung eines solchen Zusammentreffens gedreht haben. Bis hierher schien also (ganz gegen obige Ankündigung) doch alles problemlos zu verlaufen, wenn auch – aber für so etwas war Pepi, nachdem sich sein Weg von dem Inges getrennt hatte, womöglich schon aus Protest offen – vergleichsweise romantisch. Zwei Tage drehten sie ihre Runden zu zweit, auch stiegen sie manchmal von den Fahrrädern ab und gingen eine Strecke händchenhaltend. Er erzählte *ihr,* sie erzählte *ihm,* von sich, aber vorläufig Belangloses. Erst am dritten Tag, als sie sich nach einer in der Sonne ausgestreckten Katze bückte und (indem ihre Finger das Fell berührten, flog ein Schwarm Fliegen auf) bemerken mußte, daß das Tier tot lag, war es mit der Belanglosigkeit vorbei. Sie barg, erzählte er, ihren Kopf an seiner Brust und weinte. Und mit den Tränen quoll es aus ihr heraus. Wie sie sich einsam fühle. Und unverstanden. Und eingesperrt. Und vor allem, daß ihr Vater, der Polizist mit den weißen Haaren am Bauch, ein mutmaßlich zwangsneurotischer Tyrann war. Wenn sie als Kind, erzählte sie, etwas angestellt habe, habe sie auf einem Reibeisen knien müssen. Die Arme waren dabei gerade zu halten, manchmal habe ihr Vater einen Kochlöffel draufgelegt. Zwar habe sie sich so das Zählen beigebracht, habe, um sich die bittere Zeit zu vertreiben, zum Beispiel von eins bis hundert gezählt. Aber manchmal sei ihr schon ziemlich zum Heulen gewesen. Er suchte und fand ein Taschentuch, um ihre Tränen zu trocknen. Zu Hause, erzählte sie, habe sie manchmal eine Vision. Wenn die Familie beim Essen sitze oder danach vor dem Fernseher hocke oder schon in den Betten liege. Ein Vampir klopfe ans Fenster, sie wisse, daß es ein Vampir sei, aber sie mache ihm auf. Oder aber, es sei überhaupt kein Vampir. Sondern (hier lächelte sie schon wieder) ihr Retter, ihr Ritter. Der Vampir beiße die Eltern letal ins Genick, und das sei schön. Der Ritter aber nehme sie ganz einfach in den Arm, und das sei noch schöner.

Man kann sich denken, wie das auf Pepi wirkte. Am Vampirismus fand er ja weniger Geschmack (»deine Mutter«, räumte er ein, »scheint doch gar nicht so schlimm zu sein«), für Messianismus aber, speziell wenn sich die messianische Erwartung auf ihn richtete, war er, wie nicht nur ich inzwischen weiß, bedenklich anfällig. Und Susi/Gretchen war die erste, die diese sozusagen erogene Stelle seiner

Seele kitzelte. Dem Mädchen, dachte er also, muß geholfen werden. Ein kurzer Versuch (man kann es auch einen Rückfall nennen), das zuerst einmal auf die ihm – aus gewissermaßen schlechter Gewohnheit – vertrauteste Art zu tun, scheiterte nicht nur (immerhin folgte sie ihm in sein Hotelzimmer) an ihrer relativen Keuschheit. Auch er tat das seine dazu: ihre Mädchenhaftigkeit, sagte er, habe ihn gerührt. Er sah ein, daß er sich geirrt hatte, er entschuldigte sich auf sensibelste Weise, er küßte sie, wie er Inge nie geküßt hätte. Sie strahlte. Kein Zweifel: das war die wirkliche Liebe.

Tags darauf ging er an den Strand, hielt, sehr zielstrebig durch den Sand schreitend, dem Blick des Justizwächters stand und fragte ausgesucht höflich, ob er sich zur Familie gesellen dürfe. Und siehe da: zwar schnaubte der Alte durch die Nase, aber er sagte (ein halbes Ja der Mutter kam ihm allerdings zuvor) nicht nein. Die Tochter dankte ihm seine Kühnheit mit einem Blick, den er mir nicht zu beschreiben brauchte. Und am äußersten Zipfel der familiären Decke sitzend, begann P. P. (mimisch nie untalentiert) die Rolle zu spielen, die er in dieser Gesellschaft so lange spielen mußte, bis sie ihm tatsächlich zum Hals heraus hing: den anständigen jungen Mann. Ziemlich erfolgreich, wie er erzählte, zumindest im Anfang. Am nächsten Morgen durfte er auf der Decke schon etwas weiter Richtung Mitte rücken. Auch daß er mit Susi gemeinsam ins Wasser ging, verhinderte ihr Vater nicht. Obwohl sie sich dann, nebeneinander schwimmend, die ganze Zeit über beobachtet fühlten und gewisse Zärtlichkeiten vorsichtshalber nur *unter* Wasser austauschten. Nicht lang und die Mutter lud ihn, in einer angesichts ihres wogenden Busens nicht ganz überraschenden Anwandlung von Weichherzigkeit, zum Mittagessen ein. So wurde er also, wiewohl vom Vater scheel betrachtet, in den Bugalow mitgenommen, von der Tochter an der Hand geführt. Zu seinem Leidwesen servierte Frau Wirth sogar in Italien deftig Heimatliches.

»Essen Sie«, sagte sie, »greifen Sie tüchtig zu« – und traktierte ihn mit Wurstknödeln. Ihr Mann machte seltsam freundliche Nasenlöcher. Pepi begann schon, an Susis Erzählung zu zweifeln. Aber am Sonntag kam es zum ersten Eklat. Angesichts eines besonders großen Schnitzels, das seine Frau nicht ihm, sondern dem Jüngeren auf den Teller schob, sprang Herr Wirth mit hitzigem Kopf vom Tisch auf und verschwand eine Stunde. Zurückgekehrt wollte er dann mit Pepi reden. »Unter vier Augen«, sagte er, »kommen Sie mit. Sie brauchen nicht glauben«, sagte er, »daß ich schlecht seh. Sie brauchen schon gar nicht glauben, ich seh das gern. Mir wär viel lieber, Sie wären nicht aufgetaucht. Meine Tochter, bedenkens das, ist erst sechzehn. Wenn Sie trotzdem intim werden, passen Sie auf. Aufzuklären brauch ich Sie hoffentlich nicht.«

Ach ja, und dann war eine Vollmondnacht und ein trotz allem gemeinsam unternommener Bootsausflug und Musik auf dem Meer. Und eine Tochter war da, die nicht tanzen wollte mit ihrem Vater des Jüngeren wegen, der nicht tanzen konnte (das hatte Inge Pepi nicht gelehrt). Und der Vater wurde rabiat, denn schließlich war diese Tochter seine Tochter. Und er hatte ein bißchen viel getrunken, und die Tochter begann zu weinen, denn sie wollte nicht, daß der Vater sie derart an sich quetschte, anhauchte. Und die Mutter war ratlos, denn sie wußte nicht, wie sie's allen recht tun sollte, aber den jungen Mann konnte sie leiden. Und sie stellte ihn (da sie nicht wußte, wie sie ihn vorstellen sollte) Bekannten, denen man, wieder an Land, über den Weg lief, kurzerhand vor als den Verlobten ihrer Tochter. Und der Vater war schon wieder beleidigt und stapfte heimwärts den andern voraus, als hätte er einen Besenstiel verschluckt. Und die Tochter fragte den Jüngeren, ob er bei ihr bleiben wolle für immer, und der so unversehens zum Verlobten Ernannte sah den Mond und sah die Augen der Tochter und brauchte trotzdem eine Sekunde zum Durchatmen, denn immer ist eine lange Zeit, aber dann (die Nachtluft war süß wie Susi), dann sagte er ja.

Er war auch später ein schlechter Neinsager, Pepi Prohaska. Was aber sein Ja zu Susi nicht entwerten soll, damit hatte es schon seine Richtigkeit. Beziehungsweise: was hätte er sagen sollen? Ich glaube, mir selbst wäre an seiner Stelle auch nichts anderes eingefallen. Susi jedenfalls dankte es ihm mit leidenschaftlichem Vertrauen. Er liebte sie, also konnte ihr Vater, das alte Ekel, sie gern haben. Auf einer Luftmatratze treibend, von sanften Wellen geschaukelt, blickten sie so lang in den blauen Himmel, bis (Pepi bemerkte es zu spät) fast kein Land mehr in Sicht war. Daß sie folglich, vergebens gegen die Strömung strampelnd, von einem Rettungsboot zurückgeholt werden mußten, brachte Herrn Wirth vollends gegen ihn auf – da war nicht nur Unmoral, sondern auch (ein Zusammenhang) Verantwortungslosigkeit. Eine Argumentation, der sich sogar die im Prinzip sympathisierende Mutter anschloß. Sie war (wie nachher noch oft) parallel zu ihrem Mann empört. Ja, parallel, sagte Pepi, denn die Empörung der beiden manifestierte sich auch und vor allem in ihrer Haltung. Sie litten beide unter Spondylarthrose und bekamen, wenn sie empört waren, oben sehr aufrecht, aber im unteren Teil der Wirbelsäule stark abgewinkelt, das Aussehen von Gänserich und Gans, auch wenn sie nicht schnatterten. In dieser Haltung also am Strand auf und ab laufend, erwarteten sie ihre um ein Haar am Horizont entschwundene Tochter. Und statt sie in die Arme zu schließen, packten sie Susi an der Hand und entzogen sie Pepis schlimmem Einfluß. Der wollte zwar klarstellen, was – und was nicht – geschehen war. »Die Naturgewalten«, sagte er, aber »diese Naturgewalten«, schnauzte der Alte, »kennt man. Und jetzt schauns, daß Sie weiterkommen.«

Eine dramatische Entwicklung, die diese wie erwähnt ohnehin mit romantischer Potentialität aufgeladene Beziehung jedoch nur umso romantischer machte. Und Pepi, der sich ungern etwas schaffen respektive verbieten ließ, erst recht motivierte. Die letzten Tage von Lignano standen im Zeichen einer wahren Romeo & Julia-Konstellation. Die nun wirklich auf Schritt und Tritt überwachte Susi warf entzückende Zettelchen aus dem Fenster des Bungalows, in kurzen, aber intensiven Augenblicken des Zusammentreffens (etwa auf der Toilette des Strandcafés) umarmten die beiden einander justament wie für die Ewigkeit. Auf – beziehungsweise nach – der Heimreise, erzählte Pepi, sei ihm dann noch etwas Bemerkenswertes passiert. Als er nämlich, per Zettel vom – übrigens vorverlegten – Aufbruch der Familie Wirth informiert, ebenfalls gefahren sei, und zwar, um so wenigstens in der Nähe der Geliebten zu bleiben, ebenfalls per Zug, habe er ohne Platzkarte keinen regulären Platz mehr gefunden und daher im Korridor auf seinem Rucksack sitzen müssen. Das sei wohl recht unbequem gewesen, aber er habe, direkt neben dem Ausstieg lagernd, trotzdem befürchtet, einzuschlafen und aus der Tür zu fallen. Um das zu verhindern, habe er (was zu dieser Zeit sonst überhaupt nicht seine Art war, denn seine Stimme, auf deren Männlichkeit er damals Wert legte, entbehrte noch auf geradezu peinliche Weise der Modulationsfähigkeit) die ganze Nacht gesungen. Als er dann, frühmorgens und ohne Vorwarnung, wie er versicherte, zu Hause angekommen sei und geklingelt habe, habe ihm seine Mutter aufgemacht. Und habe ihn angesehen wie ein Gespenst. »Was, du bist's wirklich?« habe sie gestammelt, »ich hab dich heute nacht singen gehört. So laut, daß ich aufgestanden und in dein Zimmer gegangen bin, um zu sehen, ob du schon da bist.«

Nun, ich will mich hier nicht über die Möglichkeit oder Unmöglichkeit telepathischer Kommunikation verbreitern. Prof. Rosenheimer, den ich damals nach allzu viel Theologie, wie gesagt, wegen seiner staubtrockenen Nüchternheit schätzte, erklärte sie für unmöglich, da – ihre bloße Denkbarkeit schon verärgerte ihn – die Gehirnströme nur wenige

Zentimeter über die Großhirnrinde hinausreichten. Pepi jedenfalls hielt die Telepathie von damals an nicht nur für möglich, sondern für wirklich. Er sei, sagte er, ganz einfach imstande, zu senden und zu empfangen, allerdings nicht mit dem Hirn, sondern mit dem Herzen. Das sei auch der Grund, warum er Susi spüre. Zum Beispiel jetzt, akkurat, ja, er spüre sie. Er spüre, ich müsse entschuldigen, daß sie ihn brauche. Sprach's, sprang auf und war weg. Ich bezahlte seine Milch.

Von damals an sah ich ihn allerdings nahezu täglich. Wie sich herausstellte, hatten wir im großen und ganzen dieselben Lehrveranstaltungen belegt. Philosophisches, Psychologisches, Soziologisches und Kulturhistorisches. So saßen wir nebeneinander wie ehemals in der Volksschule. Nun hätten die Probleme, um die es da ging, mich durchaus interessiert. Mein Leben hatte sonst wenig Interessantes zu bieten, selbst am Abend, in die karge Enge meines Studentenheimzimmers zurückgekehrt, wußte ich mir vorläufig nichts Besseres, als, auf dem Bett lungernd, zu studieren. Pepi jedoch hatte, wie man sich nach seiner oben wiedergegebenen Erzählung denken kann, andere Probleme. Und das Bedürfnis, sie mir, der ich ihm immer ein zu guter Zuhörer war, ungeachtet der mehr oder minder flüssigen Vorträge mehr oder minder kompetenter Professoren auch während der Lehrveranstaltungen mitzuteilen.

Folglich war ich, ob ich wollte oder nicht, stets auf dem laufenden über die Entwicklung seiner Dauerromanze mit Susi. Hörte eineinhalb Semester lang immer neue Frontberichte aus dem zähen Kleinkrieg, den er seit seiner Rückkehr aus Italien für seine innig Geliebte und (das war wohl entscheidend) gegen deren Vater führte. »Der Pepi«, hatte die Schäfchenoma, aus einem Anlaß, den ich vergessen habe, einmal gesagt, als wir noch Kinder gewesen waren, »hat einen fürchterlichen Dickschädel. Man braucht ihm nur etwas zu verbieten, um mit Sicherheit zu erreichen, daß er es erst recht tut.«

Diesem Dickschädel entsprechend traf er, nach Wien zurückgekehrt, sein Gretchen regelmäßig. Obwohl oder gerade weil Herr Wirth heftig entschlossen war, diesen Kontakt zu unterbinden. Und dabei bewachte sie der mit wahren Argusaugen. Aber was half's – er mußte ab und zu in den Dienst. Pepi, sonst, seit seine sportliche Zeit vorbei war, beileibe kein freiwilliger Frühaufsteher, erwartete Susi meistens schon auf dem Schulweg. Gab ihr frühmorgens bereits die schöne Gewißheit, von ihm geliebt und (aufgeschoben ist nicht aufgehoben) begehrt zu werden. Und während sie in der Schluß saß, von ihren gewöhnlicheren Kolleginnen, die bestenfalls gewöhnliche Freunde hatten, durch so einen nahezu klassischen Anbeter subtil unterschieden, streunte *der* nicht selten in der bald hinter dem Schulgebäude beginnenden, peripheren Gegend herum (just jener, die ihn auch später noch inspirierte), seine Anbetung in Verse fassend. Verse, die er, im seltsam allein auf einer sonst noch unverbauten, schütteren Wiese stehenden Wirtshaus ›Zur Cillytant‹ bei einem Glas Apfelsaft (denn des Alkohols, ich habe es schon angedeutet, enthielt er sich bis auf weiteres) in ein von Tag zu Tag dünneres Notizbuch schrieb, dessen herausgerissene Blätter er der darin Besungenen zusteckte, wenn sie mittags das Schulgebäude verließ.

Den Nachmittag, an dem die süße Susi dann daheimhocken und Aufgaben schreiben beziehungsweise im Haushalt helfen mußte, verbrachte ihr lieber Pepi mehr oder minder auf akademischem Boden. Ich formuliere das bewußt so, denn auch wenn er in die Vorlesung oder ins Proseminar kam, hatte er, sobald seine Neuigkeiten erzählt waren, wenig Sitzfleisch. »Komm, wir gehen in den Hof«, flüsterte er verführerisch, wenn ich mich endlich wieder dem Vortrag zuwenden wollte, »oder lieber gleich in den Burggarten. Draußen rennt uns die schönste Sonne davon!«

Darüber hinaus lenkte ihn noch etwas anderes vom

rechten akademischen Wege ab. Zum Unterschied von mir, der ich, mit leidenschaftsloser Selbstverständlichkeit, zum katholischen Cartellverband geraten war, aber, weder dem Bier noch der Politik besonders zugeneigt, die Zusammenkünfte meiner Verbindung weniger besuchte als mied, »engagierte« sich P. P. (er gebrauchte dieses anspruchsvolle Wort selbst) im Verband Sozialistischer Studenten. Wie weit es mit diesem Engagement wirklich her war, vor allem auch angesichts der kurzen Zeit, die ihm sein Engagement für Susi dazu ließ, kann ich, da ich ihn – fühlte ich mich bei aller eben erwähnten Zurückhaltung doch eher dem anderen Lager zugehörig – nie dorthin begleitete, kaum beurteilen. So viel indes bekam ich immerhin mit, daß er eher dem linken Flügel der nach und nach immer ärger zur Spaltung tendierenden Organisation angehörte und dort gewisse Schlagworte aufschnappte, deren er sich im ideologischen Kampf um Susi (man könnte auch sagen im Kampf um ihre Seele) bediente.

Wogegen es ging, das war das Autoritäre. Und Susis Vater, das lag auf der Hand, tat ihm den Gefallen, dieses Abstraktum sehr konkret zu verkörpern. Hätte es ihn nicht wirklich gegeben, so hätte man ihn aus demonstrativen Gründen erfinden müssen. Er war der autoritäre Scheißer par excellence.

Abgesehen von solch moralischer Aufrüstung für die Gegenwart hätte ihm dieser Umgang, nebenbei bemerkt, auch Weichen für die Zukunft stellen können. Doch Pepis Karriere, falls man seinen nach Art einer Berg- und Talbahn auf und ab führenden Weg so nennen kann, war, wie sich, den Hoffnungen seiner Großmutter zum Trotz, bald herausstellen sollte, eine ganz andere als jene, die ein paar seiner damaligen Genossen vor sich hatten. »Die gleichen ja«, sagte er später von einigen, die ›was geworden waren‹, ein Klub einander sehr wohlwollender, von halblinks emporgekommenen Pragmatiker, die zwar (ich zitiere schon indirekt Pepi) nicht genau wissen wollten, *was* sie taten, aber *wie* sie es taten, das wußten sie ziemlich gut, und das nannten sie dann Knowhow, »die gleichen ja übertünchten Ehrengräbern der Stadt Wien.« Letzteres war zwar nicht ganz von ihm, aber durchaus zutreffend.

Doch so exponierte er sich erst Jahre danach. Jetzt, im Herbst '64, ging es ihm in erster Linie darum, seinem Gretchen zu imponieren. Morgens, mittags und schließlich auch noch am Abend. Ja, selbst am Abend fand sich Gelegenheit!

Die Familie Wirth nämlich besaß einen Hund, genaugenommen eine Hündin, Senta, die man abends äußerln führen mußte. Das war für gewöhnlich Susis Aufgabe – möglichst flach an die efeubewachsene Mauer einer aufgelassenen Miederfabrik gedrückt, sodaß man ihn von den Wirthschen Fenstern aus nicht sehen konnte, fixierte Pepi das Haustor, aus dem die Liebste meistens zwischen 19 Uhr 30 und 19 Uhr 35 (das Wirthsche Familienleben war ein mit Regelmäßigkeit geführtes, gegessen wurde zwischen 18 Uhr 45 und 19 Uhr 25, um halb acht wollte der Vater, aber bei abgeräumtem Tisch, die Nachrichten im TV sehen), aus dem also um diese Zeit meistens Susi trat. Allerdings gab es da stets einen kleinen Unsicherheitsfaktor. Unvorhergesehenes konnte geschehen sein und Susis Mutter veranlassen, Senta auszuführen, die übrigens immer einige Schritte vorauszappelte, sodaß Pepi, des zu letztendlicher Tonnenförmigkeit überfütterten Tierleins ansichtig, einige Herzschläge lang nicht wußte, wer hinter ihm herkam. War es aber (und in der Regel war sie es), Susi, so bog sie, der Mutter, die aus dem Fenster schaute, vorher noch kurz winkend, ums nächste Eck. Während Pepi – seine Kondition war immer noch ausgezeichnet – so schnell er nur konnte um die Miederfabrik herum und ihr entgegen lief. Dann schloß er sie in die Arme, und zwar wieder mit jenem Ewigkeitsbewußtsein, in das er *sich*, aber (das weiß ich von ihr) vor allem *sie* mit jedem dieser nur äußerlich flüchtigen Treffen mehr und mehr hineinsteigerte.

Und wenn sie zwanzig Minuten später (mit dem Hund länger auszubleiben, wäre verdächtig gewesen, außerdem waren nach dieser Frist die Nachrichten vorbei, und der Vater, nicht mehr durchs Weltgeschehen abgelenkt, hätte schon aus purer Muße Argwohn schöpfen können) in die langweilige Kleinlichkeit der Wirthschen Zweizimmerwohnung zurückkehrte, war ihr Herz nichtsdestoweniger groß und erfüllt von einem spannenden Geheimnis.

Sicherlich gab es ab und zu Zwischenfälle. Zum Beispiel benutzte die Hündin ein besonders tiefes Ineinandertauchen der beiden, um ihrerseits auf Abwege zu geraten. Als sie (so Pepi wörtlich) wieder auftauchten, war das Hundsvieh weg. Sie suchten, in Panik geraten, endlose zehn Minuten, bis sie die Ausreißerin ziemlich abseits von der üblichen Spazierroute wiederfanden, noch dazu in intimem Kontakt mit einer grauenhaften Promenadenmischung. Das blieb, gottseidank, ohne Folgen, auch registrierte der Vater, inzwischen durch einen Krimi hypnotisiert, die verspätete Rückkehr seiner Tochter kaum. Ein anderes Mal jedoch, als die beiden, allmählich kühner geworden, trotz des inzwischen spätherbstlichen Wetters auf einer Bank im nur unerheblich von Susis Wohnhaus entfernten Park saßen, ging eine Nachbarin vorbei. Tagelang fürchtete Susi, die sonst tratschsüchtige Dame könnte – ihrer Gewohnheit und Neigung gemäß – plaudern. Aber wie sich herausstellte, wahrte die Nachbarin, gerade in diesem Fall von unerwartetem Feingefühl, Diskretion, oder sie hatte Susi, in derart enger Umschlingung mit Pepi, gar nicht erkannt; so oder so ein Glücksfall.

Wenn ich hier allerdings von enger Umschlingung schreibe, dann muß man das, im Vergleich zu Pepis mit Inge geübter Praxis, sehr relativ sehen. Seine Beziehung zu Gretchen war, zumindest für ihn, in diesen ersten Monaten eine extrem sublime. Was mir schon deshalb bemerkenswert erscheint, weil er mir fortwährend erzählte, was aus dieser Sublimation entstand. Diese Liebe, die sich – vorläufig – nicht irdisch erfüllen konnte, schwang sich in gewisse, eher unirdische Höhen auf, tatsächlich, behauptete Pepi, hätten er und Susi es manchmal fertiggebracht, gemeinsam einige Zentimeter über dem Boden zu schweben, eine, wenn man ihm glauben will, immerhin bemerkenswerte Leistung. Apropos glauben – das schlug sich natürlich dazu. Sie erwartete viel von ihm, und es scheint, als hätte er, begeistert von dieser Erwartung, zumindest einiges davon erfüllt. Zum Beispiel (das erzählte mir später *sie*) sei er damals durchaus imstande gewesen, ihr ein aufgrund der die Nerven belastenden Situation immer wieder auftretendes Kopfweh abzunehmen. Er habe ganz einfach seine Stirn an ihre gelegt und es gewissermaßen auf sich gezogen: »Spürst du es schon?« habe sie gefragt und: »Ja!« habe er freudig geantwortet, für sie zumindest ein kleiner Heiland.

Bis Ende November änderte sich nichts wesentliches an diesen romantischen Verhältnissen. Pepi pendelte zwischen dem Schul- beziehungsweise Wohnbereich seiner so idealistisch Geliebten und der von mir, mangels vergleichbarer Ablenkung, regelmäßiger frequentierten Universität, Herz und Hirn hatte er, selbst wenn er da war, eher dort. War er nicht da, so mußte ich zwar für ihn mitschreiben, aber das bedeutete, da meine Mitschriften auch sonst sehr sorgfältig waren, keine wirkliche Mehrarbeit. In gewisser Hinsicht, muß ich gestehen, war ich in solchen nach und nach immer häufiger werdenden Stunden recht froh, den Vorträgen ungestört folgen zu können und den einen oder den anderen Tag nichts von Prohaskas Privatleben hören zu müssen. Dessen Entwicklung ich andererseits mit Anteilnahme verfolgte. Wenngleich diese Anteilnahme ambivalent war. Denn wieder (und nicht zum letzten Mal) hatte mein Freund damit etwas, das ich nicht hatte. Und das ich (auch wenn ich mir's damals nicht eingestehen wollte, fühlte ich es) wohl niemals haben würde.

Natürlich: ich konnte trotzdem so tun als ob. Angeregt – oder genauer: beinahe genötigt – durch Pepis schon erwähnte Liebesgedichte, deren Entwürfe oder Kopien mir zu zeigen er eitel oder unbefangen genug war (er hat auch später keine Peinlichkeit darin gesehen, Privates zu veröffentlichen), begann auch ich, Ähnliches zu verfassen. Doch waren, wie man sich denken wird, die Objekte meiner Poesie etwas weniger konkret. Zur Tarnung erfand ich eine Kollegin aus dem Studentenheim, ein Mädchen vom Lande namens Maria. An dessen Existenz jedoch Pepi, hatte ich den Eindruck, nie im Ernst glaubte, obwohl er sie – entweder aus Höflichkeit oder aus purem Desinteresse – nie ausdrücklich bezweifelte. Jedenfalls war das für mich – und das scheint mir einer Erwähnung wert – der Einstieg in jene andere, jene Ersatzwelt, die mir mit der Zeit immer mehr bedeuten sollte. Bald ließ ich von der besonders schlecht erträumten Maria ab (»göttergleich / seh ich sie vor mir stehn«) und wandte mich allgemeineren Idealen zu. Ein Essay »Über die Freiheit des Willens« ließ sich, im Schatten der philosophischen Großherren Nietzsche und Kierkegaard nicht schlecht an. Allerdings kam ich über die schon nach wenigen Seiten konstatierte Erkenntnis, daß es unter dem schicksalhaften Einfluß von Anlage und Umwelt eigentlich keine Entscheidungsfreiheit des einzelnen (somit auch meiner Wenigkeit) gebe, nie recht hinaus, weswegen ich (der Fehler, erkannte ich nicht unrichtig, mußte im Ansatz stecken) diesen meinen ersten und einzigen theoretischen Text immer wieder von vorne anfing.

Aber zurück zu Pepi, um den es hier geht. Ende November trat, wie oben angedeutet, seine Liebe zu Susi betreffend, eine neue Situation ein. An der Fabriksmauer wartend, jedoch, der Jahreszeit entsprechend, bei dichtem Nebel, wurde er eines Abends, wie gewöhnlich, erst des Hundes gewahr und dann der Begehrten. Die hinterherkommende Dame aber sah beziehungsweise erkannte er aufgrund der erschwerten Sicht nicht beziehungsweise zu spät: es war Frau Wirth. Nun – aufs erste war sie natürlich empört. Doch erwies sich ihre Empörung ohne die gottlob vor dem Fernseher sitzengebliebene männliche Hälfte als halb so wild. Schon winterlich gekleidet, ähnelte der junge Mann ihrem auf Nimmerwiedersehen entschwundenen Eislauflehrer mehr denn je. So hatte er, besonders wenn er trotz allem lächelte, etwas für sie ziemlich Entwaffnendes. Daß er hier stand und allem Anschein nach nicht anders konnte, war einerseits eine Frechheit. Andererseits ließ sich daraus ableiten, daß er es – immerhin signalisierte seine (übrigens doch nicht ganz unerwartete) Anwesenheit eine gewisse Opferbereitschaft – mit seiner Neigung zu Susi »wirklich ernst« meinte. Sobald es ihm gelungen war, Frau Wirth nach anfänglichem Widerstand (»mit Ihnen red ich ja gar nicht«) in ein Gespräch zu verwickeln, hatte er schon Oberwasser. Denn das Gespräch war viel eher sein als ihr Element. »Der Pepi sollte« (hiemit zitiere ich wieder die Schäfchenoma) »wenn es nach mir ginge, Ius studieren. Der redet noch einen Toten vom Galgen herunter.« Diesem Talent war die verbal eher bescheiden bemittelte Mutter einer so zäh geliebten Tochter nicht gewachsen. Letzteres: daß es ja *ihre* Tochter war, der gegen alle Widerstände eine so leidenschaftliche Aufmerksamkeit geschenkt wurde, schmeichelte ihr übrigens auch, abgesehen davon, daß sie einst selbst gern so geliebt worden wäre. Pepi sah seine Chance und nützte sie. Am nächsten Vormittag, nachdem er die Tochter auf dem Schulweg erwartet und wie üblich mit Glauben und Vertrauen gestärkt hatte, widmete er sich der Mutter. Mit fünf Teerosen in der Hand klingelte er an ihrer Tür. Schon der Nachbarin wegen, deren Auge vergrößert am Spion der Nebentür erschien, ließ sie ihn rasch ein. Ob seiner Kühnheit gab sie sich vorerst konfus. Dann aber suchte sie eine Vase für die Rosen, führte ihn (»in Gottes Namen« und nachdem er sich die Schuhe ausgezogen hatte) ins Wohnzimmer, bot ihm Keks an. Daß sie vorläufig ihrem Gatten gegenüber geschwiegen hatte, wußte er schon von Gretchen; sie bestätigte das. Er pries ihr verständnisvolles Mutterherz und bestätigte dadurch *sie*. Wie alles weitergehn solle, fragte sie schließlich – er sagte es ihr. Sie garantiere für nichts, wandte sie ein, wenn ihn ihr Mann ganz einfach hochkantig zur Tür hinausschmeiße, sei er selber schuld. Das Risiko nahm er auf sich, bat sie nur (man beachte den Diplomatenjargon) um ihre guten Dienste. Die Rosen nicht ohne eine gewisse Zärtlichkeit zum xten Mal in der Vase umordnend, versprach sie, ihr möglichstes zu tun, jetzt aber müsse er gehen.

Am Wochenende danach hatte er einen Termin mit Herrn Wirth:

»Was wollen Sie?« fragte der, nachdem er ihm demonstrativ nicht die Hand gereicht hatte.

»Ich liebe Ihre Tochter!«

»So«, sagte der Justizwachebeamte. »Und wie stellen Sie sich das vor?«

Womit sich Pepi auf eine Diskussion einließ, auf die er sich besser nie eingelassen hätte.

Zwar glaubte er in der Offensive zu sein, doch geriet er, seiner verbalen und intellektuellen Überlegenheit zum Trotz, rettungslos in die Defensive. Wenn es ihm, wie die potentielle Schwiegermutter zu seinen und ihrer Tochter Gunsten vermutete, wirklich ernst war mit seiner Neigung für letztere, so hatte er das auch zu beweisen. Das hieß: man würde ihn gewissermaßen arbeitshypothetisch als Schwiegersohn in spe akzeptieren. Und mit der Zeit (bis Susi die Schule fertiggebracht habe) würde sich herausstellen, ob er dieser Ehre auch würdig sei. Was darauf hinauslief, daß er die Rolle des anständigen jungen Mannes, in der er zu Lignano debütiert hatte, erneut spielen mußte. Aber so glaubhaft, daß man sie ihm trotz des von Anfang an gehegten, inzwischen jedoch durch Erfahrung erhärteten

Verdachts, er spiele sie eben nur, möglichst abnahm. Eigentlich war er, da konnte er einem von Berufs wegen scharf beobachtenden Justizwachebeamten nichts vormachen, ein ›Hallodri‹, also ein geborener Abweichler von der allgemein verbindlichen Norm, der dieses sein Abweichlertum noch dazu für etwas Besonderes hielt, womöglich gar genoß. Aber er konnte sich ändern, bessern, in eine begrifflichere Sprache als die, welche Herr Wirth vermutlich verwendete, übersetzt: er konnte (und sollte) sich anpassen.

Wozu man ihm überreichlich Gelegenheit gab. Wenn er die süße Susi, die er ja auf angeblich anständige Weise liebte, weiterhin treffen wollte, so mochte er das im Hause Wirth tun. Was zur Folge hatte, daß er dort zum abendlichen Dauergast wurde, nicht nur physisch geschneuzt und gekämmt, sondern sozusagen gesamtpersönlich. Wie er das bei seiner ziemlich diametralen Anlage aushielt, ist mir bis heute ein Rätsel.

Aber er liebte sein Gretchen offenbar wirklich. Ertrug heroisch (und allmählich zunehmend) die Kost der Hausfrau, spielte mit dem Hausherrn Canasta oder Schach und ließ ihn (um ihn bei Laune zu halten) gewinnen. In weltanschaulichen Gesprächen, den Leichtsinn der ›heutigen Jugend‹ und die ihrem anarchischen Wesen entgegenzusetzenden Schranken von Recht und Ordnung betreffend – ein Thema, auf das Herr Wirth, vielleicht um den Anpassungswillen Pepis auf die Probe zu stellen, mit Vorliebe kam –, hielt er sich zurück. Und das alles, um der bei entsprechendem Wohlverhalten darauf folgenden halben Stunde willen, die er mit Susi (und Senta) um den Häuserblock gehen durfte. Natürlich auch um einer anderen Zukunft willen. »Warte nur«, sagte er zu ihr, der er weniger gut getarnt eigentlich lieber gewesen war, »bis wir das durchgestanden haben.« Das wieder sah sie ein und begriff die Überwindung, die er sich ihretwegen antat. Aber wenn sie einander in dunklen Nischen und Torbögen umarmten, fuhr sie ihm durchs Haar und zerraufte es, bevor sie ihn küßte.

Kaum anzunehmen übrigens, daß Herr Wirth sich nicht denken konnte, was die beiden, auch nur kurz aus den Augen gelassen, miteinander trieben. Aber diese Kleinigkeit nahm er, in dem Bewußtsein, die an sich peinliche Angelegenheit im Großen unter Kontrolle zu halten, in Kauf. Fürs erste war Winter, was konnte da schon passieren? Und bis die lauen Frühlingsabende kamen, war das alles dem frechen, jungen Mann, den er sich wohl kaum im Ernst als Schwiegersohn vorstellte, womöglich schon zu blöd geworden.

Nun, diesbezüglich machte der Wirth die Rechnung ohne seine Tochter. Die nämlich wollte ihrem Pepi ganz gehören. Er wollte natürlich auch, daß Susi das wollte. Und dennoch war er, wenn man ihm glauben darf, überrascht über die von ihr ausgehende Initiative. Ich will hier, schon aus persönlichen Gründen, die man später noch einsehen wird, nicht ins Detail gehen. Obwohl ein gewisser Anteil Intimleben, darin wird man mir wohl beipflichten, einfach nicht aus PPs Biographie auszusparen ist. Nur so viel (oder so wenig) also: die zeitliche Bedingung der Möglichkeit war ein fingierter Theaterbesuch. Und die räumliche die Wohnung der Großmutter, denn die Schäfchenoma, die während der zwei Schäferstunden diskret im Kaffeehaus saß, konnte ihrem Enkel keinen Wunsch abschlagen.

Es ist, nebenbei erwähnt, seltsam, daß mir Pepi diese für ihn doch an sich sehr erfreuliche Neuigkeit geradezu zerknirscht erzählte. Vielleicht hatte er den Namen Gretchen für Susi doch nicht ganz zufällig gewählt, sondern (Pepi Faust) aus einem sozusagen projektiven Unterbewußtsein. Sie hatte, soviel ich mitbekam, post festum jedenfalls Angst, stand, als sie Pepi am Tag danach wiedersah, mit niedergeschlagenen Lidern am Bügelbrett – da fühlte er (war *das* der Pepi, der mich in jener Silvesternacht geniert hatte?) sich schuldig. Die Gründe für beides, ihr Angst- und sein Schuldgefühl, waren vermutlich keine, aber sie kamen zum Tragen. Erstens nämlich konnte sie ihren Eltern ihre (auch nägelbeißende) Nervosität nicht ganz verbergen. Die wollten zwar vorsichtshalber gar nichts Genaueres wissen, aber (wieder nahmen sie die parallele Haltung der Empörung ein) sie deuteten an, daß sie ahnten. Sie konnten (ich weiß es leider) so dreinsehn: kleinmündig gegen die Nase zugespitzt, als witterten sie etwas Bitteres. Womit jedoch oft Ursache und Wirkung vertauscht wurden, denn diese Bitterkeit lag durch jenen Witterblick erst richtig in der Luft. Zum zweiten aber ließ sich Pepi (obwohl die liebe- und lustvolle Vereinigung mit Susi ja nicht zuletzt ein Ausbruchsversuch aus den kleinkarierten Vorstellungen der Familie Wirth gewesen war) noch weiter in die familiäre Enge treiben. Falls geschehen war, worüber man lieber nicht redete, hatte er ihr, Susi, gegenüber nur eine umso größere Verantwortung. Zu der man ihn übrigens, auch das brauchte man nicht aussprechen, zweifellos ziehen würde, wenn gewisse Zustände ihrerseits – vor Schreck wurde Susi jetzt nach jeder Mahlzeit schlecht und die ohnehin unregelmäßige Regel ließ in diesem Monat besonders lang auf sich warten – nicht bloß hysterisch (ein Vorwurf, den der Vater der Tochter gern machte) bedingt sein sollten. Eigentlich hätte man ihn, den mutmaßlichen Verführer, ja jetzt vor die Tür setzen können respektive müssen, wenn man das nicht tat, dann nur aus unverdienter Liebe für die wahrscheinlich mißratene Tochter; auch letzteres verstand Pepi nonverbal.

Verbal erhob sich wieder die etwas abstrakte Frage, wie er sich das alles eigentlich vorstelle. Konkreter: wollte er etwa ewig studieren? (Immerhin tat er das schon anderthalb Semester.) Glaubte er etwa, vom Dichten leben zu können? (Seine bis dahin vor allem aus Susigedichten bestehende literarische Produktion war nicht ganz verborgen geblieben.) Eine gebildete Tante, die gerade ein Buch über Grillparzer gelesen hatte, malte das Schreckbild der ewig sitzengebliebenen Braut Kathy Fröhlich an die

Wand. Im übrigen zog man (jetzt hörte sich der Spaß auf, jetzt wurde es ernst) Erkundigungen über seine Familie ein. Deren Ergebnisse nur zu bedenklich waren: zwar war Papa Prohaska aus den Armen der Gummifrau in die seiner eigenen zurückgekehrt, aber was war das für ein Vater. Abgesehen von anderen, weniger aktuellen, aber tiefer schürfenden Fragen, etwa jenen der Herkunft. Und der des Kapitals: »Wenn man schon einen jüdischen Zweig im Stammbaum hat«, fand der dem gesunden Volk entstammende und daher auch nach seiner Art empfindende Herr Wirth, »so könnte man wenigstens Geld haben«.

Hier hatte Pepi, in dieser Hinsicht empfindlich, fürs erste genug. Er verabschiedete sich von Herrn und Frau Wirth, nicht allerdings ohne darauf hingewiesen zu haben, daß er nicht aufhören werde, ihre gottlob aus der Art geschlagene Tochter zu lieben. Dieser wurde vorübergehend der Umgang mit dem Freund verboten, der soeben wieder sein wahres Gesicht gezeigt hatte, aber sie reagierte mit einem Hungerstreik. Schließlich, was blieb ihm über, erlaubte ihr Herr Wirth wieder, am Abend den Hund auszuführen, bewarf aber sie und ihren Galan, wenn sie sich vor dem Haustor allzu innig voneinander verabschiedeten, vom Fenster aus mit durchgebrannten Glühbirnen.

Inzwischen lief das Sommersemester, Pepis Besuche auf der Uni waren schon im Winter immer seltener geworden, jetzt aber kam er kaum mehr. Eines Tages von mir, der ich denn doch nicht zum bloßen Mitschriftenlieferanten degradiert werden wollte, zur Rede gestellt, überraschte er mich mit der Meldung, er habe einen Job angenommen. »Ja«, sagte er, »ich arbeite jetzt stundenweise auf der Post, sortiere Briefe und Pakete.« »Nein, nicht aus finanziellen Gründen (er bekam, wie ich, eine Studienbeihilfe), aber aus sozusagen prinzipiellen. Was das bedeuten solle, wollte ich wissen: sozusagen prinzipiell? »Schau«, sagte er, »ist es nicht eigentlich unmoralisch, so ins Blaue hineinzustudieren und nichts zu arbeiten?« Das sagte derselbe Pepi

Prohaska, der einige Jahre danach ein ›Manifest zur Abschaffung der Arbeit‹ verfassen sollte! Aber er war ohne Zweifel in einer Identitätskrise.

Mit einer gewissen Verzögerung, die für ihn, das habe ich später noch öfter bemerkt, charakteristisch war, zeigte er, nach seiner anfänglichen Protesthaltung gegen die vorwiegend unter die Gürtellinie geboxte Kritik des Herrn Wirth, doch unerwartete Wirkung. Auch rein äußerlich: er war blaß, etwas zu dick (beides selten bei ihm) und blickte trüb wie einer, der sich nicht wohl in seiner Haut fühlt. Nach einer schriftlichen Prüfung in Statistik, die wir Ende Mai gemeinsam ablegten, hatte er, wie er mir sagte, »ein ganz mieses Gefühl«. Am nächsten Tag ging er zum Ergänzungskommando in der Wiener Stiftskaserne und stornierte seine (ihm wie mir studienhalber gewährte) Rückstellung vom Militärdienst. Ich fand das verrückt, erst recht, als sich herausstellte, daß seine Prüfungsarbeit, dem miesen Gefühl zum Trotz, positiv zensuriert war. Er zuckte die Achseln. »Ach was«, sagte er, »wer weiß, wozu es gut ist. Das ist halt Schicksal.« Tatsächlich. Das war es auch. Allerdings, wie sich (und zwar wirklich fatalerweise) erweisen sollte, nicht nur seins, sondern auch meins.

Ein paar Tage später nämlich lernte ich Gretchen kennen. Auf dem Korridor des 2. Philosophischen Instituts erwartete sie zwar nur ihn, aber ich erkannte sie sofort. »Das ist« – es war müßig mir das zu sagen – »die Susi.« In einem Espresso nicht weit von der Uni sah ich sie zum ersten Mal weinen.

»Du bist doch sein Freund, Bertl«, sagte sie, »red ihm das aus!«

»Das hat keinen Sinn mehr«, sagte er, »mein Aufschub ist zurückgenommen.«

»Neun Monate«, sagte sie. »Pepi! Wie sollen wir das aushalten?«

»Ich bring's hinter mich«, sagte er. »Auch für dich. Und dann ist alles anders.«

Wie groß das Opfer war, das er auf diese Weise glaubte bringen zu müssen, ermaß ich, indem ich mich an ein Gespräch erinnerte, das wir vor gar nicht allzu langer Zeit geführt hatten. In einer Vorlesungspause, die er ausnahmsweise nicht dazu nutzte, zu Gretchen zu eilen, hatte ich ihm – wir saßen auf einer Bank im Hof der Universität – den Anfang meines schon erwähnten, unglücklichen Essays präsentiert. »Ich möchte auch einen Essay schreiben«, sagte er, ohne tatsächlich auf meinen einzugehn. »Das Thema ist zwar nicht dasselbe, aber verwandt.« – »Worüber?« fragte ich, wieder einmal unangenehm berührt durch seine Egozentrik. »Über die Uniform, nicht nur über die sichtbare, sondern auch und vor allem über die unsichtbare. Ist dir noch nie aufgefallen, daß die meisten Menschen früher oder später in eine unsichtbare Uniform schlüpfen? Und zwar gern: da ist kein Wille zur Freiheit, mein Lieber, sondern ein Wille zur Unfreiheit. Kaum bist du erwachsen, wird dir zugemutet, dir eine dieser unsichtbaren Uniformen zu wählen. Eine schöne Wahl: du sollst nicht mehr weiterwachsen, sondern nur mehr in eine solche unsichtbare Uniform hinein. Du sollst nicht du selbst bleiben oder du selbst werden: der sogenannte Ernst des Lebens besteht darin, sich an eine vorgegebene Norm anzupassen. Das gilt als normal – das Absurde ist nur, daß die meisten, eben die sogenannten normalen Menschen, diese Zumutung überhaupt nicht als solche empfinden.«

»Aber ...« sagte ich.

»Nein«, sagte Pepi, »kein Aber. Auf die Frage, wer bist Du, antwortet ein sogenannter normaler Mensch nicht: ›Ich‹, sondern zum Beispiel: Finanzreferent. Das heißt, er hat kein *eigenes* Selbstbewußtsein, sondern streift ein in den meisten Fällen äußerst fragwürdiges geliehenes über. Ein Selbstbewußtsein von der Stange gewissermaßen; ein Ersatzselbstbewußtsein; doch die meisten sind wahrscheinlich froh darüber, wenigstens ein solches zu finden.«

»Ja«, sagte ich, »warum nicht? Sonst stünden sie nackt da.«

»Na und?« sagte er. »Besser nackt als in eine Zwangsjacke geschnürt.«

Ich fand, hier überstrapazierte er die Metaphorik.

»Ach was«, sagte er. »Jeder Vergleich hinkt. Aber du verstehst, was ich meine.«

Ich verstand, was er meinte. Wenngleich nicht gern. Die Vorstellung, nackt dazustehn, war mir, zum Unterschied von ihm, höchst unangenehm. So unangenehm, daß ich dieses Gespräch (genaugenommen war es ja fast ein Monolog) fürs erste vergaß. Nun aber, da er, ein so leidenschaftlicher Uniformgegner, daß er sogar unsichtbare Uniformen haßte, beschlossen hatte, eine sichtbare, die Uniform schlechthin, anzuziehen, obschon nur für neun Monate, fiel es mir wieder ein, und sein Entschluß schien mir umso heroischer.

»Er liebt dich halt«, sagte ich ehrlich beeindruckt zu Susi.

»Ja, ich weiß«, sagte sie, unter melancholischen Augenlidern hervorblickend, »aber es tut weh. Außerdem: wenn er im Herbst zum Bundesheer geht... Wer gibt mir dann meine Mathematiknachhilfestunden?«

Das war mir neu, daß Pepi ihr Nachhilfe gab. Und noch dazu (vielleicht erinnert man sich seiner diesbezüglichen Abneigung) ausgerechnet in Mathematik.

»Das hat sich halt so ergeben«, erläuterte er. »Wie ich unlängst bei ihr oben war und mit ihrem Vater geredet habe.«

»Aha«, hatte Herr Wirth gesagt, »soso, nehmen Sie also Vernunft an? Sehen Sie ein, daß es so nicht geht, wie Sie sich das vorgestellt haben, wir leben nun einmal nicht in Wolkenkuckucksheim! Das läßt sich schon eher hören, da wird man sehen. Vielleicht wird beim Bundesheer noch ein Mann aus Ihnen. Nicht so ein Luftikus, sondern ein richtiger Mann.« Bei diesen Worten, erzählte Pepi, habe ihn der Herr Wirth mit falscher Kollegialität gegen die Brust geboxt. Das habe bedeutet: Vielleicht wirst du einer von uns. Doch noch. Wenn das der Fall ist, ja dann, wer weiß ...

Der Herr Wirth also faßte Pepis verrückten Entschluß, jetzt, seinen Neigungen und Überzeugungen zum Trotz, den Wehrdienst zu absolvieren, gewissermaßen als Beginn einer Bewährungsprobe auf, die der junge Herr Prohaska vor ihm und der vernünftigen Wirklichkeit, mit der er sich eins fühlte, ablegen wollte. Ganz so meinte Pepi das zwar nicht zu meinen, aber wie er es eigentlich meinte, war nicht recht aus ihm herauszubringen. »Wie soll man es aber«, fragte ich, »sonst verstehen?« – »Eher taktisch«, sagte er, »eher taktisch.«

Die Nachhilfestunden für Susi waren jedenfalls bereits ein Teil der Taktik beziehungsweise der Bewährungsprobe. »Wenn Sie sich schon einbilden, meine Tochter so oft sehen zu müssen, dann soll das«, hatte Herr Wirth nicht ohne Sarkasmus gesagt, »wenigstens einen praktischen Nutzen haben.« Es hatte: Gretchen, zu Ostern noch in Mathematik gefährdet, schloß, da Pepi als Mathematiklehrer über sich hinauswuchs, Anfang Juli mit Befriedigend in diesem Fach ab. Dann durfte Pepi mit der Familie Wirth in die Ramsau fahren, dann kam er (schon mit gestutzten Haaren) aus diesem übrigens ziemlich verregneten Sommer zurück – und mit dem ersten Oktober verschwand er tatsächlich zum Heer.

Sechs Wochen später bekam ich folgenden Brief:

Lieber Engelbert!

Doch, ich lebe noch.

Die Realität ist nicht besser als die Phantasie – soll heißen: das Kasernenleben hier draußen ist ungefähr so, wie in den blödesten Alpträumen erwartet. Aber die Phantasie ist besser als die Realität – will sagen: ich bin froh, daß ich sie noch habe & daß sie mir trotz konsequentester Grundausbildung (= Einübung in den phantasielosesten

Stumpfsinn), die nun hinter mir liegt, noch nicht ganz vergangen ist.

Ergebnis dieser meiner Sturheit gegen die Sturheit ist beiliegender Text. Er ist z. T. auf dem Klo, z. T. nachts unter der Bettdecke entstanden, bei Taschenlampenschein. Eigentlich wollte ich den Essay über die unsichtbare Uniform schreiben, hier, umgeben von sichtbaren Uniformen, ja sogar selbst umhüllt von einer solchen. Aber wenn alle Theorie grau ist, so ist hier die Praxis schon grau genug: also lies, was daraus geworden ist:

Vom Exerzierplatz aus kann ich die Straße sehn. Wenn es regnet, besonders deutlich, da glänzt der Asphalt. Weswegen ich gern exerziere bei Regenwetter. Weswegen ich überhaupt relativ gern exerziere. Der Zugsführer bildet sich ein, daß ich nicht kann, was ich soll. & was ich soll unter anderm, das ist: meine Augen beherrschen. Meine Augen beherrschen, seitdem ich hier bin. & über die Zeit, die ich hier sein werde, hinaus.

Doch meine Blicke wollen den Lastautos nach. Erfassen sie, trotz Tarnfarbe, hängen sich an, fahren mit bis zur Schießplatzkurve. & nach der Kurve? Da fährt meine Phantasie mit. & dann, dort am Schranken, dem Garnisonsbereichs-Anfang u. -Ende, dann springt sie ab, meine Phantasie, Richtung Vergangenheit & Zukunft.

Aber die Gegenwart ist hier, was zu beweisen ist durch Habtachtstehen oder Sturmlaufen zum (versperrten) Osttor & retour. Desgleichen durch Robben, Gleiten, Tarnen, Täuschen oder gar in die Pfütze zu Füßen des Zugsführers hechten, der Tiefflieger über unseren Köpfen ausmacht, obwohl da keine sind. & wieder habtachtstehend, hast du den Blick befehlsgemäß auf einen Punkt am vorgeschriebenen Horizont zu richten. Was schauns denn ins Noankastl, überschlägt sich das vorgesetzte Organ, suachns den gestrign oda den heitign Tog, Se Wappla, jetzt is jetzt!

Richtig. Jetzt. Es ist Freitag. Ein Tag im Oktober. Der

wievielte weiß ich nicht. Anno 65. Ich hab zu studieren begonnen, aber Susi kennengelernt, die ich liebe (zu lieben behaupte, sagt mein Schwiegervater in spe, denn wenn ich sie wirklich liebte, dann, ja was dann, dann hätte ich ein Verantwortungsbewußtsein ihr gegenüber & würd ihr nicht zumuten, jahrelang zu warten, bis ich Mann genug bin, eine Frau zu erhalten, & wer weiß, werd ich überhaupt fertig, & wer weiß, will ich überhaupt fertig werden ...). & jetzt bin ich also hier, hab eine verhaute (doch nicht verhaute) Prüfung zum Anlaß genommen, den Aufschub meines sog. Präsenzdienstes (blödes Wort! war ich davor nicht präsent?) zurückzunehmen, bin also präsent, jetzt & hier, an diesem beschissenen Ort, Kaisersteinbruch, wie das schon klingt, nach einem Ort der Unfreiheit, Fron, Sklaverei, & das ist es auch, denn wer würde schon freiwillig, oja, doch, es gibt solche Idioten, also welcher vernünftige Mensch würde schon freiwillig sich anbrüllen lassen von einem durch zwei weiße Plastiksterne auf grünem Kragengrund größenwahnsinnig gewordenen Analphabeten, also bin ich hier, um das hinter mich zu bringen, meine staatsbürgerliche Pflicht zu tun, frei zu werden, fertig zu werden, mich fertig machen zu lassen, kurz: zur Einpassung in die Uniform.

Genau dort, am Schranken nämlich: Garnisonsbereichs-Anfang & -Ende: hat das begonnen. Aus der Bahn steigend waren wir noch Zivilisten, Individuen also, Menschen mit einem Recht auf Vereinzelung sowohl als auch auf Einzigartigkeit. Trotz gewisser, etwas verkrampft kameradesker Annäherungsversuche während der Fahrt, gar galgenhumorig-prämilitärischen Verhaltens: wir sitzen alle im gleichen Zug. Jenseits des Schrankens, an den scheckig betuchten Lastwagen, haben sie schon gewartet, die öffentlich Ein- & Angepaßten, die mit den kantigen Gesten u. Rufen: eine andere Sorte Mensch.

Hopphopp, kaum waren wir einigermaßen draußen aus den übrigens bereits in die uns nun weiterhin zugemutete

Atmosphäre einstimmenden Waggons (ratternd, hölzern, zugig, Baujahr wahrscheinlich zwischen 1938 & 45), hat man uns schon klargemacht, daß wir als Vereinzelte, Einzigartige künftighin unerwünscht sind. Was stehens denn da herum wie die Kuh vorm neuen Tor, hier gibt's keine Extrawürsteln, merkens Ihnen das am besten gleich von Anfang an, na wird's bald, gemma gemma. & die einzig richtige Antwort auf so was, nämlich: hör zu, du Flegel, ich bin nicht gewöhnt, daß man so mit mir spricht & hab auch nicht die Absicht, mich daran zu gewöhnen, gebe ich vorsichtshalber nicht. Der Mensch erfüllt seine Staatsbürgerpflicht, indem er sich, sowie er so unmittelbar mit dem Staat in Berührung kommt, seiner Menschenwürde entschlägt bzw. entschlagen läßt.

Also rauf auf die Ladefläche des Lastwagens wie ein Vieh, das ist nur folgerichtig, & auf geht's, los geht's, der Fahrer steigt extra brutal aufs Gas, sodaß die Noch-Zivilisten gleich bei der ersten Kurve durcheinanderpurzeln & merken wo bzw. wie es von nun an langgeht. Die Gegend, durch die man uns karrt, sehen wir (seitlich schließt die außen scheckige, innen speckige Plane dicht) nur hinter uns verschwinden: ein Straßendorf mit Pfützen, dann Stoppelfelder & Schilf, dann fällt Nebel ein, das paßt. Schließlich, während der Fahrer, der Barbar, uns eine letzte, magenhebende Kurve zumutet, eine Reihe von grauen Gebäuden, offenbar aus dem letzten Weltkrieg übriggelassen, Ruinen z. T. & dann ein weiterer Schranken, der Schlagbaum, der hinter uns zufällt, rot weiß rot, & ein Uniformierter, dessen lang mundwinkelwärts gezogenes Grinsen ich nur als schadenfroh deuten kann: recht geschieht euch, wie mir unrecht geschehen ist, laßt, die ihr einfahrt, alle Hoffnung schwinden.

Welch letztere Assoziation sich dann gleich bestätigt. Von der ersten Minute in der Kaserne an wird klargemacht, daß unser ziviles Sein hiemit hinter uns zurückgeblieben ist, draußen, & uns eventuell noch anhaftendes, sozusagen eingeschmuggeltes ziviles Bewußtsein wird uns, darauf können wir Gift nehmen, auch noch ausgetrieben. Runter vom Lastwagen, antreten in einer endlosen Riege, gradstehen, abzählen. Wer lacht da, wer findet das komisch, wer war das, der dreht eine Runde um den Kasernenhof. Korporal Hartleben, den ich natürlich erst später namentlich kennenlerne, aber nomen est omen, ein prinzipiell hysterisch bellender Hirtenhund, terrorisiert die Schafe, die noch nicht wahrhaben wollen, daß sie es sind, durch Stimmgewalt (im Anfang war das Gebrüll) & Konsequenz, wer nach einer Runde noch nicht genug hat, kann auch zwei oder drei drehn.

Effekt: die schon angepaßtere Kantigkeit der Jawollantworten auf die zwischen Vorder- & Hintermann im Alphabet gewissermaßen nicht mit Fragezeichen, sondern mit Rufzeichen danach in die rauhe Luft (man sieht schon den Hauch vor dem Mund) gestoßenen Namen. Ich heiße hier übrigens nicht mehr Pepi, auch nicht etwa Josef, sondern Jäger, so werden zumindest die Vornamen gleich vorweguniformiert. Aber darüber nachzudenken (ist es gleich Wahnsinn, hat es doch und vor allem Methode) bleibt nicht viel Zeit. Ab, Tempo Tempo, zur Entgegennahme der Anfangslöhnungen sowie der Spindschlösser.

Mit denen man dann, nachdem man auch die Ausrüstung gefaßt & ins Quartier geschleppt hat, im klobigen, überall lecken Zeltplanenbündel, fortgesetzt stolpernd, schon wieder von Hartlebens Stimme gehetzt, sogar der Länge nach hingefallen bin ich, die Reste des schon Erdzeitalter zurückliegenden Zivillebens einsperren kann: Fossilien. & dann steht man da, vor einem halbblinden Spiegel, der über dem verzinkten Sautrog im Waschraum hängt, hat endlich die sichtbare, feldgraue Uniform an, die einem natürlich weder steht noch paßt & erkennt sich nicht.

& das ist ohnehin alles nur halb so schlimm. Zumindest in Relation zu früher, nicht wahr. & im Prinzip ist es billig

& recht, ja vonnöten. Denn wer sich einmal an die sichtbare Uniform gewöhnt hat, dessen so vorgeformte Existenz wird sich leichter, weil im Grund genommen erleichtert, in die unsichtbare fügen, was sage ich: schmiegen, & das ist ja wohl der Zweck der Übung. Denn, sagt sogar meine Großmutter, es schadt gar nicht, wenn einer beim Militär an Zucht & Ordnung gewöhnt wird, dadurch wird er erst ein richtiger Mann. Man muß lernen, daß nicht immer alles nach dem eigenen Kopf geht, im Gegenteil, es geht immer nach anderen Köpfen, sofern von Köpfen überhaupt die Rede sein kann, das ist der Lauf der Welt. Also lernt man hier draußen was fürs Leben drinnen, das finden die Herrn von der Wirtschaft auch. Wochentags Blödsinn treiben & wochenends regenerieren, das ist vernünftig, weil notwendig, damit immer alles so weitergeht, wie bisher, wenn es nach uns geht, geht es nur so & nicht anders. Damit immer alles so weitergeht, das ist notwendig, weil vernünftig, auch wenn von Not keine Spur ist. Denn heute geht es euch sowieso besser, als es uns früher gegangen ist, sagt mein Schwiegervater in spe, kein Vergleich. Damals, da hat man beim Lernen fürs Leben sogar den Tod fürs Vaterland finden können. & die in Stalingrad verhungert & erfroren sind, die wären froh gewesen, hier an eurer Stelle zu sein, die läppischen neun Monate.

In neun Monaten kann man ein Kind kriegen, werden wir einmal ein Kind haben, fragt Susi, es ist Sonntag, das erste Ausgangswochenende, ich bin aufgestanden, während die anderen noch in den Betten knotzen geblieben sind, ungehalten furzend mein Obermann, bist deppat, so zeidlich aufkräuln, & ihr entgegen gegangen, entgegen gelaufen durch den Nebel. Bis an den Schranken, Garnisonsbereichs-Anfang & -Ende, der sich, akustisch begleitet vom metallischen Klingeln des Zahnrads, das ihn bewegt, geschlossen hat, als der Zug, mit dem sie gekommen ist, kaum noch in Sicht war, nur eine Helle im Grau sein Licht, mehr zu ahnen, als tatsächlich auszunehmen. &

abends wird er sich wieder senken, der Schranken, mit dem nämlichen Geräusch, verstimmte Glocke eines Landkirchleins, nur daß dann der Zug aus der anderen Richtung kommen wird, Helle im Schwarz. & wir werden einander nicht in die Arme fallen, sondern aus den Armen gleiten, notgedrungen, alle Tage ist kein Sonntag, schon gar nicht am Montag, sagen, die Herrn HErrn u. sehn, daß es für sie gut ist.

Jetzt aber liegen wir beieinander im Gras, ihnen zum Trotz, der Kälte zum Trotz, auf Susis ausgebreitetem Mantel, meiner ausgebreiteten Ausgehuniform. Sei zärtlich, sagt sie, ohne die Kluft gefällst du mir wesentlich besser, sagt sie, auf den ersten Blick hab ich ja geglaubt, du bist ein Fremder. Ich bin aber ich, sag ich, das ist aber schön, sagt sie, versprich mir daß du's bleibst. Ich werde mir Mühe geben, sag ich, davon daß sie euch Brom ins Essen mischen, merkt man aber nichts, sagt sie, na Gott sei Dank

Hier (typisch) war der Text zu Ende oder riß ab. Und hinterließ mir, wie so vieles von Pepis Lebensäußerungen, ein gemischtes Gefühl. Einerseits freute ich mich ehrlich, von ihm gehört zu haben. Anderseits, das läßt sich nicht leugnen, machte er mich einmal mehr eifersüchtig. Und zwar nicht nur (und sicher nicht direkt) Susis wegen. Pepis kokette Detailfreudigkeit bei der mündlichen oder schriftlichen Überlieferung erotischer Szenen hatte mich zwar, man weiß das inzwischen, immer schon, ja, das ist das richtige Wort, aufgeregt, aber auf eine ambivalente Art. Was mich viel unmittelbarer eifersüchtig machte, war der Text, dieser als solcher eigentlich nicht zustandegekommene Essay über die unsichtbare Uniform. Zum Teil auf dem Klo, zum Teil nachts, unter der Decke, bei Taschenlampenschein entstanden (!) – wenn ich daran dachte, wie meine, unter wesentlich günstigeren Umständen nicht zustandegekommenen Essays aussahen, fraß mich der Neid.

Aber genug davon; der Brief, der mit belanglosen Floskeln mein eigenes Mehr-oder-weniger-Wohlergehen betreffend schloß, hatte noch ein P. S. Wenn ich wirklich sein Freund sei, kritzelte Pepi in immer kleiner und unleserlicher werdender Schrift, so könne und – er sei dessen sicher – werde ich ihm einen großen Gefallen tun. Susi habe ihm erzählt, daß sie (und das Trimesterfinale nähere sich mit Riesenschritten) ohne seine Nachhilfe wieder in Mathematik zu versagen fürchte. Und da habe er sich gedacht, daß doch ich, zu dem er in jeder Beziehung (das unterstrich er) Vertrauen habe, wenigstens in dieser Funktion für ihn einspringen und ihr ein bißchen unter die Arme greifen könne, sie werde sich (unverbindlich) bei mir melden.

So kam es, daß ich – wie hätte ich nein sagen können? – zuerst bis Weihnachten und dann, da mir Pepis suggestive Wirkung auf sie leider nicht einmal als Hauslehrer gegeben war, auch noch bis Ostern mit Susi büffelte. Vielleicht lag der vorerst mangelnde Erfolg meiner Bemühungen auch an ihrer häufigen Abwesenheit (zumindest ihr Kopf war meistens nicht da, bei mir und der Mathematik, sondern dort, bei ihm). Auch gelang es ihr ab und zu, mich in Gespräche über ihn, der ich ihn ja wesentlich länger kannte als sie, zu verwickeln, und ich war – trotz allem – anfällig für dieses Thema. »Immer geht es um Pepi«, sagte ich zwar eines Nachmittags, »nie geht es um mich« – aber da lächelte sie nur ungläubig.

Und dabei blieb er länger weg, als ursprünglich erhofft/befürchtet. Nach der auf die Grundausbildung folgenden Spezialausbildung wurde er nämlich nicht, wie allgemein üblich, in eine am zivilen Wohnort, in seinem Fall Wien, gelegene Kaserne versetzt, sondern ins nur wenige Kilometer von Kaisersteinbruch entfernte Götzendorf, wo es, wie Susi erzählte, abgesehen davon, daß es allmählich Frühling wurde, genauso öd war. Der Grund war angeblich der, daß er, so konsequent er sich sonst bemühte, nicht aufzufallen, kurz vor dem Versetzungstermin beim theoretischen Unterricht im Lehrsaal (Einüben eines neuen Liedtextes mittels Sprechchor) ein erstes und einziges Mal seinen sonst perfekt verborgenen Sarkasmus enttarnte. »Herr Zugsführer bitte, ich habe etwas zu sagen!« Das Lied hieß ›Jägermarsch‹ und sollte, dem Willen des Zugsführers gemäß, so etwas wie das Leiblied der ihm anvertrauten Schar werden. Eben vom Jäger war darin die Rede, der, wie wahrscheinlich der Einprägsamkeit wegen einige Male wiederholt wurde, froh und frei lebte, und zwar (erfreulicherweise) nicht allein, sondern mit der ganzen Jägerei. Die aber, wie man nach dieser Exposition vielleicht hätte glauben können, keineswegs darauf aus war, irgendein Wild zu jagen, das überließ sie offenbar anderen, nicht grau-, sondern grünberockten Waidmännern. Vielmehr ging es ihr (der ganzen Jägerei) darum, den Feind, falls er die Kühnheit haben sollte, ins Land hineinzukommen, wieder aus diesem zu vertreiben. Und zwar vermittels ihrer Stutzen, die nicht ruhen sollten, bis daß das Auge (das der ganzen Jägerei wohl) bräche, ja bräche – und diese Opferbereitschaft machte dem Vorgesetzten (so Pepi später) die Schweinsäuglein feucht.

Er, Pepi, jedenfalls habe darauf hingewiesen, bezugnehmend auf den Liedtext, daß *er,* zumindest für *seine* Person, weder froh noch frei lebe hier draußen als sogenannter Jäger. Und daß er, sollten mit der ganzen Jägerei seine Kameraden gemeint sein, sich auch an deren Frohsinn und Freiheit unter den bestehenden Bedingungen ganz bescheiden zu zweifeln erlaube. Wie übrigens wohl die meisten von ihnen ausgesprochen wenig daran interessiert wären, ob nun der Feind ins Land hereinkäme oder daheimbleibe. Und die Stutzen (genauer: das veraltete Sturmgewehr) nicht ruhen zu lassen, bis daß das Auge breche, sei bei den ständigen Ladehemmungen, mit denen man schon beim probeweisen Schießen mit diesem Selbstmordinstrument zu kämpfen habe, nur mit viel Glück (oder Pech) möglich und außerdem eine höchst fragwürdige Empfehlung.

So blieb also Pepi bis zu seiner Abrüstung als unmittelbar verfügbarer Vaterlandsverteidiger in Grenznähe. Während ich das ebenfalls zweifelhafte Vergnügen hatte, in gewisser (aber eben nur gewisser) Hinsicht an seiner Stelle zweimal pro Woche der Familie Wirth meine Aufwartung zu machen. Die Tochter des Hauses zur Matura zu bringen gelang mir schließlich doch, ja nicht nur das, sie bestand die Reifeprüfung verhältnismäßig problemlos. Daraufhin (bei einer zur Feier des Tages geöffneten Flasche Sekt) nickte mir der Hausherr anerkennend zu, die Hausfrau schoppte mich mit einer selbstgebackenen Malakofftorte und Susi küßte mich blütenblattkühl auf die Stirn – aber damit hatte es vorläufig sein Bewenden.

Dann jedoch kehrte Pepi vom Heer zurück.

Obwohl er mir wiederholt durch Susi hatte Grüße bestellen lassen, war ich der Einladung, sie doch einmal nach Kaisersteinbruch oder Götzendorf zu begleiten, nie gefolgt. Zum ersten wollte ich, sagte ich, die Idylle nicht stören. Zum zweiten aber fehlte mir, die Botschaft, daß Pepi mich gern einmal sehen würde, wohl hörend, wahrscheinlich auch der Glaube.

Umso überraschter war ich, als er mich beim Wiedersehen brüderlich umarmte und links und rechts auf die Wange küßte. Der ›russische‹ Eindruck, den er machte, wurde durch den Stoppelbart verstärkt, den er sich, den Staub der Kaserne, wie er sich ausdrückte, von seinen Schuhen schüttelnd, hatte stehen lassen, zum Zeichen seiner glücklichen Rückkehr ins Zivilleben. Im übrigen roch er, wenn schon nicht nach Wodka, so doch nach Sliwowitz. Ein Getränk, dessen Genuß er sich, wie er sagte, »dort draußen« angewöhnt hatte, an langen, entsetzlich tristen Abenden, im Wirtshaus Zur Panzermary.

Ob eine neue Nuance seines Blicks, eine etwas verschwimmend-verschwommene, nur darauf zurückzuführen war oder auf die ganze, für einen Menschen wie ihn (und wie man gleich sehen wird, nicht nur für einen solchen) sowohl melancholie- als auch sehnsuchtsübervolle Grundstimmung (›Melancholie im September‹, sagte er, das war der Schlager, den sie in den Wurlitzerorgerln beider Kasernen auch noch im Mai ununterbrochen gespielt haben), die Grundstimmung der neun Monate also, die hinter ihm lagen, ist schwer zu sagen. Die nächsten paar Male, die ich ihn sah, hatte sein Blick diese Nuance jedenfalls immer. Aber da hatte er ja auch immer die selben Sorgen. Und wer Sorgen hat, der hat, wie nicht nur der Belesene weiß, auch Likör, beziehungsweise der braucht ihn.

»Stell dir vor«, sagte er beim ersten Mal – ebenso unangekündigt wie überraschenderweise war er zu mir ins Studentenheim gekommen – »stell dir vor, was passiert ist!«

»Etwas mit Susi?« fragte ich ernstlich beunruhigt.

»Ja.« Er nickte im Zeitlupentempo.

»Was denn?«

»Stell dir vor, sie hat eine Wohnung geerbt.«

Nun hörte sich das im Grunde erfreulich an. Auch wenn, als Bedingung dieser Konsequenz, Susis Taufpatin hatte sterben müssen, aber die war, Pepis Informationen zufolge, ohnehin schon uralt gewesen. Wo also lag das Problem, das Pepis Nicken derart unheilsignalisierend verlangsamte? »Jetzt wollen Susis Eltern auf einmal«, erläuterte er, »daß wir heiraten.«

Sicher, auch das klang (erst recht) im Prinzip erfreulich.

Doch dauerte es nicht lang, bis ich Pepi verstand.

Daß sich der Wind jetzt plötzlich total gedreht hatte, daß sie nicht allen Widerständen zum Trotz zusammenkamen, sondern, welch böse Ironie ihres Liebesschicksals, zusammenkommen sollten, mußten, und zwar auf anständige Weise, weil sie andernfalls (das kostete Pepi ein sliwowitzbitteres Lachen) auf unanständige Weise zusammenkämen – eine Unvermeidlichkeit, in die sich die Wirth-

Eltern nun offenbar schickten – also vor Gott und dem Gesetz zusammenkommen würden, mit all dem familiären Larifari, weil sonst (zu allem Überfluß lag die Wohnung der mit einem so freundlichen Letzten Willen verschiedenen Taufpatin nur zwei Gassen von Susis Elternhaus entfernt) die Nachbarn geredet hätten: das verwandelte alles, was an sich Freiheit, ja Widerspruch gewesen wäre, in Nötigung und Anpassung, fast eine Zumutung. Zumindest für Pepi. Kein Wunder, daß er sich wand.

»Was soll ich jetzt tun?« fragte er mich.

»Was hält denn die Susi davon?« fragte ich zurück.

»Sie sieht das Problem nicht ganz so. Weißt du, sie liebt mich.«

»Jaja«, sagte ich, »das brauchst du mir nicht zu sagen.«

»Sie liebt mich so sehr, daß sie auf und davon gerannt ist, wie ich das Problem als solches artikuliert hab.«

»Und? Was hast *du* getan?«

»Na, ich bin ihr nach.«

»Und dann?«

»Dann hat sie gesagt, ich liebe sie nicht.«

»Und? Was hast *du* gesagt?«

»Na, ich liebe sie *schon*.«

Wie man sieht, ein Drama, bis ins wildbewegte Hin und Her des Dialogs.

Aber es steht mir nicht an, darüber zu spotten.

Es war ja wirklich ein Drama. Auch für mich.

»Ich hab alles zurückgenommen, was ich vorher gesagt hab«, erzählte Pepi, »und das Gegenteil behauptet.«

»Wenn du mich wirklich liebst«, hatte Susi klargestellt, »dann ...«

Dann. Ja, was dann? – Ein paar Tage später hatte Pepi eine Aussprache mit Herrn Wirth.

»Es freut mich zu hören«, sagte der, »daß Sie – die neun Monate Militär haben Ihnen anscheinend gut getan – die Konsequenzen ziehen wollen, die sich für einen jungen Mann aus einem gewissen Nahverhältnis zu einem jungen

Mädchen ergeben. Ich meine: für einen anständigen jungen Mann, für den ich Sie, wie Sie wissen, auf Grund Ihres manchmal windigen Auftretens in der Vergangenheit nicht immer gehalten habe. Aber meine Tochter hat sich's nun einmal in den Kopf gesetzt, daß Sie der Richtige sind. Obwohl ich das, ehrlich gesagt, immer noch bezweifle, haben Sie's jetzt in der Hand, ihr und vor allem uns, ihren mit Recht um ihre Zukunft besorgten Eltern, das Gegenteil zu beweisen.«

Klar, ganz so gewählt wird er sich wohl in Wirklichkeit nicht ausgedrückt haben, der Herr Justizwachebeamte, dessen übliche Ausdrucksweise ich ja inzwischen auch kannte. Aber Pepi gab ihn so wieder, und wahrscheinlich nahm sich der ihm blühende Schwiegervater, der Feierlichkeit des Anlasses entsprechend, tatsächlich zusammen. »Schließlich war er auch«, sagte Pepi, entsprechend gekleidet.« Wie der Vertreter eines Begräbnisinstitutes habe er aus- und im übrigen auch dreingesehen, und ob das nun stimmte oder nicht: daß ihn Pepi so sah, hat gewiß seine Logik.

Entsprechend verkleidet gewesen sei auch Frau Wirth. »Mein Kind«, habe sie gesagt, »mein Kind soll glücklich werden, ich will doch nur das Glück meines Kindes. Sie wissen, Pepi, ich habe Vertrauen zu Ihnen. Aber wenn Sie mein Kind nicht glücklich, sondern unglücklich machen, dann gnade Ihnen Gott!«

Dann durfte das Kind, das bis dahin draußen in der Küche warten und sich die Zeit mit Kaffeekochen hatte vertreiben müssen, ins Zimmer zurück und umarmte seinen/meinen Freund. Und die Mutter lächelte erleichtert und tupfte sich die Augen mit einem noch aus ihrer eigenen Aussteuer stammenden Taschentuch. »Dann werden wir also«, sagte Herr Wirth, »das Aufgebot bestellen. Aber eins sag ich Ihnen gleich: Sie rasieren sich spätestens am Tag der Hochzeit. Mit einem Bart wird mir nicht geheiratet.«

Pepi rasierte sich schon die Woche darauf. Da hatte er nämlich einen Termin im Rathaus. Trat – ein adretter junger Mann – an zu einer Gemeindebedienstetenaufnahmsprüfung. Und bestand sie, wie er berichtete, mit Auszeichnung. So wäre also seiner Zukunft in beruflicher und privater Hinsicht nichts mehr im Wege gestanden. Am 1. September sollte er seinen Dienst antreten, am 4. desselben Monats sollte die Hochzeit sein. Susi würde Kindergärtnerin werden und er (zumindest wenn es nach seiner Großmutter ging), wer weiß, vielleicht sogar Bürgermeister. Womit ich eine andere Biographie zu schreiben hätte, aber an einer ähnlichen Stelle dieses biographischen Versuchs waren wir, wie sich der Leser erinnern wird, schon einmal, und die Sterne das Geschick der Zufall Gott der Teufel oder alle miteinander wollten offenbar etwas anderes.

Das heißt, daß vor allem Pepi Prohaska wollte.

Auch wenn er es offiziell nicht mehr eingestand (und nicht einmal sich selbst).

»Ich liebe sie«, sagte er zu mir, »und das ist ausschlaggebend; jetzt mach mich nicht wieder unsicher. Im Gegenteil: unterstütz mich und sei mein Trauzeuge.«

Das konnte ich ihm nicht abschlagen, trotz aller Skepsis. Will sagen: trotz aller gemischten Gefühle, absurden Visionen. Ja, in diesem Zusammenhang hatte sogar ich Visionen, ob man es glaubt oder nicht. Als ich in die Kostümleihanstalt ging, um mir einen Hochzeitsanzug auszuborgen, war mir jedenfalls ganz mulmig.

Und war es ein Wunder? Am Abend desselben Tages, exakt um 21 Uhr 15, verließ Pepi das Haus der Familie Wirth (Wien X, Muhrengasse 34–36) und ging vorerst, wie jeden Abend, die Laxenburgerstraße stadteinwärts. Dann bog er, wie immer, in die Gudrunstraße ab, durchquerte, weiter wie immer, bei der Dampfgasse den Waldmüllerpark und kam auf der anderen Seite (Landgutgasse) wieder heraus, anscheinend / scheinbar immer noch auf dem Weg zu seiner elterlichen Wohnung. Noch bevor er, wie immer, den Gürtel überquert hatte, betrat er allerdings (dies die erste, verdächtige Abweichung vom alltäglichen, respektive allabendlichen Usus) eine öffentliche Telephonhütte, warf eine Münze ein, wählte, hängte jedoch den Telephonhörer nach kurzem und – wie der von Herrn Wirth beauftragte Privatdetektiv, ein gewisser Gregoritsch (»Ich hab ja gewußt«, sagte Pepi später, »der Alte spinnt«), wie dieser Gregoritsch also in seinem detaillierten Rapport anmerkte – angespannt atemlosem Horchen wieder auf die Gabel zurück. Darauf aber wählte er noch einmal, kam, nach anfänglichem Stocken, in angeregtes Plaudern, weswegen er mehrere Münzen nachwerfen und (von öffentlichen Automaten ohne Nachwahl zu verlängernde Gespräche gab es damals noch nicht) immer aufs neue wählen mußte, insgesamt dreimal, beim vierten Mal rief er sich, wie der Schnüffler fein witterte, ein Taxi. Gregoritsch, wie man sieht ein fixer Bursche, tat, während Pepi, vor sich hin pfeifend, Ecke Gürtel wartete, ein gleiches. »Folgen sie diesem Wagen«, sagte er, wenige Sekunden nachdem Pepi beziehungsweise sein Fahrer losgebraust war und der Chauffeur, der Kunde ist König, folgte. An der Kreuzung Kliebergasse–Wiednerhauptstraße hätten sie Pepi wegen der allzu kurzen Grünphase verloren, aber auf der Höhe der Starhemberggasse holten sie ihn wieder ein. Die Fahrt endete auf der linken Wienzeile, vor einem (wie ich dem Wirth-Vater, der mir den Bericht mit stets gepreßter, sozusagen verbissener Stimme wiederholt vorlas, wohlweislich verschwieg) auch mir bekannten Haus, Pepi bezahlte, stieg aus und beachtete das Taxi, das ihm gefolgt war und nun ungefähr zwanzig Meter weiter hinten parkte, nicht im geringsten. Ans Haustor kam eine Frau, dunkelhaarig, schlank, die Pepi – so der Detektiv – mit allen Zeichen intimer Vertrautheit umarmte. »Diese, wie heißt sie, Inge«, schnaubte Herr Wirth, »diese Inge war oder ist doch so eine Art von Geheimprostituierter, nicht wahr?« Bei Inge auf jeden Fall brachte Pepi die Nacht zu. Während Gregoritsch, weniger gemütlich, vor dem Haus auf und ab ging und gegen drei Uhr sogar von zwei aus einem Naschmarktbeisel torkelnden Betrunkenen belästigt wurde, wofür er Herrn Wirth eine Gefahrenzulage verrechnete. Nicht allzu zeitig am Morgen, 10 Uhr 42 exakt, traten dann der Beschattete und die Person, die ihn am Vorabend in Empfang genommen hatte, wieder auf die Straße. Gregoritsch, begreiflicherweise übernächtig, schoß zwei Fotos, zwar unscharf, aber doch leidlich beweiskräftig. Eins zeigte Pepi und Inge von vorn, wie sie aus dem Haustor kamen und »auch noch« (dies der Kommentar des Herrn Wirth), auch noch lachten. Das andere ertappte sie, halb abgewandt am Eingang zu einem Kaffeehaus, in dem sie anschließend frühstückten, da lag seine zwanzigfingrige Hand an ihrem Hintern.

»Das reicht«, konstatierte Herr Wirth. Und es reichte wirklich. »Was ist dir nur eingefallen?« beschwor ich Pepi. »Ach was«, sagte er – und ich kann nicht umhin anzumerken: stolz trotz aller Zerknirschung –, »jetzt komm mir doch nicht moralisch! Das war die angemessene Verabschiedung von einer guten alten Freundin.«

»Ja aber«, wandte ich ein, »was wird jetzt mit Susi?«

»Wenn du mein Freund bist«, sagte er, »gehst du hin und versuchst es ihr zu erklären.«

»Was?« fragte ich.

«Na, daß ich sie liebe. Trotz allem ... Wir werden heiraten und womöglich Kinder kriegen. Na geh schon – du schaffst das!«

Ach hätte ich mich doch nicht breitschlagen lassen!

Aber ich fiel (zum *wie*vielten Mal?) auf Pepi herein.

Ich ging hin und klingelte an der Tür, die Pepi (nach spektakulärem Hinauswurf am Vortag) verschlossen war.

Und dann überstürzten sich die Ereignisse, die ohnehin schon ins Rollen geraten waren, und wuchsen mir über den Kopf.

Frau Wirth war sehr blaß, Herr Wirth war sehr rot, ihre Tochter war verweint.

»Einen sauberen Freund haben Sie«, knurrte der Justizwachebeamte.

»Ja«, sagte ich, »aber... Es tut mir ja leid... Indessen...«

»Ich sollte ihn eigentlich abmurksen«, sagte Herr Wirth, »mit diesen meinen Händen, aber für so etwas geh ich doch nicht ins Häfen!«

Er wußte, wovon er redete. Susi schluchzte.

»Entschuldigen Sie«, sagte ich, »darf ich nur einen Moment mit Ihrer Tochter sprechen? Ich meine, unter vier Augen?«

Der Blick, den mir Herr Wirth nun zuwarf, hätte mir zu denken geben können.

»Sie sind ein guter Mensch, Engelbert«, sagte seine Frau. Dann verließen beide das Zimmer.

»Du, Susi«, sagte ich leise, »der Pepi schickt mich.«

Sie sagte nichts. Saß da als ein Häuflein Elend.

»Er bittet dich um Verzeihung«, log ich. Sie schwieg.

»Er liebt dich« (das war wohl die Wahrheit) »trotz allem.«

Sie schüttelte den Kopf.

»Also schau«, sagte ich, »diese Frau, diese Inge...«

Sie erhob sich abrupt und trat ans Fenster.

Ich trat hinter sie.

»Das ist etwas anderes, weißt du.«

Sie schwieg noch immer.

Ich legte den Arm um sie.

Um ihre Schulter wohlgemerkt, wie ein Freund.

Da wandte sie mir ihr Gesicht zu, mit winzigen Äuglein.

Und dann (es war alles ein schreckliches Mißverständnis), dann sank sie mir (ich kann diesen klassischen Ausdruck an dieser Stelle nicht vermeiden), sank sie mir an die Brust, ans Herz. Und blieb, Mißverständnis oder nicht, für die nächsten paar Jahre dort liegen.

Herrn und Frau Wirth war unsere Nähe, deren sie gewahr wurden, als sie ins Zimmer zurückkamen, recht, was sage ich recht, sie begrüßten mich als Retter. Der falsche Messias, an den die Tochter geglaubt hatte, war im letzten Moment entlarvt und daher ausgefallen, ich war zwar vielleicht kein so typischer, aber dafür der echte. Zumindest für die geplagten Eltern, zumindest in dieser Situation, mich schickte ein kleinbürgerlicher Himmel. Denn wie wäre man dagestanden vor all den Bekannten und Verwandten, ja vor den Leuten insgesamt, hätte man die Hochzeit tatsächlich absagen müssen – so brauchte man sie nur etwas zu verschieben. Daß ich eigentlich nur ein Ersatzmann war, würde den meisten vermutlich nicht einmal auffallen. Und denen, die es trotzdem mitbekamen, würde man es dezent und in der Hoffnung auf Diskretion erklären. Vielleicht der Wahrheit für den Fall dennoch unvermeidlichen Tratschs ein bißchen nachhelfend: da seien zwei Freier gewesen, die sich, kein Wunder, um die Gunst der hübschen Tochter bemüht hätten. Doch letzten Endes habe sie sich für den solideren und besseren entschieden – »Sie waren mir«, sagte Herr Wirth, »ohnehin gleich lieber«.

So also reagierten Susis Eltern (unversehens von Pepis zu meinen Schwiegereltern in spe geworden, oh Gott!). Aber Pepi – wie reagierte er? »Daß du mir das antust«, sagte er dumpf, »das hätte ich nicht von dir gedacht!« Aber trotzdem schwang (ich glaube nicht, daß ich mir das nur einbildete) in seiner Stimme ein Unter- beziehungsweise Oberton von Erleichterung.

»Was wirst du jetzt machen?« lieferte ich ihm ein Stichwort.

»Das fragst du mich?« deklamierte er Pepi Prohaska. »Grad du? – Nun, wenn ich als Trauzeuge käme, das hieße den Rollentausch zu weit treiben. Ich werde verschwinden. Ja.«

Und das tat er. Gründlich.

*

IV

Susi und ich heirateten am 3. Oktober (also einen Monat nach dem für Pepi und sie festgesetzten Termin) 1966. Dieser denkwürdige Tag steht dauerhaft eingraviert an der Innenseite meines Ehereifs, den ich zwar heute nicht mehr trage, aber in einer Schatulle mit anderen Andenken (etwa einer Haarlocke Susis) aufbewahre. Unser Zusammensein war von geringerer Dauer. Aber genaugenommen (vor dem Gesetz und Gott: dies die chronologische Reihenfolge der folgenschweren Vertragsabschlüsse, auf die ich mich damals, an Pepis Stelle, einließ) bin ich ja immer noch mit meiner lieben Frau verheiratet.

Klar, die Versuchung war groß, sowohl vor dem Standesbeamten als auch vor dem Priester auf die übliche Frage (›Sind Sie‹ respektive ›bist Du gewillt, die hier anwesende‹ etc. etc.) statt wie allgemein erwartet mit »Ja« mit »Nein« zu antworten. Aber hätte ich ihr, Susi, nach alldem, was schon geschehen war, auch das noch antun können? Sie war hübsch, aber erschreckend blaß in ihrem sehr weißen, eng taillierten Brautkleid. Konnte ich wollen, daß sie in Ohnmacht fiel? Also nein, das konnte ich nicht, obwohl mein Ja sowohl auf dem Standesamt als auch in der Kirche etwas verzögert kam. Gleich zweimal stülpte ich ihr den Ring über, und sie tat desgleichen an mir, obschon da – wenn ich mich nicht wohl fühle, schwellen meine Finger immer etwas an – ein gewisser Widerstand war. Das Harmonium spielte ›Füglich getraut‹, die Orgel ›Ave Maria‹, alles war sehr feierlich. Frau Wirth heulte, meine Mutter auch, aber beide weinten aus sozusagen traditionellen Gründen, nicht wissend, wie recht sie hatten. Über dem Hochzeitsschmaus im Gasthaus ›Zum lustigen Fuhrmann‹ lag dann ein Hauch von Tristesse, dessen wahre Gründe mir durchaus, den anderen aber kaum bewußt waren. Eine gewisse Absenz der Braut mag man wohl damit gedeutet haben, daß der anwesende Bräutigam nicht der ursprünglich vorgesehene war, obwohl man natürlich nicht darüber sprach. Als Erklärung für Susis Stimmung traf das vermutlich auch zu, obwohl sie, in dieser Hinsicht tatsächlich Gretchen, ein (das habe ich später noch schmerzlich genug erfahren) ahnungsvoller Engel war. Aber die wahre, existentielle Melancholie, die sich trotz diverser Toasts und Glückwünsche, sowie einer riesigen Hochzeitstorte, deren Bräutigam aus Marzipan übrigens beim Anschneiden durch die Braut aus Fleisch und Blut nicht umfiel, nein, aber traurig in sich zusammensank, die wahre, existentielle Melancholie war, dessen bin ich sicher, eine tiefere, höhere, denn der liebe Gott (ich kann nicht umhin, schon wieder Pepi zu zitieren), »der liebe Gott läßt sich nicht bescheißen«.

Es sei mir gestattet, an dieser Stelle etwas über meine Intentionen, die Eheschließung mit Susi betreffend, zu sagen. Denn, das muß festgestellt werden, mein Geist war ja durchaus willig. Zwar war ich zu meiner Braut oder (nehmen wir jetzt den Hochzeitsschmaus, über den hinaus ich aus guten Gründen noch nicht erzählt habe, als Gegenwartsebene an) nun, dem Buchstaben nach, schon Gattin, gekommen, wie die Jungfrau – tatsächlich mein (und Pepis!) Sternzeichen – zum Kind (ein prekäres Problem), aber vielleicht, dachte ich, dachte es dem oben erwähnten Gefühl, Gespür zum Trotz, vielleicht war es ganz gut so. Ich würde, gewissermaßen als Stellvertreter Pepis, ja möglicherweise sogar als der heimliche Sieger über ihn, ein Opfer bringen, das (es ist vielleicht nicht ganz abwegig, im Rahmen oder auch nur am Rande einer Prophetenbiographie, etwas mythisch zu reden, und außerdem fällt es mir so leichter) gewissermaßen einen Fluch von mir nehmen und postwendend einen Segen auf mich herabbeschwören würde, der mir bisher gefehlt hatte.

Um übrigens Mißverständnisse zu vermeiden: so groß

schien das Opfer nicht. Für Susi – habe ich's nicht schon angedeutet? – hatte ich bereits als Pepis Ersatzmann während der Nachhilfestunden Zuneigung, fast Zärtlichkeit empfunden. Das war ja auch der Grund, warum ich sie nicht so (letzten Endes, wie man es auch drehte und wendete, von Pepi, der sich jetzt werweißwo herumtrieb, sitzen gelassen) sitzen lassen konnte. Nach und nach empfand ich sogar, ich stehe nicht an, das zu sagen, Liebe für sie, wenngleich in einem anderen Sinn als dem von ihr erwarteten und wohl auch trotz allem erhofften.

Was sich leider gleich in der Hochzeitsnacht herausstellte. Zwar gelang es mir – man wird verstehen, daß ich das etwas pauschal beschreibe – nach einigen Anläufen die Ehe im physischen Sinn zu vollziehen, aber es war zu bemerken, daß dies nicht ganz mein Fall war. Susi tat dessen, obwohl von Pepi wahrscheinlich anderes gewöhnt, keine Erwähnung, was ich ihr hoch anrechne. Sie kam mir, im Gegenteil, erstaunlich verständnisvoll entgegen, bemühte sich redlich, mich auf den Geschmack zu bringen, doch blieben unsere Erfolge im ehelichen Vollzug durch all die Jahre relativ und gekennzeichnet durch eine gewisse Leidenschaftslosigkeit, die allerdings bei ihr, den Verdacht werde ich nicht los, andere Ursachen hatte als bei mir.

Apropos Verdacht: das war ein Problem, das unsere Beziehung noch erschwerte. Genötigt, eine Rolle zu spielen, die mir nicht auf den Leib geschrieben war, wußte ich natürlich, daß ich sie nur schlecht spielte, zumindest nur schlecht und recht. Das würde für Susi, die vermutlich (mit mir konnte sie das gar nicht unter Beweis stellen) eine richtige Frau war, nicht die Erfüllung sein. Sie würde versuchen, anderswo auf ihre Kosten zu kommen, früher oder später, wahrscheinlich noch eher, als ich fürchtete – wenn sie allein aus dem Haus ging, war ich eifersüchtig.

Obwohl diese Eifersucht sicher ein Widersinn war. Und obwohl mir bewußt war, daß ich meiner Frau, fairerweise, nicht zu mißgönnen hatte, was ich ihr nicht bieten konnte.

Aber, verdammt nocheinmal, ich mißgönnte mir ja auch was! Es kam vor, daß ich mich, etwa an der Uni, zu anderen, andersgearteten Personen hingezogen fühlte – allein, ich hätte ohnehin nicht gewußt, wie man sowas einfädelt.

Was blieb mir über, als mich mit Schreiben zu trösten? Tatsächlich: so lähmend meine frühen Ehejahre in vieler Hinsicht waren (und die besonders lähmende Wirkung der schwiegerelterlichen Einmischung, die man sich nach den weiter oben über Herrn und Frau Wirth erzählten Details wohl vorstellen kann, habe ich noch gar nicht erwähnt), das Schreiben, schon früher ein Ventil, wurde mir jetzt zum Überlebensmittel. Ich schrieb immer mehr, schickte meine Arbeiten an Zeitungen und Zeitschriften, hatte erste, wenn auch bescheidene, Publikationserfolge. Übrigens ließ sich Susi gern aus meinen literarischen Versuchen vorlesen, obgleich ich wohlweislich vermied, ihr Liebesgedichte zu schreiben. Und entschlummerte, wenn das (eine gute Lösung) im Bett geschah, schon nach wenigen Sätzen an meiner Schulter.

So hätte sich also ein modus vivendi gefunden. Zwar sinnierte meine Frau in nach und nach zunehmenden Maß fernäugig vor sich hin, lehnte, besonders in lauen Frühlingsnächten, seufzend auf dem Balkon, aber auf sozusagen kameradschaftlicher Basis verstanden wir uns gut. Richteten, unterstützt von ihren Eltern und vom Staat (ich bezog ein Stipendium) die Wohnung ein, gingen häufig ins Kino oder ins Kellertheater, leisteten uns manchmal sogar ein Abendessen im Gasthaus. Ich beendete mein Studium und begann mein Probejahr am Gymnasium, Susi hatte die Kindergärtnerinnenschule flott hinter sich gebracht und wurde, wenn schon nicht Mutter, so immerhin Tante; sobald wir finanziell auf beiden Füßen standen, gelang es mir sogar, ganz gegen meine Art, die Schwiegereltern nachhaltig genug zu beleidigen, daß sie uns bis auf weiteres mit ihren Heimsuchungen verschonten.

Inzwischen verging – nicht nur privat, sondern auch öffentlich – die Zeit. Wir merkten nicht viel davon, aber wenn wir den Fernseher aufdrehten, der, genaugenommen, immer noch nicht ganz uns gehörte, mußten wir es zur Kenntnis nehmen. Außerdem, wie gesagt, schrieb ich, und schreiben ist, auch wenn ich mir das damals noch lang nicht eingestand, eine Form des Nach-, vielleicht sogar Vordenkens. Meine ohnehin ungeliebte Vergangenheit immer weiter hinter mir lassend, bewies ich, des Fortkommens in der Schule wegen mit sanfter Gewalt genötigt, Farbe zu bekennen, Sinn für die Zukunft und nahm ein rosarotes Parteibuch. In den Ferien fuhren wir nicht mehr nach Griechenland, sondern nach Jugoslawien. Einmal gerieten wir, Susi und ich, sogar in eine kleine Vietnamdemonstration. Mir wurde das Gedränge von Demonstranten und vor allem Polizisten trotzdem zu groß, sodaß ich Susi schließlich am Arm packte und zur vorzeitigen Heimkehr nötigte. Das warf sie mir (engagierter als ich) noch tagelang vor.

Doch auch wenn wir stritten, sprachen wir kaum von Pepi. Abgesehen davon – das betrifft vor allem unser erstes Jahr, in dem wir, eine die ganze Woche überschattende Verpflichtung, jeden Sonntag bei den Schwiegereltern essen mußten –, abgesehen also davon, daß sein Name für und vor Herrn und Frau Wirth tabu und verpönt war wie der des Leibhaftigen, wußten und akzeptierten wir auch später eins vom andern, daß uns die Nennung dieses Namens nicht guttat. So hätten wir ihn allmählich vergessen können. Es ist nur sehr zweifelhaft, ob wir das wirklich wollten.

Ich mag hier nicht masochistisch darüber spekulieren, was Susi mir wahrscheinlich verschwieg. Doch wären gewisse Analogieschlüsse sicherlich zulässig, und ich weiß, was ich von mir weiß. Zwar stimmt es, daß ich *bis auf weiteres* nichts von ihm hörte noch hören wollte (dies auch aus schlechtem Gewissen). Aber ich hielt das, ich muß es gestehen, nicht durch. Schon Anfang Dezember, also zwei Monate nach unserer Hochzeit, rief ich bei Pepis Eltern an. Aber sein Vater (eine erschreckend gebrechliche Stimme am Telephon) konnte oder wollte mir nur sagen, was ich schon wußte, nämlich, daß sein Sohn im September verreist war. Beim nächsten Telephonat, ich glaube, es war im März, sprach ich, diesmal ohne zu erröten, seine Mutter. »Ach, Engelbert«, sagte sie, »wissen Sie nicht, wo sich der Pepi herumtreibt? Wir machen uns große Sorgen!« Zu Weihnachten, sagte sie, habe er eine Karte aus Istanbul geschrieben. Seither jedoch habe er nichts mehr von sich hören lassen. »Bestimmt«, sagte sie, »steckt dieses Weibsbild dahinter!« Dieses Weibsbild. Aus gewissen Motiven hatte ich nicht früher daran gedacht. Aber das war immerhin ein Tip. Ich überwand also meine Scheu und beschloß, dieser heißen Spur zu folgen. Zwei Möglichkeiten spukten mir durch den Kopf, als ich mich, unter dem Vorwand, auf dem benachbarten Naschmarkt Gewürze einzukaufen, Inges Haus näherte, jenem auf Grund seiner bunten Majolikafassade schon von weitem auffallenden Gebäude. Erstens: sie würde nicht da sein, auch sie, was aus der Menge der Reklamezettel im Briefschlitz erschließbar sein mochte, seit Monaten verreist. Zweitens: sie würde sehr wohl da sein, aber nicht allein, sondern mit ihm, doch mir konnte sie – vorausgesetzt natürlich, daß sie überhaupt vom Bett aufstand und die Türe öffnete – nichts vormachen. Tatsächlich, die Idee, daß Pepi, der Schlawiner, sich hier, in Wien, oder dort, in Istanbul, mit seiner Lilith vergnügte, während uns wir, seine Familie, seine unversehens zu meiner Frau gewordene Exbraut und nicht zuletzt ich, sein von Anfang an durch die Beziehung zu ihm geschädigter Freund, um ihn sorgten und grämten, schien mir, als ich, aufgeregt am Rosmarin schnüffelnd, den ich für alle Fälle gekauft hatte, die zwei Stockwerke zu Inges Domizil hinaufstieg, immer wahrscheinlicher. Na warte, dachte ich, ohne mir darüber klar zu sein, worauf er denn eigentlich warten sollte, na warte, wenn das wahr ist! Im Türschlitz steckten keine Reklamezettel, aha, dachte ich, nun fast sicher, ihn in flagranti zu erwischen, und klingelte wie ein Gerichtsvollzieher. Sie, Inge, öffnete überraschend prompt; als sie mich, mit einem Atemzug Verzögerung, erkannte, stieß sie ein spitzes Lachen aus, das mich verwirrte und verletzte. »Na so was«, sagte sie, »du! Also komm schon herein! Was ist denn? Was schaust du denn so? Geh weiter. Nimm Platz.« Tatsächlich warf ich, bevor ich mich im Erkerzimmer, in das sie mich lotste, hinsetzte, einen Blick ins Nebenzimmer. »Willst du was trinken?« fragte sie. »Nein danke«, sagte ich. »Wo ist der Pepi?«

»Na hör einmal«, sagte sie. »Engerl! Was sind das für Töne?«

Daß sie mich Engerl nannte, verschlug mir die Rede.

»Also paß auf«, sagte sie und schenkte sich selbst ein Glas Cognac ein, »ich hab deinen Pepi seit einem halben Jahr nicht gesehn. Aber ich hab gedacht, er ist glücklich verheiratet?«

Jetzt nahm auch ich einen Cognac. »Du meinst, du weißt nicht...?«

»Was soll ich denn wissen?« fragte sie. »Klappt's nicht? Geht's schief?«

»Als du vorhin gelacht hast«, sagte ich, »hab ich geglaubt, du weißt alles.«

»Entschuldige«, sagte sie, »aber ich weiß überhaupt nichts.«

Die nächste Stunde verging folglich damit, daß ich ihr erzählte, was geschehen war, seit Pepi sich damals, am Morgen, von ihr getrennt hatte. Sie schüttelte nur den Kopf und lachte nicht mehr. Im Gegenteil hatte sie – allerdings aufgrund eines Vorwissens, das andere nicht hatten – Verständnis für meine fatale Situation. »Da bist du ja«, sagte sie mitfühlend, »in ein schönes Schlamassel geraten!«

Nachdem ich mein Herz ausgeschüttet und mir zwei weitere Cognacs eingeschenkt hatte, fühlte ich mich bei ihr beinahe geborgen.

»Wenn du dich entspannen willst«, lächelte sie, »können wir uns auch ein bißchen hinlegen. Ich meine rein platonisch.«

Da mußte ich vorsichtshalber denn doch nach Hause.

»Na gut«, sagte sie. »Wie du glaubst. Aber wegen Pepi würd ich mir an deiner Stelle keine grauen Haare wachsen lassen: Unkraut verdirbt nicht.«

Einen weiteren Monat später traf ich Pepis Großmutter. Zufällig. Auf der Straße. Sie hatte sich kaum verändert.

»Grüß Gott, Frau Prohaska«, sagte ich, »kennen Sie mich noch?«

»Warten Sie«, sagte sie. »Ich hab die Fernbrille auf. Ich muß Sie durch die Nahbrille betrachten.«

»Nein, junger Mann«, sagte sie, nachdem sie eine Weile in ihrer Handtasche gekramt und die Nahbrille endlich gefunden hatte, »nicht, daß ich wüßte.«

»Aber ich bin der Engelbert!« sagte ich.

»Ah ja«, sagte sie. »Der Engelhart. Hübsch und groß sind Sie geworden. Kommen Sie, Engelhart. Ich bin gerade auf dem Weg ins Kaffeehaus. Wenn Sie wollen, dürfen Sie mich begleiten.«

Das Kaffeehaus (ihr Stammcafé) war nicht weit.

»Wissen Sie«, sagte sie, während ich ihr aus dem Mantel half, »hier sitze ich jeden Nachmittag ... Was soll eine alte Frau wie ich denn schon machen? Überhaupt seit mich der Pepi verlassen hat. Früher hat er mich manchmal besucht, aber jetzt ...«

»Nach dem Pepi wollt ich Sie ohnehin fragen. Wo ist er? Was treibt er? Wissen Sie etwas von ihm?«

»Ob ich was von ihm weiß?« sagte sie, fast empört. »Welche Frage! – Wer soll denn was von ihm wissen, wenn nicht seine Großmutter?«

Darauf hätte ich allerdings schon früher kommen können.

»Ja und?« sagte ich etwas zu rasch. »Wo hält er sich versteckt?«

»Gemach, gemach«, sagte sie, und ein gewisses Glitzern in ihren Augen erinnerte mich an *ihn.* »Was trinken Sie? Eine Melange? Und was nehmen Sie als Zubiß? Eine Brioche?

Also hören Sie«, sagte sie schließlich und winkte mich näher. »Der Pepi, Sie werden's nicht glauben, ist in Paris!«

Das glaubte ich damals wirklich nicht. Paris oder Istanbul, dachte ich. Entweder oder. – Aber bei Pepi, das sollte ich noch mehrere Male erfahren, hieß es meistens sowohl als auch.

»Und was macht er dort?« fragte ich ziemlich skeptisch.

»Na, was wird er machen? Paris! Paris!« sagte die Großmutter, »wissen Sie, ich war als junges Mädel da, ein Gedicht von einer Stadt! Wie er mir gesagt hat, daß er nach Paris will, hab ich mich überreden lassen, für ihn mein Sparbuch aufzulösen. Wenn man jung ist, muß man die Welt sehen – und Paris besonders.«

»Und hat er Ihnen geschrieben?«

»Ei freilich, das hat er! Eine Karte mit so einer Cancantänzerin. Ich hätte allerdings lieber den Eiffelturm gehabt... Warten Sie, wo hab ich sie bloß?« Sie kramte wieder in ihrer Handtasche. Wir trennten uns, ohne daß sie die Karte gefunden hätte.

Wie und wo Pepi diese Zeit wirklich verbracht hat, bekam ich erst Jahre danach heraus und gebe es hier mit allem gebührenden Vorbehalt wieder, auch wenn ich den Konjunktiv nicht durchzuhalten gedenke. Zwar sei er tatsächlich eine Weile in Istanbul gewesen, wo er sich, nach Aussage eines von mir immerhin aufgefundenen Informanten, des Dortmunder Frühhippies und späteren Bankkaufmanns Gert Gerngroß, im Morgenlandfahrerviertel um den nach Sultan Achmed benannten Platz herumgetrieben und ihm, G., bei Pistazienpudding und grünem Tee im sogenannten Puddingshop verlorenen Blicks von seiner verlorenen Liebe erzählt habe. Doch sei (Pepi selbst hat das wesentlich abenteuerlicher dargestellt) offenbar nicht nur sein Herz, sondern auch seine Verdauung etwas angegriffen gewesen. Wogegen Gerngroß das gute Dortmunder Actien-Bier empfahl, und zwar, wie es scheint, so überzeugend, daß sich Pepi ihm, der, (in einem Mercedes Diesel, Baujahr 1949, mit dem er zwar nach Indien gewollt, aber nur bis Kayseri in Zentralanatolien gekommen sei, wo es eine ganze Ein- bzw. Ausfahrtsstraße mit Autoreparaturwerkstätten und – das vor allem – unglaublich improvisationsfähigen Mechanikern gebe, die so gut wie jeden Teil seines zum Renommieren kaum mehr geeigneten Fahrzeugs ausgetauscht und ihm den Segen Allahs gewünscht hätten) daß sich also Pepi ihm, der sich bereits wieder auf der Rückkehr aus Indien befand, anschloß und bis Düsseldorf – so weit reichte der Segen Allahs immerhin – mitfuhr.

In Düsseldorf blieb dann (so Gerngroß) »der Typ an nem Mädchen hängen, das ihn« [na typisch für den Typ! Anm. d. Biogr.] »in ner Kneipe namens Sassafras« (ich zitiere immer noch Gerngroß) »anmachte und in irgend so ne Wohngemeinschaft abschleppte.« Pepi (ab hier bin ich, da ich die Wohngemeinschaft und das Mädchen im Zuge meiner Recherchen nicht mehr auffinden konnte, was indes, zwanzig Jahre danach, kein Wunder war, wieder auf *seine* Informationen angewiesen), Pepi nannte sie Lorelei und kaufte sich, da er schon einmal dort war, eine Heine-Gesamtausgabe (oder kaufte er die zuerst?). Sich in Heine vertiefend, beteiligte er sich jedoch (ich folge hier, wie gesagt, mangels anderer Quellen, seiner Selbst-Darstellung) zuwenig an den dort und damals (man schrieb das Jahr 1967) aufkommenden politischen Aktionen. Seine Argumentation, daß die Lektüre dieses Dichters, obschon eine Passion, doch auch (und wie!) politisch sei, ließ man im allabendlichen ›Think in‹ nicht gelten, er brauche nicht zu glauben, hieß es angeblich vor allem seitens der männlichen Kommunarden – von einem gewissen Zeitpunkt an legte die Wohngemeinschaft Wert auf die Bezeichnung Kommune –, daß er hier (Zitat:) nur bourgeoisindividualistisch fressen, ficken und geistig onanieren könne, während die anderen im Vorfeld der Revolution für die Befreiung der Massen wirkten. Daraufhin schrieb Pepi, schon Lorelei zuliebe (obwohl da noch einige andere Mädchen waren), einen Flugblattext gegen den Konsumterror. Der nannte sich ›Magisches Quadrat‹, konjugierte die Verben Einkaufen und Verkaufen von oben nach unten, von links nach rechts sowie kreuz und quer und verwirrte, anläßlich einer generalstabsmäßig geplanten Warenhausbesetzung, die ihn simultan vortragenden Kommunarden selbst noch mehr als die Konsumidioten, sodaß die Aktion wegen der in der Folge einsetzenden, allseitigen Ratlosigkeit vorzeitig endete. Das nun trug nicht gerade zur Stärkung von Pepis Position in der Kommune bei. Außerdem gab es (ein Rückfall in kleinbürgerliches Besitzdenken) Szenen zwischen Lorelei und einer gewissen Beate – eines Morgens, als noch alle schliefen, verließ Pepi die gruppeneheliche Wohnung, bevor man ihn hinauswarf.

Wohin sich wenden? Nach Heine hatte er Bloch gelesen. Der faszinierte ihn (sic!) »als prophetischer eher, denn als politischer Denker«. Ich will mich ja meinerseits nicht auf die schwierige Reflexion der Frage einlassen, inwiefern oder -nah prophetisches und politisches Denken einander ausschließen respektive bedingen. Auf dem Düsseldorfer Bahnhof löste Pepi, erzählte er, jedenfalls eine Fahrkarte nach Tübingen und fuhr, erfüllt vom Prinzip Hoffnung, geradewegs dorthin.

In Tübingen blieb er angeblich zwei Semester. In den Inskriptionslisten der dortigen Universität habe ich seinen Namen zwar nicht gefunden, aber es kann natürlich sein, daß er, ohne sich offiziell zu inskribieren, Blochs Vorlesungen besuchte. Der war (so Pepi) »ein gütiger, weiser Uhu«. Aber da er (damals immerhin schon über achtzig) bereits sehr kurzsichtig gewesen sei, habe er den zu seinen Füßen sitzenden potentiellen Lieblingsjünger nicht wahrgenommen. War also Pepi letztlich enttäuscht von Bloch? Zog er sich deshalb immer mehr in sein Untermietzimmer in der Nähe des Hölderlinturms zurück, oder entsprach dieser Rückzug im Sinne eines sozusagen natürlichen Wechsels von Auswärts- und Einwärtsphasen ganz einfach seinem Wesen? Nach früheren und vor allem späteren Erfahrungen mit ihm bin ich eher geneigt, letzteres zu glauben, wenngleich das Einsetzen dieser Phasen sicher meist durch äußere Anlässe bedingt war. Der Einfluß Blochs auf ein mit November '67 datiertes Fragment, das ich in Pepis nachgelassenem Koffer gefunden habe, ist jedenfalls nicht zu leugnen:

Ich schaff euch nach meinem Ebenbild, spricht der HErr, also werdet mir nicht wie unsereiner.

Als meine Kinder liebe ich euch, also seid mir nicht eigenwillig.

Von allen Früchten dieses Gartens dürft ihr essen, es sei denn, sie sind in Privatbesitz.

Benehmt euch wie freie Menschen, spricht der HErr, Zuwiderhandelnde werden bestraft //

Na seht ihr, das habt ihr davon, wenn ihr nicht pariert.

Jetzt hab ich euch leider austreiben müssen (Betreten der paradiesischen Grünanlagen verboten).

Im Schweiß eures Angesichtes & unter Schmerzen sollt ihr.

Ob ihr euch unter diesen Umständen lieben könnt, ist mir wurscht, aber vermehrt euch gefälligst //

Na also, jetzt macht euch einander untertan.

Verwaltet einander. Auch im Himmel gibt es eine Hierarchie.

Wen *ich* protegiere, also bitte, das ist *meine* Sache.

Wer, spricht der HErr, hat zu reden, wenn er nicht gefragt ist? //

Ihr seid doch nicht Zweck, sondern Mittel, funktioniert!

Wem das nicht paßt, der bekommt einen Aktenvermerk.

Wenn diese Renitenz überhandnimmt, kann ich noch ganz andere Saiten aufziehen!

Na bitte. Ihr habt es so gewollt. Jetzt verschlechtert sich die Großwetterlage ...

Das Fragment ist mit dem schwer leserlichen Wort ›Heils-Geschichte‹ überschrieben. Offenbar nachträglich davorgesetzt ist die Silbe ›Un-‹, sodaß man, statt Heilsgeschichte Unheilsgeschichte lesen müßte, doch hat Pepi dieses sarkastische Präfix letzten Endes wieder gestrichen. Was auf die hier zitierten Passagen folgt, spielt an (Bibelfeste, die allerdings meiner Erfahrung nach immer dünner gesät sind, werden es schon gewärtigen) auf die Sintflut (»Na schön, spricht der Herr; ich hoffe, jetzt habt ihr die Nase voll.«) und den Turmbau zu Babel (»Ich mag keine Wünsche, die in den Himmel wachsen.«) »Damit wir uns klar sind, spricht der Herr, oben & unten muß blei-« Hiemit bricht das Fragment ab.

Ob Pepi, um endlich wieder zum Ausgangspunkt dieses Exkurses zurückzukommen, nach seinen Gastspielen in Düsseldorf und Tübingen tatsächlich in Paris war, ist nicht ganz sicher. Zwar hat er manchmal, besonders in alkoholisiertem Zustand, davon gefaselt, daß er damals, im Mai '68, in einem Bistro in Nanterre mit Cohn-Bendit Absinth getrunken habe, aber erstens habe ich in Nanterre, zumindest in der Cité Universitaire, kein Bistro gefunden, das diesen anheimelnden Namen verdient, und zweitens bezweifle ich, daß der Rote Dany, den ich lieber nicht persönlich nach Pepi gefragt habe, diesem grünen Gift überhaupt zusprach. Und doch stimmte die von der Großmutter angegebene Weltgegend zumindest ungefähr. Im Juni '69 nämlich bekam ich einen Brief aus Südfrankreich.

Béziers am 17. 6. im Jahr Minus 1

Lieber Engelbert! Friede & Freude über Dich. Zwischen uns sei kein Hader ... Ich bin Dir nicht böse & hoffe, auch Du bist mir's nicht mehr. Hier am Meeresstrand sitzend, das Auf- & Ab-Rollen der Wellen betrachtend, bin ich Dir näher, als Du glaubst.

Nach gewissen Irrfahrten & nachdem mir das Geld ausgegangen ist, bin ich als Deutschlehrer am hiesigen Lycée gelandet. Meine Französischkenntnisse waren – hab ich mich doch nicht umsonst mit dem alten Malthus geärgert – ausreichend und haben sich, seitdem ich da bin, entscheidend verbessert. Als Maître d'Allemand nun hab ich das Recht, mir diverse Zeitungen & Zeitschriften schikken zu lassen. So bin ich auf Deine ›Fluchtversuche‹ gestoßen.

Na sowas, Bertl – das hätt ich Dir gar nicht zugetraut! Nein, Spaß beiseite: ich war ja direkt beeindruckt. So sehr, daß ich das Heft, in dem Du publiziert bist, hierher an meine intime Stelle – so nenne ich meinen Lieblingsplatz am Meerbusen – mitgenommen habe. Da ist es schön und fast ganz Natur (der Dreck aus Marseille & Montpellier staut sich weiter oben). Also ich sitze & lese & denke an Grillparzer & Dich. Das Land der Griechen oder auch den prädiluvialen Abbruch an der südlichen Wiener Peripherie mit der Seele suchend. Erinnerst Du Dich unseres Spaziergangs damals? & ob Du Dich erinnerst! Vermutlich wär es Dir, nicht wahr?, lieber, ich dächte an Dich & Kafka, doch ich hab nun einmal meine ganz speziellen Assoziationen, & das mit dem Land der Griechen, ich weiß, ist außerdem von Goethe.

Aber was soll's? Die klassische Bildung, das merk ich auch hier an der Schule, liegt ohnehin im argen. Man hat ja auch anderes in den Köpfen in Zeiten wie diesen. Seit de Gaulle die Chienlits (so: Bettscheißer, nennt er die Jugendlichen aller Altersklassen, die ihn im Vorjahr beinah ins Exil geschickt hätten) mit seinen Panzern wieder an die Schulen & Universitäten zurückgetrieben hat, ist die aufmüpfige Euphorie, die, soweit ich das beurteilen kann, das halbe Land angesteckt hat, in Lethargie oder Verzweiflung umgeschlagen. & letztere, die Verzweiflung, breitet sich aus.

Die Selbstverbrennung Jan Palachs als Spätfolge des russischen Einmarsches in die Tschechoslowakei hat in Frankreich einen ebenso starken wie deprimierenden Eindruck hinterlassen. Vielleicht, weil er, wie die meisten vom hiesigen Protest Bewegten, Student war, vielleicht, weil man überhaupt viele Parallelen zieht zwischen dem Pariser Mai und dem Prager Frühling, zwischen dem da und dort nun, seit sowohl der Kapitalismus als auch der Kommunismus wieder ihr wahres, also unmenschliches Gesicht zeigen, permanent herrschenden Herbst. Wie ist das bei Euch, ich meine bei uns? – wenn ich die mir zugänglichen, österreichischen Zeitungen lese, habe ich den Eindruck, daß man, obwohl bestimmten Grenzen viel näher, seinesgleichen geschehen läßt nach dem Motto: wenn der Herrgott net will, nutzt des garnix. Hier, bei mir (nein, gottseidank nicht an meinem Lycée, aber immerhin am benachbarten) hat sich vor einigen Wochen ein Schüler ebenfalls mit Benzin übergossen & verbrannt – das verfolgt mich bis in meine Alpträume.

Aber genug von dem & zurück zu Dir. Deine ›Fluchtversuche‹, die mir ja – ich hoffe, dieser Versuch, sie einzuordnen, geht Dir nicht ganz gegen den Strich – obwohl auf sehr existenzphilosophisch-sprachkritische Weise auch mit den eben erwähnten Ereignissen zu tun zu haben scheinen, haben mir wie gesagt imponiert. Andererseits: wenn (& wie sollten sie nicht?) diese Texte nicht nur objektiv, sondern auch subjektiv deutbar sind: wovon fühlst DU Dich eingesperrt & wovor willst DU davon?

Ganz so schlimm wird es doch nicht stehen, oder? Wie geht es übrigens Susi? Habt Ihr am End schon ein Kind?

Insbesondere angesichts größerer Probleme scheint mir das oder ähnliches, verzeih, wenn ich Dir das so direkt sage, kein Grund, alles so schicksalhaft zu sehen. Ich meine: daß Dein Held, wenigstens von ›dort‹ nach ›da‹ davongekommen, erst recht, fast bin ich versucht zu sagen, justament keinen Ausweg findet & sich (vorausgesetzt ich interpretiere richtig), ständig im Kreis gehend, gewissermaßen als moderner Hamlet von des Gedankens Blässe angekränkelt, zu Tode zögert, daran ist er vielleicht auch selber schuld. Möglicherweise liebt er sich selbst zu wenig. & wenn Du *mich* fragst (aber ich fürchte, Du fragst mich gar nicht), ist das schon gar kein Grund (oder hab ich den vorletzten Abschnitt total mißverstanden?), gewissermaßen geistig achselzuckend am bösen lieben Gott zu zweifeln.

Denn wer weiß, was er mit uns vorhat, der Alte. Unlängst, eben hier am Strand, spazierengehend, ist mir diese Geschichte von Augustinus eingefallen, Du als ehemaliger Priesterseminarist wirst sie besser kennen als ich. Wie er (auch er) am Strand spazieren geht und ein Kind sieht, das, absurderweise, das Meer in ein Sandgrübchen schöpfen will. & er sagt ihm: das kannst du doch nicht, & es antwortet: siehst du, ebensowenig wie *ich* das Meer in dieses kleine Loch kannst *du* das Geheimnis der Trinität in deinen kleinen Geist fassen. Ein außergewöhnlich gescheites Kind, sowas trifft man heute selten. Aber Sarkasmus beiseite, die Story gefällt mir. Nicht, daß mich das Problem der Trinität quält, diesen Scherz – entschuldige den Freudschen Verschreiber – diesen Schmerz teile ich nicht mit Augustinus. Aber was Gott will, ich meine mit der Geschichte, unserer persönlichen sowohl wie der allgemeinen, würde mich nach wie vor (jetzt erst recht) interessieren, und ich finde, man sollte ihn – mit der gebührenden Respektlosigkeit – immer wieder fragen.

Übrigens kommt mir hier nicht nur Augustinus in den Sinn. Sondern – Du kennst meine alten Leidenschaften – z. B. auch Brigitte Bardot. Wenn ich daran denke, daß ich nur 40 km mit dem Bus fahren müßte, um sie, die zumindest Saint Tropez treu geblieben ist, zu treffen! Aber ich zweifle, ehrlich gesagt, daran, daß Gott ausgerechnet das mit mir vorhat. Wenn ich, was ich gern tue, auf die Hügel im Hinterland steige, denke ich, so ganz genau muß man's mit den historisch-geographischen Verhältnissen nicht nehmen, auch oft an Van Gogh. Das ist der Grund, warum ich hier nicht zu malen anfange: *er* war schon da. Naja & ein schlechter Maler ist schon mein Vater. Grüß Dich & grüß mir (wenn's geht) die Susi von

Pepi.

Im P. S. stand Pepis genaue Adresse nebst der koketten Aufforderung, ihm nur zurückzuschreiben, wenn ich wirklich wolle. Nun, eben das wußte ich nicht, und es würde mich wundern, wenn Pepi *das* nicht wußte. So schaffte er es, kaum daß er wieder, obschon nur brieflich, in meinem Leben aufgetaucht war (und genaugenommen war er ja, siehe oben, nie wirklich untergetaucht, schaffte es und schafft es horribile dictu bis heute, in Abwesenheit anwesend zu sein), mir Kopfzerbrechen zu verursachen. Und das Wort Kopfzerbrechen trifft nur die halbe Wahrheit.

Zurückschreiben oder nicht zurückschreiben – dieses Problem lastete von dem Moment an, in dem ich die zwei Briefpapierbögen mit seiner nach unten, aber auch oben ausschwingenden, vielleicht sollte ich mich getrauen, zu sagen: ausschweifenden Handschrift weggelegt hatte, auf meiner Seele. Übrigens gelang es mir gar nicht, den Brief wirklich wegzulegen, tagelang holte ich ihn immer wieder aus der Schreibtischlade hervor, um ihn neuerlich zu lesen. Zuerst – ich hatte die Post am Tage ihres Empfangs in

Abwesenheit Susis aus dem Hausbriefkasten genommen – hütete ich dieses Geheimnis vor meiner Frau. Als ich sie jedoch, unsicheren Herzens, denn wie sollte ich ihre Reaktion darauf abschätzen, einweihte, wurde mir auch nicht leichter.

Sie las, mit stummen Lippen buchstabierend, sagte lang kein Wort. Dann stand sie auf, ging ins Badezimmer, kam wieder zurück. »Doch«, sagte sie schließlich, »du kannst mich grüßen von ihm.« Und schickte sich schweigend an, unser Bett zu machen.

Zurückschreiben oder nicht zurückschreiben, das blieb also weiterhin die Frage. Ein paarmal setzte ich mich hin und versuchte ersteres, aber es ging nicht. Lieber Pepi! Nein: Pepi! Geschätzter Pepi! – darüber vergingen Monate. Und dann klingelte es eines Tages an der Tür.

Draußen stand, man kann es sich denken, P. P. Doch kann man sich denken, *wie* er da stand? Man kann *nicht*. – Er trug einen purpurnen Königsmantel (bei Dreharbeiten zu einem historischen Film entwendet, in dem er statiert hatte) und eine schwarze Augenmaske. Trotzdem wußte ich sofort und mit einer Art heiligem Schrecken, daß er es war. In der linken Hand hielt er ein Buch (wie sich nachher herausstellte, eine illustrierte Jugendstilausgabe des biblischen Hiob, die er mir mitbrachte), in der rechten einen Salatkopf. Unter dem Mantel hervor sahen zwei offenbar seit seiner Abreise aus Frankreich nicht geputzte Gummistiefel. »Servus, Engelbert«, sagte er, »na wie geht's.« Und dann: »Ich komme doch, hoff ich, nicht ungelegen?«

Was ich geantwortet habe, weiß ich nicht mehr. Auch erinnere ich mich nicht, welche Worte wir im Vorzimmer, im Zimmer und auf dem Balkon wechselten, während er (das stelle ich mir bloß vor) die Wohnung inspizierte. Unter Schockeinwirkung stellt sich bekanntlich totale oder partielle Amnesie ein. Und Pepis plötzliches Wiederauftauchen war für mich zweifellos ein Schock.

Vielleicht auch ein freudiger, aber ein Schock gewiß. Meinen Erinnerungsfaden kann ich jedenfalls erst wieder in der Küche auffinden und mit dem an der Eingangstür abgerissenen Ende verknüpfen. Da steht Pepi, noch immer im Königsmantel, aber ohne das Buch Hiob, das er mir wohl inzwischen überreicht hat. Und immer noch mit dem Salatkopf in der Hand, der nun für eine Weile zum zentralen Requisit wird.

»Genosse«, sagt Pepi zu mir, »der Salat ist machbar. Wenn schon die Revolution nicht, so wenigstens der Salat. Hast du Zwiebeln, Essig und Öl, vielleicht ein bißchen Thunfisch? Und eine Schüssel brauch ich, ihr werdet doch eine Schüssel haben, wo ist übrigens deine Frau?«

»Die Susi«, sagte ich, »ist noch im Kindergarten.«

»Ah ja?« sagte er. »Hat sie sich diese Karriere wirklich einreden lassen? Ein Jammer! – Was machen denn übrigens meine, ich meine *deine* lieben Schwiegereltern? Also, Engelbert, wenn ich dir etwas von alldem, das eigentlich mir gebührt hat, wirklich gern überlassen habe, dann waren es die Alten!«

Dann saßen wir, brüderlich Salat aus der doch noch gefundenen Schüssel essend. Und von Bissen zu Bissen begann ich mich wohler zu fühlen. Zumindest begann ich, mein Gleichgewicht wiederzufinden. So war er also zurückgekehrt, Pepi, und wenn schon. Dachte ich. Braucht mich das zu beunruhigen? Nein! Es war doch in mancher Hinsicht eher beruhigend. Er lächelte, ich lächelte zurück, in mein Herz zogen, zumindest versuchsweise, Versöhnlichkeit und Harmonie ein. Aber kaum hatten wir den Salat aufgegessen, wußte er mich aufs neue (und nachhaltig) zu irritieren.

»Ihr habt doch ein Badezimmer?« fragte er nämlich.

»Ja«, sagte ich, »selbstverständlich. Durchs Vorzimmer links.«

»Fein«, sagte er und streifte den Königsmantel ab, »hast du etwas dagegen, wenn ich bade? Weißt du, ich hab mich seit Wochen nicht richtig gereinigt.«

»Naja«, sagte ich, »wenn du willst... fühl dich wie zu Haus.«

Das tat er ohnehin. So schnell konnte ich gar nicht schauen, da saß er schon in der Wanne.

In der Hoffnung, er würde bis zu Susis Rückkehr wieder draußen sein, brachte ich ihm zwei frische Handtücher aus dem Schrankraum und wollte mich zurückziehen.

Er aber sprach: »Bleib da.« Und plätscherte im Wasser.

Wußte er, was er tat? – Ich weiß es nicht.

Auf der Waschmaschine sitzend, die neben der Wanne stand, versuchte ich, seinen Körper nicht zu beachten.

Nur aus den Augenwinkeln sah ich seine behaarte, auf den ersten Blick sehr männliche Brust und ein (immer noch vom Fußballspielen?) zerschrammtes Knie. Was unter dem Wasserspiegel lag, war nur trübe und, da er sich eifrig einseifte, bald überhaupt nicht mehr sichtbar.

Und doch fiel mir etwas auf, das ich im Grunde (wo?), in den Tiefen meiner Seele (ach!) schon gewußt hatte. Unter der in den Jahren des Heranwachsens erworbenen und jetzt durch den Vollbart, den er sich hatte stehen lassen, noch überbetonten Männlichkeit verbarg sich etwas anderes. Das kam zum Beispiel zu Tage, wenn eins seiner Beine auftauchte. Wie schmal doch die Unterschenkel waren, wie zerbrechlich die Knöchel und vor allem: wie er den Rist durchstreckte!

Einen Moment lang dachte ich, er mache sich über mich lustig, spürte, wie mir (wohl auch vor Zorn) das Blut zu Kopf stieg. Er aber schien das, fast zärtlich mit sich selbst beschäftigt, nicht zu bemerken. So hatte mein Blut Gelegenheit, wieder zu sinken. Doch kaum war mein Kopf wieder kühl, sprach er ungefähr folgendes:

»Schon merkwürdig, nichtwahr Engelbert, so ein Körper. Da liegt er und tut ganz einfach, als wär er ich selbst. Und manchmal, tatsächlich, glaub ich ihm das beinah. Liebe ihn wie mich selbst, hasse ihn wie mich selbst, fühl mich ihm zum Verwechseln ähnlich. So klein hab ich ihn gekannt, so groß ist er geworden, da merkt man, wie die Zeit läuft. Aber die Zeit, ist zu hoffen / zu fürchten, läuft weiter. So jung hab ich ihn gekannt, so alt werd ich ihn möglicherweise kennenlernen. Glaubst du, ich werde mich in ihm wiedererkennen?

Siehst du, ich hab ein ganz gutes Verhältnis zu ihm. Das war nicht immer so, du weißt es, es hat Zeiten gegeben, da hat er mir nicht gepaßt. Zu zaghaft, zu zart ist er mir gewesen, zu weich, zu wehleidig. Wenn ich ihn mit anderen verglichen habe, habe ich mich für ihn geniert, am liebsten hätte ich ihn verleugnet. Nun, das ist längst vorbei, jetzt paßt er mir gut. Manchmal bin ich sogar ganz schön stolz auf ihn. Und warum nicht? Ich hab ihn trainiert. Ich hab an ihm gearbeitet. Ich kann ihn leiden, vielleicht zu sehr, er wird mir zur Freude. Ich lasse ihn Lust empfinden – oder läßt er mich? Ich lasse auch andere Lust empfinden durch ihn. Ich lasse ihn lieben – aktiv und passiv, das ist eine große Bestätigung. Und zeitweilig eine große Verführung – für mich und für andere.

Ja, Bertl, so ist es doch! Warum schaust du so? Ich fühle mich wohl in meiner Haut und gebe es zu. Ich bin narzißtisch – ich steh vor dem Spiegel und mag mich. Aber ich weiß, das ist nur ein Teil der Wahrheit.

Dieser Körper, in dem ich lebe, das bin nicht ich. Ich meine: nicht endgültig: wenn man bedenkt, daß in einem Zeitraum von sieben Jahren sämtliche Zellen ausgetauscht werden... Wir werden und vergehen, na schön, aber warum genügt uns das nicht? Und was ist endgültig? Der Leichnam, den wir unser Leben lang produzieren und letzten Endes abgeben? Das kann doch nicht alles gewesen sein, denken wir – denken wir das nur aus Eitelkeit? Und wenn es nicht alles sein *soll*, was tun wir dagegen? Dieser Körper des Todes, sagt Paulus und will ihn schon los sein – aber dieser Paulus war, wenn du mich fragst, ein Nekrophiler. Anderseits hat er den toten Jesus, den er geliebt hat, auferstehen lassen – und zwar wohlgemerkt im Fleische.«

Mit diesen Worten stand Pepi auf und begann sich zu duschen.

Und dann sperrte Susi, verfrüht, wie mir schien, an der Tür.

»Hallo, Bertl!« rief sie, »bist du im Bad?«

»Ja«, rief ich, »das heißt nein« (ihr vorsichtshalber entgegeneilend) – »du, rat einmal, wer da ist.«

Ich möchte das Wiedersehn zwischen Susi und Pepi nicht ausführlich schildern. Man kann es sich vorstellen, denke ich – oder doch nicht? Vielleicht sollte ich anmerken, daß mich zumindest Susis erste Reaktion auf Pepis Wiederauftauchen überraschte. Das heißt, sie war – oder gab sich – kaum überrascht. Die Nachricht, daß Pepi in der Badewanne saß (beziehungsweise zu diesem Zeitpunkt, sich duschend, schon stand), nahm sie unfaßbar gefaßt auf. Ging in die Küche, löffelte zwei kleine Berge Kaffeebohnen in die Kaffeemühle, begann sie zu mahlen. Mag sein, daß sie etwas geräuschvoller rieb als sonst, aber vielleicht bildete ich mir das nur ein. »Frag den Pepi, ob er mit uns Kaffee trinkt.«

Später dann, als wir in trauter Dreisamkeit auf dem Balkon saßen und eben jenen Kaffee tranken (keine gute Idee übrigens nach dem Salat!), erklärte sie das Rätsel ihrer erstaunlichen Contenance. Obwohl gerade diese Erklärung auch ein Grund hätte sein können, aus der Fassung zu geraten. Übrigens stieg ein eigelber Mond in den laublauen Abend. »Ich habe«, so Susi, mit nunmehr lunarischen Augen, »ich habe gestern geträumt, daß du in der Badewanne sitzt – so werden Träume wahr.«

Pepi nahm das listig lächelnd zur Kenntnis. »Jaja«, sagte er, »es gibt Wahrträume, aber die Wahrheit hat manchmal mehr Schichten, als man glaubt. Stimmt: in gewisser Hinsicht ist dieser Traum hiemit in Erfüllung gegangen. Aber wer weiß, wie ihn der ägyptische Josef gedeutet hätte, ganz zu schweigen von Freud.«

Diese Bemerkung berührte mich unangenehm. Das heißt, was mich eigentlich störte, waren meine eigenen Assoziationen. Beim ägyptischen Josef mußte ich an brache und fruchtbare Jahre denken, was meine Seele – ich wußte damals erst halb, warum – in leise Schwingungen von Schuldbewußtsein und Angst versetzte. Und die Erwähnung Freuds, so naheliegend sie war, erschien mir in diesem Zusammenhang als Zynismus.

Pepi aber ließ es damit noch nicht gut sein. Im Gegenteil: offenbar war er bei seinem augenblicklichen Lieblingsthema. In Frankreich hatte er angeblich »alles von Freud« gelesen. Dazu das meiste von Jung. Und vieles von Reich. Sicher, er hatte so manches davon schon gekannt. Aber jetzt las er nicht nur, sondern lebte darin. Und wie so oft, wenn er las, fand er *sich* bestätigt. Diese Patriarchen der psychoanalytischen Schulen hatten anscheinend nur geschrieben, was er sich auch ohne ihre Lektüre längst gedacht hatte. Vor allem Reich, der gerade in Mode war. »Kennst du«, fragte er Susi, und ich fand es bezeichnend, daß er diese Frage an sie, nicht an uns richtete, »die Funktion des Orgasmus?« – »Kennst du das Land, wo die Zitronen blühn?« zitierte ich sarkastisch, aber mein Sarkasmus wurde nicht gewürdigt. »Das mußt du lesen«, sagte Pepi zu Susi.

»Übrigens«, sagte er, kurz bevor er ging noch einen Effekt setzend, nach wie vor zu ihr, »habe ich dir ja auch was mitgebracht. Nicht nur dem Bertl, natürlich auch dir, fast hätt ich's vergessen.« Ich glaubte ihm nicht. Aber kam es darauf an, was *ich* glaubte? Aus dem Futter seines Königsmantels, mit dem er sich inzwischen wieder drapiert hatte, zog er eine selbst im Mondlicht apart damit kontrastierende Türkiskette und legte sie Susi um den Hals. Die Geste, mit der er das tat, und die Miene, mit der sie das Präsent entgegennahm, waren mir schwer erträglich. Ich wandte mich ab, sah aber trotzdem noch, wie sie die Augen schloß, als er ihr den Verschluß im Nacken zuschraubte. Ungefragt erwähnte er, daß er nicht wieder zu seinen Eltern gezogen sei, sondern vorläufig in ein Hotel in der Nähe des Westbahnhofs. Dann ging er wirklich. Und meine Frau streichelte gedankenverloren die blauglänzenden Steine.

Von da an suchte uns Pepi öfter heim. Er kam häufig, ohne sich angekündigt zu haben, aber selten kam er unerwartet. Zumindest Susi, hatte ich den Eindruck, erwartete ihn ständig. Und auch mir, muß ich zugeben, ging etwas ab, wenn er nicht da war. Obwohl er mich, wenn er da war, meistens nervte. Seine kokette Männlichkeit, dieses Posieren im Bewußtsein der Wirkung, die er erzielte, ärgerte mich. Trat diese Wirkung bei Susi zutage, so fraß sie mir, bei aller Einsicht in die Genesis unserer Bindung, am Herzen. Und trat sie bei mir zutage, so brachte sie meine Seele durcheinander, obgleich ich ja drauf und dran war, mir einzugestehen, woher sie in diesem Fall rührte.

Dazu kam, daß P. P. ständig Themen im Munde führte, die mir wie Anspielungen auf diese unsere Situation vorkamen. Wobei man anmerken muß, daß diese Themen damals in der Luft lagen. Wir hatten so manches verschlafen, Susi und ich. Aus guten Gründen. Die ließ Pepi Zeitgeist nicht gelten.

Er fühlte sich nicht nur berechtigt, sondern geradezu berufen, uns aufzuwecken. Und zwar mit dem amüsierten Sadismus des Frühaufstehers, der die Langschläfer, am Rand des Bettes sitzend, mit gewissermaßen wiegenden Bewegungen nichtsdestoweniger wachrüttelt. Über die allgemeine Problematik der Zweierbeziehung referierte er, als wäre ihm die besondere der unseren nicht bewußt gewesen. Und daß er in Zusammenhang mit der Befreiung und Ehrlichkeit, welche die Lösung oder Sprengung partnerschaftlicher Besitzverhältnisse (»Der Kapitalismus in uns«, sagte er, »ist, unabhängig davon ob Huhn oder Ei, jedenfalls der, mit dessen Überwindung wir unmittelbar anfangen können ...«) mit sich bringen sollte, auch immer wieder auf eine Befreiung bislang unterdrückter sexueller Wünsche zu sprechen kam (»Alles ist gut, insofern es Spaß macht, man muß nur ein unverkrampftes Verhältnis dazu finden ...«), erschien mir zuweilen wie der blanke Hohn.

Trotzdem ließ ich mir Pepi als Hausfreund gefallen. Warum? Nun zuallererst war er ja *mein* Freund – das in gewissen, spannungsreichen Gesprächen mit Susi zu erwähnen, konnte ich, in dem Bestreben, auch mir selbst gegenüber gerecht zu sein, nicht umhin. Anderseits: von wegen Gerechtigkeit ...: daß Susis und seine Wiederannäherung ihre Berechtigung hatte, und zwar sowohl in dem, was zwischen ihnen, ihr und ihm, gewesen, als auch in dem, was zwischen uns, ihr und mir, eben nicht war, das Wissen darum konnten wir, auch wenn wir's einander eher spüren als hören ließen, kaum verleugnen. Außerdem glaubte ich damals noch etwas verhindern zu können. Das heißt, ich glaube, daß ich das damals noch glaubte. Zurückblickend (aber wie weit liegt das nun schon zurück!) versuche ich meine damalige Motivation zu durchschauen. Besser Pepi als unser gemeinsamer Hausfreund, dachte ich wohl, denn als Susis alleiniger Freund außer Haus – ich war, trotz allem, naiv.

Apropos außer Haus – natürlich spielte sich nicht alles (auch nicht alles, woran ich beteiligt war) in unseren vier Wänden ab. Pepi verschleppte uns beispielsweise ins Café Savoy, ein Lokal, das so häßlich war, daß man es, zumindest in den Kreisen, die dort verkehrten, schon wieder schön fand. In meiner Erinnerung kann ich es kaum sehen, weil es so verraucht ist. Mit einem gewissen Globi, der, wie Pepi behauptete, sozusagen dort wohnte und auch so aussah, diskutierten wir die Kulturrevolution in China. Weil das Susi sichtlich imponierte, lotste uns Pepi noch tiefer in den Underground. In einem Keller, der, zumindest nach der dort gestockten Luft zu schließen, immer noch von den

Erdäpfeln träumte, die einst in ihm gelagert worden waren, tagte beziehungsweise nachtete ein sogenanntes Theaterworkshop. Da entwickelte ein schwaches Dutzend intellektueller Grottenolme, soviel ich mitbekam, das Konzept eines Stücks, das nur ein einziges Mal aufgeführt werden sollte, ja konnte. Arbeitstitel: ›Selbsterkenntnis‹ – durch zwei getrennte Eingänge eingelassen, würden einander, nachdem sich die Vorhänge (möglichst viele) gehoben respektive (das betraf den eisernen) gesenkt hätten, zwei perplexe Publikumshälften gegenüber sitzen. Meiner Gattin imponierte auch das. In Pepis Bude, einer Küche-Kabinett-Wohnung, die er inzwischen gemietet hatte, rauchten wir Hasch oder Marihuana, für mich kein Unterschied. Während Susi prompt eine ›Optik‹ bekam und – falls man ihren Worten Glauben schenkte – nie zuvor gesehene Farben sah, ja sogar eine schillernde Seifenblase, die zur Decke des Raums stieg und – wenn ich recht verstanden habe – wie der Stern von Bethlehem über Pepis Hochbett anhielt, sah ich nichts, als den – aus am nahen Brunnenmarkt ›organisierten‹ Obstkisten aufgetürmten – ›Bücherschrank‹ mit einer wirklich beachtlichen Sammlung psychoanalytischer Literatur und, wenn ich die Augen hob, die Sprünge und Risse an der Decke. »Kein Wunder«, belehrte mich Psychopepi, »du sperrst dich.«

Ich sperrte mich. Ja. Das war auch mein gutes Recht. Ließ mir, auf diese Feststellung legte ich Wert, nicht alles einreden, aufschwatzen, was Pepi gut fand. Je kritikloser Susi, wie ich ihr, bei aller taktisch gebotenen Zurückhaltung, immer deutlicher vorwarf, mit Pepi übereinstimmte, desto kritischer wurde mir zumut. Während die zwei sich, immer unverhohlener, auch körperlich einander annäherten, bei gemeinsamen Spaziergängen (Belvedere) und Ausflügen (Kahlenberg) eines des anderen Hüfte umschlingend, distanzierte ich mich, physisch und psychisch, meist einige Meter hinter ihnen her oder – seltener – voraus gehend.

So lagen die Dinge, als dieser Film wieder anlief. Er war schon sieben Jahre zuvor gelaufen, eine Frist also, in der wir, nach Pepi, aufgrund des totalen Zellenaustausches alle nicht mehr dieselben, sondern bestenfalls die gleichen waren, aber er wollte ihn trotzdem noch einmal sehen, und vor allem fand er, daß wir, Susi und ich, ihn unbedingt sehen müßten. Wie sich herausstellte, sah er ihn nicht nur zum zweiten, sondern sogar schon zum dritten Mal. Denn anläßlich seines Aufenthalts in Frankreich hatte er sich »natürlich«, wie er betonte, die Originalfassung nicht entgehen lassen. Nicht nur aus Oppositionsgeist gab ich mich skeptisch. Meine Abneigung gegen die nun nicht mehr ganz so neue ›Neue Welle‹ stammte, ich habe das, glaube ich, erwähnt, schon aus der Zeit, wo die Welle wirklich noch neu war. Was ich bisher davon gesehen hatte, dem hatte ich – und vermutlich lag das nicht nur an mir – kaum folgen können. Aber darüber hinaus verspürte ich gegen speziell diesen Film einen – man kann's nicht anders definieren – geradezu instinktiven Widerwillen.

Vielleicht war's der Untertitel, der mich gewissermaßen vorwarnte. ›Eine reine Liebe zu dritt‹ – das konnte doch nicht gutgehen. Und wie sich herausstellte, ging es ja auch nicht gut. Weder im Film noch in unserer Realität. Überraschenderweise konnte ich der Handlung dieses Films sehr wohl folgen. Aber deswegen gefiel er mir auch, nein erst recht nicht. Jules und Jim waren gute Freunde, bis sie Catherine kennenlernten. Danach blieben sie auch möglichst gute Freunde, aber in ihre Freundschaft war ein Problem geraten, das sie im weiteren Verlauf ihrer tragikomischen, nein eher komischtragischen Geschichte nicht bewältigten. Nun war das, so heiter sich der Film anließ, von vornherein abzusehen. Die Heiterkeit war nicht wirklich leicht, sondern melancholisch beschwert, wie das Lächeln der die weibliche Hauptrolle spielenden Jeanne Moreau. »Nein, melancholisch«, sagte ich, »ist nicht das richtige Wort. Ihr Mund ist nicht süß, sondern bitter, das schmeckt mir nicht. Hingegen scheint *sie* diese Bitterkeit noch zu genießen.« – »Das ist ja gerad das Subtile an ihr«, schwärmte Pepi. »Dieses archaische Lächeln, das Lächeln des Schicksals!« – »Ach so?« fragte ich, »jetzt gefällt dir das Schicksal auf einmal?« – »Und *dir*«, sagte Pepi, »gefällt es auf einmal *nicht*?« – »Das ist etwas anderes!« sagten wir beide im Chor. »Offenbar etwas anderes«, sagte ich, »ob du es männlich verkörpert siehst oder weiblich!« – »Offenbar etwas anderes«, sagte er, »ob du es selber beschwörst oder wer anderer!« – »Das«, protestierte ich, »ist ein Mißverständnis. Meine ›Fluchtversuche‹, schon lang hab ich dir das sagen wollen, sind nämlich gar nicht so schicksalsergeben, wie du glaubst. Am Schluß ist sehr wohl ein Ausweg in Aussicht gestellt.« – »Ahja?« sagte Pepi, »den sieht man aber nur mit einem sehr guten Fernrohr.«

Das hätte er nicht sagen sollen. Das traf mich tief. Susi, wie konnte es anders sein, war ganz seiner Meinung. Zu allem Überfluß bemühte sie sich noch dreinzusehen wie Jeanne Moreau. Was mich, obwohl es ihr mangels auch nur entfernter Ähnlichkeit nicht gelang, erst recht verägerte. »So wie die«, sagte ich, »wirst du doch niemals ausschaun!« Das verstand sie, wie sich gleich zeigte, dermaßen falsch, daß ihr Mund, mich Lügen strafend, für einen Augenblick, klein und bitter, tatsächlich dem der Jeanne Moreau glich. »Sei doch froh«, wollte ich noch sagen, »daß du nicht so ausschaust wie die!« Aber das hörte sie nicht mehr, sondern rannte – sie trug damals, Pepi zuliebe, der sie so kennengelernt hatte, wieder einen Roßschweif – wie ein scheu gewordenes Pferdchen davon.

Nun war das gewissermaßen ein Filmzitat. Denn Catherine war, wegen einer Nichtigkeit, die ich spätestens in diesem Moment geschockt vergaß, gestartet und in die Seine gesprungen. Wir hatten hier zwar keine Seine, aber immerhin den Wienfluß. Der, wie mir einschoß, noch dazu so seicht war, daß Susi sich, wenn sie tatsächlich auf die verrückte Idee kam, hineinzuspringen, wahrscheinlich zu Tod sprang. Sie hatte sich ins Gebüsch geschlagen, war nicht mehr zu sehen. Man sah auch nicht weit, es war Nacht, und die Lichtkegel der Laternen reichten nur wenige Schritte. Wir schauten einander an, Pepi und ich, dann trennten wir uns ohne weitere Absprache. Ich lief rechts, er lief links, dann sahen auch wir uns für diesen Abend nicht mehr.

Später habe ich oft überlegt, ob das alles ein Trick war. Nicht abgekartet gerade, aber unter gewiefter Ausnützung der Situation gegen mich Tölpel angewandt, zumindest von Pepi. Mit bis in den Hals und die Schläfen pochendem Herzen hetzte ich durch den nächtlichen Park, scheuchte Enten und Schwäne aus dem Schlaf, keuchte, schon sehr außer Atem treppab gestolpert, am Fluß entlang. Der stank friedlich vor sich hin, keine zu bergende Susi weit und breit, weder tot noch lebendig. In den Park zurückgekehrt rief ich so laut wie lächerlich nach ihr und Pepi, sie antworteten mir nicht. Endlich kühler kombinierend, wodurch ich jedoch erst recht in Hitze geriet, pirschte ich mich an ein auf einer Bank schmusendes Liebespaar heran, aber es war das falsche. Wo das richtige war, wußte ich nicht, wahrscheinlich – wenn das Fleisch beziehungsweise der Geist über ihn kam, fuhr der Prophet meistens mit dem Taxi – längst in ein Taxi gesprungen und Richtung Brunnenmarkt gefahren. Als Susi gegen drei Uhr früh nach Hause kam, legte sie sich jedenfalls kommentarlos zu mir ins Bett, in dem ich nicht hatte einschlafen können, und liebte mich vehement.

In dieser Nacht ist womöglich Sascha entstanden. Sascha ist unser Sohn, doch wenn ich schreibe, *unser* Sohn, wessen Sohn ist dann gemeint? Susis Sohn, soviel ist wenigstens sicher. Was aber die Vaterschaft betrifft, so habe zumindest ich meine Zweifel.

Und habe sie gleich vom ersten Tag an gehabt. Ich meine den ersten Tag, an dem er sich bemerkbar machte, genaugenommen einen Abend. Wir waren, wieder zu dritt, im Atlantis, einem inzwischen, gleich dem Kontinent, nach dem es benannt war, untergegangenen Folklokal. Der auf der Bühne sang, war zwar nicht Donovan, bemühte sich aber, wenigstens so zu klingen, wenn er schon nicht so aussah. Plötzlich wandte sich Susi, bis dahin ganz Ohr, mit auffallend weißer Nase von diesem Pseudodonovan ab und mir zu. »Du, Bertl«, sagte sie fast ohne Sound, »mir ist schlecht.« Hatte es etwas zu bedeuten, daß sie sich in ihrer Not an mich, nicht an Pepi wandte? Auf der Treppe, die ins Freie führte, wurde ihr schwindlig, ich fing sie auf und trug sie, erstaunt über meine Körperkraft, nach oben. Gemeinsam (im Taxi) brachten wir sie nach Hause. »Es ist schon besser«, sagte sie, als wir sie aufs Bett legten, schloß die Augen und schlief ein. Pepi und ich setzten uns ins Zimmer und stärkten uns mit Cognac. »Sie ist schwanger«, sagte ich (einmal *ich* der Prophet). »Na gratuliere«, sagte Pepi.

Hier suchte etwas lang Aufgestautes nach einem Ventil. Allerdings dringend, denn ich fand keine Worte. Aggressionsgehemmt, wie ich bin, schüttete ich P. P. nur den Inhalt meines Cognacglases ins Gesicht. »Nanu«, sagte er und wischte sich, nicht zureichend beeindruckt, mit dem Hemdärmel ab, »was hast du gegen mich?«

Ich erklärte ihm, was ich gegen ihn hatte. »Ich bin ein langmütiger Mensch«, sagte ich, »ich habe, unserer zugegeben subtilen Situation eingedenk, gute Miene zum bösen Spiel gemacht, aber was zu weit geht, geht zu weit.«

»Du spinnst«, sagte er, »wenn sie wirklich ein Kind kriegt, ist es nicht von mir. Hingegen hast du ja eben selbst gesagt, daß ihr in dieser fragwürdigen Nacht damals ...«

Was sollte ich tun? Mein Cognacschwenker war leer. Ich füllte zwar nach, aber trank lieber, statt zu schütten.

»Und wieso bitte«, fragte ich, »bist du so sicher ...?«

»*Wenn* ich«, sagte er und führte in der Pause nach diesem Wenn sein Glas mit impertinent abgespreiztem kleinen Finger an die Lippen, »wenn ich in dieser Nacht tatsächlich mit deiner Frau geschlafen hätte, so hätte ich – wie auch sonst immer – aufgepaßt.«

Wie auch sonst immer! Sollte ich Pepi würgen? Aber was hätte mir seine Leiche genützt? Ja, ich gebe zu, Pepi, wo immer du jetzt bist, nun kann ich dir's ja gestehen, ich habe manchmal geträumt, ich habe dich umgebracht. Aber ich habe es nicht getan, und jetzt, mein Bester, verhelfe ich dir sogar zum Weiterleben.

Trotzdem wär's mir lieber – und sei es der Ordnung halber – zu wissen, ob Sascha der Sohn des Propheten ist oder der Sohn des Prophetenbiographen. Oder (aber die Wissenschaft hält diese Möglichkeit, so viel ich weiß, für sehr unwahrscheinlich) tatsächlich die Frucht einer, wenn auch keineswegs reinen, Liebe zu dritt. Ihm selbst ist das allerdings, glaube ich, ziemlich egal. »So what«, würde er vermutlich sowohl auf die eine als auch auf die andere Potenz angesprochen, sagen – wir waren ihm beide keine guten Väter.

»Warum willst denn eigentlich *du* nicht der Vater sein?« fragte mich Pepi.

»Was heißt da, ich will nicht?«

»Naja«, sagte Pepi, »es scheint so.«

»Du hör einmal«, sagte ich zwischen den Zähnen, »jetzt reicht's!«

»Nein, nein«, sagte er, »im Ernst – vielleicht projizierst du.

Es wäre doch möglich« – mit diesen Worten lehnte er sich im Fauteuil zurück, und wäre die Couch nicht im anderen Zimmer gestanden, so hätte er mir wahrscheinlich empfohlen, mich in entspannter Haltung draufzulegen – »es wäre doch möglich, daß du die Vaterrolle, die du aus Gründen, die man noch finden könnte, ablehnst, auf mich abzuwälzen versuchst, nicht wahr? Laß mich ausreden, daß du dich gegen diese Interpretation wehrst, ist naheliegend, spricht aber nicht gegen ihre Richtigkeit. Im Gegenteil, fast, will mir scheinen, ist's ein Beweis. Im übrigen wehrt sich der Patient in der Anfangsphase der Analyse immer gegen seinen Analytiker.«

»Aber du bist nicht mein Analytiker!« schrie ich. Aufspringend wies ich ihm mehr oder minder die Tür. »Du bist überhaupt kein Analytiker, hörst du, wirst nie einer sein!« – »Das würde ich«, warnte Pepi, »nicht vorschnell sagen.«

Dieser Worte sollte ich mich erinnern (oh, wie ich mich dieser Worte erinnern sollte!). Einige Wochen später nämlich – Susi war inzwischen beim Arzt gewesen, der sie auch offiziell für schwanger erklärt hatte – wurde ich von einem Verein oder Verband Österreichischer Jungbuchhändler angerufen und zu einer Autorenlesung aus meinem demnächst erscheinenden Buch gebeten, was mich natürlich ehrte. Ich fühlte mich, wie man sich denken kann, damals gerade nicht besonders vom Glück verfolgt. Immerhin, dachte ich, wenigstens auf diesem Gebiet eine kleine Bestätigung.

Versöhnlich gestimmt, lud ich Pepi, den zumindest ich seit jener nächtlichen Auseinandersetzung nicht mehr gesehen hatte, nebst einigen anderen Bekannten ein. Das heißt, um ehrlich zu sein, das Motiv war nicht nur Versöhnlichkeit. Bestätigung an sich war schön, eine von Pepi zur Kenntnis genommene Bestätigung dachte ich mir noch schöner. Er sollte nur endlich sehen, mit wem er es zu tun hatte.

Der Leseabend verlief auch gar nicht so übel. Nach eher ratlosen Mienen am Anfang machte das Publikum, wie mir vorkam, allmählich eher betroffene Nasenlöcher. Der Text war, der damaligen Manier und dem damit konformen Formwillen des Lektors entsprechend, ein bißchen jenseits konventionell-kommunikativer Sprachmuster. Aber obgleich es mir demzufolge manchmal selber schwerfiel, zu verstehen, was ich ursprünglich gemeint hatte, schien seine wahre Bedeutung zumindest den Jungbuchhändlern, einer versierten Minorität, nach und nach zu dämmern. Auch Pepi, der zu Beginn mit Susi geflüstert und mich dadurch einige Male zu verbalem Stolpern gebracht hatte, spitzte ab und zu die Ohren. Besonders die Stelle, an der Hamlet (eigentlich Hölderlin) im Turm zu Helsingör (eigentlich zu Tübingen) im Kreis geht und dann wie Tityrus (eigentlich Gide) aus dem Fenster blickt, angesichts der Radieschenbeete respektive Sümpfe seiner eigenen Eingeschlossenheit innewerdend, schien ihm zu gefallen. Jedenfalls lächelte er verständnisinnig. Und als ich, vielleicht etwas abrupt, geendigt hatte, war er, nach einer doch etwas peinlichen Stille, der erste, der applaudierte.

Nachher saßen wir, von der ›Alten Schmiede‹, wo die Veranstaltung stattgefunden hatte, in ein nahegelegenes Gasthaus übersiedelt, zusammen und diskutierten. Das tat mir gut: ich, mit Susi an meiner Seite, im Kreis der Jungbuchhändler, die sich für mich und mein Werk interessierten, der Mittelpunkt des Abends. »Warum schreibst du eigentlich?« fragte einer und: »Ich würde sagen, aus existentieller Notwendigkeit, nicht wahr?« antwortete an meiner Stelle ein anderer. »Da steht allerdings die Frage im Raum –« begann ein dritter, aber in diesem Augenblick ging die Tür auf, und im Raum stand Pepi.

Er war nicht gleich mitgegangen, weil er, wie er gesagt hatte, noch telephonieren mußte. Schon hatte ich teils gefürchtet, teils gehofft, daß er nicht mehr käme. Jetzt aber war er da und tauchte unter dem Tisch durch, um auf die andere Seite Susis zu gelangen. Man müsse das alles auch in Hinblick auf seine gesellschaftliche Relevanz hinterfragen, versuchte der zuletzt am Wort gewesene Jungbuchhändler seinen Gedankengang fortzuführen. Aber Pepi, der sich beharrlich neben Susi und ihren bisherigen Nachbarn zur Linken quetschte, lenkte, das eben war sein Talent, die allgemeine Aufmerksamkeit auf sich. »Wer bist denn *du*?« fragte Jungbuchhändler Numero vier. »Den kennt ihr nicht?« sagte ich, »das ist Pepi Prohaska, der berühmte Psychotherapeut!« In diesem Moment bildete ich mir ein, überlegen zu sein, zumindest ein Bonmot geliefert zu haben. Aber ach! Mein Zynismus kam nicht als solcher an und richtete sich, was allerdings nur ich abschätzen konnte, postwendend gegen mich. »*Was* bist du? Psychotherapeut?« raunte es nämlich in der Runde: »Kann man bei dir eine Therapie machen?« – »Klar«, sagte Pepi leutselig locker, »das kann man.« – »Was verlangst du denn für die Stunde?« erkundigten sich die Jungbuchhändler. »Naja«, sagte Pepi, »das bestimme ich nach Maßgabe der Möglichkeiten, unter Umständen akzeptiere ich auch Bezahlung in Naturalien.«

Ich hielt das noch immer für einen Witz und lachte. »Ha-ha!« lachte ich, aber niemand nahm das zur Kenntnis. »Wann können wir kommen?« fragten die Jungbuchhändler. Und Pepi, der Praktische, zückte seinen Kalender.

Mir verschlug es die Rede und jeglichen Einwand. Ich hätte diese Jungbuchhändler und bisher nicht eigens als solche hervorgehobenen Jungbuchhändlerinnen, die nichtsdestoweniger dabei (und sogar in der Überzahl) waren, vor Pepi warnen sollen. Daß ich es nicht tat, dafür habe ich nur eine Entschuldigung: Fassungslosigkeit. So wurde Pepi zum Alternativtherapeuten.

Trotz allem nahm ich das zu Anfang nicht ernst. Zwar war ich verstimmt über sein Verhalten an diesem Abend, denn schließlich wäre es *mein* Abend gewesen, aber daß er Termine für psychotherapeutische Sitzungen notierte, hielt ich (es war Juni) für einen verspäteten Aprilscherz. Auch als er, nach einem verdächtig langen Intervall, in dem sich Susis Leib rundete, fast bin ich, mir unsere damalige Verfassung vergegenwärtigend, versucht zu sagen: endlich, mir scheint im November, wieder bei uns hereingeschneit, von seinen Patienten sprach, die ihm nun, so drückte er sich aus, die Tür einrannten, glaubte ich weiter an einen Witz. Doch Pepis Witze, falls es wirklich welche waren, reichten, wie sich später noch öfter weisen sollte, über den verbalen Bereich hinaus.

»Du wirst doch nicht im Ernst behaupten wollen«, sagte ich, da er sich nicht von diesem Thema ablenken ließ, »daß du diese Jungbuchhändler ...«

»Doch«, sagte Pepi, »ich therapiere sie.«

Lächelte / schmunzelte / grinste er bei diesen Worten? – Ich glaube kaum. Höchstens war das Gesicht, das er dabei zeigte, etwas spitz gegen den Mund zu, aber vielleicht hatte er abgenommen.

»Aber das kannst du doch nicht!« protestierte ich.

»Warum denn nicht?« sagte er. »Wenn sie an mich glauben, kann ich es ebensogut wie jeder andere. Das heißt, ich kann's besser, ja. Ich weiß und ich fühle ...«

»Was weißt du? Was fühlst du?«

»Es geht eine Kraft von mir aus!«

Nun entstand eine Pause, in der Susi, die, ihrer Kreuzschmerzen halber, auf die Couch gebettet lag, mit extrem in den Nacken gebeugtem Kopf an seinen Lippen hing, die gar nichts sagten – ein Anblick, der mir weh tat.

»Und«, fragte ich schließlich vor allem, um diese Pause zu beenden, »wie hältst du's jetzt wirklich mit der Bezahlung? – Was hast du gemeint mit Naturalien? Bücher?«

»Auch«, sagte Pepi.

»Auch?« fragte Susi. »Was noch?«

Hier formte er sein Gesicht womöglich noch spitzer.

»Nun«, sagte er, »bekanntlich entstehen gewisse Beziehungen zwischen Therapeuten und Therapierten. Negative und positive Übertragung hat das der alte Freud genannt. Letztere ist, wenigstens in gewissen Fällen, nicht unangenehm.«

»Aber genau diese nicht unangenehme Empfindung«, wandte ich aufgeregt (oder muß ich sagen er-regt?) ein, »hat doch Freud für den Therapeuten tabuiert!«

»Ja«, sagte Pepi. »Das war sein Fehler. Er war ein

Bürger. Bestimmte Grenzen hat er nicht überschritten. Er hat die Bedingungen gewußt, aber die wichtigste Konsequenz gescheut.«

War das Zynismus? Er hielt seine Augen weit offen. Schaute uns nicht an, aber ließ uns hineintauchen – man kam nicht auf den Grund. »Der Opa hat sich verweigert«, fuhr er dann fort. »Ich frage: tatsächlich zum Besten seiner Patienten? Ich antworte: nein: denn was fehlt denn den meisten? Liebe! Und was hat Jesus gesagt, und was singen die Beatles? Liebe, Liebe, Liebe und noch einmal Liebe! Ein Therapeut, der seine Patienten nicht liebt, ist ein schlechter Therapeut!«

»Du willst also wirklich sagen«, eiferte ich, »daß du, als sogenannter Therapeut, aus der Abhängigkeit deiner sogenannten Patienten Profit schlägst?«

»Was heißt da Profit?« – bei diesem Wort brachte er wirklich einen Tonfall heiligen Zorns zustande. »Profit aus der Abhängigkeit, von der du da sprichst, den schlagen die andern! Nämlich die klassischen Therapeuten, die keine Liebe geben, aber Geld nehmen, pfui Teufel!

Hingegen ich – ich opfere mich sogar auf! Überwinde meine Hemmungen, breche mit anerzogenen Tabus – ja glaubt ihr denn, das ist leicht? Als ich zum ersten Mal einen Mann therapiert hab, einen hübschen, brünetten Menschen mit Pagenfrisur nebenbei bemerkt, an den ihr euch – er ist damals schräg vis à vis gesessen – vermutlich erinnern werdet, Harry heißt er, also das hat mir zwar durchaus Freude gemacht, doch in der Nacht darauf hab ich nichtsdestotrotz gelitten. Regelrecht psychosomatische Beschwerden hab ich gehabt, Herzstechen und Schweißausbrüche – aber das nehme ich auf mich!

Und noch ein Exempel: da ist eine Frau, die mir gar nicht gefällt. Absolut nicht, was selten vorkommt – aber das gibt es. Während der ersten Sitzungen habe ich eine geradezu körperliche Abneigung gegen sie entwickelt. Ich hab sie, versteht ihr, wirklich kaum riechen können. Sie hat gerochen wie sauer gewordene Milch. Und unter uns: sie hat auch so ausgeschaut. So eine allzu weiße Haut, eine permanente Gänsehaut übrigens, mit blaßroten Druckspuren diverser Gummizüge ... Und trotzdem. Ich hab ihr gegeben, was sie gebraucht hat.«

»Du bist ein Schwein«, sagte Susi an dieser Stelle.

Sie sagte es leise, aber bestimmt und deutlich.

Pepis Nach-Frage war also überflüssig.

»Wie bitte?« – er fragte wohl mehr aus Verwirrung.

Das war nun tatsächlich eine der seltenen Situationen, in denen ich ihn, den Propheten, verwirrt gesehen habe. Doch kann ich auch sagen, eine der süßen Situationen? Nein! Solche Verwirrung paßte mir nicht zu ihm. Ein verunsicherter Pepi, ich muß es gestehen, verunsicherte auch mich.

So trat das merkwürdige Phänomen ein, daß ich, ganz gegen meine ursprüngliche Intention, das Bedürfnis hatte, dem gewissermaßen aus dem Gleichgewicht seiner Widersprüche Geratenen beizuspringen.

»Sie mißversteht mich«, sagte er, als Susi das Zimmer demonstrativ verlassen hatte.

»Ja«, griff ich ihm unter die Arme, »schon möglich, aber sie liebt dich. Daß *du* nicht nur *sie* liebst, ist schwer zu ertragen. Das kann ich begreifen.«

Was redete ich? Was gab ich mir für eine Blöße?

Und was erreichte ich? Wie dankte er mir's?

Ich half ihm in seine Balance zurück. Was tat *er?*

Jetzt lächelte / schmunzelte/ nein: jetzt grinste er wirklich.

Im Februar, fast gleichzeitig mit meinem ersten Buch, kam dann Sascha zur Welt. Und ich kann mir nicht helfen, er erinnerte mich vom ersten Augenblick an (kaum hatte er die Augen aufgetan) an Pepi. Sehr blau schaute Sascha und – ich konnte mich des Eindrucks nicht erwehren – sarkastisch. In meiner Familie haben sie braune und traurige Augen. Ich gab mir Mühe, mir nichts anmerken zu lassen, mimte, sobald ich Mutter und Kind vom Spital heimgeholt hatte, den anstelligen Jungvater. Sprang Susi in Sachen Wartung bei, fütterte, wickelte, badete meinen zweifelhaften Sohn, heimste Anerkennung, ja Lob ein von seiten meiner im Zuge der prä- und postnatalen Ereignisse leider wieder aufgetauchten Schwiegereltern. Auch sie, meine Frau, die monatelang weniger physisch als psychisch Pflegebedürftige, betreute ich, so gut ich konnte. Aber ich konnte es nicht besonders gut. War sie die ersten Monate nach der Geburt eher depressiv, was sich, um die unmittelbar praktische Problematik dieses ihres Zustands nicht zu verschweigen, ungünstig auf die Produktivität ihrer Milchdrüsen auswirkte, so daß wir (auch das meine Aufgabe) die sogenannte Muttermilchzentrale zu Hilfe rufen mußten, so war sie, ungefähr von Saschas drittem Monat an, eher aggressiv, und zwar – ich war offenbar das geeignetste Objekt dazu – vor allem gegen mich. Auch hierin, ist sehr zu vermuten, war ich Ersatzmann, was jedoch diese Rolle umso unbefriedigender machte. Der, den diese Aggression mutmaßlich eher anging, Pepi, besuchte uns nur einmal, und zwar an Saschas zehntem Tag, guten Willens, mit einem Rosenstrauß in der Hand. Da nahm die depressive Susi gewisse energische Verhaltensweisen der späteren Phase vorweg und warf die Rosen, sieben an der Zahl, zur Tür hinaus. Daß Pepi danach nicht mehr auftauchte, nahm mich nicht wunder. Obwohl ihn das, falls es nicht einfach gegen meinen Verdacht spricht, wirklich als Rabenvater ausweist. Unter diesen Umständen war unser erstes Vater-Mutter-Kind-Jahr alles andere als glücklich. Zu allem Überfluß bekam Sascha auch noch einen halben Mund voll Zähne, aber wahrscheinlich war ihm nicht nur deshalb so häufig zum Schreien. Damit nicht genug, erwies er sich auch darin zumindest dem späteren Pepi nicht unähnlich, als Nachtmensch und schrie in der Zeit zwischen 22 und 4 Uhr ganz besonders munter. Entsprechend müde war mein Unterricht an den darauffolgenden Vormittagen. Der Direktor stellte mich zur Rede, ich stand ihm unzureichend Antwort – andere Professoren hatten auch Kinder. So erfolgte die vorläufige Auflösung meines Dienstverhältnisses mit Beginn des Sommersemesters '71 in beiderseitigem Interesse. Der Brief aus Amerika war mir gleich überraschend wie gelegen gekommen. Ich wußte zu diesem Zeitpunkt ohnehin nicht mehr, wie alles weitergehen sollte. Sonst wäre es kaum meine Art gewesen, mich so schnell zu entscheiden, aber wie die Dinge lagen, konnte ein und sei es auch noch so radikaler Tapetenwechsel mir, Susi und wahrscheinlich auch dem kleinen Sascha nur guttun.

Nicht, daß man mich mirnichts dirnichts als ›Writer in Residence‹ nach Oberlin, N. Y., eingeladen hätte. Von der deutschsprachigen Kritik war mein Erstling mit abwartendem Wohlwollen zur Kenntnis genommen worden, nur ein Rezensent (allerdings jener der in diesem Bereich für bedeutendst geltenden Zeitung) hatte es als »das überflüssigste Buch, das sich überhaupt denken läßt« verrissen. Daß ein Germanist aus U. S. A., ein gewisser Larry P. Wood, schon wegen des Titels (er war ein Hamlet-Fan) einen Narren daran gefressen und – auf eigene Faust – eine Übersetzung versucht hatte, erfuhr ich erst später. Jedenfalls verdankte ich meine überraschende Einladung ihm und der Absage ganzer drei Kollegen, die sich offenbar etwas Besseres wußten. Writer in Residence, residierender Autor, darunter konnte ich mir übrigens, als ich den Brief des Dekans las, nicht viel vorstellen. Aber was immer es war, es sollte mir recht sein. Wenn es sein mußte, würde ich auch ein Jahr lang auf einem Thron sitzen, mit einem Kugelschreiber als Zepter und einem zerknüllten Manuskript als Reichsapfel. Schaden konnte meiner literarischen Produktivität, die seit Saschas Geburt aus Zeitmangel und Erschöpfung einfach aufgehört hatte, auch das nicht mehr.

In dieser Hinsicht war Oberlin sicherlich ein Erfolg. Meine Verpflichtungen hielten sich, proportional zum Interesse der Studenten an meinem Werk, in Grenzen, zum Schreiben kam ich viel. Am Ende des zweiten Semesters hatte ich das Manuskript für mein zweites Buch fertig (›Kolumbus fährt nicht ab‹, Salzburg 1973). Daß sich, während ich mich darin vergrub, der kooperative Larry meiner Frau widmete, bemerkte ich wohl, hatte aber kein wirkliches Interesse daran, es zu verhindern. Seltsam: meine potentielle Eifersucht vor Pepis Wiederauftauchen hatte sich die ganze Zeit, schien es, unbewußt auf ihn gerichtet. Jetzt, durch den immerhin zweitbreitesten Ozean der Welt von ihm getrennt, brauchte ich wenigstens ihn nicht zu fürchten. Als mir Susi am Schluß des Jahres sagte, daß sie und Sascha nicht mit mir nach Europa zurückkehren würden, tat das zwar weh, aber war ganz gut zu ertragen. »Wahrscheinlich«, sagte ich, »ist es das beste so.«

Als ich dann, von Amerika Abschied nehmend, die Freiheitsstatue hinter beziehungsweise unter mir verschwinden sah, fühlte ich mich (anderen widerfährt das angeblich bei ihrem Auftauchen, aber mir geht es in mancher Hinsicht anders als anderen) erleichtert und befreit. Und die sechs Wochen, die ich, nach meiner Landung in London, Urlaub machte, waren trotz aller Traurigkeit (eine mit dem schottischen Hochland ausgezeichnet korrespondierende Stimmung) vielleicht die angenehmsten meines Lebens. Klar, ich hatte Susi geliebt, aber nicht so, wie sie es gebraucht hätte. Und Sascha, der mir merkwürdigerweise abging, würde in Larry einen ihn weniger skeptisch betrachtenden Vater finden. Was Pepi betraf, so dachte ich viel an ihn. Aber mit einer schönen, kühlen Distanz, die ich in seiner Nähe nie zustandebrachte. Diese Distanz, ein sozusagen interesseloses Wohl- beziehungsweise Mißgefallen hinsichtlich einer, so stellte ich mir das damals vor, ein für allemal ad acta gelegten Beziehung, gelang es mir sogar die ersten Tage, ja Wochen in Wien beizubehalten. Dann aber las ich (warum nur?) den Lokalteil einer Zeitung.

»Der Diogenes vom Laaerberg« stand da unter einem Foto, auf dem Pepi, angetan mit einer Melone und einer ärmellosen Fiakerweste, ansonsten haariger, bärtiger und wohl auch etwas schattiger unter den Augen, als er mir in Erinnerung war, vor einer durch die Grobkörnigkeit des Drucks nicht ganz deutlich erkennbaren Behausung saß und – meine Phantasie ergänzte, was ich nur ungenau sah – über einem zwischen zwei in die Erde gesteckten Astgabeln spärlich brennenden Feuer irgend etwas briet. Aus dem darunter folgenden Artikel ging hervor, daß der, wie er sich selbst nannte, »freischaffende Philosoph« P. P. trotz gewisser Anfechtungen wegen der feuerpolizeilichen Vorschriften nicht beabsichtige, sein vor einigen Monaten bezogenes Domizil an der Bezirksgrenze zwischen Favoriten und Simmering zu räumen. Der Bericht (von einer Frau geschrieben) war nicht ohne Sympathie für das, so wörtlich, »sympathische Original«. Was die Behörde tun würde, blieb dahingestellt, doch schien sie sich, um sich nicht unpopulärer zu machen, als sie ohnehin schon war, vorläufig abwartend zu verhalten.

Zwei Tage später unternahm ich einen Spaziergang an die Peripherie. Nicht, daß ich meiner Absicht, Pepi zu suchen und zu finden, von vornherein sicher war, aber warum sollte ich mich nicht in der Gegend, an die mich der obenerwähnte Artikel erinnert hatte, herumtreiben? Beim Amalienbad aus der Tramway gestiegen, schlenderte ich durch die Laaerbergstraße, in der Susi zur Schule gegangen war, stadtauswärts. Das Gasthaus ›Zur Cillytant‹, in dem Pepi seine Liebesgedichte an meine spätere / frühere Frau geschrieben hatte, gab es zwar nicht mehr, aber die Neubauten waren noch kaum über den Eisenstadtplatz (eine Parodie auf Manhattan, dachte ich, mich seiner im frühen Oktobernebel vergrößerten Skyline nähernd) vorgedrungen, und danach, signalisiert durch ein Bahnübergangszeichen und schräg über die gerade Straße laufende, rostbraune Schienen, begann Pepis Reich. Nein, ich sah es damals, am Plankenzaun entlanggehend, durch dessen Astlöcher Pepi, Experte für die dahinterliegenden, nur dem Uneingeweihten unscheinbar scheinenden Schätze (Rohre nie gelegter Leitungen, Verschalungen ebensowenig gegrabener Tunnels, kabellose Kabelrollen), gern spähte, ich sah es damals natürlich noch nicht mit seinen Augen. Allenfalls sah ich den ziegelroten Block der Ankerbrotfabrik oder (dessen bin ich nicht einmal sicher), wo der Zaun unterbrochen war, die wellblechgrauen Baracken der Gastarbeiterquartiere. Die herbstlichbunten Hecken der Kleingartenanlage Urselbrunnengasse (wilder Wein) sprachen mich allerdings auch ohne Pepi an. Und die Marienstatue an der Wegbiegung zum Laaerwald zu übersehen, war ich (Erziehung ist Erziehung) nicht imstande: sie nötigte mich zu einem Kreuzzeichen.

Vom ›Böhmischen Prater‹, hatte mir Pepi, der Periphere, schon früher erzählt, doch war ich noch nie hiergewesen. Der erste Eindruck war eine Enttäuschung – die Buden waren um diese Jahreszeit geschlossen, Rollbalken neben Rollbalken, nur eine windschiefe Spielhalle, vor der einige Mopeds lehnten, gab Lebenszeichen in Form unangenehmer Automatengeräusche. In den Wirtshausgärten hatte man die Tischplatten von den Betonsockeln genommen, die nun dastanden wie Grabsteine. Da mir kalt war und die feuchtglänzende, schlecht asphaltierte Straße ohnehin nirgends mehr hinzuführen schien, betrat ich, obwohl es mir schwerfiel, meine Abneigung gegen abgestandenen Gulaschgeruch zu überwinden, eins der trübe dämmernden Lokale.

»Tag«, sagte ich – der hinter der Schank lehnende Zwerg, mutmaßlich der Wirt, gab keine Antwort, sondern verschwand. Ich setzte mich trotzdem ans Fenster und schaute hinaus auf ein hölzernes Türkenzelt, hinter dem sich wahrscheinlich ein Ringelspiel verbarg. Nach einer Weile erschien die Wirtin, nicht größer als ihr Mann, aber kompakter, weniger scheu, und stemmte die Arme in die Hüften. Noch an Amerika gewöhnt, bestellte ich einen Hamburger, sie sagte, sie hätte nur Frankfurter oder Debreczyner, Coca

Cola indes war kein Problem. Dann saß ich und hing, meine Würstel essend, meinen Gedanken nach. Bis draußen einer vorbeikam, eine Kanne in der Hand. Die Kanne war blauemailliert und an der mir zugewandten Seite etwas abgeschlagen, der Mann, der sie trug, hatte schulterlanges, dunkles Haar, das allerdings seine Hinterhauptskalotte nicht mehr ganz deckte. »Na«, sagte die Wirtin, »gellja, da schauns, des is der Verruckte.«

Also doch. Ich zahlte und ließ den Rest meines Gabelfrühstücks zurück. Etwa fünfzig Meter vom Wirtshaus entfernt war ein Hydrant, an dem stand Pepi und pumpte. Als ich mich bis auf zwei oder drei Meter an ihn herangezögert hatte, hörte er meine Schritte und schaute sich über die Schulter. »Ah, du bist es«, sagte er. »Servus, Engelbert.« (Wir hatten uns drei Jahre lang nicht gesehn).

Pepis Behausung, die ich auf dem grobkörnigen Foto nicht recht hatte ausnehmen können, war kein Faß, sondern eine abenteuerlich aus Wellblech und Baumrinde zusammengestoppelte Hütte. Er hatte sie nicht »mit eigenen Händen« (hinter ihm her gehend, sah ich nicht, ob er bei diesen in Relation zum Objekt, das sie betrafen, allzu gewählten Worten lächelte) »erbaut«, sondern einem gewissen Turl abgekauft, der sich, nach jahrelangem Widerstand gegen dieses Ansinnen durch seine anachronistische Existenz belästigter (oder zumindest sich belästigt fühlender) Anrainer, doch noch ins Altersheim hatte bringen lassen. Auch die Gemeinde hätte den Abriß der Hütte begrüßt, da der Grund, auf dem sie im Wind wackelte, einem Reihenhausprojekt, das demnächst in Angriff genommen werden sollte, wenn auch nur sehr am Rande im Weg war. Pepi, mit dem niemand gerechnet hatte, war also sowohl – er ließ diese Worte auf der Zunge zergehen – individuellen als auch kommunalen Sauberkeits- und Ordnungskomplexen in die Quere geraten und freute sich dessen.

Während einer Erklärung ungefähr dieses Inhalts stellte

er die abgeschlagene Wasserkanne hin und öffnete die mit einer Drahtschlinge verschlossene, genauer: befestigte Tür, die, kaum war sie losgebunden, schräg in den tiefen Boden des von Öltonnen eingezäunten kleinen Gartens sank. »Tritt ein, bring Glück herein«, sagte er, »aber vergiß ja nicht, dir die Schuhe abzuputzen!« Drinnen war's so dunkel, daß ich aufs erste überhaupt nichts sah, aber der neue Hausherr werkte, wie ich hörte und roch, an einer Karbidlampe. »Ja also«, sagte er, als es gelblich hell wurde, und nahm rasch die mir aus der Zeitung bekannte Melone von einem in den Türstock getriebenen Dreikantnagel, um dann, beidhändig und mit einer ironisch ritualisierten, an ihrem höchsten Punkt kurz innehaltenden Bewegung seinen Scheitel zu bedecken, »my home is my castle, wie gefällt's dir?«

Der Raum, vielleicht drei mal drei Meter im Quadrat, war nur mit einem (wahrscheinlich noch von Turl gezimmerten) Tisch, zwei dazu passenden Sesseln, einer Art von Seemannstruhe und einem offenen Stahlrohrklappbett möbliert, dessen Matratze recht ungeniert ihr roßhärenes Innenleben preisgab. Rechts von der Tür hingen etwas abschüssige Regale mit rußgeschwärzten Pfannen und Töpfen, ein paar gesprungenen Gläsern sowie zum Teil mit Sinnsprüchen (etwa: ›In Mariazell hab ich an Dich gedacht / und Dir dieses Häferl zum Andenken mitgebracht‹) bemalten Tassen und Schneidbrettern. Die anderen Wände waren mit eng beschriebenen Notizzetteln, Notenblättern, Bleistiftskizzen und Aquarellen tapeziert. In den Ecken gab es einen Kanonenofen, eine fünfsaitige Gitarre, einen Stapel Bücher (die Bibel, Nietzsche, Thoreau, Bakunin) und über dem Bett ein aus einer Illustrierten geschnittenes, schon etwas verblaßtes Farbbild der ihre schönen Blößen mittels zwei Fächern gleichzeitig ver- und enthüllenden Brigitte Bardot.

Beim ersten Blick, den mich Pepi auf diese kauzige Idylle werfen ließ beziehungsweise hieß, wußte ich wirklich nicht, ob ich dadurch eher amüsiert oder schockiert sein sollte.

»Aber was machst du hier?« fragte ich daher meinerseits, ohne auf die von ihm zuvor gestellte Frage zu antworten.

»Was ich hier mache?« – er wies großzügigen Arms im kleinen Kreis herum, ergriff dann zwei Gläser und stellte sie nachdrücklich auf den Tisch: »Ich gehe in mich!«

»Und seit wann tust du das?« fragte ich, nur vorsichtig am Sliwowitz nippend, den er (eine halb ausgetrunkene Flasche) unter dem Bett hervor geholt hatte.

»Nun, der Turl«, sagte er, »ist Anfang September hier weg. Seither.«

»Und was war der Anlaß? Nicht die Gelegenheit ...«

Er sagte: »Ich hab mich zu sehr außer mir gefühlt.«

Nach diesem Satz blieb eine eigenartige Stille, die, soviel ich mich erinnern konnte, früher nach seinen Sätzen kaum geblieben war. Nicht daß er wortkarg geworden wäre, nicht daß seine Worte ihren ironisch-sarkastischen Unterton verloren hätten, der mir ehemals so gefallen/mißfallen hatte. Aber – und das war neu – sie ließen sich und dem, an den sie gerichtet waren (oder der sie zumindest hörte) Zeit für ebendiese Stille. Vielleicht allerdings lag es auch einfach daran, daß er begonnen hatte, Pfeife zu rauchen, und zwischen den Worten und Sätzen Muße brauchte zum Stopfen, Anzünden und bedächtigen Ziehen an seinem übrigens zur Einrichtung passenden, womöglich ebenfalls von Turl geerbten Tschibuck.

Mich machte diese Stille – eigentlich eine inadäquate Reaktion – damals übrigens nervös. »Ich war in Amerika«, sagte ich also, um sie zu brechen. »Ja«, sagte Pepi, »ich weiß.« Ich fragte nicht, woher. »Der Susi«, sagte ich, »geht es gut – sie ist drübengeblieben.«

»Und Sascha?« fragte er.

»Ist bei ihr.«

Pepi nickte.

»Kann er schon reden?«

»Ja. Sogar amerikanisch.«

»Schade«, sagte Pepi, ohne klar zu machen, was genau er damit meinte.

Dann war wieder Stille. Allzustille. Zumindest für mich.

Ich stand also auf und wandte mich, mehr oder minder gespielten Interesses, den Papieren an der Wand zu. Pepis Schrift, kleiner als früher, was jedoch möglicherweise nur am Format der Notizzettel lag (meist waren sie von Rechnungsblocks mit Bierreklamen abgerissen), konnte ich nicht lesen, mit Noten, auch wenn sie nicht von Prohaskas Hand stammten, habe ich mir immer schwer getan, folglich hielt ich mich an die Zeichnungen und Aquarelle. Stark konturierte Strukturen einerseits (Mulden und Abbrüche) anderseits eher zerfließende, über die Konturen hinausstrebende Farben. Ganz akzeptabel, soweit ich es ausnahm im schummrigen Licht.

»Na siehst du«, versuchte ich sanft zu scherzen, »du kannst es ja doch! Obwohl schon dein Vater ein schlechter Maler ist – du wärst ein ganz passabler.«

»Obwohl schon mein Vater«, erwiderte Pepi, »ein schlechter Maler *war*. Aber über die Qualität seiner Arbeiten zu urteilen ist jetzt eigentlich pietätlos. Er ist tot.«

»Er hat sich erschossen«, sagte Pepi später, als wir auf dem kurioserweise mit einem trigonometrischen Zeichen versehenen ›Gipfel‹ der Laaerberganhöhe standen. Man sah jetzt sehr weit, die Welt war hier nicht zu Ende, sondern reichte linker Hand bis zu den bei all ihrer lagernden Breite doch merkwürdig zierlich, wie aus Bausteinen aufgetürmten Simmeringer Gaswerken und vorwärts bis zur Ton in Ton zum hellen Himmel passenden Grünspankuppel der Zentralfriedhofskirche. Dazwischen lagen damals noch vorwiegend Felder. Und der Wind lief durch den Roggen, den Pepi, nicht unrealistisch, muß ich sagen, blau gemalt hatte. Zuvor, in der Hütte, hatte ich nicht nach den näheren Umständen des Todesfalls gefragt. Teils wirklich aus Pietät, teils aus echter Betroffenheit. Papa Prohaska! – daß dieser in meiner Erinnerung so lebendige, kleine Mann nicht mehr unter den Lebenden sein sollte, trieb mir das Wasser in die Augen. Ich war aber froh, daß es Pepi im Karbidlicht nicht merkte – schließlich handelte es sich um seinen, nicht um meinen Vater.

Jetzt draußen, frisch angeweht, fühlte ich mich schon besser. Kinder ließen Drachen steigen, im ›Grand Canyon‹, wie mein Freund einen steil zerklüfteten Lößabbruch nannte, an dem wir vorbeikamen, ritten Halbwüchsige ihre ob der Mißhandlung ungehalten aufheulenden Motormustangs zuschanden, alle Feldwege führten nach Süden.
»Niemand von uns hat gewußt, daß er eine Pistole gehabt hat«, erzählte P. P., »nicht einmal meine Mutter. Aber wahrscheinlich hätte es auch nichts genützt, sie ihm wegzunehmen. Er war einfach unglücklich.«

Ich fragte: »Warum?« Obwohl ich die Antwort ahnte.

»Depressionen«, erläuterte Pepi, »eigentlich seit damals, als er in diesem Scheißgrafikbüro zu arbeiten begonnen hat, das war der Anfang vom Ende. Und dann, nach dem mißglückten Fluchtversuch mit der Gummifrau, da war's überhaupt vorbei mit seiner Lebenslust. Er hat versucht, sich's nicht anmerken zu lassen, schon der Mama zuliebe allein damit fertig zu werden – aber er hat's nicht geschafft.«

»Und wie gehts *ihr* jetzt«, fragte ich, »deiner Mutter?«

»Sie bringt mir manchmal was zu Essen hier heraus«, beantwortete Pepi meine Frage nur sehr indirekt. »Auch eine Weste hat sie mir gestrickt.«

»Und deine Großmutter? Lebt noch?«

Hier lächelte er. »Ja. Die Schäfchenoma ist unverwüstlich.«

(Die Unverwüstlichkeit der Schäfchenoma war übrigens eine, von der Pepi mutmaßlich nach wie vor profitierte. Ich fragte ihn damals nicht, wovon er jetzt lebte, konnte mir aber denken, daß er trotz der demonstrativen Bescheidenheit seiner gegenwärtigen Ansprüche ab und zu Geld brauchte.)

»Und? Was hält *sie* von alldem?«

Jetzt lachte Pepi: »Sie glaubt noch immer, daß etwas wird aus mir.«

»Und du?« fragte ich, froh darüber, daß unser Gespräch wieder etwas launiger wurde. »Glaubst du das auch?«

»Daß etwas wird aus mir?« Pepi rupfte sich eine Roggenähre. »Für wen hältst du mich eigentlich?«

»Für Pepi Prohaska!«

»Ja«, sagte Pepi, »der bin ich. Der will ich auch bleiben. Aber sag es nicht weiter.«

»Im Ernst«, sagte er, mit seinen etwas schiefen Schneidezähnen an einem Korn knabbernd, »ich will gar nichts anderes werden, als ich bin. Aber du als alter Philosoph weißt ja, daß das nicht leicht ist. Im Gegenteil: die noch älteren Philosophen haben es als schwer definiert. Selbsterkenntnis. Das ist vielleicht das Wichtigste oder wenigstens der erste Weg zur Besserung. Jedenfalls braucht man, wenn ich, was es darüber zu lesen gibt, richtig verstanden habe, Muße dafür. Also ist in gewisser Hinsicht Müßiggang der noch davor liegende, allererste Weg zur Besserung, nicht wahr? Nun, diesen Weg hab ich eingeschlagen, wie du siehst, konsequenter noch als früher. Ich gehe hier, in dieser Gegend, zu der ich, wie soll ich es sagen, eine innere Beziehung, eine seelische Affinität empfinde, müßig und will mich in ihr erkennen.«

Die letzten Worte, gewichtiger gesprochen als die vorangegangenen, leichten, klangen trotz der rhetorischen Floskel ›wie soll ich es sagen‹, so, als sagte er sie nicht zum ersten Mal. Und tatsächlich hörte ich sie etwas später in einer vermutlich schon etwas früher aufgenommenen Radiosendung über Pepi wieder. Darin wurde er nicht, wie in jenem Zeitungsartikel, als ›freischaffender Philosoph‹, sondern als ›freischwebender Poet‹ bezeichnet. Eine Etikettierung, die mich, obwohl wir uns letzthin gut verstanden hatten, wieder einmal einen gewissen Ärger über P. P. empfinden ließ: er war und blieb ganz einfach ein Hochstapler. Die Gedichte und Lieder, die ich in dieser Sendung zu hören bekam (zum ersten, aber beileibe nicht zum letzten Mal: ich kann also sagen, ich kenne sie), waren gewiß nicht schlecht. Daß Pepi schreiben konnte, hatte ich ja – man wird sich daran erinnern – schon früher feststellen müssen; wie sich jetzt herausstellte, konnte er auch einigermaßen Gitarre spielen und (mit kokett gebrochener Stimme, die meines Wissens allerdings nie *ganz* gewesen war) singen. Aber Poet: die Bezeichnung erschien mir wie ein Spott auf ernsthaftere Bemühungen. Andere plagten sich mehr, setzten sich weniger in Szene und hießen dann nüchtern Autoren oder bestenfalls Schriftsteller.

Das sei die Gegend, sagte, schrieb und sang Pepi, nach der er Sehnsucht habe im Ausland. Naja, gut. Die Schrebergärten / die Lagerplätze (in der zweiten Strophe: die Schanigärten / die Mistgstätten) – das ganze alte ›Graffelwerk‹. Das sei die Gegend nach der er Sehnsucht habe im Ausland. Der Monte Laa / der Monte Wien / der Wiener- & der Laaerberg. Gegens Ziegelwerk zu breche die Stadt einfach ab und werde zur Wildostfilmlandschaft. Der verbotene Teich locke tief so tief. Die Bagger fräßen (dies eine m. E. schöne und treffende Metapher) ein Stück seiner Kindheit.

Nebenbei ist diese letzte Verszeile, über ihre vergleichsweise Gelungenheit hinaus, wahrscheinlich ein Schlüssel für die von Pepi behauptete ›innere Beziehung‹, die ›seelische Affinität‹ zur Favoritner Peripherie. Zwar hat er, wie beschrieben, seine Kindheit gar nicht dort, sondern im dritten Wiener Bezirk verbracht, doch wollte er, der auch jetzt, nach dem Tod seines Vaters, nicht eigentlich erwachsen zu werden beabsichtigte (oder der, anders betrachtet, immer schon erwachsen gewesen war) etwas von seiner Kindheit dort wiederfinden. Und wirklich: da ja seine

Kindheit, wenigstens zeitlich und räumlich gesehen, auch meine war, konnte ich diese Gleichsetzung, wenn auch nur bis zu einem gewissen Grad, nachvollziehen: die im Zuge des Wiederaufbaus verbaute Landschaft unserer frühen Jahre, diese von Gras, Brennesseln und Kletten einer seltsam peripheren Natur zurückeroberte Stadtschaft mit ihren zwar durch Zerstörung entstandenen, aber immerhin vorhandenen Durchblicken und Freiräumen, war dieser damals noch nicht oder erst an den Rändern planierten ähnlich gewesen, will sagen: *diese* Landschaft ähnelte *ihr*.

Aber natürlich fand Pepi, der mir ja auch jene zum Teil erst erschlossen hatte, noch etwas anderes und sicherlich mehr in ihr als ich. Nicht nur, daß er – ein etwas merkwürdiger Adam in seinem etwas merkwürdigen Paradies – alles mit Namen versah, und zwar abenteuerlichen (den ›Grand Cayon‹ habe ich schon erwähnt, es gab aber beispielsweise auch den ›Lößfudschijama‹), oder mir, der ich ihm fast wie ehemals, nur skeptischer, folgte, Schauergeschichten erzählte (»Paß auf, Engerl, daß du nicht einsinkst im Lehm«, warnte er etwa beim Abstieg ins Areal der sogenannten Wienerberggründe, ihm habe es unlängst hier glatt seine Schuhe verschluckt, aber, damit nicht genug, »da sind schon welche versunken die / die sind nimmermehr aufgetaucht«), er hatte auch besseres zu assoziieren. Selbst die Ruinen der alten Fabriksgebäude, durch die er mich, die kühn geschärfte Nase voran, lotste wie vormals durch den Nachkriegsprater und die mich, der ungeniert zwischen bedenklich ramponiert wirkenden Stützpfeilern Vaterleihmirdiescher spielenden Ratten wegen, tatsächlich an unsere Jahre am ›Ratzenstadl‹ erinnerten, brachten P. P. auf zumindest für ihn erfreulichere Gedanken: Steffi oh Steffi / wie schön war's mit dir / Vater & Mutter zu spielen / lang lang ist's her.

Man wird sich vielleicht nicht wundern, daß mir der gedichtete Widerhall solcher, mir nur in Prosa anvertrauten Gedanken, doch etwas hohl klang. Da hatte mich ein trotz aller Verweigerung üblichen Erwachsenwerdens (Er-wachsene, sagte er später, als er gerade dabei war, zumindest warf man ihm das vor, die Jugend zu verführen, Er-wachsene sind Ver-wachsene) scheinbar gereifter Pepi durch eine Gegend geschleift, deren ›ehrliche Haut‹ er mir in scheinbarer Spontaneität pries, und nun besang er sie, sich fast wörtlich wiederholend. Daß es ihm, wie er gesagt hatte, um Selbsterkenntnis ging, nahm ich ihm schon ab, auch daß er darin – und warum nicht in dieser Gegend? – konsequenter vor- (beziehungsweise sich selbst nach-)ging als früher. Andererseits: war es ihm je um etwas anderes gegangen als um Selbsterkenntnis, war er je jemandem anderen nachgegangen als sich selbst – und war seine Selbstreflexion nicht noch immer / schon wieder Selbstbespiegelung?

Nicht erst, nachdem ich, zugegebenermaßen beinahe wütend, das Radio abgedreht hatte, empfand ich, ob ich nun wollte oder nicht, ein – wenn auch durch unserer beider Entwicklung modifiziertes – Gefühl wieder, das ich ehemals, auch das lang lang her, für Pepi empfunden hatte. Ich machte mir, ja, es hat keinen Sinn das zu leugnen, gewisse Sorgen um ihn. Diese Sorgen hatte ich unmittelbar nach unserem Spaziergang, den wir, in weitem Bogen auf den Laaerberg zurückgekehrt, in eben jenem Wirtshaus beendeten, in dem ich (es war inzwischen Abend geworden) am Morgen gesessen war, wenn schon nicht ver-, so zumindest zurückgedrängt. Der Glühwein war sauer, aber wärmte, so schauderte mein Körper nicht mehr – was brauchte meine Seele zu schaudern? Jetzt aber, nach der Radiosendung, die ich allein, in der ohne Susi und Sascha doch ziemlich leeren Wohnung hörte, fröstelte es mich wieder. Selbst, wenn man einräumte, daß sich Pepi, im Hellen wie im Dunkeln gleich eitel, stilisierte, mystifizierte: woher kam ihm das und wohin sollte ihn das führen? »Wirklich«, hatte Pepi beim Verlassen der oben erwähnten alten Fabrik zu mir gesagt, »da mußt du mit einer

Frau hergehen, die du sonst nicht kennst«; naja, bitte. Aber auch (im Gedicht wiederholte er's:) »Wenn du jemanden umgebracht hast / und willst dich verstecken« – was sollte man davon halten? »Oder / wenn du ganz einfach allein sein magst / & haust den Hut auf alles / oder / wenn du auf einmal das unwiderstehliche Bedürfnis hast / dich zu verschanzen.« Bluffte er, wollte er sich nur wichtig und letzten Endes über mich, ja über mich (auch wenn ein paar Hunderttausend ö3-Hörer mithörten) lustig machen? Hätte ich noch beten können, so wäre ich versucht gewesen, ihn wieder einmal in mein Gebet einzuschließen. Und hätte es nichts genützt, so hätte es wenigstens nichts geschadet.

Und dann ging alles sehr schnell: am 13. 11. 1973, um Mitternacht, brannte Pepis Hütte ab. Die Berichte in den Lokalteilen der beiden ebenso auflagenstarken wie unseriösen Tageszeitungen schlossen Brandstiftung nicht aus, das Polizeiprotokoll ließ sich auf solche Spekulationen nicht ein, gab sich zufrieden mit Funkenflug und Fahrlässigkeit. Mein Freund, gottseidank nur leicht angesengt, aber geschockt, wurde zur Beruhigung in die Psychiatrische Abteilung des Allgemeinen Krankenhauses gebracht. Als ich ihn dort besuchte, sprach er, schläfrigen Tons, von einem glosenden Hollerbusch, angesichts dessen ihm verschiedenes klar geworden sei. – »Was denn zum Beispiel?« Er legte die Hand an die Lippen. »Es ist noch verschlossen in mir«, sagte er, »aber bald werde ich es herauslassen.« – »Du Pepi«, sagte ich und versuchte ihn, an den Schultern ansetzend, wachzurütteln, »jetzt mach keinen Blödsinn!« – Eine Woche später für wieder gesund erklärt, ließ er sich vom Spitalsportier ein Taxi rufen, fuhr auf den Stephansplatz und begann, obwohl das Wetter dazu denkbar schlecht war, zu predigen.

*

V

1. Dies ist die Herkunft Pepi Prohaskas, des Propheten, über den der Geist Gottes kam in seinem 30. Jahr, wie sich's gehört.

2. Abraham zeugte Isaak, Isaak zeugte Jakob, Jakob zeugte Juda & dessen Brüder usw. usf.

3. & als der Tempel zerstört war & als die Kinder Israel zerstreut waren wie angekündigt & verfolgt & ermordet wieder & wieder & waren gezogen, nicht immer freiwillig, von dort nach da & von da nach hier,

4. da fanden sich manche von ihnen in Weltzeiten & Weltgegenden, von denen sich die alten Propheten nichts hatten träumen lassen.

2. So lebte ein Mann namens Gustav Spaziergang in Zory, unweit der Grenze zwischen Preußisch- & Österreichisch-Schlesien.

2. & war erzogen im Glauben der Väter & ein vazierender Kohlenhändler von Beruf.

3. Obwohl seiner Profession & Neigung nach Grenzgänger, wurde er, als es zum Krieg zwischen Preußen & Österreich kam, von der preußischen Krone beansprucht bzw. erwischt.

4. & kämpfte bei Königgrätz, seinen auf der anderen Seite der Grenze erwischten Cousins überlegen, mit einem Zündnadelgewehr.

3. Trotzdem wurde er verwundet & hob sich, zum zweifelhaften Andenken daran, sein Leben lang den Splitter einer Granate auf, die ihn beinahe vorzeitig aus dem Grenzverkehr gezogen & somit verhindert hätte, was weiter mit ihm & ein Stück über ihn hinaus vorgesehen war.

2. Um sich & den göttlichen Heilsplan also nicht noch

einmal zu gefährden, zog es Gustav, als es 1870 schon wieder losgehen sollte, & zwar gegen Frankreich, vor, keine weiteren Heldentaten zu begehen & verfügte sich mit seinem Kohlenwagen ins Mährische.

3. Dort hatte er eine Tante in Teschen, die hatte zwar, zum Entsetzen der Mischpóche, einen gojischen Fleischhauer geheiratet, aber man wird gleich merken, wozu das gut war.

4. Sie redete nämlich ein Wort mit dem Pfarrer, der schon sie getauft & getraut hatte & ließ Gustav, der Nachstellungen befürchtete, gewissermaßen nottaufen.

4. Daß der Pfarrer nicht nur ein guter Katholik, sondern darüber hinaus auch ein tschechischer Nationalist war, erwies sich in diesem sehr speziellen Fall als Segen.

2. Denn Gustav Spaziergang, flugs slawisiert, entzog sich als August Prohaska weit besser dem Griff der preußischen Behörden.

3. Es ist allerdings etwas zweifelhaft, ob ihm die tatsächlich lang nachforschten.

4. Vermutlich hatten sie besseres zu tun – nachdem zu Paris das Deutsche Reich gegründet war, fiel sicher eine Menge Verwaltungskram an: ein Gustl mehr oder weniger spielte da kaum eine Rolle.

5. Trotzdem zog Urgroßvater Prohaska weiter nach Süden.

2. Denn einerseits war er dem Wesen nach unstet, andererseits & vor allem aber fühlte er sich, weiter von Deutschland, dessen Untertan er lieber erst gar nicht geworden war, entfernt, wohler.

3. Außerdem war er es ja gewöhnt, mit seinen Kohlen über Land zu ziehen.

4. & nebenbei war ja, wie gesagt, etwas anderes mit ihm & über ihn hinaus vorgesehen, das konnte in Teschen nicht vorangehen.

5. Er zog also weiter nach Süden & kam eines Tages, Gott weiß warum, nach Borzom Sveti Iure.

6. Das liegt in den Kleinen Karpaten, hieß damals Bur St. Georgen & war mitnichten die geringste unter den Gemeinden der weiland ungarischen Reichshälfte der Monarchie.

7. Zwar muß es ein ziemliches Nest gewesen sein – durch die Hauptstraße watschelten v. a. die Enten, & in den meisten Häusern, heißt es, war der Fußboden einfach der sandige Erdboden.

8. Aber aus ihr, dieser Gemeinde, oder in ihm, Bur St. Georgen, sollte kommen bzw. sollten alle zusammen kommen, die nötig waren, um ihn, den, von dem die Rede war & von dem die Rede sein wird, letztendlich zustandezubringen.

6. Dort nämlich lebte nicht nur der Sattler David Steiner, vor einem halben Menschenalter aus Ržczow am anderen Ende der Karpaten, das damals, im polnischen Volksmund, Moischeschow hieß, zugereist &, weiß der Himmel weshalb, ausgerechnet hier hängengeblieben mit Frau & Tochter,

2. sondern auch der vormalige Husar & nunmehrige Kleinbauer bzw. Kräutler Antal Mihalczin, gesegnet mit einer schon etwas größeren Familie, drei Töchter, ein Sohn,

3. & hätte Gustav-August nicht dem Sattler zuerst seine Kohlen verkauft, sondern dem Kräutler,

4. so hätte er sich vielleicht in eine von dessen drei Töchtern verliebt & hätte, was in gewisser Hinsicht einfacher gewesen wäre, katholisch geheiratet, wodurch womöglich alles vice versa gekommen wäre, aber Gottes Wege sind kapriziöser.

5. Vorläufig links liegen blieb also das Haus Mihalczin, das sich, obwohl es mit dem der Steiners keinen Kontakt hatte, zwei Generationen später, allerdings anderswo, mit

einem Spaziergang verbinden sollte, der von Geburt an Prohaska hieß.

6. Das Haus Steiner aber – nehmen wir an, daß es, für den mit seinem Kohlenwagen von Norden, etwa von Piestany Kommenden einladend rechts lag – erwies sich als gastliches, umso mehr, als jener, verwandtschaftlich angemutet oder geschäftstüchtig, mutmaßlich beides, ein freundliches Schalom entbot.

7. & es soll Freitag gewesen sein & der Sattlermeister, geneigt zum Feierabend, lud den Kohlenhändler auf ein Glas des guten Weins ein, der auf den sandigen Hügeln ringsum gedieh.

8. & seine Frau entzündete die Sabbatkerzen, & seine Tochter schlug die schönen Augen nicht allzusehr aufs Mieder, & in einem solchen Haus ist gut bleiben.

7. So konvertierte Spaziergang zum zweiten Mal (oder verschwieg, daß er zum ersten Mal konvertiert war) & heiratete – man brauchte keinen Heiratsvermittler – die Regi (Regina) Steiner auf gut mosaisch.

2. Daß es Gott trotzdem gefiel, ihn nur vorläufig (für knappe zwei Jahre) zur Ruhe kommen zu lassen & ihn dann, sei es aus familiären Zerwürfnisgründen, sei es der Unruhe seines Blutes wegen, weiter nach Westen zu treiben, erweist die Weitsicht seines Plans.

3. Denn wie hätte das Reis, das dieser Wurzeln entsprang, in Bur St. Georgen, heute ČSSR, wachsen, gedeihen, blühen & Frucht tragen sollen?

4. Zwar ist auch Wien schon längst nicht mehr das, was es einmal war, nämlich die Weltstadt, in die es nicht nur den Spaziergang zog, aber immerhin.

5. & Österreich, in dem es, zum Unterschied von Borzom, liegengeblieben ist, klein aber oho, heißumfehdet, wild umstritten, naja, alles halb so wild, hat zwar als Ostmark beinah freiwillig in einem ihm gemäßen Rhythmus zu pulsieren aufgehört,

6. einem nur mäßig starken, mit einer Schwäche für die Anpassung an allerlei andere Rhythmen eher geschlagenen, denn aus sich selbst heraus und selbstbewußt schlagenden Herzen gleich,

7. aber das konnte der aus oben erwähnten Gründen antipreußische, dem Deutschen Reich vorläufig entschlüpfte Stammvater noch nicht wissen

8. & siedelte sich & seine Frau an in der Leopoldstadt, Erzherzog Ferdinand-Straße 41, wo er ein Kohlengewölbe vorerst pachtete, & gab seinem erstgeborenen Sohn, Gott erhalte Gott beschütze, den Kaiservornamen Franz – seine Tochter aber, vielleicht weil sie die hohe Nase einer potentiellen Königin hatte, nannte er Esther.

8. & nahm zu an Körperfülle & Kapital & kaufte das Kohlengewölbe & wurde ein Großkohlenhändler.

2. & wollte sich weiter vergrößern & sich's nicht verdrießen lassen, auch nicht vom feschen Bürgermeister Lueger.

3. & war ja schon vormals, nebbich, katholisch geworden zu Teschen, na also,

4. sodaß er zurückkehrte, laut Dokument, in den Schoß der Hl. Kirche, am 22. 2. 1902, zu St. Nepomuk in der nachmaligen Praterstraße & mit sich nahm seine Frau Regi, nunmehr Regina & noch einmal heiratete dortselbst nach katholischem Ritus an selbigem Tag & auch eintragen ließ seinen Sohn ins dortige Taufbuch – nur seine Tochter vergaß er, oder vergaß sie der Pfarrer, Gottes Macheloikes sind seltsam.

Soweit der Beginn von Pepis in Hinblick auf sich selbst verfaßtem Evangelium, den ich vor allem der Kuriosität halber hier eingefügt habe. Das ganze, immerhin vierzig Seiten umfassende Opus hat er mir zwar einmal vorgelesen, doch habe ich es in dem Koffer, den er mir – schwer genug habe ich an ihm getragen – hinterlassen hat, nicht mehr vollständig gefunden, und vielleicht ist das ganz gut so. Je mehr er sich nämlich, seine wahrhaft verwickelte Familiengeschichte durch die erste Hälfte unseres Jahrhunderts weiterverfolgend, sich selbst annäherte, desto – nach allem bisher über und von ihm hier Wiedergegebenen kann man sich das wohl vorstellen – distanzlos blasphemischer wurde er. Wobei schwer zu sagen ist, inwieweit er sich dabei selbst ernst nahm – und auch das, denke ich, kann man sich nach allem bisher über und von ihm Erzählten vorstellen.

Versuche ich, mich seines Gesichts zu erinnern, so erinnere ich mich nach wie vor zuerst seiner Augen. Und wenn es stimmt, daß die Augen die Fenster der Seele sind, so muß er eine schöne Seele gehabt haben – indes ist Schönheit, fürchte ich (hoffe ich?) nicht das, worauf es ankommt. Wiedemauchsei fielen besonders die Frauen darauf herein, erst recht, seit er sich als Prophet produzierte. Zumindest artikulierten sie den Eindruck, den diese Augen (grün, blau oder grau, darüber wurden sie sich der wechselnden Lichtverhältnisse wegen nie einig) auf sie machten, unverhemmter, ja manche ließen sich sogar zu einem gewissen Enthusiasmus hinreißen, der ihm sicher nicht guttat. Aber von Anfang an (*ich* weiß das) war etwas in diesen Augen, das sich über ihre eigene Schönheit (die dahinter sitzende Seele glaubte sich das offenbar leisten zu können oder – sich selbst nicht ganz trauend – leisten zu müssen) lustig machte. Und mit zunehmendem Alter, diese Erinnerung wird mir nach und nach deutlicher als die erste, entstanden rund um Pepis Augen viele kleine Lach- beziehungsweise Sarkasmusfältchen. Das heißt, genaugenommen kreuzten die einen die anderen. Besonders, wenn P. P., der sich als Prophet – diese bei ihm von Kind auf starke Vorliebe konvenierte gewiß mit einem solchen Beruf – noch mehr als früher im Freien (er wußte das Wort entsprechend zu betonen) aufhielt, besonders also, wenn er im Sommer braungebrannt auftrat, war das gut zu erkennen. Natürlich gab es um Pepis älter werdende Augen herum auch Melancholiefältchen, Trauerfältchen und ganz einfach Problemfältchen. Denn erstens war er, bei all seiner Neigung, die Dinge dieser Welt nicht nur ernst zu nehmen, bezüglich der mit uns geschehenden Geschichte sensibler als mancher andere, der seine Empfindlichkeit für einen ganz angebrachten und keineswegs als oberflächlich mißzuverstehenden Welt-Schmerz durch mehr Alltag abstumpft und zweitens hatte das sogenannte Leben auch keine Scheu davor, einen, der sich für einen Propheten hielt, ab und zu härter anzupacken. Vielleicht allerdings waren die Mehrzahl dieser aparten Fältchen auch ganz simple Kneiffältchen. Denn mein Freund schaute gern in die Sonne, und ich habe ihn nie mit Sonnenbrille gesehen.

Aber ich sollte mich, scheint mir, nicht zu weiterschweifenden Exkursen dieser Art hinreißen lassen. Vielmehr wird es mir nicht erspart bleiben, wenn auch möglichst kursorisch und unevangelisch, einiges zu Pepis Familiensaga zu ergänzen. Daß Esther Prohaska, die Schäfchenoma, denn zu der sollte sie runde fünfzig Jahre später werden, von ihrem Vater oder vom Pfarrer einfach vergessen wurde, hatte – leider – noch weitreichende Konsequenzen. Und indizierte womöglich von vornherein ihre Außenseiterrolle, die sie allerdings, zumindest in den reiferen Jahren, als gewissermaßen aristokratische bejahte – den Einfluß dieses ihres Sonderbewußtseins auf das ihres Enkels hab ich schon erwähnt. Vorerst hatte sie jedenfalls wenig Grund, sich auserwählt zu fühlen. In der (katholischen) Schule wurde sie wegen ihrer langen schwarzen Haare als ›Judenmensch‹ gehänselt. Zumindest der zweite Teil dieses zusammengesetzten Hauptworts war beleidigend, daß sie den ersten unter solchen Umständen als Auszeichnung empfand, ist unwahrscheinlich. Ob sie, wie mutmaßlich ihr Bruder, den katholischen Religionsunterricht besuchte oder nicht, entzieht sich meiner Kenntnis. Als sie halbwegs erwachsen war, ließ sie sich jedenfalls weiter auf die eben erwähnte Außenseiterrolle und mit einem auf die Distanz eines halben Jahrhunderts nicht mehr genauer identifizierbaren Mann ein, der in Pepis Genealogie nur per Vornamen (Jaro) genannt wurde, und saß dann, inzwischen war jener im ersten Weltkrieg verschwunden, mit einem unehelichen Kind da. Dieses Kind, Pepis Vater, wurde zwanzig Jahre später, trotz mindestens ebenso großer malerischer Neigungen, ebensowenig an der Wiener Kunstakademie aufgenommen wie ein anderer, den Pepi Evangelista, zahlenmystisch dilettierend, nur mit der Nummer 666 bezeichnete. *Angeblich,* muß ich hier anmerken, denn Pepis Angaben waren, auch wenn sie historisch schon Näherliegendes betrafen, nicht in allen Punkten nachzuweisen. Daß jedoch Papa Prohaska, tatsächlich sehr merkwürdig, ausgerechnet auf eine Tochter der inzwischen ebenfalls von Bur St. Georgen nach Wien, und zwar, in diesem Fall, nicht mit dem Kohlen-, sondern mit dem Gemüsewagen gezogenen Familie Mihalczin, die sich erst einen Stand auf dem Landstraßer Großmarkt und dann ein Geschäft in Favoriten erworben hatte, daß er also ausgerechnet auf eine Tochter dieser Familie traf und sie prompt heiratete, ist (laut Heiratsurkunde der Pfarre Mariahilf vom 31. 1. 1938) tatsächlich verifizierbar.

Es folgt, wie man weiß, ein sehr dunkles Kapitel Geschichte. Auch die Familiengeschichte ist hier dunkel, denn wie Papa Prohaska, wenn auch römisch-katholisch nach Geburtsurkunde und Heimatschein, zu einem weit genug zurückreichenden Ariernachweis kam, bleibt ziemlich unklar. Jedenfalls zog er gegen Frankreich, hatte dort irgend etwas mit der Versorgung zu tun und muß um Weihnachten 1942 noch in Wien gewesen sein, wenn er Pepi, den, nach diesem Konzeptionsdatum berechnet, allerdings etwas zu früh Geborenen, gezeugt hat. Danach setzte er sich angeblich zur Resistence ab (es fällt mir, ehrlich gesagt, schwer, ihn mir, sei es auf dieser, sei es auf jener Seite, mit dem Gewehr in der Hand vorzustellen), konnte bis Kriegsende nichts mehr von sich hören lassen und lernte seinen Sohn erst kennen, als der beinahe schon zwei Jahre alt war. Aus diesen zwei vaterlosen Jahren hat Pepi natürlich einiges für seinen persönlichen Mythos abgeleitet. Übrigens Widersprüchliches: denn wäre er nicht der Sohn seines Vaters gewesen, so auch nicht der Enkel seiner Großmutter, auf die er indes (was ich verstehen kann) größten Wert legte. Solche Widersprüche, antwortete er auf meinen diesbezüglichen Einwand, seien allerdings auch anderen Evangelienschreibern schon unterlaufen. Denn wenn beispielsweise Matthäus Jesu Geschlechtsregister auf Gedeih und Verderb vom bloßen Ziehvater Josef auf David und Jesse zurückbiege, aber andererseits die Jungfrau Maria in den ersten sie betreffenden Worten (1/18) vorstelle als ›empfangen habend vom Heiligen Geist‹, so sei das nichts anderes, und insofern sei sein, Pepis, Evangelium ein sozusagen ganz typisches.

Genug der Chuzpe. Auf diverse, recht ausführlich geschilderte Gefährdungen des Babypropheten (Verwechslung mit einem anderen Säugling auf der Geburtsklinik des Wiener Allgemeinen Krankenhauses, Flucht vor den auf Wien fallenden Bomben zu Verwandten ins Burgenland, neuerliche Flucht vor den dort selbstverständlich zu allererst einmarschierenden Russen, sehr abenteuerlich und zu Fuß, ›Maria durch ein' Dornwald ging‹) will ich wirklich nicht näher eingehen. Schon lohnender zu erzählen wäre, daß und wie die Großmutter einen Gerechten fand, der sie tausend Jahre lang versteckte. Aber darüber mochte sie – so Pepi – ganz gegen ihre sonstige Neigung nicht viel reden. Und außerdem (»Man weiß nicht, was kommt«) wollte sie niemanden kompromittieren oder gar in Gefahr bringen.

Hinzufügen muß ich noch, daß Pepi dieses sein sogenanntes Evangelium nicht gleich zu Anfang seiner Prophetenlaufbahn schrieb – und am Ende schrieb, fast noch schlimmer, jemand anderer ein anderes. Aber es muß wohl schon in seinem Kopf herumgespukt sein, als er, ein mit seinen, wie ich schätze, knapp über einssiebzig Körpergröße doch bestenfalls mittelgroßer Mensch, vors Riesentor des Stephansdoms trat und, nach seiner eigenen Schilderung, deren volle Wahrheit ich allerdings bezweifle, dessenungeachtet, ob man ihm zuhörte oder nicht, zu predigen begann. Predigen sei übrigens nicht das richtige Wort, es (ein laut Protokoll der Polizei – *die* zumindest hat ihm, vertreten durch einen Rayonsinspektor sowie eine von diesem zur Unterstützung angeforderte Funkstreife, bei dieser seiner Jungfernrede *doch* zugehört – ziemlich wirrer Wortschwall), es sei, so Pepi selbst, einfach aus ihm herausgesprudelt. Daß man ihn nicht zurück auf die Psychiatrie schickte, hat er, nebenbei bemerkt, mir zu verdanken; von der Behörde nach einer Person seines Vertrauens befragt, nannte er, was mich schon am Telephon rührte, meinen Namen, ich verbürgte mich also für seine Harmlosigkeit und nahm ihn vorerst mit mir nach Hause.

»Was ist denn in dich gefahren?« fragte ich, als ich die Tür hinter uns versperrt hatte.

»Die Ruach«, sagte er.

»Was?« fragte ich.

»Der Atem Gottes.«

»Jetzt hör aber auf!« sagte ich.

»Nein«, sagte er. »Jetzt fang ich erst an.«

»Schön«, sagte ich, »aber schlaf dich vorher aus. Es ist spät.«

Tatsächlich war es nach Mitternacht, und ich mußte am nächsten Morgen früh aufstehen. Ich hatte nämlich (in die Schule wollte ich nicht zurück) eine Stelle als Bibliothekar in der Zentralbücherei angenommen und hatte einen langen Weg zur Arbeit. Spannte Pepi also ein Leintuch über die Couch im Wohnzimmer und zog mich ins Schlafzimmer zurück. Während ich einzuschlafen versuchte, hörte ich ihn noch lange auf und ab gehen.

Als mein Wecker läutete und ich mich, schwer genug, aufraffte, gab Pepi keinen Ton von sich. Ich trank also meinen Kaffee allein und schrieb ihm einige Zeilen, des Inhalts, daß er sich, ohne alle Umstände, vorläufig als mein Gast fühlen solle. Ich käme ungefähr um sechs zurück und würde nicht böse sein, ihn noch bei mir anzutreffen. Neben den Zettel auf den Küchentisch legte ich die zweite Garnitur Wohnungsschlüssel, die Susi in Amerika nicht brauchte.

Wirklich war er noch anwesend, als ich am Abend heimkam. Das heißt, er war da, machte aber einen abwesenden Eindruck. Ich stellte Teewasser auf den Herd, öffnete eine Dose Sardinen, strich Butter aufs Brot. Dann aßen wir, und ich erzählte ihm Belangloses über meinen neuen Job, er nickte hin und wieder, aber ich bin nicht sicher, ob er mir wirklich zuhörte. Da er von sich aus nicht auf seinen Auftritt vor der Stephanskirche zu sprechen kam, wollte ich ihn nicht daran erinnern. Andererseits wußte ich nicht, was ich in dieser Situation sonst mit ihm reden sollte, also drehte ich den Fernseher auf. Wir sahen einen Film mit Jack Lemmon, dessen Inhalt ich vergessen habe, aber bei dem sich Pepi, manchmal laut auflachend, anscheinend gut unterhielt. Da er danach keine Anstalten machte, zu gehen – und wohin, fiel mir ein, hätte er auch gehen sollen, seine Hütte auf dem Laaerberg war ja abgebrannt – breitete ich das von ihm säuberlich zusammengefaltete Leintuch wieder aus und sagte Gute Nacht.

Am folgenden Morgen frühstückte er mit mir, also ersuchte ich ihn, falls er weiterhin bleiben wolle, untertags gelegentlich einkaufen zu gehen. »Ja«, sagte er, die hundert Schilling, die ich ihm zu diesem Zweck gab, einstekkend, »gern« – als ich am Abend die Tür aufsperrte, wehte mir ein nicht unangenehmer Duft nach Eierspeise entgegen. »Omelette Surprise«, sagte Pepi, der in der Küche am Herd stand und hausfraulich lächelte. Was er in die Eierspeise eingebaut hatte, war tatsächlich überraschend:

Schmelzkäse, Oliven, Kapern und allerlei Gewürze – es war für meinen Geschmack etwas ungewöhnlich, aber schmeckte. Während und nach dem Essen unterhielten wir uns. Wir redeten viel über die alten Zeiten in der Schule, etwas weniger über die neueren mit Susi, nichts über die neuesten. Pepi war zwar noch immer deutlich stiller als früher, aber ich hatte den Eindruck, er sei sozusagen auf dem Wege der Besserung. Um ihn nicht etwa davon abzubringen, vermied ich sorgfältig jede Anspielung auf seinen Prophetenspleen.

So lebten wir ungefähr eine Woche recht friedlich. Und ich muß zugeben, daß ich an dieser Art des Zusammenlebens Gefallen fand. Kam ich nach Hause, wußte ich mich erwartet, Pepi löste das Versprechen, das er mit der Omelette Surprise gegeben hatte, jeden Abend aufs neue erfreulich ein. Nach dem Essen saßen wir immer entspannter, plauderten, spielten ab und zu Schach, wählten aus dem Fernsehprogramm aus, was uns beide interessierte – meine Ehe mit Susi war nie so harmonisch gewesen.

Dann aber sprach mich eines Tages die Hausbesorgerin an. »Was ist denn das für ein komischer Vogel?« fragte sie, ihren Besen wie eine Hellebarde vor sich hinhaltend, »der da bei Ihnen wohnt?« Ich wollte schon antworten, daß sie das nichts angehe, aber sie ließ mich nicht zu Wort kommen. »Erstens«, sagte sie, »müssen Sie den anmelden, wenn Sie keine Schwierigkeiten mit der Verwaltung kriegen wollen, und zweitens sagen Sie ihm gefälligst, er soll das unterlassen!« Was er denn unterlassen solle, fragte ich, in die Defensive getrieben, weil ahnungsvoll. »Na«, sagte sie, »daß er die Hausparteien belästigt!« Wie er sie denn belästige, mußte ich fragen. »Das wissen Sie nicht?« sagte sie, »na, er geht von Tür zu Tür und sagt, er kommt mit einer Botschaft von Gott. Wenn das nicht aufhört, muß ich was unternehmen!«

»Pepi«, sagte ich beim anschließenden Abendessen, das mir weniger schmeckte als sonst, »Pepi, was soll das?«

»Was?« fragte er freundlich.

»Na, daß du hier hausieren gehst. Mit deinen komischen Ideen.«

Er wickelte weiter seine Spaghetti und machte einen stillvergnügten Eindruck.

»Das sind nicht *meine* komischen Ideen«, sagte er, »sondern die komischen Ideen Gottes.«

»Jaja«, sagte ich, »ich weiß schon. Ich bin vom Fach. Aber ich wohne hier. Und gedenke noch länger hier zu wohnen. Ich muß mit den Hausparteien auskommen. Ich kenne die Leute. Das heißt, ich kenne sie *nicht* – aber soweit kenne ich sie, daß ich mir denken kann: die wollen nicht hören, was du ihnen zu sagen hast.«

Darauf sagte Pepi nichts, sondern wusch das Geschirr ab. Wobei er Weihnachtslieder vor sich hinsummte, obwohl der Advent erst in ungefähr drei Wochen anfing. *Sein* Advent hatte offenbar schon begonnen. Irgendwie, das fiel mir auch und erst recht beim Fernsehen auf, strahlte er – wir hatten extreme Empfangsstörungen.

Ob er die Hausparteien weiter mit seinen Botschaften von Gott verärgerte, kann ich nicht mit Sicherheit sagen. Die Hausmeisterin tat dessen keine Erwähnung mehr, aber sie hatte auch aufgehört, mich zu grüßen. Offiziell, etwa in Form eines Appells an die Hausverwaltung, unternahm sie anscheinend nichts. Aber ich habe den begründeten Verdacht, daß sie sich anderer Beziehungen bediente. Ein paar Tage später nämlich klingelte es an der Tür. Ich saß gerade im Zimmer und arbeitete an einer Buchempfehlung für die Bibliothekszeitschrift. Das war wohl der Grund, warum Pepi aufmachen ging. Ich hörte Stimmen, eine männliche und eine weibliche, die ich im ersten Moment nicht erkannte, dazu Pepis Stimme, jene und diese in einem rasch heftiger werdenden Wortwechsel, und dann ein Gepolter, das ich mir nicht erklären konnte, bis ich am Ort der Auseinandersetzung (laut Polizeibericht zwischen Eingangstür und Badezimmertür einerseits, zwischen Küchentür und Eingangstür andererseits, einem recht engen Schlauch von maximal vier Quadratmetern) ankam.

Stimmt, vielleicht hätte ich meine Schwiegereltern gleich nach meiner Rückkehr aus Amerika über alles informieren sollen. Aber es fiel mir, wie man vielleicht begreifen wird, schwer, ganz einfach hinzugehen und ihnen einzugestehn, daß ich ihre Tochter samt Enkelkind jenseits des großen Wassers gelassen hatte. Oder besser: daß ihre Tochter dortgeblieben war, weil ich wahrscheinlich nicht der richtige Mann für ihre Tochter im besondern, eine Tochter im allgemeinen bin – na, Schwamm drüber. Man wird womöglich verstehen, wollte ich sagen, das heißt schreiben, daß ich diese prekäre Verpflichtung vor mir her- und ihre Erfüllung von Tag zu Tag aufschob. So waren also seit meiner Rückkehr drei Monate vergangen, und Susis Eltern wußten noch immer von nichts. Respektive sie wußten (vielleicht) etwas (aber was?!) durch die Hausmeisterin. Auf dem Kommissariat haben sie angegeben, sie seien anläßlich ihres Abendspaziergangs – man wird sich erinnern, daß sie in leider nur wenige Gassen entfernter Nachbarschaft lebten – zufällig vorbeigekommen und hätten in der Wohnung ihrer Tochter Licht gesehen. Die Aufregung, die Herrn Wirth bei der ein knappes Jahr später anberaumten Bezirksgerichtsverhandlung als mildernder Umstand zugebilligt wurde, die Aufregung eines ohnehin zum Jähzorn neigenden Mannes angesichts seines zumindest in seinen Augen mißratenen Beinaheschwiegersohns, mit dem oder ohne den ja alles ganz anders hätte kommen können, kann sogar ich nachfühlen.

Wobei, kann ich mir vorstellen, der Schock noch größer gewesen sein muß, wenn sie, meine (ja, kurioserweise *meine*) Schwiegereltern, *nicht* durch die Hausmeisterin vorbereitet, sondern wirklich zufällig vorbeigekommen, nur durch den Lichtschein hinter den (der Aussteuer der Tochter entstammenden) Vorhängen angelockt, wie von ihnen behauptet, einfach geklingelt und dann Pepi, ausgerechnet *ihn,* erblickt haben sollten. Andererseits: sollten sie, wie von ihrem Anwalt möglicherweise nur zum Ausschluß der Vorsätzlichkeit ihrer rabiaten Aktion dementiert, vorher gehört haben, daß Pepi, ausgerechnet *er,* mit einer angeblichen Botschaft von Gott die Türen des Hauses, in dem ihre Tochter wahrscheinlich auf anständige Art wohnen geblieben wäre, *wenn* nicht – also daß dieser Pepi Gottseibeiuns just mit einer solchen Botschaft die Türen dieses Hauses abklapperte: ihre Empörung (und die entsprechende spondylathroide Haltung) muß extrem gewesen sein. Wie auch immer, dem Herrn Wirth schwoll, so beschrieb es das Opfer seines Zorns nachher, als die von den Nachbarn verständigte Polizei samt Schwiegereltern und Hausmeisterin endlich wieder abgezogen war, die verästelte Schläfenader, er wurde ganz violett im Gesicht und schlug auf Pepi los. Während die Frau Wirth in fast fledermaushaft hohen Tönen kreischte und sich in den (nur zur Verteidigung, wie Pepi betonte) erhobenen Arm krallte, an dem ihre Tochter, seiner Unwürdigkeit halber, letzten Endes doch nicht aus Standesamt und Kirche getreten war.

»Tja«, sagte Pepi, mit einem feuchten Handtuch seine Wunden kühlend, »es wird vielleicht doch besser sein, wenn ich dieses gastliche Haus in absehbarer Zeit verlasse.« Ich hatte, ich muß es gestehen, nicht viel dagegen. »In den Anfängen«, grinste mein Freund mit einem, infolge der unsanften Behandlung etwas schief gekommenen Mund, »haben alle Propheten gewisse Schwierigkeiten.« Tatsächlich verließ er das gastliche Haus am folgenden Tag.

Übrigens war er mir nur ein paar Wochen voraus. Denn auch meines Bleibens dort war, nach den turbulenten Ereignissen jenes Abends, nicht wesentlich länger. Ich mietete die erstbeste Wohnung, die ich (im Annoncenteil einer Zeitung) fand und schickte die ehelichen Schlüssel in einem rekommandiert aufgegebenen Kuvert an die Wirthseltern zurück. Erst bei der Verhandlung sah man einander wieder. Herr Wirth nämlich hatte (»Stimmt«, sagte Pepi, er habe es nicht geschafft, auch noch die rechte Backe hinzuhalten, nachdem er an der linken so heftig berührt worden war) einen Kratzer an der Nase abbekommen. Und da er sich immer im Recht fühlte, hatte *er* Pepi geklagt. Aber abgesehen davon, daß die Richterin die Unverhältnismäßigkeit dieses Kratzers im Vergleich zu Pepis amtsärztlich bestätigten, obschon gottlob auch nur leichten Körperverletzungen einsah, hatte der Schwiegervater zu diesem Zeitpunkt keine Chance mehr. P. P. war inzwischen eine, wenn auch umstrittene Figur des öffentlichen Lebens geworden.

Wie er das eigentlich schaffte, bekam ich nicht mit. Mit seinem blauen Auge verschwand er fürs erste wieder aus meinem Gesichtskreis, und ich war, obwohl uneingestanden, wieder einmal froh darüber. Hatte mit meiner neuen – genaugenommen einer uralten – Wohnung zu tun (ein Wasserfleck an der Wand ließ sich nicht und nicht trockenlegen), versuchte, nachdem ich nun einmal in der Bücherei Fuß gefaßt hatte, ein, zwei Stufen höher zu steigen, was mir auch leidlich gelang. Was Pepi betraf, so hielt ich es für das beste, anzunehmen, er sei wieder im Ausland.

Er war aber, untypischerweise, ein Prophet, der im eigenen Vaterland zur Geltung kam. Vielleicht begünstigt durch eine neue Stimmung unter den jungen und jüngeren Leuten im sogenannten Westen, die indes auch bei uns, an der östlichen Grenze desselben, einen Propheten herbeisehnte. Ein Bibliothekarskollege, den ich ein paarmal besuchte, sonst übrigens ein sehr sympathischer junger Mann, ersetzte genau zu dieser Zeit das über seinem Bett hängende Mao-Poster durch ein Baghwan-Bildnis. Ein Komet namens Kohoutek war im Kommen. Die Zeit war reif für Pepi.

Da ich also seinen Aufgang als Stern am Prophetenhimmel – kein Stern erster Ordnung vielleicht, aber immerhin – nicht aus eigener Anschauung schildern kann, muß ich mich an Gewährsleute halten. Gewährsmänner habe ich keine gefunden, also halte ich mich an Gewährsfrauen. Nein, nicht an diejenige, die sich, seit Pepi uns verlassen hat, als die Prohaskaspezialistin Nr. 1 aufspielt, diese Verkünderin dessen, was er nie gesagt und getan hat – sie käme, war sie doch in diesen seinen Anfängen gar nicht und dann, gegen Ende, nur auf eine m. E. unheilvolle Weise dabei, nicht in Frage. Meine Hauptgewährsfrau für diese Phase heißt nicht Sibylle Seidl, sondern schlicht und einfach Mitzi – ihr Familienname, findet sie, tut nichts zur Sache.

Die Wiederbegegnung mit ihr verdanke ich purem Zufall. Der Zufall war umso purer, als ich relativ selten Lokale besuche. Damals jedoch, es war im Sommer nach Pepis Verschwinden, als ich mit diesen Aufzeichnungen begann, waren die Abende heiß, und ich hatte Durst auf ein Bier. An der Bar eines Beisels stehend, das ich nie zuvor betreten hatte, fand ich mich unversehens in Gesellschaft einer etwas alkoholisierten Dame, deren Anlehnungstendenz sich mit dem Bedürfnis paarte, mir ihr Herz auszuschütten. »Weißt eh, was ich mein« – ich hatte mich soeben dezent entzogen, als sie den Namen Pepi erwähnte. Und mich fragte, ob ich mich wirklich nicht mehr an sie erinnern könne. Ehrlich gestanden, sagte ich, könne ich nicht. »Aber geh«, sagte sie, »erinner dich doch an die Fabrik« – da fiel bei mir der Groschen, der beim geduldigen Leser erst ab Seite 227 fallen wird. Daraufhin nahm ich die schräge Dame mit mir. Es war nicht leicht, gewisse Mißverständnisse auszuräumen, doch letzten Endes gelang es mir, und Mitzi war gar nicht so unzufrieden darüber, daß ich nicht von ihr wollte, was sie geglaubt hatte. Angeblich wollten das alle, eine Behauptung, die ich angesichts ihres leider etwas heruntergekommenen Zustands bezweifelte. Am nächsten Morgen, ausgenüchtert und nach

Genuß eines anständigen Frühstücks auch in gewisser Hinsicht aufgeblüht (vielleicht kam die aparte Röte ihrer Wangen allerdings auch vom Eifer ihrer Erzählung), erzählte sie ungefähr folgendes:

»Also, wie ich ihn kennengelernt hab, das war im Exil... Was grinst du? Das ist eine Diskothek gewesen... Wie halt die Diskotheken so sind – ein finsteres Loch... Da sind seine Augen besonders aufgefallen... Er ist einfach dort gesessen und hat geschaut... Und *ich* hab gespürt: der Typ da, der schaut mich an... Na, soll er mich anschaun, hab ich zuerst gedacht... Aber es ist mir nicht gelungen, wegzuschauen und an etwas anderes zu denken... Na, mit der Zeit ist mir das auf den Nerv gegangen... Ich bin also hin zu ihm und hab ihn gefragt, ob er ein Foto von mir will... Nein, hat er gesagt, ein Foto, das wär ihm zu wenig... Oje, hab ich gedacht, die Tour kenn ich schon – aber Irrtum: die Tour hab ich noch nicht gekannt... Danach nämlich hat er zuerst einmal nichts mehr gesagt... nur weiter geschaut, aber da kann einer noch so interessant schauen, mit der Zeit kriegst du das fade Aug... Keine Aufforderung zum Tanz, kein Vorschlag, was miteinander zu trinken, nichts... Ach was, rutsch mir doch den Buckel runter, hab ich mir da gedacht, und mir zu Fleiß einen anderen Kerl zum Tanzen angelacht...

Ich war eine leidenschaftliche Tänzerin damals... Die Tänze waren zwar nicht sehr variabel, aber, daran wirst du dich ja auch noch erinnern können, sozusagen free style, da hat man sich also ganz schön hineingesteigert... Darüber hab ich den großen Schweiger vergessen... Zumindest beinah – aber dann ist was Komisches passiert... Der Diskjockey hat nämlich nach den üblichen Rocknummern eine andere Scheibe aufgelegt... Und zwar Iron Butterfly, ›In-A-Gadda-Da-Vida‹... Dieses fast endlos lange Schlagzeugsolo... Naja – und da hat auf die Dauer jeder gepaßt... Ich auch. Aber stell dir vor, was der Pepi gemacht hat... Also, wie die Tanzfläche ganz leer war, ist er aufgestanden und unter diese Kugel getreten, die sich am Plafond gedreht hat ... So ein Pseudokristalldings aus Spiegelscherben ... Und dann, dann hat der Pepi zu tanzen begonnen ... Zuerst ganz verhalten, nur mit den Fingern und Zehen ... Ja, seine Zehen hat man auch gesehen, denn er hat, obwohl es noch Winter war, Sandalen getragen ... Dann aber, nach und nach, mit den Händen und Füßen ... Und dann mit den Armen und Beinen ... Und dann als Ganzer ... Und wenn ich sage als Ganzer, so mein ich als Ganzer ... Nach einer Weile, das schwör ich dir, hat es nichts mehr an ihm gegeben, was nicht getanzt hat ... Er hat Jeans und einen Pullover getragen, aber es war, als wär er nackt gewesen ... Er hat tatsächlich mit Leib und Seele getanzt ... Ob er gut getanzt hat? Ich glaube nicht ... Aber ich hab nie zuvor und nie danach jemanden gesehn, der *so* getanzt hat ... Und dabei ist das Licht dieser Kugel auf ihn gefallen, wie es nie auf andere Leute fällt ... Was soll ich dir sagen? Er hat geleuchtet, wie ein Glühwürmchen!

Na, zuerst hab ich gedacht, der zieht eine Show ab, aber das war keine Show ... Das war so wenig eine Show, daß ich dem Sog, der von ihm ausgegangen ist – ich sag dir, der hat mit der Zeit einen regelrechten Windwirbel verursacht – schließlich nicht mehr hab widerstehen können und die letzten Takte mit ihm getanzt hab ... Und dann ist er aufgewacht, ja, so ist es mir vorgekommen, und war gar nicht überrascht, daß ich da war ... Und hat nur gesagt: ›Komm‹, und ich war gar nicht überrascht, daß er das gesagt hat, und bin mit ihm gegangen.

Wohin? Du, das war mir in diesem Moment egal ... Ich bin einfach mitgegangen und hab nicht gefragt ... Wo wir geschlafen haben, also das war eine Bude irgendwo im 20. Bezirk ... Aber es war wie im Traum, und ich glaub, ich würd heut gar nicht mehr hinfinden ... Er hat die Tür aufgesperrt, und dann haben wir uns hingelegt ... Das heißt, wir sind hingesunken, zumindest ich ... Und er hat gefragt: ›Wie heißt du?‹ und ich hab gesagt: ›Mitzi‹ ...

Und er hat gesagt: ›Es ist gut.‹ Und dann hat er mich geliebt... Er hat mich tatsächlich geliebt, nicht einfach – du weißt schon... Und ich war ganz selig – nur er und ich, hab ich phantasiert, nur ich und er... Aber am nächsten Vormittag, wie ich aufgewacht bin, da hab ich bemerkt, daß wir nicht allein sind... Das war ja ein regelrechtes Matratzenlager, in das er mich verschleppt hat... Da sind schon der Peter gewesen und, glaub ich, der Andy... die Jackie, die Negerin, und ihr Kontrast, der Albinohansi... Da waren auch noch ein paar andere, die dann nicht bei uns geblieben sind... Aber die Kernpartie war schon halbwegs vorhanden... Naja, im ersten Moment hab ich gar nicht gewußt, ob mir das zusagt... Aber der Pepi hat gemeint, das sind alles seine Freunde, und wenn ich seine Freundin sein will, dann müssen halt seine Freunde auch meine Freunde sein... ›Was macht ihr da eigentlich miteinander?‹ hab ich gefragt, ›eine Art von Selbsterfahrungsgruppe?‹... ›Ja‹, hat der Pepi gesagt, ›so kann man es auch nennen‹... Schön. Also bin ich geblieben. Ihm zuliebe... Das heißt, eigentlich mir zuliebe, weil ich ihn halt geliebt hab... Das hat schon seine Richtigkeit, hat er gemeint, um andere lieben zu können, muß man zuerst einmal sich selbst lieben... Sonst ist ja die Aufforderung: liebe deinen Nächsten wie dich selbst, ein purer Zynismus... Daß er allerdings auch andere geliebt hat, und zwar nicht nur einfach so, mit Herz und Gemüt, sondern mit allem drum und dran, hat mich am Anfang schon gewurmt... Die Jackie, na bitte, hab ich gedacht, die ist schwarz, das ist halt wegen der Abwechslung... Aber damit hat es nicht sein Bewenden gehabt... Ein paar Tage später schon hat er eine gewisse Martha angeschleppt und gleich dazu ihre kleine Schwester, Maria... Die hat mich besonders geärgert – sozusagen eine Namenscousine... Noch dazu war sie blöd: Eine Masochistin... Wenn wir im Kreis gesessen sind und meditiert haben, wollte sie immer, daß der Pepi sie ins Kreuz haut... Sie war vorher in einem bioenergetischen Seminar, und dort hat das der Trainer angeblich gemacht, damit sie sich grad hält... ›Aber ich bin‹, hat der Pepi gesagt, ›gar kein Trainer‹... ›Du bist aber stark‹, hat sie geantwortet und ihn mit ihren Kuhaugen innig angeschaut, ›nicht wahr, du bist stark?‹ ... ›Nein‹, hat der Pepi gesagt, ›das eigentlich nicht‹... Da war sie enttäuscht und hat uns gottlob verlassen.

Wir haben dann übrigens auch bald ausziehen müssen... Die alte Frau, die auf demselben Gang gewohnt hat, hat sich nämlich wegen nächtlicher Ruhestörung beschwert... Also wohin? Wir waren ein bißchen ratlos... Aber der Pepi hat schließlich Rat gewußt... ›Ja, warum nicht?‹ hat er einige Male gemurmelt... ›Was: warum nicht?‹ hat der weiße Hansi gefragt... Der Pepi ist auf der Matratze gesessen, im Türkensitz, wie es so seine Art war, der weiße Hansi, der sich gern an seine Brust gelehnt hat, neben ihm... ›Wenn ihr Vertrauen zu mir habt‹, hat der Pepi gesagt, ›und außerdem ausnahmsweise ein bißchen zupacken wollt, dann, Freunde, ziehen wir in die beste Gegend von Wien!‹

Nun ist das für ihn, wie du weißt, nicht Hietzing gewesen... Wie er uns, ein paar Tage später, diese Ruine gezeigt hat, da haben wir aufs erste nicht gewußt, was wir sagen sollen... ›Das ist ja unmöglich‹, hat schließlich einer gesagt... ›Wenn man dran glaubt‹, hat Pepi gesagt, ›ist gar nichts unmöglich‹... Und dann ist er, uns voraus, die rostige Eisenleiter hinauf aufs Dach der Fabrik gestiegen... Und wie er da oben gestanden ist, den Rückenwind in den Haaren, also da hat er wirklich ausgeschaut wie ein Prophet... Und er hat auf die Ziegelteiche gezeigt und auf den Hügel, den wir später, weil er dort so gern geredet hat, Prohaskahügel genannt haben... Und hat verkündet: ›Das alles wird uns gehören!‹ –«

So (und so weiter) Mitzis Erzählung, von der ich mich vorerst löse. In einem Stapel alter Zeitschriften, die ich, da es mir schwerfällt, etwas wegzuwerfen, seit Jahren aufbewahre, habe ich nämlich eine Nummer des Magazins *en face* gefunden, auf dessen Titelseite Pepi prangt. Und zwar in der eben von Mitzi erwähnten Pose. Wirklich wie ein Prophet. Aus dem Bilderbuch. Ob das Bilderbuchfoto nun auf dem Prohaskahügel oder auf dem Dach der Fabrik, auf das mich mein Freund übrigens (siehe S. 204) schon früher geführt hat, entstanden ist, weiß ich nicht. Man sieht nämlich nur Pepis (nackten) Oberkörper mit viel Himmel dahinter, was darunter ist, fehlt. Der Artikel im Inneren des Blattes ist von beachtlicher Länge, ein Interview mit dem Bundeskanzler, das in der folgenden Nummer abgedruckt wurde, ist auch nicht viel länger. *»en face«*, steht da fettgedruckt zu lesen, »sprach mit dem Gebäudebesetzer und selbsternannten Propheten Pepi Prohaska.«

en face: Herr Prohaska, Sie und Ihre Anhänger haben dieses alte Fabriksgebäude hier am Fuße des Wienerbergs besetzt. Warum?

Prohaska: Wir wollen ein anderes Leben führen als das den meisten Menschen in unserer Zeit zugemutete. Darum.

en face: Was für ein Leben?

Prohaska: Ein unmittelbareres. Ein ehrlicheres. Ein einfacheres. Ein vergnüglicheres. Man könnte auch sagen: ein gottgefälligeres.

en face: Darauf werden wir noch zurückkommen, aber vorerst zu den Fakten. Sie und Ihre Jünger...

Prohaska: Sagen Sie lieber: ich und meine Freunde...

en face: Seit wann hausen Sie hier?

Prohaska: Seit Frühlingsanfang. Das war ein guter Termin.

en face: Nicht noch ein bißchen kalt?

Prohaska: Oh doch. Aber wir können uns aneinander erwärmen.

en face: Auch darauf werden wir noch zurückkommen. Wieviele waren Sie zu Beginn?

Prohaska: Sieben. Das ist eine gute Zahl.

en face: Und wieviele sind Sie jetzt?

Prohaska: Das wechselt. Sagen wir vierzig.

en face: Männlein und Weiblein?

Prohaska: Natürlich. So hat uns der liebe Gott konzipiert.

en face: Schön. Und was tun Sie hier?

Prohaska: Na, schaun Sie sich doch um!

en face: Sie säen nicht, Sie ernten nicht...

Prohaska: Nein. Aber wir haben zum Beispiel begonnen, diese Fabrik herzurichten.

en face: Auf eigenwillige Weise...

Prohaska: Klar sind wir eigenwillig.

en face: Keine Schwierigkeiten mit den Behörden?

Prohaska: Bis dato sind die vorsichtig.

en face: Wieso eigentlich?

Prohaska: Vielleicht liegt's an meinem Charisma.

en face: Sie meinen, die wissen nicht, was sie von Ihnen halten sollen?

Prohaska: So kann man es auch ausdrücken.

en face: Daß Sie den Kardinal und den Oberrabbiner eingeladen haben, Sie zu besuchen – stimmt das?

Prohaska: Ja, das stimmt.

en face: Und?

Prohaska: Ich warte.

en face: Worauf?

Prohaska: Ich warte auf Antwort.

en face: Angenommen, die beiden Herren besuchen Sie wirklich – glauben Sie, daß diese Wandgemälde...

Prohaska: Welche?

en face: Na die hier... daß diese Wandgemälde ihnen gefallen werden?

Prohaska: Und warum nicht?

en face: Man könnte sie, sagen wir, pornographisch finden.

Prohaska: Könnte man. Ja. Ich finde sie lebenslustig.

en face: Okay. Was machen Sie sonst außer mauern und malen?

Prohaska: Musik.

en face: Man hört es.

Prohaska: Wir singen und tanzen.

en face: Und weiter?

Prohaska: Wir fischen im Ziegelteich. Wir essen und trinken. Wir lieben uns und einander.

en face: Alles zur höheren Ehre Gottes?

Prohaska: Na sicher.

en face: Wieso?

Prohaska: Weil Gott das Leben, das die meisten anderen führen, mißfällt.

en face: Das hat er Ihnen gesagt?

Prohaska: Das hat er mir nicht zu sagen brauchen.

en face: Und was sagt er Ihnen sonst?

Prohaska: Tu weiter so, Pepi.

en face: Na, Gott befohlen! Sagen Sie – woher kommen Ihre Anhänger?

Prohaska: Sie meinen milieumäßig? Also das ist verschieden.

en face: Nicht doch im wesentlichen aus dem Studentenmilieu?

Prohaska: Ja, aber nicht ausschließlich. Die Ines da drüben zum Beispiel kommt aus einem Teppichbegehinstitut.

en face: Einem was?

Prohaska: Aus einem Teppichbegehinstitut. Das ist ein Institut, in dem man Spannteppiche begeht, um auszuprobieren, wie lang sie begangen werden können. Man begeht sie übrigens nicht persönlich, sondern maschinell. So sinnvoll hat sie bisher acht Stunden am Tag verbracht. Glauben Sie nicht auch, daß es Gott lieber ist, wenn sie das sein läßt?

en face: Das können wir nicht beurteilen. Aber Sie meinen wohl, daß das Sinnangebot des modernen Lebens...

Prohaska: Gewonnen, gewonnen! Dieses Angebot ist keins. Es wird für normal gehalten, daß man zwei Drittel des Tages, der Woche, des Monats, des Lebens, Blödsinn macht, um sich im dritten Drittel davon erholen zu können. Zum Ausgleich des dadurch entstehenden Sinndefizits bekommt man Geld und kann sich in dieser lebenslänglichen Sinnlosigkeit komfortabel einrichten.

en face: Sehen Sie das nicht etwas allzu pauschal?

Prohaska: Nein. Ich denke mir, Gott muß das auch so pauschal sehn.

en face: Ja, wenn er von sehr hoch oben herunterschaut. Aber einmal angenommen, es gibt ihn: sieht Gott nicht auch jeden einzelnen aus der Nähe?

Prohaska: Schon. Aber nicht als Konsumidioten, verstehn Sie? Und ebensowenig als Produktionstrottel, glaub ich. So sieht uns bestimmt nicht Gott, so sieht uns die Wirtschaft. Aber: Du kannst nicht zugleich Gott und dem Mammon dienen; Matthäus 6/24.

en face: Ja, Herr Prohaska. Auch wir haben die Bergpredigt zitiert. Aber wie stellen Sie sich das vor? Weg von der Geldwirtschaft? Zurück zur Tauschwirtschaft?

Prohaska: Es gibt einen Film mit den Marx-Brothers, den ich sehr gern hab. Da treffen sich zwei dieser Brüder, nachdem sie sich lang nicht gesehn haben – und dann zieht jeder der beiden die gleiche Stange Wurst aus der Brusttasche und überreicht sie dem andern.

en face: Wie sollen wir das verstehen?

Prohaska: Verstehn Sie's als Modell. Das ist nicht nur Warentausch, sondern auch Austausch von Liebe. Jeder hat dem andern etwas zu bieten, es ist im Grund genommen das andere vom selben. Aber man freut sich, umarmt sich und klopft sich gegenseitig auf die Schulter.

en face: Fein. Aber ziemlich utopisch, finden Sie nicht? Vor allem: wer zahlt die Salami?

Prohaska: (schweigt).

en face: Apropos zahlen. Pepi, wer finanziert Sie?

Prohaska: Nur wenn Sie's nicht weitersagen, verrat ich's: Moskau.

en face: Lassen wir das, Herr Prohaska. Viele Ihrer Anhänger sind sehr jung.

Prohaska: Na und? Wenn sie in Pension sind, ist es zu spät.

en face: Wozu?

Prohaska: Zum Leben.

en face: Nach *Ihrer* Façon?

Prohaska: Nach ihrer eigenen Façon. Das ist es, worauf es ankommt.

en face: Und wenn das alle tun?

Prohaska: Die Gefahr besteht nicht.

en face: Nur einmal angenommen.

Prohaska: Na, dann kommt vielleicht das Reich Gottes.

en face: Wahrscheinlich kommt eher der Kreislaufkollaps des Staates.

Prohaska: Das hätten Sie aber Jesus auch sagen können.

en face: Stichwort Jesus, Pepi. Ihr Selbstverständnis. Sie fühlen sich als Prophet. Haben Sie Gott gesucht?

Prohaska: Das ist ein Mißverständnis. Ich bin ja kein Heiliger. Ein Prophet ist nicht einer, der Gott sucht, sondern einer, der von Gott gesucht wird.

en face: Gott hat also *Sie* gesucht. Und hat Sie gefunden.

Prohaska: Es scheint so.

en face: Und Sie glauben, daß er in Ihnen den Richtigen erwischt hat?

Prohaska: Ich hoffe.

en face: Herr Prohaska, was prophezeien Sie eigentlich?

Prohaska: Auch das ist ein Mißverständnis. Ein Prophet ist ja kein Wetterfrosch.

en face: Sondern?

Prohaska: Einer, der zum Beispiel die Herrschenden schön schimpft.

en face: Im Namen Gottes?

Prohaska: Im Namen Gottes und der Menschen.

en face: Tun Sie das, Pepi?

Prohaska: Ich steh ja erst ziemlich am Anfang.
en face: Pepi Prohaska, wir danken für dieses Gespräch.

Über die Bezahlung der Salami hatte Pepi allerdings doch seine – in diesem Interview vielleicht aus taktischen Gründen verschwiegenen – Auffassungen. In der Türkei, erzählte er öfter, habe er ehemals zwei Fischer kennengelernt, Mustafa und Kadir mit Namen, die – er sei einige Wochen mit ihnen aufs Meer hinausgefahren – vom Ertrag ihrer beschaulichen Arbeit ihr einfaches, aber in dem Sinne, den er im Sinn habe, gutes Leben hätten fristen können. Abends die Netze auslegen, morgens die Netze einholen – zwischen acht und neun Uhr vormittags sei der zuweilen karge, zuweilen aber auch reiche Fang schon im Boot gewesen. Die kleinen Fische hätten sie den an der Mole wartenden Katzen geschenkt, die größeren noch vor zehn auf dem Markt verkauft, je zwei oder drei für den Eigenbedarf zurückbehalten, für die täglichen Bedürfnisse ihrer Familie habe es immer gereicht, und der nicht unerhebliche Rest ihrer Stunden sei für Muße und Meditation übriggeblieben.

Nun, ich will mich hier nicht im Ernst darauf einlassen, die Bedingung der Möglichkeit zur Realisierung einer solchen Idylle ohne Rückfall in vorindustrielle und somit auch vorkomfortable Verhältnisse zu reflektieren. Pepi war halt, zumindest mit *einer* – übrigens kaum der schlechtesten – Seite seines Wesens, ein Romantiker (außerdem hatten auch Mustafa und Kadir, wie er manchmal zugab, noch andere als die erwähnten Bedürfnisse, etwa einen neuen Außenbordmotor oder einen Kassettenrecorder zur Vertreibung der doch ab und zu aufkommenden, maritimen Langeweile). Abgesehen aber von den Witterungsverhältnissen bei uns und den politischen Verhältnissen in der Türkei, die doch, will mir scheinen, gewisse Bedenken hinsichtlich des Imports dieses Mustafa-Kadir-Modells nahelegen, gibt es für seine allgemeine Einführung sicherlich eine fast unüberwindbare Barriere. Die sogenannten Sozialpartner, die viel Gutes für unser Land getan haben, aber in den letzten Jahren mehr und mehr zu der tautologischen Feststellung ›Mir san mir‹ neigen (eine Fest-Stellung im wahrsten Sinn des Wortes, denn wenn man sie recht versteht, dann hat sich ihr zufolge weder mentalitätsmäßig noch strukturell was zu ändern, warum auch, wenn doch *sie sie* sind, Bescheidenheit beiseite, die sogenannten Sozialpartner und ihr Sozialpartnerschaftsstaatsvolk, das zumindest diese Maxime von ihnen gelernt hat, würden es – man verzeihe mir diesen Exkurs – nicht goutieren).

»Eine gewisse Bescheidenheit vorausgesetzt«, die auch anderen Menschen gut anstehen würde, predigte allerdings Pepi in Rück- und Hinblick auf ein schönes, einfaches, beschauliches Fischerleben, »eine gewisse Bescheidenheit vorausgesetzt, geht das.« Am Fuße des Wienerbergs wäre es allerdings nur gegangen, wenn das prädiluviale Meer, dessen Vorstellung er so gern heraufbeschwor, noch dagewesen wäre. Der Ertrag des Fischfangs aus den Ziegelteichen nämlich (vor allem fing man ihre Winzigkeit schon durch ihren volkstümlichen Namen verratende ›Spenadler‹, seltener auch nicht gerade durch ihre Größe beeindruckende Rotschwänze) reichte keineswegs zur Stillung des Hungers seiner zugegebenermaßen relativ großen Familie. Ganz abgesehen davon, daß eines Tages ein grauhaariger Herr im grauen, wenn man Pepi Glauben schenkt, auch noch fischgrätenbemusterten Anzug erschien, um Pepi und die Seinen darauf aufmerksam zu machen, daß Fischen in unseren Breiten nur mit Fischkarte erlaubt sei, denn sonst könnte ja ein jeder. »Solche Herren wie der«, sagte Pepi, als der Graue, angeblich Fischgrätenbemusterte wieder weg war, »gehören in jener Welt, die ich mir vorstelle, eben in Pension geschickt.« – »Und wer«, soll Kuno, den wir noch kennenlernen werden, schon damals geätzt haben, »wird die Pension für *die* wovon bezahlen?« Jedenfalls deckte der ab da bewußt illegal weiterbetriebene Ziegelteichfischfang (ich folge hiemit den über ihre bisherige Erzählung hinaus gegebenen weiteren Informationen Mitzis) den Versorgungsbedarf der Gruppe nur ebenso unzureichend wie der nach und nach überhand nehmende Erdäpfel- und Kukuruzdiebstahl auf den gegen Inzersdorf und Oberlaa zu noch recht bebauten Feldern. Zwar brachte, zumindest war es so ausgemacht, jeder mit, was er hatte, aber die meisten, die Pepi folgten, hatten nicht viel.

Es war also wirklich ein Glück, daß René dazustieß. Dieser René, ich habe ihn, wenn auch nur flüchtig, zu Gesicht bekommen, war ein Industriellensohn mit schlechtem Gewissen, eine, wie man sich denken kann, für Pepi in dieser problematischen Lage geradezu ideale Kombination. Um ihm dieses schlechte Gewissen anzusehen, mußte man übrigens kein großer Psychologe sein, schon die Art wie er auftrat: blaß, leise, und wie er sprach: sich trotzdem schnell ereifernd, verriet ihn. Andererseits war er nicht bar jeder Selbstironie, ja die Selbstironie, die er hatte, war genau von der Art, die Pepi, diesbezüglich – der Leser weiß es – selbst nicht übel ausgestattet, brauchte. Renés Vater, ein zumindest auf Fotos freundlich aussehender Bürger älteren Stils, hatte nicht nur eine Textilfabrik, die von der damals gerade auf sich aufmerksam machenden Frauenbewegung für frauenfeindlich erklärte Negligés erzeugte, sondern auch gewisse, der kapitalistischen Wirtschaft immanente Probleme. Probleme, denen er durch, wenn auch seiner persönlichen Ansicht nach moderate Rationalisierungsmaßnahmen entgegenzuwirken versuchte. Maßnahmen, die den Negligékönig unpopulär machten, obwohl sie – sein einige Jahre nach den hier geschilderten Ereignissen angemeldeter Konkurs ist der Beweis dafür – nichts nützten. Aber vielleicht hat auch sein Sohn zu diesem nicht nur materiellen, sondern dem Vernehmen nach ebenso ideellen Konkurs das Seine beigetragen. Ihn fischte sich Pepi (befremdlich, wo er sich, wenn er die Wienerberggründe verließ, herumtrieb) im ›Salettl‹, einem am anderen Ende der Stadt gelegenen Treff schicker Bodenkultur- und Welthandelsstudenten. »Ich hab auch eine Fabrik«, sagte er, nachdem René, etwas angeheitert oder auch -getrauert, aus seiner noch nicht, aber absehbar bald durch Besitz beschwerten Seele keine Kapitalistengrube machte, »ich hab auch eine Fabrik, aber die ist ganz und gar im Eigentum der mit mir übrigens völlig gleichberechtigten Belegschaft.« Über diese völlige Gleichberechtigung, fügte Mitzi, das erzählend, hinzu, hätte man streiten oder zumindest lang diskutieren können. Aber Pepi und René diskutierten an diesem lauschigen Abend (sie saßen, Mitzi war dabei, im Garten des ›Salettls‹, und René spendierte »jede Menge« Drei- oder gar Fünfsterncognac) über etwas ganz anderes.

»Geld macht nicht glücklich«, lallte nämlich René.

»Natürlich nicht«, sagte P. P. »Wie könnte es auch.«

»Was meinst du?« stutzte René.

»Na, was ich dir sage. Geld *kann* gar nicht glücklich machen. Geld ist nur Schein!«

»So?« sagte René und griff nach seiner, wie Mitzi am Geruch erkannte, schweinsledernen Brieftasche. Und zog einen Tausendschillingschein heraus und legte ihn, unbesorgt ob der sich eben erhebenden Abendbrise, auf den Tisch.

»Nur Schein so ein Schein?«

»Nur Schein«, sagte Pepi, »genau.«

Und nahm die Banknote und verbrannte sie demonstrativ in der Flamme des pseudobiedermeierlichen Windlichtchens, das die Cognacgläser beleuchtete.

Dies imponierte, so Mitzi, René gewaltig. Er reichte Pepi einen Tausender nach dem anderen, und Pepi, mit einem pyromanischen Glitzern in den Augen, verbrannte weitere drei. Beim vierten berührte sie seinen Unterarm in beschwichtigender Absicht, beim fünften öffnete er endlich seinen Mund und sprach: »Einer wie du«, sagte er zu René«, »fehlt eigentlich noch in unserer Sammlung – wie wär's wenn du zu uns kämst?«

Und dieses verrückte Huhn (so Mitzi) kam wirklich. Das heißt, um genau zu sein, Pepi, der gern Karten zeichnete, skizzierte, als René einwandte, er habe doch vor einem solchen Schritt noch gewisse Angelegenheiten zu erledigen, stillschweigend den Weg zur Fabrik auf einer Papierserviette. »Wenn du kommen willst«, sagte er, »so komm, wenn nicht, laß es bleiben. Bleib, was du warst, oder werde, was du bist – es ist deine Entscheidung.«

»Na hör einmal«, sagte Mitzi dann draußen auf der Straße zu Pepi, »du hast aber ein Gottvertrauen!«

»Ja klar«, gab Pepi zur Antwort, »hätte ich kein Gottvertrauen, so wär ich kein Prophet.«

Vielleicht hätte ich hier relativierende Formen verwenden müssen: *will* Mitzi dann draußen auf der Straße zu Pepi gesagt haben, *soll* Pepi darauf geantwortet haben – denn Mitzi, das wurde mir schon beim Anhören ihrer Erzählung und wird mir erst recht bei deren schriftlicher Wiedergabe bewußt, neigte (vor allem natürlich, was ihre eigene Rolle darin betraf) zum Ausschmücken ihrer Story. Doch finde ich den eben zitierten Zweisatzdialog schön genug, um wahr, beziehungsweise zu schön, um falsch zu sein.

Dann aber – es muß um die Zeit gewesen sein, zu der Pepi auf dem später nach ihm benannten Prohaska-Hügel seine Berg- oder genauer Hügelpredigt hielt –, dann aber tauchte Max auf. Er war einer von denen, die auf den Lößhängen der Umgebung, ihre nach allen Regeln dieser zweifelhaften Kunst auffrisierten Mopeds malträtierend, Motocross trieben. Am Anfang, stelle ich mir vor, werden sie ihn kaum beachtet haben: Pepi, den komischen Heiligen, wie er dort oben auf der Anhöhe saß, im Schneider-, Türken- oder Lotussitz, umgeben vom Häuflein der Seinigen. Allmählich aber sich annähernd, könnten einige von ihnen da und dort herumgelungert sein, schräg aus der Lederwäsche schauend, geringschätzig grinsend, im lässigen Mundwinkel Austria 3-Zigaretten oder Bazooka-

Kaugummi kauend. Dem Vernehmen nach hat Max den Propheten zuallererst mit »Reservechristus« angesprochen. »Reservechristus, was machst denn da« etc., eine Wendung, die wie ein Zitat klingt, aber es ist unwahrscheinlich, daß Max besonders belesen war. Mag er sie also spontan gebraucht haben, diese Wendung – einen mehr oder minder jungen Mann mit mehr oder minder langem Haar und Bart als Reservechristus zu bezeichnen, galt in gewissen Milieus auch damals, beinah ein Jahrzehnt nach Aufkommen dieser Mode, noch für originell. Und Pepi, wenngleich wegen der einleitenden Einschränkung (: Reserve-) etwas pikiert, beschloß, sich ans letzten Endes Wesentliche (: Christus) zu halten und fühlte sich erkannt.

»Ich predige«, sagte er folglich, »das merkst du doch!«

»So«, antwortete Max ungefähr, »predigen tust du also. Ich hab nicht zugehört.«

»Dann *hör* halt zu!« sagte Pepi.

»Ah was!« sagte Max. Er brauche das nicht. Er sei doch nicht deppert. Er stehe nicht auf das.

Und ließ seinen Motor aufheulen zwischen den rauhen Beinen und fuhr, gefolgt von seinen Kumpanen, fürs erste davon. Aber fürs zweite kam er wieder. Allein. Es war am nächsten oder übernächsten Tag, Pepi- (und wer weiß, vielleicht auch Jesus-) Christus predigte seine Bergpredigt nämlich in Fortsetzungen.

»Predigst du Wasser oder Wein?« fragte Max.

Antwortete Pepi: »Natürlich Wein!«

Das gefiel einem Max, obwohl er eigentlich lieber Bier trank. Trotzdem blieb er vorläufig ruppig, kommentierte Pepis Reden mit überdeutlichen Unmutsäußerungen und rückte dem Propheten angeblich sogar mit dem Springmesser zu Leib. »Geh scheißen!« forderte er ihn auf, »hau dich über die Häuser! Schieb den Wind!« Drei Formulierungen, die (für nur des West-Deutschen mächtige Leser merke ich das hier an) alle ungefähr dasselbe bedeuten, nämlich: get out of my life! Pepi jedoch, seiner Sendung immer gewisser, verschwand keineswegs aus Maxens Leben, sondern spielte, im Gegenteil, in der Folge eine nicht unerhebliche Rolle darin. Wie auch, in Wechselwirkung, Max eine nicht unerhebliche Rolle in Pepis Leben spielen sollte – und zwar lang über die Zeit der Ereignisse, die ich eben zu schildern im Begriff bin, hinaus. Vorläufig blieb mein Freund, obwohl er sich, wie er mir später gestand, schrecklich vor der Messerspitze an seiner Kehle fürchtete, jedoch sitzen und ließ es sozusagen darauf ankommen. Und nach einer (so Pepi wörtlich:) »ziemlich endlosen Weile« schnappte das Springmesser mit einem sehr hellen Klick zurück, und der arme Teufel Max, sich am Mopedlenker festhaltend, entfuhr aufs neue.

Das dritte Mal kam er seltsamerweise zu Fuß. Es war auch nicht auf dem Hügel (die Predigt war zu Ende), sondern in der Fabrik, während Pepi und seine Anhänger – tatsächlich gab es auch das – arbeiteten. Sie versuchten, der Baupolizei und der Statik zum Trotz, eine eingestürzte Mauer wieder aufzurichten, Max lehnte, so Mitzi, eine gute Viertelstunde schweigend daneben, blies Kaugummiblasen und schüttelte den Kopf. »Das kann man ja net mitanschaun«, sagte er schließlich, »eure Mauer da wird ja *nie* grad!«, krempelte sich die Ärmel auf und arbeitete mit. Nachher, beim Essen, wurde er dann gesprächig. »Mein Eisen« (damit meinte er sein Moped) »mein Eisen ist hin«, sagte er, »und außerdem hab ich Wickeln mit meinen Alten.« – »Na und?« fragte Pepi, »warum erzählst du uns das?« – »Sie haben mich rausgeschmissen!« sagte, an seiner Unterlippe nagend, der hiemit zur Schar stoßende Problemjünger. »Kann ich für eine Nacht bei euch bleiben?«

»Ja«, sagte Pepi später, »ich habe ihn geliebt. Für ihn habe ich vom Reservechristus zum richtigen Christus werden wollen, aber ich habe es nicht geschafft. Also habe ich ihn zu wenig geliebt und mich zu sehr, das ist die traurige Wahrheit. Ich habe die anderen immer zu wenig und mich immer zu viel geliebt, das muß einmal gesagt werden.«

Da war natürlich etwas Richtiges dran. Trotzdem konnte ich solche, in Pepis Midlifekrisenjahren, von denen, leider! noch genug die Rede wird sein müssen, häufig auftretenden Anfälle von Selbstbezichtigung nicht ausstehn. »Schon recht«, sagte ich dann meistens und wandte mich wieder meiner Arbeit zu, während er, der Nichtmehr- und Nochnicht-Prophet mit den trotz ihrer Bläue dackelhaft melancholisch gewordenen Augen mutmaßlich weit weg von seinem dem meinen benachbarten Schreibtisch sinnierte. Aber zurück ins Jahr '74, das Jahr seines ersten, kometenhaften Prophetenaufstiegs.

Kometenhaft. Man glaube nicht, daß ich diese Metapher für Pepis damaligen Auf- und bedauerlicherweise auch Abgang ganz einfach aus der Luft greife. Oder vielmehr: ich greife sie wohl aus der Luft, denn in der Luft (oder genauer: darüber: am Himmel) hing damals – wie schon erwähnt – ein Komet. Der hieß, nach seinem Entdecker, einem tschechischen Astronomen, Kohoutek, und das klang (ein gewisses Vorurteil gegen die ›Böhm‹ hat sich in Wien, trotz oder wegen der rund 50% tschechischen Namen im städtischen Telephonbuch, erhalten) schon so, als könne man ihn nicht ganz erst nehmen. Wie man vielleicht auch einen Propheten, der Prohaska heißt – aber nein, ich will meine diesbezüglichen Spekulationen nicht zu weit treiben. Der Kohoutek jedenfalls, von der Presse vorschüssig als das größte astronomische Ereignis des Jahrhunderts gepriesen, zerstob nach spektakulärem Erscheinen zu Anfang des Jahres gegen Ende des Jahres in ein desillusionierendes, asteroidisches Garnichts. Und Pepi, zu Anfang desselben Jahres, vielleicht nur infolge seiner Chuzpe, aber immerhin, für bedeutend genug gehalten, um (nackten Oberkörpers, wehenden Haupt- und Barthaars, man erinnert sich) einen Magazintitel zu zieren (manche, wie ich mir denken kann z.B. seine Schwiegereltern, fanden wahrscheinlich auch: zu verunzieren), wo war er gegen Jahresende? Ja also, wo war er? Nein, ich sag es noch nicht! Ich will als Schreiber nicht meine Vorlieben und Abneigungen als Leser verleugnen – und Biographien, denen man, von der Ungeduld des Autors zu ständigen Zeitsprüngen gezwungen, kaum folgen kann, sind mir zuwider.

Zu jener Zeit also stieß Max, der Schwarzlederne, zu Pepis Schar. Und so rauh seine Schale war, so weich – welchen psychologisch auch nur Halbgebildeten wundert's? – war sein Kern. Kaum hörte ihm Pepi zu (und das konnte er damals schon ganz gut, ja vielleicht war das überhaupt eines der Geheimnisse seines prophetischen Erfolges: daß er, so viel er auch selbst redete, zumindest den Eindruck erweckte, manchmal zuzuhören), kaum also hörte ihm Pepi zu, quoll dieser Kern, womit er wohl, definitionsgemäß, kein rechter Kern sein konnte, buchstäblich aus Max heraus. Derart erwies sich der gar nicht mehr harte, sondern bestenfalls kernweiche Bursche über Nacht (die erste, aber keineswegs letzte Nacht, die er in der Fabrik verbrachte) als Problemkind.

Persönlich lernte ich Max gleich anläßlich meiner ersten Visite in Pepis, wie soll ich es nennen, Kommune (?) kennen. Ja, ich gestehe, ich hielt es, so absurd das nach manchem bisher Erzählten auch scheinen mag, wieder einmal nicht ohne Pepi aus, dazu hörte und las ich damals zu viel von ihm, und besuchte ihn mit für den Fall, daß er mich (spöttisch) nach dem Grund meines Kommens fragen würde, vorbereiteten Rationalisierungen. Ihre Wiedergabe erspare ich mir hier, sie waren, muß ich zugeben, samt und sonders nicht sonderlich glaubhaft. Er aber, Pepi, fragte mich ohnehin nicht – er hielt meine Huldigung (so sah er sich immer noch/immer wieder ähnlich) ganz einfach für selbstverständlich.

»Servus, Haberer«, sagte also Max, ohne auch nur meinen Namen zu wissen oder überhaupt wissen zu wollen, indem er mich zur Begrüßung mit seiner Bärentatze vor die Brust stieß. Und schon fing er an, mir seine Geschichte zu erzählen, Suff und Prügel im Elternhaus, Ungerechtigkeit und Unterdrückung in der Schule, das alles kaum zu verdauen, also ein schwerer Pinkel Wut im Bauch. Und wo sollte einer wie er, unter diesen Voraussetzungen pubertierend, in der nicht zuletzt emotionalen Wüste der Hasenleitensiedlung zu Wien Simmering Liebe finden oder gefunden haben, he? Und wäre er nicht Pepi begegnet, den er allerdings beinahe versehentlich abgestochen hätte, aber Pepi, wenn auch rein körperlich, verglichen mit ihm zumindest, ein Henderl, Pepi sei stark, stark im Schädel, stark im Herz, und auch das imponiere ihm, obwohl es sich auf Schmerz reime, wäre er also nicht Pepi begegnet, er hätte bis heute keine gefunden, was (?), na Liebe natürlich, schluchz, u. s. w.

Pepi sagte ihm: »Du wirst einer von uns. Geh weg von denen, die dich nicht verstehen, komm zu denen, welchen es ähnlich ergangen ist wie dir, nimm Platz in ihrem Kreis. Was brauchst du dann Vater und Mutter, hier sind deine Brüder und Schwestern. Mag es dort drinnen kalt sein, hier draußen brennt auch für dich ein Lagerfeuer.«

»Aber das hat nicht gestimmt«, räsonierte er später. »Wir waren nicht seine Brüder und Schwestern, so leid es mir tut. So ähnlich wie ihm ist es keinem von uns ergangen. Wir haben leicht Peripherie spielen gehabt, er ist – im Ernst – von vornherein draußen gewesen, gerade weil er so mittendrin war.«

»Wo mittendrin?«

»Im systemimmanenten Schlamassel.«

Auch wenn, wie Mitzi behauptete, vieles an den Geschichten, die Max erzählt habe, nicht wahr gewesen sei.

»Was zum Beispiel?«

»Zum Beispiel das mit dem Alkoholiker als Vater.«

Tatsächlich sei kein Vater aufzutreiben gewesen. Aber die Mutter, so viel stehe fest, *war* Milchfrau.

»Naja, aber« (Mitzi:) »was soll's, der Max hat noch ganz andere Sachen erzählt. Und wir haben sie gefressen, das heißt, wir haben so getan, als ob wir sie fressen würden, das war ein Teil der von Pepi verordneten Therapie. Vielleicht hat er, der Pepi mein ich, so viel Verständnis für sowas aufgebracht, weil er selber so gern fabuliert hat. Aber die Geschichten, die der Pepi erzählt hat – ja sicher, auch ihm bin ich nach und nach auf die Schliche gekommen –, also die Geschichten, die der Pepi erzählt hat, waren raffiniert konstruiert, die Geschichterln vom Max hingegen ...«

Wiedemauchsei, dieser Max war speziell zu behandeln. Und hatte es mutmaßlich nötig – allerdings wurde er auch, den Verdacht werde ich nicht los, von Anfang an ein Objekt des Prohaskaschen Ehrgeizes. An einem Typ wie ihm hätte sich ein Prophet ja wirklich bewähren können. »Ich taufe dich«, sagte Pepi anläßlich einer nur für Max improvisierten, aber alle beeindruckenden Zeremonie am Ziegelteich, »ich taufe dich auf den Namen Moritz!« – doch solches Begießen allein bewirkte keine an die Wurzeln einer von früh auf verkrümmten Existenz reichende Veränderung.

Was aber hätte *die* schon bewirken können? Die Streichelmatte, die man extra um seinet-, Maxens, willen einführte, mit einer täglich gesteigerten Dosis Streicheleinheiten von sämtlichen Jüngern und Jüngerinnen? Abgesehen davon, daß Max – ich folge, selbst gottlob nicht dabei gewesen, nach wie vor den Ausführungen Mitzis –, abgesehen davon also, daß Max »schwer gepanzert« reagierte, gab es sozusagen tief unter diese verspannte Oberflächenproblematik hinabreichende Probleme. Nicht, daß sie prüde gewesen wären in diesem immer lauer werdenden und sich, ehe man's richtig mitbekam, als Sommer entpuppenden Frühling am Fuße des Wienerbergs – aber Maxens Voraussetzungen waren, ob es nun wahr sein sollte oder nicht, andere als die der anderen, und mit der vorhin erwähnten Wut im Bauch war auch ein Stau gekoppelt, mit dem fertig zu werden, respektive dessen Folgen sich auszusetzen nicht jedermanns und schon gar nicht jederfrau Sache war.

Just zu jener Zeit machte sich Pepi auch daran, diversen Politikern auf die Nerven zu fallen. Er fing damit an, daß er zahlreiche Briefe schrieb. ›Sehr geehrter Herr Bundeskanzler / Bundesparteiobmann / Generalsekretär / Präsident / Finanzminister!‹ Aber diese Briefe – sei es, daß sie durch abschirmende Mitarbeiter der mehr oder minder Mächtigen von eben denen, die sie eigentlich angingen, ferngehalten wurden, sei es, daß sich die dadurch wirklich nichts als belästigt fühlten – blieben, vom ersten bis zum letzten, ohne Antwort. Ob das nun an der Form lag oder am Inhalt, ich weiß nicht. Die Überschriften zumindest (s. o.) entsprachen den Gepflogenheiten, die Unterschriften, wie man gleich sehen wird, schon weniger. ›P. P., von Gott berufener Auf die Finger Klopfer‹, stand da zu lesen oder (meines Erachtens prägnanter:) ›P. P., Anwalt der Beschissenen‹. Was dazwischen stand, kann ich nicht wörtlich wiedergeben, habe ich doch in Pepis schon einige Male erwähntem hinterlassenen Koffer nur aus solchen Über- und Unterschriften bestehende Entwürfe gefunden und kenne die vollständigen Briefe nur vom Hörensagen.

Jetzt habe er's ihnen aber, sagte Pepi etwa, als er mich ein paar Wochen nach meinem Besuch bei ihm und den Seinen völlig überraschend in der Bücherei beehrte, jetzt habe er's ihnen aber hineingesagt! Beziehungsweise hinein*geschrieben* habe er's ihnen, damit sie es ein für allemal wüßten! – »Wem?« fragte ich rhetorisch, vorläufig weniger an einer wirklichen Antwort auf diese Frage interessiert als daran, den prophetisch Gekleideten, an einem knorrigen Stab durchs Foyer meiner Arbeitsstätte Dahergeschrittenen ohne weiteres Aufsehen hinauszukomplimentieren. »Den Herrschenden«, sagte er nichtsdestoweniger hallend, »die sich von den Stimmen des Volkes wählen lassen und dann auf die Stimme Gottes oder die

Stimme ihres Gewissens, was nicht dasselbe, aber ein Gleiches ist, nimmermehr hören!« Ich wurde, das fühlte ich, nach langer Zeit wieder einmal rot, lächelte der beim Drehkreuz sitzenden Kollegin verständnisheischend zu und drängte Pepi aus der Tür. »Bist du verrückt?« fragte ich überflüssigerweise, »ich bin hier angestellt, und zwar mit allen Sozialleistungen und letztendlicher Pensionsberechtigung, ich will es auch bleiben! Im übrigen wäre es besser, wir würden, und sei es auch nur zur Tarnung, miteinander reden wie normale Menschen. Also komm schon – gehn wir auf einen Kaffee!« »Alter Freund!« sagte Pepi überraschend gerührt und drückte mir die Hand. Im Espresso setzte ich ihn an einen von der Straße aus nicht sichtbaren Tisch und telephonierte rasch mit einem erst kurze Zeit davor zu uns gestoßenen Kollegen. Daß ich aus familiären Gründen dringend hätte wegmüssen, sagte ich ihm, und daß er ab und zu einen Blick in mein Zimmer werfen solle. Nein, keine Fragen jetzt bitte, Erklärungen würden nachgeliefert.

»Weißt du, Engerl«, sagte Pepi, als ich zu ihm, der inzwischen, den von mir bestellten Kaffee verschmähend, an einem Glas (wie ich erst beim Bezahlen mitbekam, war es schon das zweite) Sliwowitz schnupperte, »ich geh jetzt in die Offensive!« Der Wirt und die wenigen Gäste, die um diese frühe Stunde an der Bar lehnten, starrten uns, das heißt ihn, an und grinsten blöd; mir ist die ganze Szene noch heute, da ich mich in sie zurückzuversetzen versuche, recht peinlich. »Ich werde denen schon zeigen, was ein Prophet ist!« Mit diesen Worten meinte Pepi aber nicht die Idioten im Espresso, sondern die um Politik bekümmerten Adressaten seiner Briefe. Diese Briefe, erzählte er, habe er heute vormittag auf der Hauptpost aufgegeben. Expreß und rekommandiert, denn es sei viel, was von ihnen abhänge. Und danach sei er halt auf die Idee gekommen, einmal bei mir in der Bücherei vorbeizuschauen, ganz einfach so. Oder nein, doch nicht ganz einfach so, also er habe, ehrlich gestanden, das Bedürfnis gehabt, sich wieder einmal auszuquatschen, und zwar – das sagte er ausdrücklich – mit mir.

»Siehst du«, sagte er, »die dort draußen halten mich alle für wasweißdennichwas. Wofür hältst eigentlich du mich?«

Darauf, erinnerte ich ihn, hätt ich ihm schon einmal geantwortet, auch wenn er die Frage damals ein wenig anders gestellt habe.

»Ah ja«, sagte er, »für den Pepi Prohaska. Aber wer ist das?«

»Na«, sagte ich, »wenn du das selber noch immer nicht weißt ...«

»Gesetzt den Fall«, sagte er, »also es könnte ja immerhin möglich sein, nicht wahr, ich bin wirklich ein Prophet. Also ich *bin* ein Prophet – verhalte ich mich dann richtig?«

Das wußte ich nicht.

»Was bleibt mir denn anderes über? Wenn ich ein Prophet bin, muß ich die eingerissenen Zustände geißeln. Und diese Zustände sind ja wirklich keine Zustände!

›Deine Fürsten sind Abtrünnige und Diebsgesellen, sie nehmen alle gern Geschenke und trachten nach Gaben. Dem Waisen schaffen sie nicht Recht und der Witwe Sache kommt nicht vor sie ...‹«

»Na also bitte«, sagte ich, »den Witwen und Waisen geht es, glaub ich, gar nicht so übel in unserm Sozialstaat.«

»Du weißt, was ich meine«, sagte er. Und tatsächlich, ich wußte, was er meinte.

Zwar war die Kritik etwas vage und undifferenziert. Aber – den bibelfesten Leser gefragt – war die Kritik des Jesaia das nicht auch? Sei's, wie es sei, ich will mich hier auf keine weiteren Rekonstruktionsversuche seiner damals im Espresso gehaltenen Reden einlassen. Und schon gar nicht auf Rückschlüsse bezüglich der Inhalte jener oben erwähnten Briefe: zu groß scheint mir heute, in einer historischen Situation, die, leider muß ich das sagen, nicht besser geworden ist, die Gefahr der Projektion.

Weg von den Rekonstruktionen und Spekulationen also, zurück zu den Tatsachen. Verbürgt durch Mitzi: als Pepi damals zu seinen mehr oder weniger Lieben, die er, um des Postwegs und wohl auch ein bißchen um meinetwillen kurzfristig verlassen hatte, in die Fabrik heimkehrte, hatte Max gerade zum ersten Mal durchgedreht. Es folgten noch mehrere Male, aber wahrscheinlich (auch weil es so unerwartet kam) war dieses erste Mal das spektakulärste. »Das war vielleicht etwas«, so Mitzi, »na habedieehre!«

Während Pepi in die Offensive zu gehen gedachte, hatte sein Problemjünger anscheinend Ähnliches im Sinn. Obwohl auf andere (jeder auf seine) Weise. Zwar hatten sich inzwischen, das heißt seit den ersten, nicht ganz gelungenen Kommunikationsversuchen auf der Streichelmatte doch einige besonders mildtätige Jüngerinnen im Sinne noch etwas intimerer Kommunikation seiner erbarmt. Aber da konnten sie tun, was sie wollten oder genaugenommen eben nicht wollten – er merkte halt leider, daß dies Erbarmen *war*. An diesem Vormittag ohne Pepi nun wollte Max etwas anderes als Erbarmen. Und zwar, in Abwesenheit des Meisters, am liebsten gleich von der Meister*in*. Ich bin auf diese Frage, die mich im übrigen wenig interessiert, bisher schon deshalb nicht eingegangen, um gewisse Gerüchte, die eine sensationslüsterne Presse später verbreitet hat, nicht zu nähren, aber hier muß sie berührt werden: Pepi Pascha hatte natürlich seine Favoritinnen. Um diese Zeit nun (und bis zum Schluß des Monte Wien-Experiments) war Pepis Favoritin eine gewisse Gipsy. Ob sie wirklich Zigeunerin war, weiß ich nicht, dunkel, das heißt obskur, war sie, beschrieben von Mitzi, jedenfalls. Dieser Dame nun (manchmal habe sie Pepi auch – eine besondere Maß- und Geschmacklosigkeit angesichts des simpel Pseudoexotischen – seine Königin von Saba genannt) habe Max an diesem Morgen nachgestellt. Aber ihre Antwort auf seinen Umarmungsversuch sei (offenbar hatte die Königin einen durch ihre, wenngleich von Mitzi sarkastisch angezweifelte Position genährten Stolz) eine weit durchs Fabriksgelände schallende Ohrfeige gewesen. Mit einem Wort: sie erbarmte sich nicht einmal. Wandte sich von Max, nachdem sie ihn derart gebrandmarkt hatte (ihre Hand, so Mitzi, war noch längere Zeit auf seiner Wange sichtbar), einfach ab und Besserem zu. Nämlich der Vollendung des Mittagessens, wobei sie – das Kochen dort draußen war, wenn man Mitzi Glauben schenkt, eine ebenso kollektive wie, und das ist merkwürdigerweise kein Widerspruch, schöpferische Tätigkeit – wegen ihrer ausgefallenen, aber nachher, beim Kosten, meist sehr überzeugenden Würzvorschläge sehr beliebt war. »Eine Hex war sie halt«, so Mitzi, »aber beim Kochen eine gute.« Jedenfalls ließ sie den Maxi »angelehnt«. Und der lehnte eine Weile herum, tragisch monologisierend, wurde aber nicht entsprechend beachtet. Und dann, gerade sollte das Triangel (ein Mitbringsel von irgend jemandem, der durch Mexiko getrampt war) erklingen, ein schöner und anheimelnd schwingender Ton, der zu Tisch rief, erklang stattdessen Maxens Stimme von oben. Und da stand Max, heulend wie ein Muezzin, so bitte nicht ich, sondern Mitzi, auf der höchsten Spitze des Schornsteins, der über eine – allerdings schadhafte – Außenleiter zu erklimmen war, und versetzte alle in Panik:

Daß man ihn ja nicht liebe, schrie er, sondern vielmehr nur so tue, als ob man ihn liebe. Und daß er, weil er ja nicht blöd sei, das ganz gut durchschaue, jawohl, und jetzt auf der Stelle bereit sei, daraus die Konsequenzen zu ziehen. Und sie alle, die nun da unten stünden und lächerlich gafften, und seine Alten, und die Gesellschaft, und die Welt, sie würden gleich sehen, wie weit sie ihn gebracht hätten. Und dann würde es ihnen leid tun, und dann würden sie um ihn weinen, aber nein, wahrscheinlich würden sie ohnehin froh sein, ihn auf diese Weise loszuwerden, aber diesen Gefallen könne er ihnen gern machen.

In diesem Moment, so Mitzi, kam gottseidank Pepi. »Komm runter«, rief er. »Ah, der Herr Gut«, schrie Max,

»schön, daß du auch noch zurecht kommst, schau, ich tu soeben ein Werk tätiger Nächstenliebe.« – »Komm bitte runter«, rief Pepi, »und red keinen Stuß!« – »Was heißt, ich red Stuß«, antwortete Max, »fürs Stußreden bist *du* zuständig, ich red nämlich nicht nur, ich handle!« – Was unternehmen? Einige schlugen vor, die Feuerwehr zu alarmieren, aber Pepi war strikt gegen äußere Einmischung. »Du steigst jetzt schön«, versuchte er's suggestiv, »auf die Leiter zurück und kommst zu uns zum Essen.« – »Fällt mir nicht ein«, schrie Max, »ich brauch nichts mehr zum Essen, weil ich jetzt spring. Wenn du so klass bist, wie du dir immer vorkommst, fängst du mich auf.«

Und da hat der Pepi, so Mitzi, halt hoch gepokert. »Schön«, hat er gerufen, »ich fang dich, du mußt dich nur trauen!«

»Na servus, hab ich gedacht, einen Moment lang war's ganz still und: ich schwör dir's, ich bin neben dem Pepi gestanden und hab gehört, wie sein Herz pocht.« Aber dann habe Max dort oben, nach einer rührend hilflosen Flatterbewegung seiner Arme, die nichtsdestoweniger einen Schreckensschrei, nein eher einen Schreckensseufzer ausgelöst habe unten, dann habe Max dort oben endlich umgedreht und sei, Leitersprosse für Leitersprosse, hin und wieder ausrutschend, aber sich mit den Händen gottlob festklammernd, zu den anderen heruntergekommen.

»Als er endlich ganz unten war«, sagte Mitzi, »hat er gezittert wie ein Rehrattler. Und so zitternd ist er auf den Pepi zu und – so schnell hat der gar nicht schauen können – vor ihm in die Knie gegangen.« Und habe versucht, Pepis Zehen unter den Sandalen zu küssen, eine (so Mitzi) »unvergeßlich ungute« Szene, die sie kaum habe mitanschauen können. »Hör auf«, habe Pepi gesagt, »ich bitt dich, das kitzelt.«

Wenden also auch wir uns lieber von dieser allzu privaten Szene ab und wieder der Entwicklung von Pepis wenigstens vorsätzlich öffentlichen Angelegenheiten zu. Seine oben erwähnten Briefe, wie gesagt, blieben, was immer das in bürokratischer, politischer oder allgemein menschlicher Hinsicht zu bedeuten hat, unbeantwortet. Also sah sich Pepi, gedrängt von seinem, wie wir wissen, nicht gerade unterentwickelten, aber auch recht labilen Selbstwertgefühl und den Erwartungen einiger, nun etwas unübersichtlich mehr und mehr werdender Jünger (»Es hat«, so Mitzi, »natürlich auch welche gegeben, denen das, so lang genug Stoff im Haus gewesen ist, alles herzlich wurst war«), genötigt, andere Saiten auf seine prophetische Leier zu ziehen. Er tat nicht gerade das, was der ›linke Flügel‹ seiner Schar, repräsentiert durch Kuno, der sich in dieser Phase immer lautstärker hervortat, von ihm forderte, aber immerhin, er tat was.

Nämlich tauchte er in der Folge vor Ministerien, Parteizentralen sowie – darüber ist meines Wissens, wenn auch nicht an besonders exponierter Stelle, von einigen Tageszeitungen berichtet worden – vor dem Bundeskanzleramt auf und begehrte in Gottes und der freien Liebe Namen Einlaß. Wie man weiß oder sich ohne besondere Phantasieanstrengung vorstellen kann, nicht mit dem erhofften Erfolg. Die Polizei war trotzdem verhältnismäßig nett zu ihm, schließlich war er, so etwas bleibt eine Zeitlang in Erinnerung, auf einem ›en face‹-Titel zu sehen gewesen. Wenngleich der Effekt dieser Publizität schon merklich nachließ. Doch relativ schützte sie ihn, solang er allein kam. Wenn er, nicht eingelassen, trotzig wie er war, mit Sitzstreik reagierte, schleppte man ihn einfach ab. Sobald er jedoch dem Drängen der radikaleren – vermutlich, wie es in einem damals allerdings, der im Irrtumsfalle möglichen Blamage wegen, geheimgehaltenen Papier des Innenministers angeblich hieß, vom Ausland gesteuerten – Kräfte unter den Seinen nicht mehr ganz widerstehen konnte, die ihm (immer dieser Kuno!) ›kleinbürgerlichen Subjektivismus und auf seine eigene, im Grunde genommen reaktionäre Individualität fixierte Profilierungssucht‹ vorwarfen, sodaß seine ursprünglich als Einzelaktionen eines mehr oder minder harmlosen Spinners aufgefaßten Belästigungen als Demonstrationen interpretiert werden konnten/mußten, noch dazu als unangemeldete, verlor man die Geduld. Anläßlich eines kurzen, aber vom Effekt her betrachtet vor allem schmerzlichen Besetzungsversuchs der dem Bundeskanzleramt, ja der Präsidentenkanzlei (!) benachbarten Meierei im Volksgarten (eines, laut Kuno, strategischen Punkts) renkte ein nun doch schon etwas ungehaltener Polizist mit den Worten: »Bei mir bist ka Prophet, sondern a Psycherl –« Pepi den linken Arm aus, worauf die alten Damen, die dort für gewöhnlich ihr Bisquit essen und Spatzen füttern, in Ruhe weiter essen und füttern konnten.

Verhaftet wurde damals – die vom Zeitgeist inspirierte Zurückhaltung der Behörden war, verglichen mit später, immer noch erstaunlich – nur sehr vorübergehend. Das lag allerdings auch an Pepis Beredsamkeit, die den Besetzungsversuch als eine Art mißverstandenen Betriebsausflug in den Park darstellte. Nach einer allerdings trotzdem sehr langen Nacht, während der sie, wie Mitzi sich ausdrückte, etwas unsanft, aber, bis auf einige kleinere Schweinereien der lieber mit den Jüngerinnen als mit den Jüngern befaßten Untersuchungsbeamten, korrekt behandelt wurden, ließ man sie vorläufig laufen. Es war, erinnerte sie sich, ein infolge seiner ungewohnten Frühe extrem grau erscheinender Morgen, aber nach dem von Pepi in einem Naschmarktbeisl, das schon offenhatte, ausgegebenen Gulaschsuppenfrühstück sah die Welt schon wieder sonniger drein.

Von Polizeiterror, wie Max das nannte, als ich etwa zwei Wochen später, aus Gründen, die ich gleich mitteilen werde, Pepi gleich mitteilen wollte, wieder in die Wienerberggründe hinunterstieg, aber der vergebens sogenannte Moritz, immer noch der Alte, ließ mich schon wieder nicht zu Wort kommen, konnte also kaum die Rede sein.

»Ich hab dem Pepi doch gesagt«, sprudelte er, »nur ein Wort von dir, hab ich dem Pepi gesagt, und ich verabreich dem ersten Kieberer, der dich angreift, ein Ohrenreiberl.« Er wäre dem Pepi doch beigestanden, und auch die anderen wären dem Pepi doch beigestanden wie ein Mann, Schulter an Schulter wären sie ihm beigestanden, so daß da kein Arm auszurenken gewesen wäre, aber schon gar keiner, zumindest kein Arm, der dem Pepi gehörte. Weil wenn schon ein Arm hätte ausgerenkt werden müssen, denn schon der Arm eines Kieberers, jawohl, und überhaupt sei das alles eine Bagage, von der Kieberei angefangen bis zur Bonzokratie, und gehöre in einem Akt der Solidarität mit den Unterdrückten und Ausgebeuteten aller Länder auf einen Haufen geschmissen und in die Luft gesprengt.

Solchen Anfängen, das muß ich ausdrücklich festhalten, wehrte Pepi vehement. »Geh, halt doch endlich die Goschen!« sagte er, worauf sich Max, ich atmete auf, maulend zurückzog und mit einem scharfnäsigen Bruder (mutmaßlich Kuno) flüsterte, der etwas abseits saß. »Tut es noch weh?« fragte ich Pepi, auf seinen bandagierten Arm deutend. »Ach was«, sagte er, »nicht der Rede wert.« So konnte ich endlich loswerden, was mich belastete:

»Du, Pepi«, sagte ich aufgeregt, »hör mir jetzt zu! Sie wollen eure Fabrik räumen, demnächst mit den Abbrucharbeiten beginnen, ich weiß das aus gewöhnlich wohlinformierter Quelle!«

»Ruhig Blut«, sagte Pepi, »das wollen sie schon eine Weile.«

»Nun aber«, warnte ich, leider vergebens, »machen sie's wirklich.«

Die gewöhnlich wohlinformierte Quelle war ein im Rathaus tätiger regelmäßiger Besucher unserer Bücherei, sozusagen ein Stammkunde, mit dem ich ab und zu ins Gespräch kam. Er hatte irgend etwas mit dem Flächenwidmungsplan der Gemeinde zu tun, auf dem Pepis, im Sinne des sogenannten Fortschritts ineffektives Fabriksgebäude natürlich längst *ver*plant war. Allerdings – das hatte mir der Mann, dessen Namen ich hier, obwohl ich glaube, daß er sich heute schon im Ruhestand befindet, lieber nicht preisgebe, unter dem Siegel der Verschwiegenheit anvertraut: »Ihnen sag ich's«, hatte er gesagt, »weil sie mir erzählt haben, daß sie diesen Prohaska, der dort draußen haust, kennen«: allerdings werde dieses Projekt nun, »auf höhere Intervention«, wie er, die Stimme senkend, hinzufügte, vorgezogen.

»Na«, sagte Pepi, »das ist ja immerhin ein Effekt meiner Versuche einer Kontaktaufnahme mit der Obrigkeit. Es geht also aufwärts.«

War ihm zu helfen? Kaum. Er war nach wie vor ein Dickschädel.

»Entschuldige«, sagte er. »Es ist schön von dir, daß du so besorgt um mich bist, aber ich habe andere Sorgen.«

Bei diesen Worten wies er mit einer Kopfbewegung auf die Gruppe der Unzufriedenen. Um Max und den mutmaßlichen Kuno nämlich hatten sich in der Zwischenzeit noch einige andere gesammelt.

»Geh, laß sie doch«, sagte die Königin von Saba, eine, hier muß ich Mitzi korrigieren, wirklich recht attraktive Frau, die übrigens später, wenn ich mich nicht irre, als Go-go-Girl in eine Popgruppe namens »Erotics« geraten ist, und massierte ihm unaufgefordert den Rücken. Etwas, das ihm die Jahre danach, als sein Kreuz, wohl auch infolge des langen Sitzens am Schreibtisch, noch empfindlicher wurde, als es (»ein Erbe meiner Mutter«, sagte er) von Natur aus schon war, ziemlich abging. »Na leg dich schon nieder«, sagte Sheba, und wahrhaftig, das tat er. Das tat er so sehr, daß ich es vorzog, mich anderwärtig umzutun.

Zwar schaute mich Kuno, wahrscheinlich war er's, nicht nur scharfnäsig, sondern auch scharfäugig an, als ich in der Nähe der um ihn Zusammengerotteten stehen blieb, aber er redete, nach einer kurzen Kunstpause, die auch den Rest der Opposition auf mich aufmerksam machte, weiter. Man könne kein anderes Leben leben, sagte er, ohne radikale gesellschaftliche Veränderung! Was er voraussehen könne, ohne ein Prophet zu sein: die kumulierende Macht der Konzerne, die ausufernde Arbeitslosigkeit, die ungeheuerliche Umweltzerstörung, den nur vage wahrgenommenen Welthunger. Und die Ausbeutung der Machtlosen und den Zynismus der Mächtigen und die über unseren Häuptern hängende Atombombe. »Und *ihr*«, sagte er, »ihr wollt hier am Rand existieren! Anarchoromantisch, flippobukolisch, eine frommnaive Vögelschar! Und Gott gefällt's und Pepi Prohaska erhält's. Das wäre zum Lachen«, sagte er, »wenn es nicht zum Weinen wäre, aber in einer Zeit wie dieser«, sagte er, »ist auch keine Zeit zum Weinen, sondern ...«

Bis hierher und nicht weiter hörte ich ihm zu. Er war mir unsympathisch, aber er hatte, das ließ sich nicht leugnen, recht, also *konnte* ich ihm nicht weiter zuhören. Mein Bedürfnis, mir die Füße zu vertreten, war plötzlich unwiderstehlich, ich ging, ohne mich von Pepi, der wahrscheinlich sowieso nicht mehr ansprechbar gewesen wäre, zu verabschieden, als ich draußen war, lief ich. Erst als mir, am Rand der benachbarten Schrebergartensiedlung, ein Mann entgegenkam, der wie ein Straßenbahnkontrollor in Zivil aussah, bremste ich, »du kommst«, sagte er, »von den Hippies da drüben, gellja?«, da sagte ich nein.

Und dann diese überplötzliche Abreise Pepis. Wollte er sich dem, was er, durch mich gewarnt, selbst wenn er es nicht glauben mochte, fürchten mußte, entziehen, oder wollte er gerade das durch dieses (auch für mich) völlig unerwartete Unternehmen im letzten Moment hintanhalten – wer weiß? Er hat sich später nur unklar darüber geäußert, ich drang nicht auf Klärung, die Haut, unter der die durch all jene Ereignisse aufgerissenen Wunden nur unzureichend verheilten, war sehr dünn, hatte ich den Eindruck. Jedenfalls schenkte er niemandem reinen Wein ein, sondern verschwand, so Mitzi, am frühen Morgen, also zu nachtschlafender Zeit, unter Zurücklassung eines Briefs, aus dem nichts anderes hervorging, als daß er einige Tage wegbleiben werde und daß ihm seine Jünger vertrauen sollten. Was, wie man sich denken kann, nun nicht besonders leicht war. Die zwei schon bestehenden Fraktionen seiner Anhängerschaft brachen, im Laufe eines einzigen Spätvormittags, noch weiter auseinander. Reagierten die einen mit gesteigerter, nach internem Umsturz und externer Aktion verlangenden Aufregung, so beruhigten sich die andern, noch wurstiger als sonst, auf die unter ihnen übliche Weise. Und die paar, die mit zwei praktischen Füßen auf der roten Erde der Wienerberggründe standen (nach Mitzi durchwegs Frauen), auch sie fühlten sich, wenngleich sie es vor einander nicht zugaben, verraten und verkauft.

P. P. saß inzwischen im Zug und fuhr – ja wohin? Alpbach (1850 Ew., 1794 m Sh.), Sitz des sog. Österr. College u. Veranstaltungsort der Internationalen Hochschulwochen. Nach einem Ort also, an dem man, so viel ist wahr, einmal im Jahr in gebirgigem Ambiente nicht nur gewisse Gipfel der Wissenschaft, Philosophie und Wirtschaft, sondern auch Spitzen der staatstragenden (respektive den Staat demnächst tragen wollenden) Politik treffen konnte. Und letztere treffen wollte ja Pepi schon lang. So pilgerten also damals nicht nur etliche Herren im Nadelstreif oder im Salonsteirer in die Kitzbühler Alpen, sondern auch einer im Prophetenhabit. Was auch der Grund war, warum er, der ihn trug, von den Medien wahrgenommen wurde (bis auf weiteres zum letzten Mal). Allerdings wurde er, um genau zu sein, zumindest vom maß- und zielgebenden Medium unserer späten Tage, dem Fernsehen, nicht eigentlich wahr-, sondern falsch genommen, keineswegs er-, sondern gründlich verkannt. Als »der Wurzelsepp von Alpbach« durfte er, von einigen preußischen Urlaubern mit erregt an den Hüten zitternden Fasanenfederchen bestaunt, durchs in Millionen österreichische und deutsche Haushalte (ORF und ARD fanden ihn übereinstimmend pittoresk) übermittelte Bild gehn.

Befragt über seine einer so breiten Öffentlichkeit nicht bekannt gewordenen Aktivitäten dortselbst, erzählte mir Pepi (unter traurigen Umständen, auf die ich, obschon es mir lieber wäre, anderes zu berichten, auf weiteren Seiten werde eingehen müssen) ungefähr folgendes. »Ich hab mir das so schön ausgemalt: wie ich hintrete vor die Großen, oder sagen wir wenigstens: Mittelgroßen dieses unseres Ländchens und sage: Hoppla, jetzt komm ich! Ausgestattet mit allerhöchster Autorität bin ich erschienen, um dich zur Rede zu stellen, und du wirst mir jetzt gefälligst zuhören! Fordere ein Zeichen von mir beziehungsweise von Gott und, verdammt noch einmal, wenn *er,* mein Auftraggeber, mich nicht ausgerechnet in diesem entscheidenden Augenblick im Stich läßt, dann wirst du Augen machen!«

Nahm er, was er da nachträglich faselte, ernst? Mutmaßlich nicht, aber bei Pepi – der Leser weiß das inzwischen – wußte selbst ich nie mit zweifelsfrei feststehender Sicherheit, woran ich war. Konträr: er brachte es fertig, solche Sicherheit, auch wenn sie einmal, ausnahmsweise, festzustehen schien, durch eine unerwartete Wendung gleich wieder umzustoßen. So auch jetzt (d. h. dann, also rückblickend): »Weißt du«, sagte er mit einer, wie soll ich es nennen, vielleicht: nüchternen Innigkeit, die mich im Herzen stach, »wenigstens einmal möchte ich wirklich ein Wunder tun.«

Zurück nach Alpbach. Woran er mit Pepi war, wußte dort und damals wahrscheinlich auch der Bundeskanzler nicht. Er saß (so Pepi) in privatem Kreis, etwa mit dem Schriftsteller Kantor und seiner Frau, in einer Pension namens Edelweiß, Enzian oder Almenrausch, als der Prophet vor ihn hintrat. Eine Schrecksekunde, vielleicht auch zwei, seine rötlich-weiß, also in ziemlich verblaßten Nationalfarben behaarte, aber (ich bin hier, wohlgemerkt, mitten in einem Zitat von P. P.) alles in allem ganz gute Hand etwas nervös geworden auf der Stuhllehne. Doch dann, schon ist diese, übrigens linke Hand, wieder zur Ruhe gekommen, in den Schoß gelegt, mit der anderen vereint, sodaß die Rechte weiß, was die Linke nicht tut, kaum wie zum Beten vereint allerdings, eher wie zum Daumendrehen, spricht (brummelt) der sogenannte Alte folgende, etwas matt geflügelte Worte: »Schaun Sie. Ich bin mein Lebtag Agnostiker gewesen« (daß er von sich schon in der Vergangenheit sprach, merkte Pepi extra an) »und wenn Sie, wie Sie behaupten, von Gott gesandt sind, ist das bittschön sein und Ihr Problem, mich lassens ausm Kraut.«

Womit er sich angeblich wieder dem Abendessen zuwandte. Pepi jedoch wandte sich, trotz seines Prophetenstabs entwaffnet, ab und ging, der Einsamkeit dringend bedürftig, in den Wald. Wo er übrigens noch am nächsten Tag, den Oberkörper, wie auf dem eindrucksvollen Titelfoto, entblößt, das muß auf einer Lichtung gewesen sein, den Oppositionschef getroffen haben will. Der sei in einem graugrünen Wetterfleck dahergekommen und sein trübes, nicht nur von erfolgloser Politik, sondern auch von einer Krankheit etwas gequält in die Länge gezogenes Gesicht hellte sich kurz auf, sich, wenigstens um die eingefallenen Backen herum, zu einem Lächeln rundend. »Na *Sie* machen's gut«, habe jener (nach Pepi) gesagt. »Genießen die Sonne und lassen den Herrgott einen guten Mann sein!« – »Apropos Herrgott«, habe Pepi geantwortet. »Ich habe Ihnen was auszurichten.« Doch da sei der Oppositionschef, eine alles in allem eher unwirkliche Erscheinung, schon vorüber gewesen.

Danach überkam den Propheten Melancholie. Er lag in der Wiese, lauschte dem Bimmeln der Kuhglocken und lutschte an Grashalmen. Saß (was, wie er ehemals in Biologie gelernt hatte, vorkam) ein Parasitenei drauf, so würde ihn der daraus ausschlüpfende Wurm innerlich aushöhlen, ja womöglich in sein Gehirn vordringen und es verwüsten, war das nicht auch schon egal? Wiedemauchsei wurde er bei seiner Rückkunft gleich auf dem Wiener Westbahnhof von der Polizei in Empfang genommen.

Was war inzwischen geschehen? – Allerlei:

Erstens war der Vater des feschen René (des Sohns erinnert man sich, nehme ich an, zumindest wegen seiner von Pepi demonstrativ verbrannten Tausender) vorübergehend entführt worden. Zweitens hatte man im Zuge der in diesem Zusammenhang notwendigen Erhebungen das Unangenehme mit dem Nützlichen verbunden und Pepis Fabrik geräumt. Drittens waren fast alle bei dieser Gelegenheit Einvernommenen trotz dessen Abwesenheit gerade in dieser schweren Stunde hinter Pepi stehengeblieben wie ein Mann respektive eine Frau – doch hatten viertens ausgerechnet die widersprüchlichen Aussagen eines gewissen Max B. meinen Freund nicht unerheblich belastet.

Der Verdacht, daß P. P. etwas mit der im übrigen relativ glimpflich verlaufenen Entführung zu tun hätte (man hatte den Negligékönig gottseidank unversehrt wieder zurückbekommen), stellte sich bald als haltlos heraus. Aber wenn man einen wie Pepi schon einmal in U-Haft hat, besteht kein staatsraisonabler Grund, ihn gleich wieder freizulassen. Gab es doch genug Verstöße (Nächtliche Ruhestörung, Öffentliches Ärgernis, Boshafte Sachbeschädigung, um nur einige zu nennen), betreffs derer die Behörde bisher zumindest eins ihrer wachsamen Augen zugedrückt hatte. Und auch wenn man ihm Verführung Minderjähriger, ein schon wesentlich heikleres Delikt, trotz gewisser Bemühungen in dieser Richtung nicht nachweisen konnte – ein paar Gramm Haschisch hatten die auf dem Westbahnhof amtshandelnden Polizisten auf jeden Fall in seinem Seesack gefunden (daß sie in der Fabrik, für die er ja schließlich, an- oder abwesend, in gewisser Hinsicht verantwortlich war, einiges mehr gefunden haben, will ich gar nicht bezweifeln), was wohl genügte, um ihn für eine Weile aus dem Verkehr zu ziehen.

Die Pepi und mir hoffentlich noch immer geneigte Leserschaft wird vielleicht verstehen, daß ich dieses triste Kapitel seiner Biographie etwas kursorisch behandle. Es ist damals nicht viel über die Verhaftung des Propheten bekannt geworden, die Zeitungen übten seltsamerweise auch bezüglich der Entführung, die man, darum muß ich bitten, nicht mit der einige Jahre später erfolgten Entführung einer Persönlichkeit aus der nämlichen Branche verwechseln möge (anläßlich derer sie, dieselben Zeitungen, wesentlich weniger Zurückhaltung übten), die Zeitungen also übten eine vielleicht durch Intervention der königlichen Familie erklärbare Zurückhaltung, und wer weiß, ob es (auch für Pepis Andenken, um das es mir ja letzten Endes geht) günstig ist, diese Diskretion zu durchbrechen. Ebenso wenig bekannt wurde, nebenbei erwähnt, über die Räumung der Fabrik, den *Sturm* auf die Fabrik, korrigierte mich Mitzi, wie in einem bösen Film sei das gewesen, plötzlich grell aufgeblendete Scheinwerfer zwei oder drei Stunden nach Mitternacht, eine Megaphonstimme, Verwirrung, Panik, nicht einmal Zeit zum Anziehen habe man speziell den Mädchen gelassen, sich im Gegenteil einen brutalen Spaß daraus gemacht, sie, wie sie waren, aufzustöbern und mit Geschrei zu jagen, aber was willst du, auch Polizisten sind nur Männer, und sicherlich war es in Frankfurt oder Zürich, und selbst bei späteren Anlässen im gemütlichen Wien, mir san jo net aso, oder samma am End doch so (?), ärger, und Gummiwürste wurden nur im Falle ausgesprochener Widersetzlichkeit *angewandt*. Um das alles ist, wie gesagt, von offizieller Seite wenig Aufhebens gemacht worden, nur die einige Tage später erfolgte Schleifung der Fabrik wurde bekanntgegeben, und auf einem meines Wissens bloß in einer Bezirksbeilage mit dem Untertitel ›Favoriten wird schöner und moderner‹ veröffentlichten Bild sah man den Schornstein fallen.

Genug davon. Für den Zusammenhang dieser Biographie genügt es, zu wissen, daß ich Pepi im ›Grauen Haus‹ (so nennt man, das ist eine Anmerkung für auswärtige Leser, bei uns das Landesgericht) besuchte. Besuchen durfte. Obschon erst nach Ablauf einer gewissen Frist. Danach fand ich ihn, zumindest was sein Aussehen betraf, in relativ guter Verfassung. Er empfing mich mit selbstironischer Lethargie.

»It was beautiful«, sagte er mit gegen letzthin, da noch, wenn auch mit bereits nachlassendem Druck, der Geist aus ihm gesprudelt war, allerdings deutlich verlangsamtem Sprechtempo, »it was beautiful, but now its sour.« (Dies, wie mir erst am Abend desselben Tages, in meine Wohnung zurückgekehrt, einschoß, ein Zitat aus der Rockoper ›Jesus Christ Superstar‹. Nur, wovon ich mich, das Textheft zur Langspielplatte suchend, überzeugen mußte, und natürlich steckte es nicht in der richtigen Hülle, was meine Aufregung steigerte, merkwürdigerweise nicht aus dem Part des Jesus, sondern aus dem des Judas.) »Redens«, sagte der Justizwachebeamte, zum Glück nicht unser Beinahe- oder Exschwiegervater, der unserem Gespräch trotzdem mit unverhohlener Skepsis zuhörte, »redens gfölligst deitsch!«

»Naja«, sagte Pepi, »so sehn wir uns also wieder.«

»Kann ich dir«, fragte ich, »irgendwie helfen?«

Er sagte: »Wobei?«

»Geht es dir«, fragte ich, »halbwegs?«

Er sagte: »Schon.«

Auf Deutsch war er, merkt man, nicht besonders gesprächig.

Trotzdem erzählte er schließlich, daß er viel las. »Weil ich so brav bin«, lächelte er schief, mit der dem Justizwachebeamten näheren Gesichtshälfte grimassierend, »habe ich Leseerlaubnis bekommen, Hirn, was begehrst du mehr.« Zum Beispiel habe er kürzlich, da es gerade frei gewesen sei, ein Buch über den portugiesischen Seefahrer

Magalhaes oder Magellan gelesen, und zwar mit von Seite zu Seite wachsendem Interesse. »Der wollte«, sagte er, »rund um den Globus herum – und womöglich wollte er noch weiter.«

»Ah ja?« sagte ich, in dieser Situation, wie man sich denken kann, nicht besonders an Magellan interessiert. Dann sprachen wir, glaube ich, vom Essen im Gefängnis und sonst einigen Fragen seiner gegenwärtigen Praxis. Bevor ich ging aber, schob mir Pepi, in einem von unserem Bewacher, der nicht nur Ohren, sondern auch Augen hatte, wenn auch kleine, die ihm manchmal fast zufielen, unbeobachteten Augenblick einen Zettel Papier zu. Den steckte ich rasch in die Rocktasche. Dann mußte ich mich verabschieden.

Ich hielt diesen Zettel zuerst für einen Kassiber. Er war allerdings sehr eng und für eine flüchtige Botschaft an die Außenwelt zu ausführlich beschrieben. Die Überschrift (›Magellan‹) konnte ich, wohl aufgrund der vorangegangenen Erwähnung dieses Namens, relativ bald entziffern. Mit dem Rest (99 Zeilen auf einem sechsmal gefalteten und daher recht zerknitterten A-5 Blatt) hatte ich ehrlich gesagt, auch wegen der fehlenden Satzzeichen (selbst im Gefängnis, konnte ich nicht umhin zu denken, diese Manierismen!), weitaus mehr Ärger, will ihn jedoch – ein, wie mir scheint, recht merkwürdiges Dokument – der an Pepis Persönlichkeit immer noch interessierten Nachwelt nicht vorenthalten:

Ob der Punkt von dem du aufgebrochen bist gestern vorgestern vor Monaten vor Jahren noch derselbe wäre für dich bzw. objektiv wenn er eines Tages am Horizont erschiene & bald darauf erreicht wäre dann eben nicht mehr am Horizont ebendarin wirst du sagen sagst du hast du gesagt bestehe das Problem & in der Problemlösung der Grund deines von diesem Punkt weg zu diesem Punkt Aufbrechens

Du zeigst ihnen den Horizont der zurückweicht in ebendemselben Maß in dem ihr auf ihn zu haltet bei günstigem oder weniger günstigem Wind & dieses Maß ist meßbar & die Knoten laufen zum Beweis dafür daß ihr vorwärtskommt obwohl oder weil ihr ihn nie erreicht den Horizont da vorn

Zwischen diesen beiden Inseln sagst du weitausholenden Arms ist er ausgespannt & gegen besseres Ahnen schlechtere Erfahrung glauben sie dir immer aufs neue weil sie dir glauben wollen darauf angewiesen sind dir zu glauben daß die dunklen Flecken da vor euch Inseln sind und kein Tang

& du sagst es ihnen weil du weißt daß sie darauf angewiesen sind dir zu glauben daß sie dir glauben wollen obwohl du hoffst nahezu sicher bist daß es keine Inseln nicht eine einzige auch noch so kleine Insel gibt auf diesem Kurs den du ja gerade aufgrund seiner voraussichtlichen Insellosigkeit einzuschlagen befohlen hast

Bis ihr jedenfalls herankommt an die Linie zwischen den beiden Inseln haben sich diese nicht nur immer faszinierender immer enttäuschender herausgestellt als Nichtinseln mit denen du nicht Vorlieb zu nehmen brauchst die Mannschaft nichts anfangen kann sondern auch die Linie jener Horizont (der war es nicht wirst du sagen sagst du hast du gesagt) hat sich herausgestellt als Nichthorizont Nichtmehrhorizont die Linie längs der du kreuzen lassen könntest deren geographische Lage feststellbar wäre & fixierbar auf der Karte du nimmst sie mit denkst du insgeheim indem du sie querst indem du weißt daß du sie gequert hast indem du sie queren wirst

Gestern wollen sie dich erinnern gestern ist einer aus dem Mastkorb gestürzt ein anderer hat sich schon vorige Woche besoffen & nicht mehr im Gleichgewicht halten können steuerbords an der Reeling weswegen die Haie in täglich dichteren Herden hinter dem Schiff her sind aber das hörst du nicht willst du nicht hören verschanzt hinter Kompaß Zirkel Konsole

Man mag hörst du dir nur selbst zu und sonst niemand Freude darüber empfinden oder auch Unbehagen daß man sich immer voraus ist immer voraus zu sein einbildet sich nie einholt sich nie einzuholen vorgibt (wer auf Kurzsichtigkeit setzt durchschaut sich)

& dabei ist es keineswegs sicher ob der Mann von dem noch immer die Rede ist neben dir her wirklich nur aus der Balance geraten tatsächlich nur unter allzu viel Rum gestanden bzw. gefallen ist ob der im Mastkorb der auch wieder ins Gespräch kommt in Wahrheit nur eingeschlafen ist angesichts des unübersehbaren Schlags der immer kleineren Wellen oder –

sicher sind nur die Haie in ihrer sehr geduldigen Anwesenheit

Du wirst dich sagst du nun selbst auf den Auslug begeben & klimmst hinauf

& weißt daß sie jetzt die Strickleiter kappen könnten & weißt daß sie jetzt womöglich noch nicht aber bald das denken werden was du schon jetzt denkst & aussprechen werden was du schon jetzt aussprichst leise für dich und daß sie einander sagen werden was du dir schon jetzt sagst denn zu wassern wird nötiger von Stunde zu Stunde

Aber oben angelangt unter den ungeheuren Möwen siehst du daß dir ja gar nichts anderes übrig bleibt als zu hoffen daß er dir eines Tages entgegenkommt der Horizont daß du eines Morgens Mittags Abends nicht mehr hinauszuspähen brauchst über deinen Meridian mit immer bedürftigen Augen die Flaute fürchten mußt sondern den Anker & sei die See noch so tief zu werfen befehlen darfst mit sehr ruhigem Gewissen weil du dort bist weil er da ist dieser Überfluß des Wassers in den Himmel weil du dir nicht mehr davon kannst weil du dir nicht mehr davon brauchst weil dort (da) alles alles ist & nichts mehr nichts

Sollte es sich jedenfalls wider Erwarten als Land erweisen das vage Grau da vor euch auf das ihr euch immer langsamer zu bewegt durch immer dichteres Seegras diese riesige Wiese immer dichtere Schwärme verdächtiger Vögel so wird es nicht einfach sein die Mannschaft in der man sich dieses Land gelobt ein Obstbaumland Kneipenland Mädchenland in der man sich dieses Land fantasiert bis ins Zahnfleisch bis in die Gurgel bis in den Penis die Mannschaft dazu zu bringen das Schiff zu schultern & (wäre das Land auch ein ganzer Kontinent) das Schiff zu tragen immer geradeaus bis an die andere Küste

Denn daß sie sich & einander für das was zu tun sie nicht umhin kommen dürften Motive finden mildernde Umstände zugestehen werden & daß sie Seuchen an Bord & Eisberge rundherum einmal abgewichen vom Weg den du dir und ihnen berechnet hast trotzallem heimgekehrt alles auf irgendwelche Kannibalen schieben könnten ist dir klar

(Sollte was geschehen muß was wahrscheinlich ist zu Wasser geschehen so wirst du daran erinnerst du dich immer heller voraus fallend eine Kerbe ins Boot schlagen auf daß diese Stelle wieder gefunden werde)

Solltest du aber herum kommen ganz herum um diesen Planeten der eine Kugel ist du malst dir das manchmal aus obwohl du so gut wie sicher bist nicht um diesen Planeten herum zu kommen trotz oder gerade wegen deiner Besessenheit von der Idee herum zu kommen um ihn also einmal angenommen du kämest trotzdem herum so würde dich interessieren ob dann der Horizont der ja derart die erste Runde hinter sich hätte mit dir vor dir ob er & ob du dann noch / wieder derselbe wäre derselbe wärst & ob du ihm dem Horizont dann auch nur einen einzigen Ruderschlag nähergekommen zu sein behaupten könntest

& ob du dann resümieren könntest der Horizont sei Schein & das Zusegeln auf ihn bzw. das Problem des Zusegelns auf ihn ein Scheinproblem oder ob du nichts resümieren könntest gar nichts & daher weitersegeln müßtest redlicherweise eine weitere & noch eine weitere Runde & immer so fort

*

VI

Es fällt mir nicht leicht, Pepis folgende Phase zu schildern. Obwohl er einen Gutteil dieser Zeit (täglich von 9 bis 17 Uhr, abzurechnen nur die Feiertage, Urlaube und Krankenstände) in meiner unmittelbaren Nähe zubrachte. Ehemals in der Volksschule hatte seine Nachbarschaft mich irritiert, aber, man wird sich erinnern, diese Irritation erwies sich schon bald als faszinierend. Jetzt irritierte sie, diese Nachbarschaft, mich auch, nur daß die Irritation eine peinliche war und vorläufig blieb.

Und dabei hatte ich mir die Suppe, an der ich nun monatelang löffeln mußte, selbst eingebrockt. Pepis Großmutter, die, nun schon über achtzig, nichtsdestotrotz immer noch geistig regen Anteil an seinem Schicksal nahm, nannte mich einen wahren Freund. »Sie haben ihn herausgerissen, Engelhart«, sagte sie anläßlich eines Kaffeehausbesuches zu dritt, auf den sie mich durch meinen nunmehrigen Arbeitskollegen hatte einladen lassen, »großer Gott, bin ich froh, daß er nun doch noch hineingerutscht ist in solide Verhältnisse! Jaja«, sagte sie, »es ist zwar nicht ganz das, was ich mir für ihn erhofft habe, bei seinen Talenten, unberufen, aber er muß Ihnen ewig danken!«

Dessen gerade war ich mir nicht so sicher. Abgesehen davon, daß Pepi zu dieser Behauptung der Schäfchenoma keinen Kommentar gab, sondern sich offenbar mehr für die Regentropfen an der Fensterscheibe des Café Wortner als für unser Gespräch interessierte, machte er auch in der Zentralbücherei, die ihn, auf mein Betreiben, nach seiner Haftentlassung eingestellt hatte, keinen dankbaren Eindruck. Da waren noch andere, gewissermaßen als Sozialfälle aufgenommene Kollegen, ehemalige Lyriker etwa, Philosophen ohne gesellschaftlichen Auftrag, enttäuschte Maoisten. Aber – vielleicht lag es einfach daran, daß ich sie weniger gut kannte – die schienen mir, verglichen mit Pepi, glücklich, zufrieden oder wenigstens bei die kompromißhafte Realität, die man ihnen ermöglichte, akzeptierendem Bewußtsein. Pepi hingegen dämmerte vor sich hin. Übrigens nicht nur während der Arbeits-, sondern, soweit ich das mitbekam, auch während der Freizeit. Etwa jetzt (damals), als wir die Großmutter, sie links und rechts stützend, nach Haus gebracht hatten und wieder auf die Straße traten. »Gehen wir noch auf ein Bier?« fragte ich, aber er schritt einfach geradeaus und verhielt sich, als ob ich nicht da gewesen wäre.

Sein Äußeres vernachlässigte er – nicht selten kam er des Morgens mit schief zugeknöpftem Hemd und (die Sandalen hatte er vorläufig abgelegt) unterwegs zur Arbeit aufgegangenen oder gar nicht erst zugebundenen Schuhbändern daher. »Pepi, ich bitt dich«, sagte ich manchmal, »du regredierst!« Er rauchte zuviel, und zwar nicht, wie ehemals, Pfeife, sondern Zigaretten der übelsten (mindestens übelriechendsten Sorte). Seine Gesichtsfarbe war im Gegensatz zu früher grau oder käsig, sozusagen lustlos.

Und dabei, das muß ich, um Mißverständnisse zu vermeiden, sagen, war die Arbeit in unserer Bücherei wirklich nicht die schlimmste. Kaum anstrengend, durchaus interessant, wenn man meine (und wohl auch Pepis) intellektuelle Neigungen als Richtschnur möglichen Interesses gelten lassen will, bis zu einem gewissen Grad, wenn man das Lesen und Heranziehen von Lesern in einem zunehmend analphabetischen Zeitalter überhaupt noch für der Mühe Wert hält, bis zu einem gewissen Grad, so meinte und meine ich zumindest in optimistischen Stunden, sogar sinnvoll. Was mich betraf, so empfand ich den Job, als den ich diese Arbeit trotz allem auffaßte, als meinem eigentlichen Beruf, dem Schreiben, wesensverwandt – jener laugte mich nicht derart aus, daß ich diesem nicht (manchmal sogar während der Bürostunden) hätte nachgehen können: meinen ersten zwei Prosabüchern folgten, auch wenn sie etwas dünn ausfielen, ein drittes und ein viertes. Aber Pepi wußte das nicht zu schätzen. »Schreib doch auch«, ermunterte ich ihn, obschon nicht allzusehr, »das kannst du doch. – Früher«, ergänzte ich, die Position klärend, »hast du es sogar besser gekonnt als ich.« – »Jaja«, sagte Pepi, »heut abend setz ich mich hin.« Aber er war, auch angesichts seines Nachlasses kann ich das konstatieren, sein Leben im Diesseits lang ein Spontanschreiber, ganz zum Unterschied von mir.

Er setzte sich *nicht* hin. Jedenfalls nicht daheim. Seine Mutter, die seit dem Tod ihres Mannes als Aufräumefrau (ich konnte mir die für mich ehemals so attraktive Frau Prohaska in dieser Rolle gar nicht vorstellen) in einem Behinderteninstitut arbeitete, seine Mutter und seine Großmutter hatten zusammengesteuert und ihm eine kleine Wohnung in Mariahilf abgelöst. Aber abgesehen davon, daß diese Garçonniere, wie sie die Oma hochtrabend nannte, trotz oder wegen aller Liebe, mit der die beiden versucht hatten, sie auch, und zwar mit entbehrlichen Stücken aus ihrer eigenen Meublage, sozusagen halbe halbe einzurichten, womit zwei Stillosigkeiten durcheinanderkamen, abgesehen davon also, daß diese folglich noch überfüllte Zimmer-Küche-Wohnung nie recht gemütlich wurde, hielt es Pepi, den früher so Kontemplationsfähigen, nun ohnehin kaum in seinen vier Wänden. Nicht, daß er ausdrücklich Kommunikation suchte, nein – aber er frequentierte gewisse Lokale.

Für Sliwowitz anfällig war er ja, weiß man, schon länger. Jetzt aber schlug sich, was früher nicht der Fall gewesen war, der Wein hinzu. Ein billiger Säuerling, wie er in den Stehweinhallen ausgeschenkt wird oder in den Bahnhofsgaststätten. Mit Sliwowitz kombiniert eine teuflische Mischung. Ja, teuflisch: ich stehe nicht an, es beim Namen zu nennen. Der sonst renitente Teufel in Pepi, jener Krampus aus der Verwandtschaft des Lichtträgers, der ihn anstiftete, gegen allerlei eingebildete oder echte

Zumutungen in dieser angeblich von Gott konzipierten Welt – und sei es um Gottes Willen – zu strampeln, verführte ihn nun gegen ihn selbst. Bisher hatte sich Pepi dies und das nicht gefallen lassen wollen, weil er sich selbst gefiel. Jetzt gefiel er sich nicht mehr oder jedenfalls immer weniger: so wurde er, vor allen anderen von seiner bisherigen Renitenz herzlich unbeeindruckten Zumutungen, die man durch Alkohol zwar nicht aus der Welt schaffen, aber wenigstens dumpf distanzieren kann, sich selbst zur allernächsten Zumutung. Und allmählich (man merkt, ich beschreibe eine wenn auch rapide, so doch durch Monate laufende Entwicklung) wurde er auch anderen zur Zumutung. »Pepi«, sagte ich, »entschuldige, daß ich dir das so offen sage, aber du stinkst jetzt so sehr nach Fusel, daß ich die Zigaretten, nach denen du früher gestunken hast, kaum mehr rieche.« Darauf ließ ihn der Teufel, der schon große Teile seines Körpers und zweifellos auch seiner Seele besetzt hatte, nur, ein paar schlechte Schneidezähne entblößend, zynisch grinsen. Und ohne Frage hätte er diese Körper- und Seelenbesetzung fort und zu Ende geführt, hätte sein Opfer nicht einen dieser Destruktion entgegenwirkenden Engel gefunden.

Nein, ich war's nicht. Meinem komischen Namen zum Trotz. Sie hieß auch nicht etwa Angela, Angie oder so ähnlich, sondern ganz simpel Paula. Allerdings kannte ich sie. Und zwar schon lang. So war ich schon wieder mit Pepis Schicksal verbunden. Folgendermaßen: sie rief eines Tages an. Bei mir. Eine weibliche Stimme am Telephon. Ungewöhnlich. Ich fragte: »Wer spricht?« – »Na, die Paula! Du, jetzt sag bloß, du erinnerst dich nicht mehr an mich!« Ich sagte es nicht. Durchstöberte mein Gedächtnis. Paula, Paula... endlich fand ich die Erinnerung an sie unter längst ad acta Gelegtem. Das lag, muß der Fairness halber gesagt werden, keineswegs an ihr, sondern an mir. Denn meine Zeit als Mittelschullehrer hatte ich, da sie ja mit meiner Zeit als Ehemann zusammenfiel, möglichst verdrängt. Sie hatte, wie es so anheimelnd heißt, ›an derselben Anstalt‹ wie ich Musik unterrichtet. Eine aparte und, soweit ich das aufgrund unserer flüchtigen Bekanntschaft beurteilen konnte, gescheite Person. Braune Löckchen, muntere Augen und ein ebensolches Mundwerk darunter. Letzteres verursachte ihr gewisse Probleme mit dem Direktor, der Widerspruch, und schon gar aus dem weiblichen Teil des sogenannten Lehrkörpers, nicht leiden mochte. »Und«, fragte Paula, »geht dir endlich ein Licht auf?« – »Doch«, sagte ich. »Jetzt seh ich dich wieder vor mir.« Das (siehe oben) traf zu. Ich fragte: »Wie geht's dir?« – »Danke«, sagte sie, »besser.« Sie sei jetzt Sozialarbeiterin.

»Tja«, sagte ich. Wieso sie mich überhaupt anrufe?

Ich sei ihr, sagte sie, immer so sympathisch gewesen, irgendwie anders als die andern. Und da sie gerade dabeisei, sich einerseits wieder einmal zu verändern, andererseits Kontakte, deren Abreißen sie bedaure, neu anzuknüpfen, habe sie im Telephonbuch geblättert. Und siehe da: gerade mich habe sie gefunden.

Oh Gott oder Zufall! Was treibst du für Scherze mit uns? Zurückhaltend wie ich bin, konnte ich ihr ein persönliches Treffen mit mir nicht ausreden. Weder das Treffen an sich (sie schlug – vielleicht eine Reminiszenz an ihre Musiklehrerinnenzeit – das Café Mozart dafür vor) noch ihre Erscheinung (sie war etwas voller, aber sicher nicht unhübscher geworden und duftete – doch vielleicht ist das nur eine durch die Süßigkeit, die wir uns zur Melange gönnten, bedingte Assoziation – nach frischem Apfelstrudel) war unerfreulich. Aber nachdem sie mich zwei Stunden angeplaudert und mich unter anderem darüber informiert hatte, daß ihr langjähriger Freund, ein bis dahin erfolgloser Klarinettist, der berühmten Jazzmusikerin Soundso, die mir kein Begriff war, anläßlich einer Autopanne bei St. Christophen, wo er nämlich ohne sie, Paula, im Rasthaus sitzend, offenbar nichts Besseres zu tun gehabt hätte, den Reifen gewechselt habe und dann (»nicht schad um ihn«) mit der Soundso, ich glaube, Sandra hieß sie, nach Amerika durchgegangen und seither im Geschäft sei, äußerte sie den Wunsch, Luft zu schnappen, und faßte mich im Burggarten mit überraschendem Griff um die Hüfte.

Ein nächstes Treffen konnte und wollte ich zwar nicht verhindern, nahm aber vorsichtshalber Pepi mit. Das heißt, das verlief nicht so einfach, wie es hier steht. Natürlich hatte ich auch den Hintergedanken, Pepi, mit dem es weiter bergab ging, aus seiner alles andere als splendiden Isolation zu reißen. »Wenn schon saufen«, sagte ich, »dann wenigstens gesellig – was hältst du von einem Ausflug zum Heurigen?« – »Nichts«, sagte Pepi. Er hasse Heurigenlokale. »Aber geh«, sagte ich, »sei kein Spaßverderber. Ich hab da eine alte Bekannte wiedergetroffen, die von dir gehört hat und sich freuen würde, dich kennenzulernen.« Selbstverständlich wußte Paula noch nichts von ihrem Glück.

Samstagnachmittag dann, als ich meinen schwierigen Freund, wie endlich mit Ach und Krach vereinbart, abholen kam, war er alles andere als startbereit. »Ich weiß nicht recht«, sagte er, »aber ich glaub, ich mag doch nicht.« So wie er aussah, sah er auch ganz danach aus. Soeben vom Bett aufgestanden, die erschütternd schütter gewordenen Haare wie geknickte Grashalme vom Kopf wegstehend, mit winzig kleinen Augen. »Bist du verrückt?« sagte ich. »Sie sitzt unten im Auto!« – »Soll sie doch sitzen!« sagte er. »Was geht das mich an?« Mit diesen Worten wollte er unter die Decke zurück. Aber ich ließ ihn nicht: drängte ihn ins Badezimmer und suchte, während er sich jammernd wusch, unter einem unglaublichen Kleiderhaufen einigermaßen frische Wäsche. Paula war inzwischen aus dem Auto gestiegen und ging auf und ab. Als sie Pepi erblickte, zuckte sie, wenn mich meine Erinnerung nicht sehr trügt, leicht zusammen, hatte sich aber gleich wieder in der Hand. »*Sie* sind das also«, sagte sie.

»Ja«, sagte Pepi. Was ihn betrifft, so weiß ich nicht, ob er sie in diesem Augenblick der ersten Begegnung überhaupt richtig wahrnahm. Er war, trotz Waschung, noch immer nicht richtig wach. Still und blaß lehnte er auf dem Rücksitz, während ich, ihn besorgt im Rückspiegel beobachtend, nicht nur fahren, sondern auch Konversation machen mußte. Paulas monologisches Geplauder, das für unseren Nachmittag zu zweit voll gereicht hatte, wollte nämlich, seit wir zu dritt waren, nicht recht in Schwung kommen. Als wir vor dem Heurigengarten am Bisamberg ausstiegen, gab die zwischen uns nicht und nicht aufkeimen wollende Stimmung jedenfalls Anlaß zu den schlimmsten Befürchtungen.

Doch mit dem Wein wurde Pepi erstaunlich lebendig. Die Farbe, die zu seinem Gesicht gehörte, kehrte dahin zurück, seine Augen, die bis jetzt matt und stumpf gewesen waren, bekamen allmählich ihren alten Glanz wieder, signalisierten Seele. Er redete nicht viel, aber lächelte ab und zu, und zwar nicht nur in sein Glas hinein, sondern auch über den Rand des Glases hinweg. Das wirkte, solang er die Lippen geschlossen hielt, charmant und blieb, zu meiner Erleichterung, nicht ohne Wirkung auf sein ab dem dritten oder vierten Mal zurücklächelndes Vis-à-Vis. »Schau rings umher«, zitierte er schließlich, nach drei oder vier Vierteln auch noch verbal in Schwung kommend, »wohin der Blick« – und dabei wies er so weit ausholend auf das mäßig silberne (eher bleierne) Band der Donau, daß er meinen Wein verschüttete – »sich wendet, Lacht's wie dem Bräutigam« – und hier stockte er, als hätte er plötzlich den Faden verloren, aber rückblickend denke ich, auch das, warum nicht?, war vielleicht eine Manifestation seines prophetischen Talents, denn er sah Paula einen Moment lang ganz merkwürdig an, sozusagen überrascht – »die Braut entgegen«. Da wir mit meinem Auto gekommen waren, konnte ich mich nicht diskret verdrücken, blieb jedoch, mich plötzlich anfallende Schläfrigkeit vorschützend, ohnehin immer weniger beachtet, im Hintergrund. Natürlich freute ich mich, daß mein Plan zu gelingen schien, allerdings war er ein kurz-, höchstens mittelfristiger gewesen, ein Plänchen sozusagen zur Vermeidung von Komplikatiönchen und vielleicht, naja, auch zur Verbindung des für mich Angenehmen mit dem für Pepi Nützlichen – damit aber, was langfristig daraus wurde, hatte ich nie und nimmer gerechnet und will auch nicht daran schuld sein.

Geheiratet wurde zweieinhalb Monate später. Nein, ich war nicht dabei – Pepis Einladung, als Trauzeuge zu agieren, schlug ich aus begreiflichen Gründen aus, mein Fernbleiben auch als gewöhnlicher Hochzeitsgast entschuldigte ich mit einem (die seit meiner eigenen Hochzeit virulente Allergie gegen derlei Zeremonien kaschierenden) Heuschnupfen. Pepi, der sich die Zähne reparieren und die Haare hatte schneiden lassen, wodurch sie wieder voller wirkten, sah auf dem Hochzeitsfoto, das er mir auf den Schreibtisch legte, erholt und verjüngt drein. Paula vermittelte mir selbst über das Konterfei die anheimelnde Geruchshalluzination von frischem Apfelstrudel und wirkte zufrieden mit der von ihr geleisteten Sozialarbeit. Letztere war tatsächlich bewundernswert. Nicht nur, daß Pepi das Trinken auf ein ihm zu- und seiner Umwelt erträgliches Maß reduziert hatte, er war nun wieder ein kommunikativer und sogar (dies, nota bene, zum ersten Male in seinem Leben) während der Arbeitsstunden produktiver Mensch. Ganz selbständig entwickelte er ein Konzept für die Revitalisierung des Publikumsinteresses an städtischen Leihbüchereien durch intensivierte Zusammenarbeit mit noch lebenden Autoren und schlug, was mich freute, auf einer zu diesem Zweck erstellten Autorenliste gleich an siebenter Stelle mich vor. Mit einem Wort, er war bis zur Kenntlichkeit (oder war es doch Unkenntlichkeit?) verändert.

»Jaja«, sagte er, »das verdanke ich meinem Paulinchen.

Sie ist eine Seele von einer Frau, tatsächlich. Engerl, du hast unser Glück auf deinem Gewissen. Dessen eingedenk lade ich dich für Sonntag zum Mittagessen ein – und wehe, du kommst nicht!«

Diese Einladung auszuschlagen fand ich keinen Grund. Meine schon durch Pepis, zumindest auf den ersten Blick, höchst erfreuliche Wandlung verringerte Skepsis gegen das, was ich da womöglich angerichtet hatte, wurde übrigens angesichts der ehelichen Harmonie, die das junge Paar in häuslicher Gemeinsamkeit ausstrahlte, noch kleiner. Natürlich war Pepi zu Paula gezogen, ihre Wohnung (Sozialbau) war, im Gegensatz zu seiner Höhle, hell und mit praktischem Geschmack (viel Naturholz) eingerichtet. Trat man auf den Balkon, so konnte man die relativ gute Luft vom unweiten Schloßpark Schönbrunn atmen. Paulinchen (von der Gewohnheit, die Namen ihm nahestehender Personen zu verändern, war Pepi, wie man wahrscheinlich bereits registriert hat, nicht abgegangen, allerdings war die Veränderung in diesem Fall nur geringfügig, gewissermaßen bloß ein Zitat dieser früheren Unsitte), Paulinchen also und er wirkten, als ob sie miteinander hierher gehörten. Sie trugen das gleiche Paar Hausschuhe, eine Art, schon durch ihren rustikal gemusterten Anblick erheiternder Hüttenpatschen, und machten auch sonst den Eindruck gut ironisierter, doch gern akzeptierter Zusammengehörigkeit. Über ihre Hochzeitsreise (nach Ägypten und zurück) erzählten sie im Chor. Manchmal breiteten sie ganz unvermittelt die Arme aus und umfingen einander. Das Essen hatten sie, wie sie sagten, ›im Teamwork‹ zubereitet. Sie besaßen, wovon ich mich, in die Küche geführt, überzeugen konnte, auch Schürzen im Partnerlook und mimten, ständig zu Scherzen aufgelegt, einen kurzen Boxkampf mit Haushaltshandschuhen. Dann trugen sie – eine Prozession zu zweit – Teller und Schüsseln ins Zimmer und tischten auf. Kein Zweifel: das Mittagmahl war ein schönes Indiz dafür, was für großen Spaß ihnen auch oder besonders die orale Form von Sinnlichkeit mitsammen machte. Es gab, daran erinnere ich mich gut, vorerst sanft geräucherten Schinken mit Zuckermelone und dann fein nach Obers duftende Tortellini. Hierauf enthüllte der Hausmann eine superb mit Kräuterpastete (ich schmeckte Liebstöckl und Kerbel) gefüllte Kalbsbrust. Danach allerdings – dies eine gewisse Enttäuschung meiner sicherlich etwas fixierten Erwartungshaltung – trug die Hausfrau keinen Apfelstrudel auf. Stattdessen (eine meines Erachtens etwas extreme Kombination) kam erst ein keuscher Käse (Bel Paese) und dann – hier mußte ich passen – Vanilleeis mit lasziv in der Hügelmitte aufgetürmten heißen Himbeeren.

Nach dem Essen (und Trinken – ich bin kein Weinkenner, aber der Weißburgunder, der dazu serviert wurde, lief so alt er laut Etikette auch war, jugendlich kühl über die Zunge und durch die Kehle) lagen wir ziemlich flach. Die beiden einander abwechselnd am Herzen, ich auf einem mir freundlicherweise zur Verfügung gestellten Zierpolster mit der Aufschrift ›Ich bleib Dir 3‹. Beinahe wären wir – da es Herbst war und früh dämmerte, kam die Müdigkeit nach diesem langen Mittagessen umso organischer – sanft entschlummert, aber im letzten Moment, gerade als ich die Tür zum Traum hinter mir schließen wollte, schreckte ich hoch. »Was ist das?« fragte ich. »Ach nichts«, sagte Pepi, der sich etwas ungehalten aufrichtete und nach einem Zigarillo tastete. »Die Wölfe heulen im Tiergarten.«

Wennschon. Obwohl uns dieses Geheul damals ein wenig aus der Idylle riß, maß ich ihm vorerst keine Bedeutung zu. Pepi schien glücklich oder wenigstens zufrieden, was konnte man sich und ihm Besseres wünschen? Zwar war er, wie er mir, nach diesem Sonntag ungefähr ein Jahr lang, Wochentag für Wochentag in der Bücherei begegnete, zugegebenermaßen etwas enttäuschend. Aber vermutlich war mein Freund, der früher, als unangepaßtes

Kind, erwachsen, als physisch Erwachsener aber bisher nie fertig gewirkt hatte, nun doch, mit einigen Kratzern an seiner Seele, aus einer überlangen Pubertät heraußen, und andere Erwachsene (ich eingeschlossen) waren ja auch nicht interessanter. Er arbeitete – wie die andern, sah (bis auf nun als solche entlarvte Äußerlichkeiten, etwa die schon wieder noch immer bevorzugten Sandalen) aus wie die andern, womöglich sah er sogar so drein wie die andern. Ja, tatsächlich, sein Blick war flacher geworden. Und farbloser, blasser, wie seine ganze Erscheinung. Obwohl ich in seinem Gesicht, um seine sich rundenden Wangen, eine Rosigkeit entdeckte, die mir früher nie aufgefallen war. Viel erzählte er mir von Paula und sich. Daß sie einander, da sie beide zum Frühstück die Wasser-, zum Abendessen die Feuerwerksmusik schätzten, eine neue Stereoanlage geschenkt hätten. Daß sie, um fit (ein ungewohntes Wort aus seinem Mund), also um fit zu bleiben, jeden Donnerstag in die Sauna gingen. Daß er, obwohl er seit fünfzehn Jahren, nämlich seit seinem letzten Schulschikurs, nicht schifahren gewesen war, ihr, einer leidenschaftlichen Schifahrerin, zu Willen, einen Winterurlaub in Badgastein riskierte. Von dort kam er zwar mit einem Gipsbein zurück, aber er trug es (ICH LIEBE DICH TROTZDEM; hatte ihm Paula in roten Filzstiftbuchstaben draufgeschrieben) mit sonnigem Humor. »Weißt du«, sagte er, »sie ist nicht nur eine Seele, sondern auch ein Körper von einer Frau. Drum war es auch halb so schlimm, daß ich mir den Haxen gleich am ersten Tag gebrochen hab. Wir haben den Sport halt vor allem im Bett betrieben.« Das blieb, wie sich weisen sollte, nicht ohne Folgen. »Stell dir vor«, eröffnete Pepi wenige Wochen später, gleich morgens, als er zur Tür hereinkam, »was passiert ist!« – »Ist es *passiert?*« fragte ich. »Nun«, sagte er, »sie hat geglaubt, daß das bei ihr ohnehin nicht klappt. Aber wir freuen uns, weißt du. Wir freuen uns wirklich!« Bei diesen Worten nahm die neue Rosigkeit um seine Wangen zu. Doch schien mir das kein Erröten, wie in meinem, diesbezüglich nicht unproblematischen Fall, sondern ein bisher zumindest von mir bei ihm unvermuteter Eifer. Im Februar war das. Im April fuhren Pepi und Paula ins Weinviertel und mieteten ein Haus. An einem Wochenende im Mai kam ich sie dort besuchen.

Da trat mir ein Pepi in rotkarierten Hemdsärmeln entgegen, die seinen rosigen Eifer noch zusätzlich betonten. In der Hand hielt dieser mir immer Unbekanntere eine Säge. »Was bastelst du denn?« fragte ich. »Na«, antwortete Pepi mit heiterer Gereiztheit, als müßte ich das wissen, »neue Türen!« Wenn die Kleine da ist, soll es doch nicht mehr ziehen wie in einem Vogelhäusel, oder?«

Ich fragte ihn nicht, woher er denn wissen wollte, daß sein mutmaßlich zweites Kind ein Mädchen würde. Paula blühte im Liegestuhl und strickte rosa Strampelhosen. Allerdings erkundigte ich mich, ob ich recht verstanden hätte und die beiden tatsächlich hier heraus zu ziehen beabsichtigten. »Klar«, sagte Pepi, »ich mach den Führerschein und Paulinchen kann zumindest die ersten zwei Jahre mit dem Kind in Luft und Sonne bleiben.« Dann saßen wir im Schatten zweier kaum beschädigter Fichten und aßen Speck. Das Haus als solches, zweistöckig, mit – wenn auch durchwurmter – Holzveranda, war noch nicht sehr bewohnbar, würde aber, wenn es nach Pepi ging, ein rechtes Schmuckkästchen werden. »Daß du dir das alles zutraust!« wunderte ich mich. »Warum nicht?« konterte er, »ich hab mir schon ganz andere Sachen zugetraut.« Ja, dachte ich. Aber eben ganz *andere* Sachen.

Was mich an diesem neuen Pepi störte, war, ich gestehe es, eine bei ihm bisher nicht dagewesene, offen- oder zumindest scheinbare Profaneität. Auch wenn er seine und Paulas Zukunft, ja die Zukunft seines zukünftigen Kindes ein Stückchen vorwegdachte, war er ganz von dieser Welt. »Was bin ich froh«, sagte Paula im Liegestuhl, »daß alles so gekommen ist.« Dagegen war schwer etwas einzuwenden. Rundherum standen späte Himmelschlüssel.

Daß Pepi gewisse Fähigkeiten trotzdem nicht ganz abhanden gekommen waren, erwies sich, wenngleich in einem für meine Begriffe höchst banalen Zusammenhang, einige Wochen später. Er war mit einer leichten Sommergrippe im Krankenstand, und da ich mein Auto nicht weit von Paulas und seiner Hietzinger Wohnung zur Reparatur bringen mußte, beschloß ich, ihn zu besuchen. Als mir Paula, trotz ihrer nun schon etwas deutlicher sichtbaren, aber mit frohem Stolz getragenen Schwangerschaft, öffnete, vermutete ich ihn im Bett. Er saß aber, wie sie mir mitteilte, vor dem Fernseher. Ein beunruhigend vielstimmiges Geraune aus dem Zimmer, eine aufgeregte, sich ab und zu überschlagende, von kollektiven Seufzern, Stöhnern oder Brüllern begleitete Kommentatorenstimme – ich ahnte Böses. »Setz dich zu mir«, sagte Pepi, höchstens ein Auge vom Bildschirm abwendend, »und sei brav: das Match hat grad begonnen.« Oh Gott, dachte ich – in bunte Dressen gekleidete Winzlinge droschen einen mediengerecht weiß gefärbten Ball auf dem Bildschirm hin und her – jetzt interessiert er sich auch dafür wieder! »Austria gegen Liverpool«, sagte Pepi, »aha«, sagte ich möglichst höflich und griff mir aus einer in Reichweite stehenden Vase ein Sträußchen Soletti. »Uij«, schrie Pepi. Und dann: »Na Gemma!« und dann: »No geh!« Manchmal nagte er an den Fingernägeln, manchmal riß er sich an den Schnurrbartspitzen, manchmal schlug er sich aufs Knie. Paula lächelte mild, ich lächelte, wiewohl etwas gezwungen, zurück. »Wie wird's denn ausgehen?« fragte ich rhetorisch. »Drei zu zwei«, sagte Pepi. »Paß auf«, sagte er, »gleich fällt das erste Tor in der achtzehnten, nein in der neunzehnten Minute.« In der nächsten Minute gab's wirklich ein Goal. Es war, wie der Kommentator bestätigte, tatsächlich die neunzehnte.

»Was schaust du dir denn diese Aufzeichnung an«, fragte ich, »wenn du ohnehin schon weißt, wie's ausgeht?« – »Was?« fragte Pepi. »Ich weiß nicht. Aber das ist keine

Aufzeichnung.« Ich sagte: »Geh, mach keinen Witz!« Er machte keinen Witz. Reichte mir, etwas ärgerlich, daß ich ihn schon wieder störte, das Fernsehprogramm aus der Zeitung. »Europacup-Viertelfinale Austria gegen Liverpool 19 Uhr 30. Eurovision. Direktübertragung aus London.« – »Naja«, sagte ich. »Dann hast du's halt gut erraten. Wann fällt denn das nächste Tor?« – »Was?« fragte Pepi ungehalten. »In der vierundvierzigsten Minute!«

Nun sah ich zum ersten Mal in meinem Leben Fußball mit Spannung. In der siebenunddreißigsten Minute prallte der Ball an die Stange der Engländer, in der neununddreißigsten erwischte ihn der österreichische Tormann mit einer unglaublichen Reaktion. In der zweiundvierzigsten Minute gab es einen Elfmeter für die Austria, aber der wurde verschossen. Tor Nummer zwei (gegen die Austria) fiel wie von Pepi vorausgesagt. »Warum«, fragte ich in der Pause, »spielst du nicht Toto?« – »Warum, warum ...« sagte Pepi, »das geht nur spontan.« Trotzdem fiel das dritte Tor, das er, schon unter Leistungsdruck, für die fünfundsechzigste Minute prophezeite, nur runde anderthalb Minuten verspätet. »Ich glaub«, sagte Pepi, nun schmunzelnd, »die Matchuhr geht falsch.« Was bleibt zu erzählen? Die zwei Tore, die noch folgen sollten, folgten programmgemäß. Neunundsiebzigste Minute und einundachtzigste Minute, letzteres war ein Eigentor. »Vielleicht solltest du *doch* Toto spielen«, sagte ich beim Abschied. »Ja«, sagte Pepi, »vielleicht.« Er hatte, so kam es mir vor, ganz anderes im Kopf.

Pepis und Paulas Tochter wurde termingerecht und, soviel ich weiß, problemlos am 7. Oktober 1975 geboren. Ihre Eintragung ins Geburtsregister des magistratischen Bezirksamts Wien 13, wenige Tage später, erfolgte, wie mir ihr Vater berichtete, schon etwas weniger problemlos. Pepi, der sich die letzten Wochen in der Bücherei königlich mit Astrid Lindgrens »Pippi Langstrumpf« unterhalten hatte, wollte sie Pippi nennen, aber der zuständige Beamte verweigerte die Eintragung dieses Namens unter dem Hinweis darauf, daß er, wie er durch vorwurfsvolles Blättern in einem dicken Buch nachwies, nicht existierte. So mußte Pippi Prohaska offiziell Pepita Prohaska heißen, und selbst das war nach Meinung des Eintragenden, der in Klammer die Übersetzung Josepha hinzufügte, ein nur durch Pepis Überredungskunst mehr oder minder erpreßtes Zugeständnis. »Pippi oder Pepita«, sagte Pepi, »egal, ich habe sie gleich erkannt. Ja, ob du's glaubst oder nicht, auf den ersten Blick, unter all den anderen Striezeln, die hinter der Glasscheibe dieses Babyterrariums geplärrt haben. Das heißt, *sie* hat nicht geplärrt, sondern mir zugelächelt, ehrlich wahr, wenn auch vorläufig nur mit einem Mundwinkel. Sie hat Ironie, mein Lieber, die hat sie von mir, und das ist ja auch die ursprünglichste und einfachste Bedeutung von Sympathie – wir sind einander ähnlich.« Um mich davon zu überzeugen, sollte ich meinen Freund am nächsten Tag in die Klinik begleiten. Es war, wie gesagt, Oktober, ein fahriger Wind wirbelte gelbes Laub durch den Spitalsgarten, Pepi war aufgeregt. Mit dem Lift wollte er versehentlich zu hoch hinaus, sodaß wir, ganz oben angekommen, zwei Stockwerke hinunter gehen mußten. Als wir endlich an Paulas Bett standen, durfte er die Kleine, deren Mundwinkel tatsächlich zuckten und die ihn überdies, obwohl das nach den Erkenntnissen der Entwicklungspsychologie, die ich ja auch einmal gebüffelt hatte, noch gar nicht möglich war, tief blauäugig *ansah,* zum ersten Mal in den Arm nehmen: er war, fand Paula, ganz einfach ein süßer Vater.

Und wirklich – sie, die in der mütterlichen Rolle, aber das überraschte mich weniger, eine ebenso gute Figur machte wie er in der väterlichen, hatte recht. Kaum waren, nach knapp einer Woche, die zwei Mädchen, wie er sie scherzhaft nannte, nach Hause zurück– beziehungsweise eingekehrt, kümmerte er sich in rührender Weise um beide, besonders aber um die Jüngere. Die Perfektion, mit der er das Kind schon nach wenigen Übungstagen wickelte, versetzte mich, der ich mich seiner früheren Ungeschicklichkeit in praktischen Handgriffen erinnerte, sooft ich dabei war, in Erstaunen. Daß er auch seine angestammten Fähigkeiten einsetzte, um ihr wohlzutun, erwies sich etwa, wenn er zur Gitarre griff und, an ihrem Gitterbettchen sitzend, auch über ihr friedliches Einschlummern hinaus, immer neue Schlaflieder erfand.

So hätte, erst recht als die Familie, die ja die drei nun waren, im Frühling, wie vorgesehen, ins inzwischen wirklich hübsch und gemütlich eingerichtete Weinviertler Häuschen zog, alles harmonisch sein und bleiben können. Wäre Pepi, der, bei der Fahrschulprüfung auf Anhieb durchgekommen, jetzt zwischen dem nördlichen Niederösterreich und Wien pendelte, nicht (und der späteren Entwicklung wegen muß das als tragisches Detail angemerkt werden: sogar angestiftet von seiner Frau) auf die Idee gekommen, endlich etwas Entscheidendes gegen die Glatze zu tun, die ihm hinterrücks drohte. »Haben Sie Haarprobleme? Wir helfen!« bot ein Haarinstitut, das ich, aus Gründen, die man bald einsehen wird, hier nicht namentlich nenne, seine Dienste an. Pepi beschloß, diese Dienste in Anspruch zu nehmen.

Er tat dies wöchentlich zweimal nach Arbeitsschluß. Seine Äußerungen darüber, was man dabei mit ihm anstelle, klangen amüsiert, aber unverfänglich. »Sie schmieren mir«, sagte er, »angeblich durchblutungs- und haarwuchsfördernde Essenzen auf die Kopfhaut und massieren mich anschließend. Wenn es nichts nützt, wird es, hoff ich, zumindest nichts schaden.« Was er vorerst verschwieg, war, daß es sich bei denen, die da schmierten und massierten, um junge Mädchen handelte. Und daß deren Behandlung, wie sich recht bald herausstellte, nicht ohne Wirkung auf ihn blieb. Zwar weniger auf seinen Haarwuchs, über dessen mögliche Reaktivierung, wie ihm versichert wurde, so rasch nichts zu sagen sei. Aber desto mehr auf seine Durchblutung, wenngleich sich diese – hier zitiere ich schon ihn selbst – »keineswegs nur auf die massierten Stellen beschränkte«.

Das Zitat stammt aus Pepis im hinterlassenen Koffer mithinterlassenen geheimen Tagebuch. Genauer: aus den besonders geheimen und daher in einer Geheimschrift abgefaßten Passagen dieses übrigens mehrere Bände (sechzig Blatt dicke, karierte Schulhefte) umfassenden, höchst persönlichen Dokuments. Es ist mir bewußt, daß die auf den noch ausstehenden Seiten voraussichtlich öfter anzuwendende Methode direkten und indirekten Zitierens aus diesen Aufzeichnungen ihrer moralischen Fragwürdigkeit nicht entbehrt. Aber ich schwöre, daß ich Indiskretionen wie die folgenden nur dort begehe, wo sie für das Verständnis von Pepis weiterer Persönlichkeitsentwicklung wirklich vonnöten sind, und dort, wo das nicht der Fall ist, auf ähnlich verfängliche Materialien, an denen in P.P.s Nachlaß wahrhaftig kein Mangel herrscht, verzichte.

Der Code der Geheimschrift war nicht ganz leicht zu entziffern. Pepi ersetzte, einer alten kabbalistischen Methode folgend, den ersten Konsonanten des Alphabets durch den letzten, den zweiten durch den vorletzten usw. Da es jedoch in unserem Alphabet, zum Unterschied vom Hebräischen, nicht nur mehrdeutige Vokalzeichen, sondern eindeutige Selbstlaute gibt, wird die Sache in dieser Mischform – die Vokalzeichen behielt Pepi auch im Deutschen bei – komplizierter. Noch dazu, wenn der Schreiber, obwohl kein Hebräer mehr, schwungvoll von rechts nach links schreibt. So liest sich das Wort ›Ärmelausschnitt‹, das am Anfang des mit Mai '76 beginnenden Tagebuchs ziemlich oft vorkommt, etwa folgendermaßen: »Tt'nhcss'l'mr'«. »Sie tragen alle«, heißt es da, »die gleichen, weißen Arbeitsmäntel, so scheinbar schlicht in ihrer Funktionalität, so raffiniert durch die Kürze, die ihre netten Knie- und Kniekehlen freiläßt, sowie vor allem durch den großen, lockeren *Ärmelausschnitt.* Wenn sie massieren, sehe ich manchmal, durch die Reflexwirkung der in jeder Behandlungsnische wie die Flügel eines Triptychons angeordneten Spiegel, das puddingartige Wippen ihrer Brüste. Da könnt man, obwohl solcher Süßigkeiten entwöhnt, Appetit bekommen.«

Der Leser kann sich denken, daß es eine geraume Weile dauert, bis man einen solchen Text, nach der zuvor beschriebenen Methode verschlüsselt, entziffert hat. Wie viele Lesarten des Wortes »g’tr’gn’dd’p« existieren etwa, wenn man von nur fünf prinzipiell möglichen Vokalen ausgeht, die Umlaute nicht mitgerechnet? Hat man das Wort endlich entziffert (man darf übrigens, was mir im Anfang oft passiert ist, nicht vergessen, es umzudrehen) und ergibt das, etwa in Zusammenhang mit »T’t’pp’a« (Appetit) seinen Sinn, so ist das, ich will’s nicht verhehlen, ein kleiner Triumph. Ich präsentiere also, trotz der oben erwähnten Vorbehalte mit einem gewissen Stolz, zumindest Teilergebnisse meiner Arbeit:

»Wenn ich«, schrieb Pepi, »meinem Paulinchen nicht gar so treu wär! Es ist aber so seltsam, wie wahr – ich habe die ganze Zeit über kein Begehren nach einer anderen Frau verspürt. Komisch: wo hab ich nur meine Augen gehabt? Weniger komisch, doch problematisch: wo hab ich sie jetzt?«

Wir wissen es. Pepi wußte es auch, wußte aber, wenn man einigen sarkastisch zerquälten Absätzen Glauben schenkt, die ich hier wiederzugeben mir erspare, vorerst nicht, was tun. Das heißt, er wußte es wohl, doch hatte er Skrupel. Erstens seiner Frau, zweitens eines möglichen Mißerfolges eventueller Initiativen wegen – sein Zustand war, ich hatte es geahnt, in mehr als einer Hinsicht regressiv. »Wenn ich zum Beispiel«, schrieb er, »diese Piroschka anrede – am Ende läßt sie mich abblitzen.«

Von Piroschka hatte er schon vorher geschrieben:

»Ein junges Frauenzimmer mit Akzent. Auch körperlich. Wie sie geht, wie sie steht! Sie betritt den Behandlungsraum, sie nähert sich mir, zielstrebig, nickt meinem Spiegelbild kurz zu. Sie hat wache Tieraugen unter etwas trägen Menschenlidern, ihr Gesicht, wie auch sonst fast alles an ihr, ist herzförmig. So klein sie ist, beugt sie sich häufig (man sinkt ziemlich ein im Behandlungsstuhl) tief über mich. Zuweilen leisten sich ihre Finger hübsche Ausflüge von meiner Kopfhaut weg hinter die Ohren und in den Nacken. Nach den verbindlichen Unverbindlichkeiten zu Beginn stockt unser Gespräch meistens, aber umso eher wird das Knistern einer gewissen Elektrizität hörbar. Manchmal hab ich den Eindruck, sie will – denn da öffnen sich ihre leicht lila getönten Lippen kaum merklich und machen sozusagen Mikrobewegungen – etwas sagen, aber sie sagt's nicht.

Ich sag's ja übrigens auch nicht. Und vielleicht bilde ich mir Verschiedenes nur ein. Und vielleicht liegt, daß *sie* mich so anschaut, nur daran, daß *ich* sie so anschau, alles über den seitenverkehrenden Umweg durch den Spiegel, versteht sich. Ja, wahrscheinlich ist alles nur Projektion. Ich will's vergessen – und wenn ich damit eine Gelegenheit vorbeigehen lasse, mich auf zugegebenermaßen schon lang entbehrte Weise zu bestätigen, ist's immerhin auch eine Gelegenheit, mich zu blamieren: wer nicht wagt, verliert nicht.«

So Pepi in Wendungen, Windungen, sich wiederholend. Resümee: »Wahrscheinlich ist's besser so.« Doch seinem Vorsatz gemäß zu vergessen, das schaffte er nicht. Schließlich war er der Gelegenheit, die Diebe und andere Abweicher vom sogenannten rechten Weg macht, nach wie vor zweimal pro Woche ausgesetzt. Und dann geschah es. Er schrieb es auf. Ich gebe es wieder. Fast kommentarlos. Ich mag mich nicht auf Spekulationen darüber einlassen, ob es sich hierbei um einen zynischen Witz, sozusagen schwarze Poesie, oder um eine Ratio-, nein: Irrationalisierung handelt. Um wieder zum dunkleren Teil seiner selbst zu finden, brauchte er jemanden, der ihm heimleuchtete. So beschrieb er das jedenfalls. Der Mann, der das Licht trug, ging ihm voraus, und es ging mehrere Stockwerke hinunter.

»Da war ein Gewölbe«, schrieb Pepi, »in meinem Traum. Erinnerte mich ein bißchen an das alte Art-Center, den Fatty George-Keller, wo ich manchmal mit Inge gewesen bin, war's aber letzten Endes doch nicht. Spiralig ging's abwärts, links und rechts viele Nischen, darin, aber immer nur kurz sichtbar im Licht der Funzel, diverse Schmusende. Der Typ ging mir vor, und ich, immer hautnäher an seine Bewegungen geschmiegt, ging ihm nach. Hautnäher stimmt, denn er war nackt, und ich war angezogen. Ich sah uns von außerhalb meiner selbst, drum wurde mir bald klar, woher ich die Konstellation, in der wir da abwärts stiegen, kannte. Ein Motiv von Albin Egger-Lienz, der Sämann und der Teufel, der Nackte war ER. Seine geschmeidige Gestalt: mir vertraut von den alten Schillingmünzen, auf denen er, eine amüsante Fehlleistung, wohl mit dem Sämann verwechselt, abgebildet war. Unsere Konstellation allerdings, im Vergleich zum gemalten bzw. geprägten Original, umgedreht und leicht verändert. Er leuchtete, und ich hatte nichts zu säen – kein Wunder, daß er führte. ›Du Kleinmütiger‹, sagte er, ohne sich umzuschauen, ›warum hast du aufgehört, an dich zu glauben? Du hast doch, na sagen wir, etwas überdurchschnittliche Fähigkeiten – warum setzt du sie nicht ein?‹ «

Hier wachte Pepi angeblich auf. Nicht sonderlich verschwitzt. Langte über die friedlich schlafende Paula und griff sich sein Notizbuch. Zwar konnte er am nächsten Morgen nicht mehr lesen, was er nächtens geschrieben hatte, aber er wollte sich erinnern. Rekonstruierte. Sodaß wir zitieren können. Zum (bös geträumten oder bös erfundenen) Exempel. Zwei Haarinstitutssitzungen lang will der Versuchte dem Versucher noch widerstanden haben. In der dritten aber versuchte er's, konzentrierte sich, möglichst nicht an dieser seiner Fähigkeit zweifelnd ganz auf die herzförmige Piroschka, in – manche werden womöglich verstehen, was ich meine – widmungswidriger Ausrichtung seiner Seele. Und siehe da, es brauchte nicht lang, es klappte. Sie schaute sich kurz um, sah, wie seriös das zweite Fräulein, das in dieser stillen Stunde im Behandlungsraum I agierte, mit dem von ihm betreuten Glatzkopf (»eine richtige Billardkugelglatze« schrieb Pepi) beschäftigt war, schloß durch einen Blick in den Pepi und sie reflektierenden Spiegel, daß, da dieser jenen, vor dem der Kugelkopf saß, nicht reflektierte, jener, nach den Gesetzen der Optik, auch diesen nicht reflektieren würde – und dann nahm sie, sich noch weiter als sonst vorbeugend, Pepis rechte Hand und legte sie, einen Knopf ihres Arbeitsmantels öffnend, an ihre linke Brustwarze.

Dies ging, schreibt Pepi, ganz ohne Worte vor sich. Ebenso wortlos massierte sie nachher weiter. Bevor sie jedoch das Handtuch, das ihm umgebunden war, von seinem Hals löste, sagte sie folgendes: »Ich wollte Sie ohnehin lang schon was fragen, können wir uns nachher treffen?« Er sagte, sie könnten. Er wartete im Kaffeehaus. Sie hatte noch einen Kunden nach ihm zu massieren. Er wartete also auf sie und trank einen Cognac. Er trank einen Cognac und dachte an seinen Traum. Und dann erschien sie, forsch entschlossenen Schritts. Daß sie nicht den gewohnten Arbeitsmantel trug, daran mußte er sich erst gewöhnen. Hochgeschlossener Pullover, Bundfaltenhose, keine Einblicke. Ihr Stockerlhintern (bitte, das ist sein Ausdruck!) kam allerdings in der Hose besonders hübsch zur Geltung. Er beschreibt, wie er das beobachtete, als sie, kaum daß sie da war, mutmaßlich um sich kurz prüfend im Spiegel zu betrachten, Richtung Toilette ging. »Wissen Sie«, sagte sie, als sie zurückkam, »dieses Haarinstitut ist nicht das Ziel meiner Wünsche, ich will auf etwas anderes hinaus.« – »Ja?« sagte er. »Ja«, sagte sie, »ich wäre gern Mannequin. Oder glauben Sie, daß ich zu klein bin für so was?« Das glaubte er wohl – sie war wenig über 1,50.

»Aber«, sagte er, »das muß man nicht akzeptieren: Brigitte Bardot ist auch nicht größer.« – »Sehen Sie«, sagte sie mit ihrem netten Akzent, »ich hab's ja gewußt. Sie sind ein sensibler Mensch, Sie schauen aus wie ein Künstler. Sie kommen doch sicher herum in gewissen Kreisen. Kennen Sie nicht« – hier befeuchtete sie ihre lila Lippen und lächelte – »einen, wie soll ich sagen, verständnisvollen Fotografen? Ich meine einen, der mich entsprechend fotografiert?« – »Da sind Sie«, sprach Pepi, »genau an den Richtigen geraten!«

Kaum anzunehmen, daß sie das wirklich glaubte. Aber vermutlich glaubte sie sich auch selber nicht – die beiden spielten ganz einfach eine frivole Komödie. Nach dem vielversprechenden Anfang oben im Haarinstitut hätte es solcher Umschweife ja eigentlich gar nicht bedurft. Aber da hatten sich offenbar zwei getroffen, die entschlossen waren, es möglichst spannend zu machen. Erst drei Wochen später erwartete sie Pepi in seinem ›Atelier‹. Bis dahin hatte er ihr während der Behandlung auf (so *er*) »jedesmal etwas erregendere Weise« unter den Arbeitsmantel gegriffen. Außerdem hatte er seine Mutter besucht und ihr die von seinem Vater hinterlassenen, etwas verstaubten Fotoutensilien ausgefochten. Hatte zwei Scheinwerfer und eine Schmalfilmleinwand als Hintergrund in seiner sonst leer stehenden Wiener Wohnung aufgebaut und der armen Paula erzählt, daß er (wie war sie doch gutgläubig!) wegen eines Maturatreffens für einen wahrscheinlich langen Abend nach Wien müsse. So trat er denn in die Fußstapfen Papa Prohaskas. Ich meine (man wird sich wohl Petras, der Zwetschkenbrüstigen, erinnern) als Aktfotograf. Womöglich war hier eine Art von Wiederholungszwang am Werk, eine gewisse Identifikation vielleicht aufgrund eines nun erreichten, ähnlichen Alters und Familienstandes. Aber das soll keine Entschuldigung sein, ganz abgesehen davon, daß die Aktfotografie hier viel eindeutiger noch als dort bloßer Vorwand war – und als Seitenspringer sprang

Pepi, zumindest wenn man seinen Aufzeichnungen Glauben schenkt, wesentlich öfter und weiter.

Es blieb nämlich keineswegs, so reizend sich das Verhältnis mit ihr auch gestaltete (»Ich denke oft«, seufzte Pepi später bisweilen, »an Piroschka«), bei dieser Einen. »Das zweite Mal«, schreibt er selbst, »war's ein Experiment. Ich wollte ganz einfach wissen, ob das beim ersten Mal, mit Piroschka, Zufall gewesen war.« Also konzentrierte er sich, als ihn eines Tages eine andere massierte (zwar versuchte es Piroschka so einzurichten, daß sie meist an ihn kam, aber immer gelang's nicht, und außerdem schien die Chefin, nun öfter stumm und streng in den Behandlungsraum blickend, Verdacht zu schöpfen), »also konzentrierte ich mich«, schreibt er, »auf *die* – und da schau her, es klappte beinahe genauso!« Natürlich gab das gewisse Komplikationen. Im Umkleideraum des Haarinstituts lagen sich Piroschka und Leni (so hieß die Nummer 2) bald in den Haaren. Doch Pepis Anziehungskraft verstärkte das nur. Auf Tina, mit der er mir über den Weg lief, brauchte er sich kaum mehr zu konzentrieren, die flog ihn von selbst an. Ich sagte übrigens damals – wir gingen, es war auf der Kärntnerstraße, aneinander vorbei, und Pepi, die mir nähere Augenbraue schräg in die Höhe ziehend, schupfte mir sozusagen ein ›Servus, Engerl‹ zu, das ich, bleiben wir im Vergleich, mit einer Reflexbewegung auffing, aber dann stand ich da damit und wußte nicht, was tun – kein Wort sagte ich damals, hatte auch kaum Gelegenheit, eins zu sagen, denn schon war Pepi mit der mir fremden, ihm aber, aus der Umschlingungsenge, in der er mit ihr daher- und dahinging, war das zu schließen, wohl ziemlich vertrauten Person, vorüber. Auch am nächsten Tag in der Bücherei schwieg ich, obwohl oder weil Pepi vielleicht eine Art Anerkennung von mir erwartete – jedenfalls sah er pfiffig drein. Noch zwei Wochen später, als ich wieder einmal draußen, im Weinviertel, zum Essen eingeladen war, im Garten sitzend, umgeben von friedlichster Natur, sagte ich natürlich nichts. Obwohl mir die Idylle – Pepi, ganz aufgehellt von der Mittagssonne, hutschte die nun schon anderthalb Jahre große Pippi auf dem Knie, und Paula, ein schönes Bild fraulicher Zufriedenheit, saß ihm arglos vis-à-vis – obwohl mir nun diese Idylle wie ein sehr hoher, falscher Ton, fast körperlich weh tat. Zum Reden bemüßigt, ja verpflichtet fühlte ich mich erst auf beziehungsweise nach der Frankfurter Buchmesse.

Vielleicht hatte ich Pepis Drängen, ihn nach Frankfurt mitzunehmen, vor allem deswegen nachgegeben, weil ich mir anläßlich der langen Zweisamkeit im Auto die Gelegenheit zu ernsteren Gesprächen erwartete. Daß wir uns beim Fahren abwechseln könnten, war nur ein Vorwand, und zwar sowohl für mich, als auch für ihn. Ich hätte ebensogut oder besser per Flugzeug oder per Bahn reisen können, zumindest die Kosten für letztere hätte mir mein Verlag genauso zurückerstattet wie die Benzinkosten. Und er hätte ebensogut daheim bleiben können, kein Mensch hatte ihn eingeladen, auch ich nicht. Ja, stimmt, ehemals, als es ihm so schlecht ging, hatte ich ihn, wie erwähnt, zum Schreiben, das er ja konnte, anregen wollen. Es hätte ihm, so hatte ich mir das gedacht, in dieser Situation helfen können, aus ebendieser Situation herauszukommen, und dabei und darüber hinaus hätte ich ihm, auch gewisse, immerhin schon länger geknüpfte Beziehungen mit dem sogenannten Literaturbetrieb nutzend, gern beistehen mögen. Daß er aber ausgerechnet jetzt, als es ihm gut (zu gut!) ging – ich weiß nicht, wann ich die Veränderung an ihm zum ersten Mal bemerkt hatte, aber er, der mir, seit er neben mir in der Bücherei saß, relativ klein vorgekommen war, wuchs sozusagen, erigierte, man entschuldige den Ausdruck, vom Scheitel bis zur Zehe – daß er also ausgerechnet jetzt damit anfing und binnen kurzem mit einem Manuskript daherkam, das ich lesen sollte, gefiel mir gar nicht. Die Worte, die er machte, sprudelten, hatte ich den Eindruck, aus der falschen Quelle. Beim Lesen schon der ersten Zeilen wurde dieser Eindruck bestärkt. So groß war meine Aversion, daß ich das Manuskript (vorerst sechzig Seiten, von denen ich aber bestenfalls zehn gelesen hatte) in eine Lade legte und nicht mehr fand. Doch war es leider nicht das Original gewesen, Pepi, dem ich dieses sogenannte Mißgeschick nach einigen Wochen, während der ich vorgeschützt hatte, einfach noch nicht zum Lesen gekommen zu sein, gestand, lachte und brachte mir bereitwillig eine andere (schon umfangreichere), Kopie. Nun aber fand ich meinen Instinkt voll bestätigt.

Ich weiß: über die Quellen, aus denen Literatur sprudelt, beziehungsweise – und dieser postulatorische Ansatz, auch das (und das erst recht) weiß ich, ist schon an sich problematisch – über die Quellen, aus denen Literatur sprudeln *soll*, läßt sich streiten. Sofern von Sprudeln überhaupt die Rede sein kann, aber das nur nebenbei. Und muß ja übrigens nicht, unbedingt sprudeln meine ich, auch das nur apropos. Gerade unsere Literatur der letzten zwanzig Jahre (jawohl, Herr Prohaska!) hat bewiesen, daß manchmal schon ein Gerinnsel oder zumindest ein mildes Fließen genügt – und außerdem verwechsle man mir nicht nur Quantität mit Qualität! Bei Pepi jedoch, da hatten sich innere Schleusen geöffnet. Und was sich, dies gewissermaßen dokumentierend, übers Papier ergoß, war alles andere als sauber geschriebene Literatur. So weit, so (in einem Sinn, der über das platte Mißverständnis von Realismus hinaus oder womöglich genauer: tief drunter reicht) realistisch, das könnte man durchgehen lassen. Aber der Text war – und das begründete gerade bei näherer Beschäftigung mit ihm meine noch weitere Distanz – der Text war, womit er diesen Realismus als Wahrheitsanspruch (der aber vielleicht, der Verdacht ist leider nur allzu naheliegend, von seinem Autor gar nie gestellt worden war) wieder aufhob – der Text war eitel, eitel und nochmals eitel!

Und das betraf beileibe nicht nur die Form! Diese auf sich selbst geilen Satzungetüme, unterbrochen von jenen pseudoasketischen Drei- bis Fünfwortsätzen, in einem geradezu lasziven Rhythmuswechsel! Nein, ich will hier nicht näher auf all das eingehen. Es betraf, wollte ich sagen, kein Wunder, erst recht den von der Form bekanntlich ohnehin nicht ablösbaren Inhalt. Wir wissen: Bescheidenheit war nie Pepis Zier. Aber, daß er sich ausgerechnet an der Faustdichtung vergreifen mußte, diesem anerkanntermaßen bisher höchsten Anspruch deutschsprachiger Dichter- und Denkerei, also das war typisch. Ja, stimmt, ich meinerseits habe in meinem Erstling den Hamlet verbraten. Aber doch mit dem gebührenden Respekt vor Shakespeare, Pepi hingegen ...

Schon der Titel sagte eigentlich alles. »Entsetztes Frohlocken. Die Wahrheit über den Doktor Heinrich F.« Was für ein Vorsatz! Aber der Untertitel sagte noch mehr: »Enthüllt von seinem armen Teufel Mephisto«. Das signalisierte nicht nur eine Erzähl-, sondern auch eine Geisteshaltung. Nämlich einen Zynismus, der sich dann voll bestätigte. Und was mir besonders mißfiel: diese Identifikation. Nämlich die geradezu lustvolle Identifikation des in der ersten Person Einzahl erzählenden Autors mit dem – ja, hier paßt das aus unserer Kindheit so ominös stehengebliebene Wort: mit dem Krampus.

Daß die Dämonen bei Anbruch der Dämmerung als Hunde & Esel durch die Welt zu schweifen beginnen, wissen die Kenner der heimlichen Weisheit. Auch Johann Wolfgang, der alles mögliche wußte, bildete sich ein, das zu wissen. Aber es ist schon eine Zumutung; ehrlich gesagt: ich mag keine Hunde. Schön, als Esel hätte mich der Doktor nicht mit ins Haus nehmen können – aber als Kater z. B. wär ich gleich hinter dem Ofen gesessen. Wozu, frag ich, kompliziert, wenn es einfach auch geht? Sitz also hinter dem Ofen des Doktors, ich, verkatert, & spitze die ungeliebten Pudelohren. & eigentlich bin ich ja ein fahrender Scholast, aber das wird sich erst später herausstellen. Der Kasus macht ihn, diesen mittelmäßigen Geisterbeschwörer lachen, aber warte nur, balde: lacht, wer zuletzt lacht: & schon jetzt lach ich mir ins Pfötchen. Z. B. *da*rüber: Entschlafen sind nun, behauptet, aus Feld & Au zurückgekehrt der vierfache Doktor (man erinnert sich: phil., jur., med. & leider auch theol.), entschlafen sind nun wilde Triebe – oder was beißt mich. Hunds- oder Katzenflöhe? Egal. Der Herr beliebt zu scherzen. Faust 1, der offizielle, den die Leute draußen vor dem Tor grüßen. Oh, sagt er selber, lerne nie den andern kennen! Ich weiß, ich weiß, er sagt das über den Trieb. Wagner, der Bildungstölpel, kennt nur den einen, *er* kennt auch den andern. Aber sage mir, was dich treibt, & ich sage dir, wer du bist. & was ihn, Heinrich II., treibt, stärker treibt, zwei Seelen ach (!), ach immer diese Ausreden (!), sieht man nicht allzu lang danach, in der Hexenküche im Spiegel. Vorerst macht er sich allerdings noch was vor. Die Menschen liegen in ihren Betten & kosten inmitten des Schlafs einen Vorgeschmack des Todes. Wenn aber der Nordwind erwacht um Mitternacht, d. h., wenn das Böse gewaltig wird, huij, dann ist ein heiliger Aufruhr in der Welt! Dann kann man sich auch dem Boß (ja, zugegeben, auf etwas komplizierte Weise, die zu erklären hier & auch überall sonst zu weit führen würde, ist es auch *meiner*) also dem Oberboß, der ja, zumindest von einem bestimmten Aspekt, man denke an Moses & Jakob & all die anderen alten Kracher, denen er *so* begegnet ist, auch was Dämonisches hat oder – manche sagen, er hat sich geändert – *gehabt* hat, dem Boßboß also kann man sich nähern, heißt es, in dieser gefährlichen Stunde, wenn man *kann*.

Wenn man kann, wie gesagt. Doktor F. konnte *nicht*. Entschlafen sind die wilden Triebe/es reget sich die Menschenliebe – ei! Abgesehen davon, daß dies ein m. E. ziemlich banaler Vers ist (um Goethes Lorbeer zu retten, müssen wir allerdings anmerken, daß er, dazwischengeschlungen, ›nun‹ auf ›tun‹ reimt) – war ja keiner da, der ihn beim Wort nahm. ›Nun‹ regt sich übrigens, glaubt er, warum denn nicht gar, gleich die Liebe Gottes – dochdoch im Ausnahmsfall, etwa im germanistischen Zitat, kann & darf auch unsereins diesen Namen aussprechen (hab ja nicht ich gesagt, sondern Johann Wolfgang). Menschen- & Gottesliebe! Du kleiner Scheißer, dachte ich hinter dem Ofen. Knurre nicht, Pudel, sagte er (offenbar war mir doch ein Ton entschlüpft), mich immer noch verkennend, & fühlte sich – erste Erfolgsmeldung an die Zentrale! – auch schon irritiert. Fühlte, aber ach (!) bei dem besten Willen/ Befriedigung nicht mehr aus dem Busen quillen; na also. Dann drängte es ihn allerdings, das Neue Testament aufzuschlagen & in sein geliebtes Deutsch zu übertragen. Doch anders lautenden Meldungen zum Trotz übersetzte er vorerst so:

Was im Anfang war / der Leviathan / oder sein Ei / hat man vergessen // Gesprochen wurde / vermutlich / wie sich's gehört / der Prolog // Es kann aber auch / da noch gar nichts war / noch nicht einmal Wände / um zuzuhören / ist das nicht sicher // Ein Epilog kann es gewesen sein / der da / gesprochen wurde / & seither / seither herrscht Schweigen // Alle Dinge / sind durch dasselbe gemacht / ohne dasselbe / ist nichts gemacht / was gemacht ist // In ihm war der Tod / & der Tod / ist das Dunkel des Menschen // & das Dunkel / verdunkelt das Licht // & das Licht? // & das Licht?

Na bitte, diese Worte, so traurig, wie in gewisser (mir von sozusagen berufswegen passender) Hinsicht wahr, Worte eines Menschen, der in die Nacht hinein fragt & natürlich bekommt er keine Antwort, veranlaßten mich zum Mitheulen. Ein Akt der Solidarität, den Doktor F. – ein auch sonst recht unsensibler oder immer erst zu spät sensibler Typ, man denke an Gretchen & ihre berühmte Tragödie, für die irgendeine Verantwortung zu übernehmen ich mich entschieden weigere, denn verantwortlich ist der Mensch, nicht der arme Teufel, der, Goethe hat's ja gesagt, sogar wenn er das Böse will (& wollen muß er's, denn was wär er sonst für ein Teufel, ob er will oder nicht, oder kann etwa, hat man das je gehört, ein Teufel ein Engel werden?), sogar wenn er also stets, seit unserem Fall wenigstens, das Böse will, trotzdem das Gute schafft – ein Akt der Solidarität, habe ich gesagt, den Doktor F., un- oder zu spät sensibel, wie er nun einmal war, gründlich mißverstand. Wollt mir sogar die Tür weisen, bei einem Wetter – wie gesagt blies, so schön der Ostertag gewesen war, in dieser nachösterlichen Nacht der Nordwind – bei dem man eigentlich keinen Hund aus der Tür jagt. Was blieb mir übrig, als mich zu wehren: Hör einmal, Alter, sagte ich, wenn du mich jetzt rausschmeißt, wirst du nie die schöne Helena vögeln...

Ist es genug? Ich denke, es ist genug! »Nein, Pepi«, sagte ich, »entschuldige, aber das kann ich nicht vertreten. Es stimmt, daß ich dir versprochen habe, mich gegebenenfalls bei meinem Lektor für dich einzusetzen. Aber der Fall, in dem ich das tun könnte, *ist* nicht gegeben.«

Seltsamerweise war Pepi gar nicht beleidigt. »Kein Wunder«, sagte er, »daß es dir nicht gefällt.« Er betonte das so: »daß es *dir* nicht gefällt«. Und lächelte ein zumindest in meiner Erinnerung impertinentes Lächeln. »Aber könntest du, großer Experte, nicht trotzdem so freundlich sein, deinem Lektor zu schreiben, daß du mich für talentiert hältst? Ich meine, du bist wer in diesem Betrieb – und wer bin ich?« – »Hör auf«, sagte ich, »mit diesen zweifelhaften Komplimenten, ich weiß, daß du mich nicht ernst nimmst. Aber siehst du: gerade *weil* ich dich für wirklich talentiert halte, werde ich *diesen* Text nicht empfehlen.«

Und dabei blieb es vorerst. Wir sprachen nicht mehr davon. Pepi schien im übrigen auch (oder vor allem) andere Sachen im Kopf zu haben, man kann sich denken, welche. Er wirkte nach wie vor übertrieben selbstbewußt, um nicht zu sagen süffisant. Mag sein, daß er seine Situation als schizophren empfand, aber – ich glaube nicht, daß ich ihn hier mißinterpretiere – mir kam vor, daß er diese Schizophrenie respektive sich selbst, der mit der Doppelrolle, die er da spielen mußte, spielend fertig wurde, genoß. So hätte er also die Literatur, die nach meinem Dafürhalten das Leiden an solcher (oder eben nicht *solcher*) Schizophrenie: der uns allen zugemuteten, nicht der mutwillig herausgeforderten: widerspiegelt und aufhebt, das heißt auf*bewahrt*, auf ein anderes Niveau erhebt *und* – in besonderen Glücksfällen, wenn auch nur gewissermaßen einen Glückszustand antizipierend, der erst als Utopie da ist – hinwegnimmt, wie die Sünde der Welt hinweggenommen werden soll, man verzeihe dieses mein weites Ausholen, aber es war mir ein Bedürfnis: so hätte also Pepi die Literatur in diesem Sinne gar nicht gebraucht. Denn die Identität, die unsereins, spätestens seit der Romantik, nimmermehr findet oder zu finden fürchtet, hatte er gleich doppelt. Daß er sie nur subjektiv, sozusagen (ja, zugegeben, auch ich bin nicht frei von Einflüssen, diese Passage verdanke ich, obwohl ich den eigentlich gar nicht leiden kann, bis zu einem gewissen Grad Hegel) im Rahmen eines falschen Bewußtseins hatte, ist etwas anderes. Jedenfalls bildete er sich ein, seine schöne Schizophrenie souverän managen zu können, das beweist auch das folgende, von mir im nachgelassenen Koffer (wo sonst?) entdeckte Gedicht:

Mit einem Hintern
sagt meine Großmutter
kann man nicht
auf zwei Kirtagen tanzen

Oh ja
Ich kann

Mir schien es also der reine Mutwille, daß Pepi auf die Idee kam, sich nun (wohlgemerkt nun, gerade in diesem

Augenblick) auch noch an der Literatur zu versuchen. Auch noch die Literatur zu versuchen, sollte ich vielleicht schreiben, damit man die volle Tragweite dessen begreift, was ich meine. Ein vermessener Wunsch, den Selbstgenuß der Person, der ihm, zum Unterschied von anderen Leuten, zumindest phasenweise vergönnt war, noch zu steigern. Er gefiel sich. Und die weniger hübsche Welt konnte und sollte ihn im doppelten Sinn dieses Wortes gern haben.

Daß wir nun, trotz dieser meiner Einsichten, miteinander nach Frankfurt fuhren, war folgendermaßen zustandegekommen. In diesem Herbst erschien mein drittes, dezent autobiographisches, Buch »Leise Loslösung«, ich sollte – natürlich unter anderen Autoren meines Verlags – auf der Buchmesse präsent sein und sogar daraus lesen. Als Pepi das hörte, war er sofort begeistert. »Ich komme«, sagte er, »auch nach Frankfurt, um das zu hören.« Dagegen war ja nun schwerlich was einzuwenden. Zwar wies ich darauf hin, daß der Aufwand nicht nötig sei, da ich nach meiner Rückkehr auch in Wien lesen würde, aber Pepi ließ das nicht gelten. Er konterte: »*Dort* ist es ein Ereignis, *hier* nicht. Und außerdem wollte ich sowieso einmal auf die Buchmesse.« Das kam der Sache, um die es ging, schon näher. »Du irrst dich«, sagte ich, »wenn du meinst, daß dieses Spektakel der geeignete Orts- und Zeitpunkt ist, Verleger, Lektoren oder sonstige Kulturgschaftelhuber« (wer sich betroffen fühlt, entschuldige, aber ich wollte Pepi ein halbwegs realistisches Bild des Betriebs malen) »anzusprechen: konträr. Ich meine, ansprechen kannst du sie schon, aber sie hören dir nicht zu. Und wenn sie dir zuhören, geht ihnen das, was du sagst, beim einen Ohr hinein und beim anderen wieder hinaus, glaub mir, ich kenn das.« Da ich vorgegriffen habe, kann sich der Leser, die Leserin, schon denken, daß er mir *nicht* glaubte. Das heißt, daß er (typisch) glaubte, was für andere gelte, gelte für ihn nicht. Er komme trotzdem, sagte er, ohnehin habe er in Frankfurt eine alte Bekannte aus dem Achtund-

Sechzigerjahr. Die würde sich freuen, ihn wiederzusehen. Und bei der könne er wohnen. Im vorletzten Moment stellte sich dann heraus, daß er keineswegs, auch wenn es bisher so geklungen hatte, auf irgendeine andere Weise nach Frankfurt kommen, sondern mit mir dorthin fahren wollte. Und im letzten, nämlich beim ersten Telephonautomaten nach der Autobahnabfahrt, daß die alte Bekannte unter ihrer alten Telephonnummer nicht mehr erreichbar war (vielleicht hatte sie nie existiert). »Sehr schön«, sagte ich, schon vorweg ungehalten, da er meine Absicht, ihm ins Gewissen zu reden, durch permanentes Geplauder oder (in den Pausen) simples Davonschlafen vereitelt hatte, »und was willst du jetzt tun?« – »Na, was schon«, sagte er, »zieh ich mit dir ins Hotel.« Da werde es, wußte ich, sicher kein Zimmer mehr geben. Er klärte mich auf: er meine, er ziehe *mit mir*. »In *mein* Zimmer?« fragte ich, immer noch naiv, »aber Pepi, das geht nicht!« – »Ach was«, sagte er, »in so einem großen Hotel ist genug Platz – und bei der Frequenz, die dort herrscht, merken die überhaupt nichts.«

Diese Vorhersage Pepis zumindest traf zu. Das ›Canadian Pacific‹, das sich mein Verlag allem Anschein nach eine Stange Geld hatte kosten lassen, war ein ungeheurer Kasten, in dem, hatte er einmal seinen Zimmerschlüssel, der Gast getrost verlorengehen konnte. Vor den Aufzügen warteten Dutzende, wenn nicht Hunderte, die wahrscheinlich in allen Stockwerken gleichen Gänge waren endlos lang mit Spannteppichen ausgelegt, Schritte und – wie Pepi witzelte – wohl auch Stimmen Verirrter wurden nicht gehört. Ich wohnte im 24. Stock, mein Zimmer hatte, auch hierin behielt mein anstrengender Freund recht, einen Vorraum mit Couch, das Fenster ließ sich nicht öffnen, damit man sich nicht etwa aus Verzweiflung hinausstürzte, aber um Luft herbeizuführen gab es ja eine Klimaanlage, und gegen Depressionen hatte ich (so Pepi) schließlich und endlich den launigen Herrn Prohaska bei mir.

Depressionen hätte ich, wie sich gleich am nächsten Vormittag herausstellte, hier in Frankfurt und besonders auf dem Buchmessegelände ohne weiteres bekommen können. Zwar war ich schon zweimal dagewesen, aber so ausgelaugt wie diesmal bereits nach den ersten paar Stunden hatte ich mich die Jahre vorher auch nach drei Messetagen nicht gefühlt. Vielleicht war das Geschiebe und Gedränge der aus mir unerfindlichen Gründen freiwillig hierherströmenden Menschenmassen größer, das überhitzte und überstreßte Klima, das mir, kaum hatte ich, ohnehin immer etwas raumängstlich, die Halle betreten, den Schweiß aus den Poren trieb, schlimmer geworden. Vor allem aber wurde mir, auch angesichts der sich nach Maßgabe ihres momentanen Marktwerts entweder eitel spreizenden oder schüchtern herumdrückenden Autoren und -törinnen, klarer als bisher, wie tragikomisch das alles war. Als Kind hatte ich manchmal, ohne zu wissen warum, bis zum Erbrechen lachen müssen. Jetzt spürte ich diesen Lachreiz, der zum Brechreiz tendierte, sozusagen geistig. Und wußte warum – zumindest so ungefähr. Und fragte mich folglich, weshalb ich mir all das antat. Sicherlich wären mir so depressive Gedanken nicht oder weniger gekommen, wenn ich zu den sich auf dieser Buchmesse eitel spreizenden Autoren gehört hätte. Aber – die Leserin, der Leser hat das längst durchschaut – natürlich gehörte ich zu den schüchtern sich herumdrückenden. Wohl war ich diesmal mit relativ hochgesteckten Erwartungen angereist, hatte mir doch mein – als ich ihm Aug im Aug gegenüberstand, konnte ich dieses familiäre Pronomen nicht aufrechterhalten, der Mann war mir fremd – also *der* Lektor brieflich gewisse Komplimente gemacht: mein Buch sei genau das, was jetzt im Kommen sei, nämlich nach der Übersättigung durch Politisches ein schönes, stilles, sensible Seelen betroffen machendes Stück wirklicher Literatur: allein, diese Erwartungen wurden enttäuscht. Zweifellos waren die sensiblen Seelen hier selten, auch Hansen, so hieß mein ungetreuer Betreuer, bekannte sich weder zu einer Sensibilität, die er – wahrscheinlich hatte ich das mißverstanden – eher als Trend konstatieren, denn als auch ihm gegebene Eigenschaft behaupten hatte wollen, noch zu mir also fand ich wenig bis gar keine Beachtung. Zwar wurde ich nach ungefähr zwei Stunden überflüssiger Anwesenheit am Verlagsstand von einem Hörfunkjournalisten abgeschleppt und in einem draußen (ich atmete auf) im relativ Freien geparkten Kleinbus einem kompliziert (mit mehrmaligen Sprechproben, denn ich redete zu leise) vorbereiteten Interview unterzogen. Doch stellte sich, als es ernst wurde, heraus, daß mich der Mensch mit einem etwas bekannteren Landsmann verwechselte, von mir hatte er nie etwas gehört, geschweige denn gelesen. Es war für beide Teile nicht leicht, die Peinlichkeit, als die sich unser Gespräch jetzt, noch dazu vor laufendem Band, herausstellte, halbwegs höflich zu Ende zu bringen. Ich spürte wenig Lust, in die Messehalle zurückzukehren, doch unglücklicherweise hatte ich meine Tasche drinnen gelassen. Kaum war ich wieder auf meinem Posten, erwischte mich nämlich die Fotografin. An sich, sollte man glauben, ein Lichtblick, aber mir geriet an diesem Tag alles finster. Wahrscheinlich sah ich auch so drein, denn sie umkreiste mich mehrere Male blitzend, aber, obwohl sie pausenlos lächelte wie Jacqueline Onassis, nie recht zufrieden. »Wo ist denn«, fragte sie noch dazu, »eigentlich Ihre Schokoladenseite?« und wollte, allmählich verging ihr das Lächeln doch, schon abziehen, als Pepi auftauchte. Er hatte länger als ich geschlafen, dann, während ich, aufs Frühstück verzichtend, meine Präsenz an diesem unangenehmen Ort für obligat gehalten hatte, gemütlich gefrühstückt und wirkte nun glänzend in Form. Noch dazu trug er einen großen, schwarzen Schlapphut, den er, wie er mir nachher, von sich selbst amüsiert, erzählte, von einem ledernen Lehnstuhl in der Hotelhalle, auf dem er (der Hut) einfach gelegen war, hatte mitgehen lassen, und repräsentierte, verwegen wie er darunter aussah, offenbar genau das, was sich die Fotografin unter einem Autor vorstellte. Sie leuchtete auf wie ein Scheinwerfer und verzichtete in logischer Konsequenz auf das Blitzlicht, mit dem sie mich gequält hatte. Zweifellos gab sie sich und anderthalb Filme dem immer noch – und unter dem Hut erst recht wieder – interessanten Kontrast in Pepis Gesicht hin.

Mit meinem (nein, bleiben wir dabei: dem) Lektor hatte der von der Fotografin so selbstverständlich für einen Kollegen gehaltene Zorro vorerst weniger Glück. »Mein Name ist Prohaska«, stellte er sich vor, »mein Freund Engelbert hat Ihnen sicher schon von mir erzählt.« »Ja doch«, sagte Hansen, obwohl ich ihm nie von Pepi geschrieben oder gesprochen hatte. »Sie sind doch dieser... mit dem bewußten Text, nicht wahr... Wir haben Ihr Manuskript mit Aufmerksamkeit gelesen... Allerdings: unser Programm im besonderen, die Situation der Branche im allgemeinen... Wenn wir nicht solche Idealisten wären, das sage ich Ihnen, so würde das Verlagsgeschäft heutzutage überhaupt ohne Literatur auskommen...«

»Na«, sagte ich nachher, als wir zum Mittagessen aus dem Messegelände geflohen waren, »was hab ich gesagt?« »Ja«, sagte er, »du hast recht gehabt, aber noch ist nicht aller Tage Abend.« – »Heut abend«, sagte ich, »muß ich aus meinem Buch lesen, mir ist schon jetzt ganz schlecht.« – »Ach was«, sagte Pepi und hob sein Glas Bier, »komm, trinken wir auf unseren Erfolg.«

Sicher hätte mir, daß er diesen Toast unter Verwendung der Mehrzahl aussprach, zu denken geben sollen. Aber was hätte ich, selbst wenn ich rechtzeitig stutzig geworden wäre, getan? Ich konnte ihn doch nicht hindern, mich in den ›Römer‹, wo die Lesung stattfand, zu begleiten! Und außerdem war ich, zumindest am Anfang, ganz froh, daß ich ihn bei mir hatte. Der Saal wartete voll mit Menschen, die nur deswegen nicht wimmelten, weil dazu, bei der wenigstens mich beängstigenden Körperdichte, kein Platz war. Natürlich waren die nicht alle meinetwegen gekommen – im Rahmen des schon beim Lesen der Flugblattankündigung ermüdenden Programms lasen ein Dutzend Kolleginnen und Kollegen. Wahrscheinlich waren sie auch nicht derentwegen gekommen, sondern wegen des sauren Weins (Edelzwicker) und des Westfäler Schinkens, den man dort, als Entschädigung für die literarische Tortur, der man sich, indem man hinpilgerte, aussetzte, bekam. Und ein nicht unerheblicher Teil der zweifelhaften Gesellschaft, nämlich die primär- und sekundärliterarische Prominenz, war wohl erschienen, um gesehen zu werden oder zu sehen – aber das war bei dem Rauch, der beinah so stabil im Raum stand wie die gotischen oder (ich entnahm es nicht) neugotischen Pfeiler, alles andere als leicht.

Zu hören war, wie sich, kaum hatte der erste Kollege, ein weißgesichtiger junger Mann mit gelbem Seemannsbart, das Podium erklommen, erwies, zu hören und zuzuhören war ebenso schwer. Zwar gab es gleich zwei Mikrophone, aber entweder waren sie nicht laut genug eingestellt oder der Autor las zu leise, im übrigen schlug er von vornherein, wahrscheinlich vorsichtshalber, einen Ton an, als ob ihn das alles (was er geschrieben hatte und wie man ihm nicht zuhörte) nichts anginge. Umso weniger fühlte sich das Publikum angesprochen und manifestierte das durch ständiges Gemurmel. Vom Vortrag verstand man dadurch noch weniger und hatte einander ohnehin viel zu erzählen, wobei nur das beharrlich dazwischen leiernde Organ des Schriftstellers ein wenig störte. Ihm folgte eine Kollegin in traurigem Schwarz mit dazu passender Stimme. Ihr besonders klagender Klang drohte die allgemeine Stimmung etwas zu drücken, aber nach einigen Schrecksekunden begegnete man dieser Gefahr mit Heiterkeit. Im großen Gewoge bildeten sich Inseln besonderer Dichte, auf denen sich die Atmosphäre explosiv lockerte. Lachen entlud sich ungeniert, ja ordinär, irgendwelche Bayern sangen und schunkelten vom Münchner Hofbräuhaus, der gesellschaftliche Erfolg des Abends war nicht mehr aufzuhalten.

Unter solch üblen Auspizien rückte der Zeitpunkt heran, zu dem *ich* aufs Podium sollte. Und je näher er rückte, desto unzumutbarer schien mir ein solcher Auftritt. »Der übernächste«, nickte mir Hansen nach dem fünften Unglücklichen, den er auf seiner Liste abhakte, zu, »der übernächste sind Sie.« – »Jaja«, sagte ich, aber meinte das Gegenteil, denn mir war schon die längste Zeit nach Auskneifen. »Du, Pepi«, flüsterte ich, »gehn wir weg von hier.« Ich flüsterte laut: »Suchen wir uns irgendein hübsches, friedliches Lokal und vergessen wir diese Walstatt.« »Was?« fragte Pepi. »Verschwinden wir!« rief ich ihm ins Ohr. »Ich will hier nicht lesen und werd hier nicht lesen und basta.« – »Bist du verrückt?« schrie Pepi, »das ist deine Chance! Die Welt der Literatur ist hier, du steigst aufs Podium, und sie liegt dir zu Füßen!« – »Aber geh«, sagte ich, »die hören mir doch überhaupt nicht zu.« Und er: »Du mußt sie halt dazu bringen!« Und ich: »Aber wie?« Während dieser unserer Wechselrede las der Kollege Numero 6. Und er las, wie mir vorkam, mutwillig kurz. »Jetzt!« signalisierte Hansen. »Na spring schon!« ermunterte Pepi. »Nein«, sagte ich. Da riß er mir das Manuskript aus der Hand und drängte sich durchs Getümmel.

»Ich lese«, sagte er, das Mikrophon aus dem Stativ nehmend und dicht an die Lippen haltend, »ich lese für meinen Freund Engelbert N., der leider indisponiert ist. Sein Buch heißt ›Leise Loslösung‹, aber ich werde nicht anstehen, laut, hören Sie, *laut,* daraus vorzutragen. Ich meinerseits nämlich bin recht disponiert, verstehn Sie?! *Disponiert* bin ich, haben Sie gehört? Na also!« Tatsächlich brachte er auf diese Weise zumindest einen Teil der Anwesenden dazu, aufzuhorchen. Und die ersten zwei, drei Seiten der ›Leisen Loslösung‹ kamen, dafür bin ich ihm zu Dank verpflichtet, sozusagen auch über die Bühne. Das genügte immerhin, daß mein Buch am übernächsten Tag, einem Samstag, in den Literaturbeilagen der zwei großen Frankfurter Tageszeitungen, klein, aber oho, erwähnt wurde. Das Interesse der kurz aus ihrer Unterhaltung Aufgestörten jedoch flaute nach diesen zwei, drei Seiten wieder ab, schließlich war, was Pepi in meinem Namen zu bieten hatte, auch nur Literatur, wenn auch vielleicht besser und sicherlich lauter gelesen als die zuvor, aber was sollte es, Literatur blieb eben Literatur, ein Wortgespinst, das einen, schon etwas schwer von Speis und Trank, nicht länger als, sagen wir, vier Seiten lang trug, also wandte man sich wieder grobstofflicheren Unterhaltungen zu.

Das heißt, das wollte man. Aber da tat Pepi einen Schrei. Er kam vorerst, guttural gurgelnd, von tief unten, erhob sich aber zu ungeahnten, die Gläser auf den Tischen zu bedenklichem Klirren verführenden Höhen. »So, ihr Arschlöcher!« sagte Pepi betont freundlich in die darauf folgende, irritierte Stille hinein. »Ihr könnt diesem wunderbaren Text meines Freundes N. nicht zuhören, okay, ihr braucht stärkeren Tobak.« Mit diesen Worten legte er mein Manuskript weg und zog ein anderes, etwas zerknittertes aus der Brusttasche. Natürlich ahnte ich, was nun kommen würde, aber der Effekt war ungeahnt. Was Pepi aus seinem Faustfragment las (die Stelle, an der Mephisto, der natürlich wieder besser wegkam, dem Doktor ernstliche Vorhaltungen wegen der von diesem vorangetriebenen Verführung Gretchens macht), war eigentlich unerheblich. Aber wie er es las, nein, wie er, Mephisto und Faust in einem verkörpernd, eine in jeder Hinsicht unkeusche Parodie seiner selbst, quer durch den Literaturgarten der letzten zweihundert Jahre fuhrwerkte, »also das war schon«, stöhnte Hansen, »naja, ich würde meinen ... also Mensch, da ist eine Kraft dahinter!«

Hiermit zumindest hatte mein Lektor recht. Da *war* eine Kraft dahinter. Ich wußte auch, welche. Das heißt, ich mußte befürchten, daß ich es wußte. Gegen alles bessere

Wissen*wollen.* Denn mit rechten Dingen ging das nicht zu. Als Pepi geendigt hatte, wurde er von einem aufgeregten Rudel Menschen umringt. Sein Abgang vom Podium war beinahe wie der eines Popstars. »Das ist Ihr Freund?« fragte mich Hansen. »Aber warum haben Sie mir nicht früher von dem erzählt?!« Inzwischen hatte sich Pepi zu uns durchgekämpft und schüttelte mir, aus Gründen, die ich, verstört wie ich war, nicht durchschaute, die Hand. »Nur näher, nur näher«, sagte Hansen, »setzen Sie sich zu mir, Sie wollen doch sicher noch was trinken!« Die Fotografin vom Vormittag *kniete,* so wenig Platz dazu war, vor Pepi und stellte fest, daß er die schönsten Augen habe, die ihr je vors Objektiv gekommen seien. Da erinnerte ich mich daran, daß ich schon vor mehr als einer Stunde hatte gehen wollen, und wechselte, weder von Pepi noch von Hansen, die mich ohnehin kaum mehr beachteten, daran gehindert, das Lokal.

Als ich, etwas betäubt vom Alkohol, mit dem ich mich ganz gegen meine Gewohnheit und übrigens nur unzureichend getröstet hatte, spät aber doch in mein Hotelzimmer zurückkehrte, kam mir gleich etwas komisch vor. Im Vorraum verstreut lagen verschiedene Kleidungsstücke, die schon aufgrund ihrer Quantität nicht nur von Pepi abgefallen sein konnten, von ihrer Qualität ganz zu schweigen. Im Hauptraum brannte Licht, und unter diesem Licht, völlig schamlos, vergnügte sich Pepi mit der auch oder erst recht bei dieser Gelegenheit lächelnden Fotografin. In meinem Bett! »Es stört mich nicht«, sagte er kurz aufblickend, »wenn du dich ausnahmsweise auf meine Couch legst.«

Wahrscheinlich wäre es besser gewesen, schon da, stehenden Fußes sozusagen, umzudrehen und abzureisen. Aber, um ehrlich zu sein, ich stand in dieser Situation nicht sehr fest auf meinen Füßen. Ich hatte es dringend nötig, mich fallen zu lassen. Und sei es – erniedrigend oder nicht – auf Pepis Couch. Trotzdem hätte ich mich, wäre ich gleich abgefahren, vermutlich nicht dazu hinreißen lassen, mit Paula zu sprechen. Ich meine: so mit Paula zu sprechen, wie ich es dann getan habe, ihr, wie ich mir einredete, aus Verantwortungsgefühl die Augen zu öffnen. »Zwar bin ich mit Pepi schon länger befreundet«, sagte ich, »als mit dir. Aber ich kann es nicht länger mitansehn«, etc. etc. Meine Engelsgeduld riß nämlich erst am nächsten Tag. Prohaska hier, Prohaska dort – um den Messestand meines (seines!) Verlags war es kaum auszuhalten. Er unterschrieb einen Vertrag fürs ›Entsetzte Frohlocken‹, brachte es, man stelle sich das nur vor, fertig, mit einem zweiten Verleger, der durchaus etwas von ihm haben wollte, einen Vertrag über ein Buch mit dem vielversprechenden Titel »Die abenteuerliche Geschichte des Herrn Pedro de Malaga / Ein Piratenroman« abzuschließen, und zog sich dann zurück. Wohin? Als ich, um etwas Schlaf nachzuholen (in der allzu kurzen Nacht hatten mich, meinem fast tauben Schädel zum Trotz, gewisse Geräusche denn doch gestört), zur Siesta in mein Bett wollte, war mir Pepi schon wieder zuvorgekommen, nur daß die lächelnde Fotografin jetzt durch eine, sonst sehr schüchterne, Autorinkollegin ersetzt war, der ich das – sie begrüßte mich lispelnd – nie zugetraut hätte, doch Superpepi war offenbar unwiderstehlich. Was muß ich noch sagen? Am Abend war es das gleiche. Und wieder nicht mit derselben. Schon um 21 Uhr! Um diese frühe Stunde, hatte ich gedacht, sei mir vielleicht doch noch etwas Ruhe vergönnt, aber nichts da. Also packte ich meinen Koffer und fuhr voll rabenschwarzer Gedanken und wohl auch Gelüste eine rabenschwarze Nacht durch: zwei Tage später besuchte ich Paula.

*

VII

Das aber hatte ich sicherlich nicht gewollt:

Pepi, vor Paulas Tür auf der Treppe sitzend (sitzstreikend) um Pippis willen.

»Ich will meine Tochter sehn«, klagte Pepi, »ich hab ein Recht dazu!«

»Ja«, sagte die Magistratsbeamtin. »Theoretisch schon. Aber praktisch läßt sich das kaum einfordern.«

Mit dieser Reaktion – wie man mir beipflichten wird, einer Überreaktion – Paulas hatte ich nicht gerechnet.

»Geh aus dem Weg«, sagte sie zu Pepi, wenn sie aus der Tür trat, weiter nichts.

Bis an die Lippen blaß geworden war sie, als ich ihr von Pepis Frankfurter Umtrieben erzählt hatte. Die Haarinstitutsaffairen, über deren vollen Umfang ich ja auch erst viel später (posthum?, sagen wir: nach Pepis Fortgang) erfahren, ich meine gelesen habe, brauchte ich gar nicht zu erwähnen.

Nicht, daß sie kleinlich gewesen wäre, die Paula. »Im Prinzip«, sagte sie, »haben wir eine offene Ehe geführt, nur war überhaupt kein Grund, dieses Prinzip beim Wort zu nehmen. Das heißt, in die Tat umzusetzen, verstehst du mich, Bertl? Wir waren doch, nicht (?), du erinnerst dich auch, so froh miteinander!«

»Ja«, sagte ich.

»Und jetzt soll das alles Lüge gewesen sein?«

»Nein«, sagte ich. »Vielleicht ...«, sagte ich. »Ich weiß nicht.«

»Daß er mich so hintergangen hat!« sagte Paula. Und dann stand sie plötzlich kerzengerade auf und bat mich, sie mit ihrem Kind (wohlgemerkt *ihrem* Kind, das – wir saßen in der gemütlichen Weinviertler Küche – im Nebenzimmer schlief) allein zu lassen.

Ein paar Tage darauf kam sie mit Sack und Pack nach Wien zurück. Und wieder ein paar Tage darauf reichte sie die Scheidung ein. Ich weiß das so ziemlich genau, weil sie damals bei mir anrief. Ob ich gegebenenfalls als ihr Zeuge aussagen würde? »Nun ...«, sagte ich. Mir war nicht sehr wohl dabei. Dann kehrte Pepi zurück, der seinen Frankfurter Aufenthalt noch etwas über die Buchmesse hinaus verlängert hatte. Er glaubte, als Sieger heimzukehren, aber, wie sich herausstellte, war er ein Verlierer. So sah er auch aus, als er, nach einem Krankenstand, den er telephonisch gemeldet hatte, wieder in die Bücherei kam. Nur um sein Zeug, eine alte Aktentasche und einen Pullover, abzuholen. Er hatte schon gekündigt.

»Pepi ...«, sagte ich.

»Nein«, sagte Pepi, »sei still.«

»Was wirst du jetzt machen?« wollte ich trotzdem fragen, erinnerte mich aber daran, daß ich ihn genau das schon einmal gefragt hatte.

»Das hätte ich dir nicht zugetraut«, sagte er.

»Siehst du«, sagte ich *nicht,* »das kommt von der Unterschätzung.«

Dann ging er, ohne sich noch einmal umzusehen.

Wohin? – Soviel ich in Erfahrung gebracht habe respektive dank seiner Aufzeichnungen zu rekonstruieren imstande bin, überwinterte er im Weinviertel. Ja, stimmt, vorläufig war noch Herbst, in seinem nun nicht mehr chiffrierten, sondern ganz simpel (übrigens auch wohltuend leserlich) geführten Tagebuch schreibt er von langen Gängen durch den von Tag zu Tag schütterer werdenden Wald, auf denen das Laub unter seinen Schuhen raschelt. Doch sind die für diese Phasen charakteristischen Notizen meines Erachtens die Winternotizen. Ab Mitte November konstatiert er, wie der Schnee vor den Fenstern immer höher wird: »Wann endlich wird es ganz zu sein?« fragt er, schreibt er. Natürlich erinnert das Haus ihn an Frau und

Kind. »Jeder Gegenstand«, schreibt er. »Manchmal habe ich Lust, die Hacke aus dem Stadel zu holen und alles, was Paula übriggelassen hat, zu zerschlagen. Aber nein, daß ich Lust habe, stimmt nicht, ich habe Trauer. Und außerdem lieb ich das alles und berühre es nur mit behutsamen Fingern – wenn mir ein Teller zerbricht, ist mir zum Heulen.« Dann schreibt er vom Gehen und vom Versinken im Schnee. Wie er auf einen erfrorenen Dachs stößt, wie er sich, nicht ohne Faszination, sobald er erkennt, daß er's tut, verläuft, aber endlich (so faszinierend war's also offenbar doch nicht) auf seine eigene Spur zurückfindet. Mit den im Dorf lebenden Leuten hat er wenig Kontakt: »Nicht, daß ich sie nicht mag«, schreibt er, »aber ich mag nicht reden.« Selten geht er ins Wirtshaus, seinen Sliwowitz, »bei dieser Witterung hier draußen«, schreibt er, »tatsächlich lebensnotwendig«, holt er sich lieber flaschenweise vom Greißler. »Eigentlich sollt ich«, schreibt er, »was anderes schreiben, zumindest so tun, als ob – schließlich kassiere ich zwei Vorschüsse. Es ist jedoch einfach nicht möglich: die Wahrheit über den Doktor Heinrich F. ist Lüge, und zum Piraten Pedro de Malaga fällt mir in dieser Umgebung nichts ein. Was ich hier schreiben könnte, wäre ein Buch mit dem Titel ›Frost‹, aber das existiert schon.«

Ab Mitte April hauste er dann wieder in seiner Bude in Wien-Mariahilf. »Gerade den Frühling hier«, hatte er noch draußen geschrieben, »halte ich nicht aus.« Das war auch die Zeit, in der er seine Sitzstreiks aufnahm. »Ich komme«, sagte er, »meiner Alimentationspflicht nach, also bestehe ich auch auf meinem Besuchsrecht.« – »Ja«, sagte die Fürsorgerin, »bestehen Sie nur. Doch wenn die Exfrau nicht will, dann, fürchte ich, nutzt das gar nix.« Da hatte sie recht. Er verbrachte jedes zweite Wochenende auf der Treppe vor der ehemals ehelichen Hietzinger Wohnung, vorläufig vergebens. Nein, persönlich sah ich ihn damals nicht, aber ich entnehme auch das seinen Aufzeichnungen.

Schon aufgrund dieser Regelmäßigkeit, die mir Paula, nach all den Jahren (und vor allem, seit Pepi nicht mehr da ist) versöhnlicher geworden, bestätigt hat, ist die Geschichte von Pepis exponierter Teilnahme an jenem Marsch nach Zwentendorf, der die österreichische Innenpolitik der folgenden Jahre exemplarisch durcheinander bringen sollte, diese Geschichte, auf die das Buch meiner biographischen Vorgängerin, dieser Sibylle S., so großen Wert legt, ins Reich der Legende zu verweisen. Denn das Zwentendorfwochenende, das Wochenende des Sternmarschs gegen die Inbetriebnahme eines zwar von Regierung und Industrie gelieferten, aber wie man nun gewahr wurde, vom österreichischen Volk sozusagen nicht bestellten, und daher, als man es, das Volk, kurioserweise erst nach Lieferung darüber abstimmen ließ, auch mehrheitlich abgelehnten Atomkraftwerks, war, das läßt sich auch durch Pepis Kalender nachweisen, für den also in diesem Fall verhinderten, wohl auch entschuldigten Propheten ein Sitzstreikwochenende. Daß die Emotion und letztendliche Entscheidung gegen Zwentendorf allerdings ganz in Pepis Sinn war, »weil es nämlich« – ich zitiere – »ganz unabhängig davon, was man von der sogenannten friedlichen (nebbich) Nutzung der Atomkraft halten mag, nicht angeht, daß man sich, in einer angeblichen Demokratie, eine Entscheidung, die man angeblich erst treffen soll, so von oben diktieren läßt«, und weil es »eigentlich eine große Hoffnung für die Zukunft ist, wenn die sonst allzu braven Österreicher sich endlich einmal nein zu sagen getrauen, obwohl der Papa so nachdrücklich ja sagt«, daß diese Entwicklung also der Renitenz, die Pepi gewissermaßen im Blut lag und somit Pepi, wie er leibte und lebte, entsprach, läßt sich nicht nur vermuten, sondern gegebenenfalls durch weitere Tagebuchstellen belegen. »& die Österreicher« – diese bei Sibylle S. wiedergegebene Prophezeiung könnte, zugegeben, authentisch sein, muß sich aber, befürchte ich, wie auch so manche andere Prophezeiung nicht bewahrheiten – »& die Österreicher / werden sich immer weniger gefallen lassen / & erst dann / werden sie wirklich froh & frank sein« (wie der aufmerksame Leser weiß, zitierte P. P. tatsächlich gern aus dieser oft strapazierten Passage von Grillparzer) »& erst dann werden sie mir & Gott wahrhaftig gefallen / wer Ohren hat der höre / Amen, Amen«.

Den folgenden Sommer verbrachte Pepi, soweit ich das durch seine keineswegs fortlaufenden, keineswegs immer datierten Tagebuchaufzeichnungen belegen kann, in Wien. Borgte sich in der Radleihanstalt Hainburgerstraße ein altes Fahrrad, radelte schon am frühen, noch kühlen Morgen der heißen Tage durch den Prater zum sogenannten Winterhafen und darüber hinaus bis an die Stelle, wo der die Stadt wie die Sehne eines Bogens durchschneidende Donaukanal in die Donau zurückfließt. Diese Gegend (ich bin Pepis Wege, soweit sie sich bei der ständigen Veränderung unserer Stadtlandschaft noch nachgehen lassen, später nachgegangen beziehungsweise nachgefahren), diese Gegend mit ihrer eigenartig melancholischen Atmosphäre von Ferne, Vergangenheit, schwer faßbarer Unwirklichkeit erinnerte mich an das Erdberger Mais, durch das wir als Kinder, über Gott und die Welt philosophierend, gestreunt waren. Nur daß Pepi, falls ihn dort eine ähnliche Stimmung ankam, wie mich, nun allein war, wie ich, und keine ihn wenn auch ambivalent liebende Seele ihm beim Denken zuhörte. Auf dem Damm zwischen Donaukanal und Donau fahrend, kam ich mir vor wie in einem Traum. Rechts unten Fischerhütten mit vor Jahren zum letzten Mal aus dem Wasser gehobenen und inzwischen ganz ausgetrockneten Netzen, links eine Insel aus öligen Steinen, überflogen von Möwen, deren Stimmen jedoch seltsam gedämpft klangen, so als wären sie, wie alles hier, weiter weg, als es den Anschein hatte. Einmal kamen mir Leute entgegen, Mann und Frau, alt oder vielleicht auch alterlos, miteinander redend, aber ihre Worte, die, kaum daß ich sie aufnehmen wollte, schon an mir vorbei, hinter mir waren, klangen wie aus einer anderen Sprache. Vorn, an der Landzungenspitze, blies einem der Wind die Haut feucht, wenn man das Gesicht donauabwärts hielt und ins davonstrudelnde, ein wenig schwindelerregende, je weiter entfernt, desto vager im Nebel verfließende Wasser schaute.

Das sind, man verwechsle das nicht, meine, nicht Pepis Notizen. Er selbst erwähnt nur, daß er des öfteren dorthin fuhr. Manchmal ganz lapidar: »Heute wieder Winterhafen und Kap Ultimo« (diese Ortsbezeichnung existiert, davon habe ich mich, die stadthistorische und -geographische Literatur durchforstend, überzeugt, nicht, stammt also offenbar von ihm), selten ausführlicher. Auch sonst dürfte er wenig bis nichts Schriftliches produziert haben in diesen, soviel ich mich erinnern kann, schwülen Sommermonaten, die dort unten allerdings wahrscheinlich erträglicher waren als woanders; schon gar nicht produzierte er, was er sollte.

Daran erinnerten ihn, Mitte September respektive Anfang Oktober aus Frankfurt respektive München eintreffend, zwei fast gleichlautende Briefe:

»Sehr geehrter Herr Prohaska! (Werter Herr Prohaska!)

Wie Sie sich vielleicht erinnern werden (Wie Sie hoffentlich nicht vergessen haben), haben Sie mit uns (haben wir mit Ihnen) anläßlich der vorjährigen Buchmesse (vor beinahe Jahresfrist) einen Vertrag abgeschlossen (einen Vertrag abgeschlossen) und einen monatlichen Vorschuß (und eine monatliche Summe) an Sie überwiesen (überwiesen). Das damals versprochene Manuskript (Von dem als Gegenleistung erhofften Manuskript) läßt allerdings trotz wiederholter Nachfragen auf sich warten (haben wir jedoch seither ebensowenig wie von Ihnen, Herr Prohaska, weiteres gehört), was wir bedauerlich finden (was uns, wie Sie verstehen werden, befremdet). Wir ersuchen Sie also dringend (Wir fordern Sie also auf), möglichst bald von sich hören zu lassen (umgehend mit uns Kontakt aufzunehmen). Andernfalls (Widrigenfalls) müßten wir Sie ersuchen (müßten wir Ihnen nahelegen), die bezahlten Vorschußraten (die auf Ihr Konto überwiesene Gesamtsumme) bei Gelegenheit zurückzuerstatten (bis längstens 21. 11. d. J. unserer Bankverbindung zu überweisen). Wir hoffen sehr, in dieser Angelegenheit keine weiteren Schritte unternehmen zu müssen (Bedauern würden wir, müßten wir mit dieser Sache unseren Anwalt beschäftigen). Mit freundlichen Grüßen (Hochachtungsvoll) e. h. (nach Diktat verreist).«

Daß die beiden Verlage die bis dahin geleisteten Zahlungen mit spätestens dem jeweiligen Datum dieser ihrer Briefe einstellten, versteht sich von selbst. Ebenso daß Pepi, obwohl er die Summen trotz konsequent einlangender Anwaltsschreiben vorläufig nicht zurückzahlte, nun in finanzielle Schwierigkeiten geriet. In und aus diesen half ihm vorläufig seine Großmutter, die ihm, ihrer letzten und wahrscheinlich größten Liebe, immer aufgeholfen hätte, so oft er auch gestürzt wäre. Doch stürzte sie, im folgenden November, beim ersten Glatteis, selbst, brach sich den Oberschenkelhals und starb, über die Zumutungen eines Krankenhausaufenthalts unter anderen, gewöhnlichen Patientinnen konsterniert, noch vor Weihnachten. Damit hörte sich – wenngleich das Pepi, der seiner Schäfchenoma, durchs Tagebuch belegbar, und dazu hatte er ja auch allen Grund, ehrlich nachtrauerte, nicht so prosaisch, in einem Schriftzug, erwähnt, ist der Zusammenhang ein ebenso enger wie prekärer – die finanzielle Unterstützung von dieser Seite auf. Zu erben war nichts, die alte Dame hatte dem nun gar nicht mehr so jungen Mann schon zu Lebzeiten alles gegeben, was sie gehabt hatte. So kam Pepi, zuerst aus praktischen Gründen, seiner Mutter näher. »Beim Essen«, schreibt er, »reden wir miteinander und lernen uns kennen.«

Seine Mutter nämlich, diese in meiner Erinnerung immer noch schöne, geschminkte, dauerbewellte Frau, hatte, so Pepi, bis dahin »nur eine Nebenrolle« in seinem Leben gespielt. Sicher: der Vater in seinem tragikomischen Leichtsinn, die Großmutter mit ihren krausen Außergewöhnlichkeitsansprüchen, die beiden waren, zumindest auf den zweiten und dritten Blick, eindrucksvoller gewesen. Und doch frage ich mich, ob sich Pepi nicht etwas vormachte, indem er nun, retrospektiv, den Einfluß der Mutter auf die Bildung seiner eigenen Persönlichkeit als geringer veranschlagte. Und eine Fremdheit zwischen sich und ihr behauptete, die sich erst so spät, und auch jetzt nur ansatzweise, ins Gegenteil verkehrte.

Die Konstellation war bei Pepi, der früher gern mit seinem, nur einen Tag (und natürlich 194 Jahre) von dem des Olympiers abweichenden Geburtstag gescherzt hatte, gerade die umgekehrte wie bei Goethe. Nicht die der Gestirne vielleicht – die Sonne jedenfalls stand im Zeichen der Jungfrau, ansonsten weiß ich zu wenig von Astrologie und will mich daher lieber nicht auf Details einlassen – aber gewiß die der sogenannten Elternteile. Die Frohnatur (mit ihren konträren Implikationen, versteht sich) hatte er eher vom Vater. Von seiner Mutter dagegen hatte er nicht nur (ja, ich erinnere mich, auf die Gefahr hin, für pietätlos gehalten zu werden, auch an dieser Stelle ihrer violett verdämmerten Hinteransicht) die Statur: einen, bei aller ursprünglich weichen Verträumtheit (›Aus Böhmens Hain und Flur‹) mit der Zeit – und einer gewissen Not – doch der Welttüchtigkeit fähigen Körper, sondern auch eine sozusagen fleischliche Festigkeit der Seele, die jenen von innen her stützte. Diese Festigkeit allerdings bedingte auch eine sozusagen konvexe Form. Nach außen war da, bei aller Verbindlichkeit, ein seelischer Muskelreflex: Abwehr; die Zugänglichkeit dieser Seele war im allgemeinen – und das im Gegensatz dazu Besondere wollte sie selten wahrnehmen – nur eine Zugänglichkeit des Bis-hierher-undnicht-weiter. Seinen Vater beschreibt Pepi als sentimental und zuweilen so wehleidig, daß er ihm »schlicht auf den Nerv ging«. »Die Mutter war«, schreibt er, »manchmal ernüchternd nüchtern.« Daß Pepi, all dem blendenden und eben nur scheinbar wärmenden Schein, den er ausstrahlte, zum Trotz, gerade *das* manchmal *auch* war, davon könnte gerade ich ein Lied singen, aber das gehört nicht hierher. Indes erkannte er nun, und das *gehört* hierher, spät, aber doch etwas von sich an seiner Mutter und etwas von ihr an sich. Nein, er erkannte es, denke ich, nicht – er erkannte es *wieder*. Und war, wie ich glaube, zu Unrecht überrascht über die derart freigelegte Vertrautheit. Zwar muß es eine Weile gedauert haben, bis diese beiden sperrigen Seelen einander berührten. »Dein Fischschnitzel«, sagte etwa Pepi, »und besonders der Erdäpfelsalat, den du dazu machst, hat mir schon als Kind so geschmeckt.« – »Ja«, sagte die Mutter, »es war eine Freud, für dich zu kochen, du hast, ganz anders wie der Papa, immer aufgegessen.« Und dann: »Weißt du noch ...« und darauf: »Ich erinnere mich.« Sie fanden viel gemeinsame Geschichte.

Natürlich blieb manches (stillschweigend) ausgespart. Aber im Stillschweigen, das sie, schreibt Pepi, und damit ist, finde ich, viel gesagt, mitsammen ertrugen, ohne den Eindruck zu haben, die neue, alte Vertrautheit dadurch zu unterbrechen, im Gegenteil, wußten sie warum. Sie sagten einander nicht, daß sie (und wie sie) einander geliebt hatten, liebten, das wäre, zumindest passagenweise, unanständig gewesen und hätte ihnen auch dort, wo es um sogenannte reine Gefühle ging, nicht entsprochen. Sie ließen's einander spüren, spät aber doch, womöglich zu spät. Frau Prohaska nämlich trug, wer weiß, seit wie lang, einen Krebs in ihrer Brust. Den hatte sie auf die Dauer, trotz oder gerade wegen des Muskelreflexes ihrer konvexen Seele, nicht abwehren können, keimte er doch von innen, und nun wucherte er in ihr. Und dann konnte sie ihn nicht mehr – etwas, das sie, wenigstens nach außen hin, gern oder wenigstens gut tat beziehungsweise getan *hatte* mit allerlei Unannehmlichkeiten des Lebens von einem gewissen Zeitpunkt an, vielleicht, seit sie aufgehört hatte, jung zu sein –, nicht mehr ignorieren konnte sie ihn, denn er war die Unannehmlichkeit des Todes. Also packte sie, nur etwa ein halbes Jahr nach Aufnahme der gemeinsamen Abendessen mit ihrem Sohn, eine kleine Reisetasche, ließ sich von Pepi ins Spital bringen und starb, überflüssigerweise operiert, einige Wochen später. Pepi schrie, schreibt er, lautlos, als er das Spital verließ. Und weinte, ergänzt er, tränenlos, beim Begräbnis. Und tatsächlich, ich kann mir das vorstellen; als er (nach einem vorangegangenen Gespräch mit unserem Chef, von dem ich erst nachträglich erfuhr) in die Bücherei zurückkam, war er in sich gekehrt, wie ein Stein. »Pepi!« sagte ich. »Servus, Engelbert«, sagte er. Und dann tagelang nichts mehr.

Als er dann wieder zu reden begann, begriff ich das im ersten Moment gar nicht.

»Was hast du gesagt?« fragte ich.

»Ein Sauwetter«, sagte er. »Es regnet schon wieder.«

»Ah ja«, sagte ich.

»Beschissen«, sagte er.

Ich pflichtete ihm bei.

»Es wird aber besser«, sagte P. P., »ich spür's in den Knochen.«

»So?« sagte ich.

»Bestimmt«, sagte er. »Willst du wetten?«

»Nein«, sagte ich. »Ich weiß, was du für ein Prophet bist.«

Hier ließ er's um seine Mundwinkel zucken, wortlos. Nach einer Weile aber fragte er mich, ob ich Lust hätte, ihn, vorausgesetzt, daß er recht habe, am Sonntagvormittag auf einen Spaziergang zu begleiten.

Sonntagvormittag schien, wenn auch bläßlich, die Sonne.

»Wo gehen wir hin?« fragte ich.

»Ich weiß nicht«, sagte er, »das ist überhaupt nicht mehr meine Stadt. Gestern war ich am Wienerberg, zum ersten Mal nach all den Jahren. Schrecklich, kann ich dir sagen. Alles aufgewühlt. Eine einzige Baustelle.«

»Naja«, sagte ich, »die Peripherie hört sich auf.«

»Was heißt, hört *sich* auf?« protestierte er. »Man ruiniert sie! Sie tragen die Gegensätze ab, schütten die Widersprüche zu! Jetzt kommt die Saison der Planierraupen. Flach. Ein Alptraum.«

Wir schlenderten also nicht, wie ich erwartet hatte, an den Stadtrand, sondern ins Zentrum.

»Apropos Alptraum«, sagte Pepi. »Unlängst habe ich geträumt, die Atombombe fällt. In meinem Traum ist sie über München gefallen, ich bin im Auto gefahren, weißt du, auf der Westautobahn, und auf einmal ist eine Rakete geflogen. Von hinten nach vorn. Über unsere Köpfe hinweg. Und wir haben alle gewußt: jetzt ist es soweit!«

»Wer wir?«

»Wer weiß. Eine Frau, ich glaub Paula, und ich. Es kann aber auch Susi gewesen sein; oder meine Mutter; oder es waren alle miteinander. Meine Tochter war gottseidank nicht dabei. Aber besonders um meiner Tochter willen hat sich in diesem Augenblick mein Herz verkrampft.«

»Und dann?«

»Bin ich aufgewacht und hab einen Schluck Baldrian genommen. Den hab ich reichlich zu Haus, hab in letzter Zeit nämlich des öfteren Herzflattern. Nachts. Am Morgen dagegen läuft alles ganz langsam ...«

»Reden wir über was anderes«, schlug ich vor.

Bei der Stephanskirche stand Waluliso, ein Pensionist, der, statt ins Altersheim zu gehen, in eine weiße Tunika geschlüpft war, sich einen Lorbeerkranz aufgesetzt hatte und nun, einen Apfel in der Linken, ein Zweiglein in der Rechten, Liebe und Frieden predigte. Seine zum Namen gewordene Parole (WAsser, LUft, LIcht und SOnne) stand ihm auf Rücken und Brust geschrieben, vielleicht war es diese Etikettierung, derentwegen ihn die Polizei, ansonsten, wenn es um das Verscheuchen unangepaßter Elemente aus der Fußgeherzone ging, meist nicht so zurückhaltend, seit einer Weile gewähren ließ; den Passanten galt er als harmloser Narr. »Salve, Kollege!« sagte er zu Pepi und spreizte zwei freie Finger der den Friedenszweig haltenden Hand zum Victoryzeichen. »Siehst du«, sagte ich, froh, über die Ablenkung, zu Pepi, »siehst du, der kennt dich.«

Dann saßen wir zwischen Frühschoppenalkoholikern im ›Göttweiger Stiftskeller‹ und tranken.

Draußen hatte es wieder zu nieseln begonnen.

»Na also«, sagte Pepi, »vielleicht bin ich doch kein richtiger Prophet.«

»Hoffentlich«, sagte ich.

Pepi nickte bedächtig. »Darauf laß uns anstoßen.«

Dessen ungeachtet schrieb er um diese Zeit, wenn die Datierung der im Koffer vorgefundenen Texte stimmt, seine ›Widerlegung der Bergpredigt‹. Einen Zyklus, in dem er, angesichts der gegenwärtigen Wirklichkeit »(...) die vor 2000 Jahren von einem gewissen Jesus für eine Möglichkeit gehaltenen« Seligpreisungen in Frage stellt. »Denn die Sanftmütigen«, heißt es darin zum Beispiel, »haben noch immer kein Land. & auch die Dulder sind alles andere als selig zu preisen.« Selbstverständlich (erschreckend diese Selbstverständlichkeit!) ist auch von denen die Rede, »die da hungern & dürsten / nicht nur im Geiste / sondern / vor allem / noch / lebendigen Leibs«. Die unsereins, die wir uns die bloße – und in dieser Blöße fast schamlose – Reflexion darüber leisten können, eher fern als nah sieht. »Sahel / Scheol / das ist jenseits / die Unterwelt / diesseits / an unserer Oberfläche / leben wir weiter // Versuchen wir / auf Distanz zu bleiben / drehen / den Fernseher ab / oder nicht.«

Bemerkenswert scheint mir auch ein ›Versuch über Österreich‹.

»Österreich ist eine demokratische Republik«, hat Pepi da notiert, »ihr Recht geht vom Volk aus / Erstmals gelesen auf einem feierlich gerahmten Plakat, das in der Volksschulklasse über unseren Köpfen gehangen ist, geschrieben mit Redisfeder in Zierschrift / Das, muß ich gestehen, hab ich schon damals nicht ganz geglaubt // Denn *wie* soll das funktionieren? hab ich gefragt / Ich war, muß man wissen, ein ebenso frühreifes wie skeptisches Kind / Ganz einfach, hat unser Lehrer, ein Mann guten Willens, gesagt / Das Volk wählt, d. h., es beauftragt die Volksvertreter & die vertreten es nach bestem Wissen & Gewissen // *Wir* sind das Volk & die Republik sind wir auch / Das eben ist demokratisch, hat der alte Kattinger gesagt / Demo-kratie, d. i. die Herrschaft des Volkes / So & jetzt singen wir noch einmal schön die Bundeshymne //

So war das. Aber war das wirklich so? Und wird es je so sein? / Als ich das erste Mal mit meinen Eltern zur Wahl gegangen bin, das war aufregend / Mein Papa hat mich in die Wahlzelle mitgenommen, da war ich vielleicht stolz! / Es gibt verschiedene Parteien, hat er gesagt, zwischen denen können wir, die Staatsbürger, entscheiden // Früher hat es bloß eine Partei gegeben, die hat das Volk nur auf öffentlichen Plätzen um seine Meinung gefragt & da haben alle Heil geschrien / Aber was dabei heraus gekommen ist, war letzten Endes nichts als Unheil / Jetzt ist das anders, hat mein Papa gesagt & mit diesen Worten hat er sein Kreuzchen geschrieben / Es hat auch welche gegeben, hat er gesagt, die haben nicht Heil geschrien, aber d. i. eine andere Geschichte // & was wollen die Parteien? hab ich gefragt, ich war nicht nur frühreif & skeptisch, sondern auch neugierig / Na, im Grunde, hat mein Papa gesagt, wollen sie alle die Freiheit / *Welche* Freiheit? / Na Österreichs Freiheit natürlich! / Österreichs Freiheit / Aha / Also *unsere* Freiheit //

Österreichs Freiheit / Ja, darunter konnte ich mir damals schon etwas vorstellen / Durch die Straßen marschierten oder fuhren fremde Soldaten, in der Tramway rief der Schaffner alle paar Stationen das Wort Zonengrenzee, wenn die Erwachsenen ihre Identitätskarte nicht bei sich hatten, konnten sie, wie die Oma sagte, Zores kriegen / *Unsere* Freiheit: an den die vielen Schutthalden nach & nach dem Blick entziehenden Plankenzäunen klebte ein in Ketten liegender Bundesadler / sieben Jahre schon, stand darunter zu lesen. Wie lange noch? // Außerdem wollten die Parteien in jenen frühen Jahren noch etwas, das alle wollten / & wollten es (ganz zu Recht, wie mir schien) gemeinsam / Den Wiederaufbau / Unsere Kindheit war eine Kindheit zwischen Ruinen / Die ließen zwar Frei- & Fantasieräume, aber daß uns mit dem Wiederaufbau auch die verbaut werden sollten, konnten wir Kinder damals noch nicht ahnen //

& dann? Dann waren diese Ziele erreicht / Durch gemeinsame Anstrengung zweifellos, wenn auch nicht *nur* durch gemeinsame Anstrengung, waren die Spuren des Krieges nach & nach beseitigt, & die Freiheit, nach der man so einhellig verlangt hatte, war auf einmal da / Letzteres etwas überraschenderweise; ich erinnere mich an einen Witz, der in den ersten Monaten des Jahres 1955 kursiert ist / Jetzt steht an der Donau alle 100 m ein Polizist, um aufzupassen, daß der Staatsvertrag nicht doch noch ins Wasser fällt // Aber schön. Nun hatten wir sie, die Freiheit / Zumindest *diese* / eine Rahmenbedingung für jede weitere / König Ottokars Glück & Ende im Burgtheater, Fidelio in der Oper / Mir gings damals schlecht, ich war, aus einem guten Volksschüler zum indiskutablen Mittelschüler geworden, soeben in drei Gegenständen durchgefallen, doch das Programm im vor kurzem angeschafften Fernseher war ein Sursum corda //

Nur: was hatten uns die Parteien, die wollen sollten, was *wir* wollten (oder war es umgekehrt?) von nun an zu bieten? / Zuerst einmal Fortschritt: mein Vater warf die Schreibtischlampe mit dem grünen Glasschirm weg &

kaufte sich eine aus Plastik / Produktion & Konsum, damit weiterhin (oder jetzt erst recht) alles aufwärts ging / Fortschritt durch Leistung; wer mehr leistet, wird sich mehr leisten können; & daß wir uns alle mehr leisten können, d. i. die Zukunft // Über diesen Willen zur Zukunft (über den Willen zu *dieser* Zukunft) herrschte nun ähnliche Übereinkunft, wie ein paar Jahre vorher über den zu Freiheit & Wiederaufbau / Oder doch nicht ganz? Naja, es gab gewisse Differenzen, betreffend die Proportionen des Fortschritts / Die auszugleichen man indessen entschlossen war, einander die Hände reichend über die Gräben der Vorvergangenheit / Gräben, die man auch jetzt, soeben mit der Vergangenheit fertig geworden (nein, von *Bewältigung* war ohnehin besser nicht allzuviel die Rede), nicht wieder aufreißen wollte, denn das wollte ja wirklich niemand //

Nein, das begriff ich damals, der dumpfen Idiotie der Untermittelschule ausgesetzt (immerhin lernte ich, mit den alten Griechen beschäftigt, was ein Idiot ist, nämlich: ein unpolitischer Mensch), & was nützt bei solch einer Umwelt die beste Anlage (?), in gewisser Hinsicht viel dümmer als in der Volksschule, das begriff ich damals natürlich noch kaum / Aber bestimmte, ungute Wörter bekam ich trotzdem mit, z. B. das Wort Proporz / Das klang ekelhaft, wie Furz, & etwas Übelriechendes haftete ihm ja wohl auch an / Die beiden Parteien des Landes, hieß es, waren zu zwei Händen geworden, die, immer über die Gräben der Vorvergangenheit & den nie recht trockengelegten Sumpf der Vergangenheit hinweg wohlgemerkt, ständig eine die andere wuschen, in einer Art von nationalem Waschzwang // Wieso übrigens die *beiden* Parteien? fragte ich mich, selbst aus der geistigen Schattenexistenz meiner Frühpubertät heraus / Waren es nicht ehemals, als ich, noch ein kleiner, aufgeweckter Volksschüler, meine Eltern zur Wahl begleitet hatte, mindestens vier gewesen? / & wenn man die Wahl hatte, zwischen mehreren Parteien zu entscheiden, war dann nicht zwischen *mehr* Parteien zu entscheiden, *mehr* Wahl & zwischen weniger weniger? / Achso, es gab nur noch zwei, die man, so komisch das eigentlich war, ernstnehmen konnte, zwei Gruppen von Volksvertretern, die man, wollte man seinen Willen mehr oder eher minder, aber immerhin, vertreten wissen, wählen konnte – & die waren noch dazu im Grunde genommen eine, nämlich die große, permanent regierende Sicheinigerpartei, jene zwei Hände, die übrigens irgendwo ein Gehirn mit zwei Hälften haben mußten, von dem die Wasch- & womöglich noch andere Impulse ausgingen: aber das dachte ich damals bestimmt noch nicht //

Bis hierher war der Text fortlaufend geschrieben – was darauf folgte, waren zum Teil kaum leserliche Notizen. Etwas über die Aushöhlung des Demokratiebegriffs zum Beispiel, »(...) alles vorweg abbesprochen«, entziffere ich, »bevor es überhaupt in die demokratisch vorgesehenen Abstimmungsgremien / kommt /«. Offenbar ein Spitzenpolitiker, dessen Name allerdings nicht dechiffrierbar ist, »(...) beschwert sich vor dem Fernsehaug der Nation darüber, daß vor einer Personalwahl von ihm mit den Kuratoriumsmitgliedern getroffene Absprachen nicht eingehalten wurden! Wer war der Kerl, der da umgefallen ist, räsoniert er, ohne, so scheint es, überhaupt noch zu merken, was er da sagt, vor ein paar Millionen, die ihm wahrscheinlich gar nicht mehr zuhören, so normal ist das, das kann man doch nicht auf sich beruhen lassen, das wird Folgen haben. Ja. Allerdings. & ist ja schon seinerseits Folge. Unlängst miterlebt & leider mitangesehen: ein Sandler, auf dem Gehsteig vor einer der letzten, im Stadtgebiet übriggebliebenen Schrebergartenanlagen in der Sonne dösend, wird von einem Polizisten aufgestöbert, weil man auf einem Gehsteig (daher der Name) nicht sitzen & schon gar nicht liegen *kann*. Demo-Kratie / Die Herrschaft des Volkes / *Unsere* Herrschaft // Wer regiert hier eigentlich? / Wem gehört eigentlich unser Land / So viele Fragen / so lieber keine Antworten //«

Hier reißt der Österreich-Text dann endgültig ab. Und das ist, finde ich, zu bedauern, denn obwohl mich Pepi, wie mit so manchem anderen, auch damit noch nachträglich verstörte, mußte ich ihm in vielem Recht geben. Das Fragment unterstreicht übrigens – und auch darum habe ich es eingefügt – nachdrücklich, daß Pepi kein Idiot war (ich meine: im von ihm oben erinnerten ursprünglichen Wortsinn). Sein Absinken oder Aufsteigen in zum Teil ganz andere Sphären, weg von so kritischer Konkretheit, ist der Seidl zu danken, aber auf die zu sprechen beziehungsweise zu schreiben komme ich schon noch rechtzeitig.

Was mich jedenfalls, trotz der seither vergangenen Jahre, von Pepis Aufzeichnungen aus dieser Phase am meisten berührt, ja getroffen hat, sind zwischen jene, so traurig sie sind, doch sehr allgemeinen Zeilen geschriebene, höchst persönliche Worte, wie diese: »Tot sein / tot sein muß schön sein / sagt meine Mutter / geschirrspülend / Sicherlich sag ich / rasch zum Trockentuch greifend / schläfst du zu wenig ...«

Doch ging es Pepi wie den meisten von uns. Mit dem Abklingen der besonderen Schmerzen spürt man die allgemeinen, so ungeheuerlich sie auch sein mögen, gleich weniger. Zwar las er mir, ab und zu mit dem Handrücken auf die Zeitung schlagend, Morgen für Morgen Entsetzliches aus der Außenpolitik und kaum Glaubliches aus der Innenpolitik vor. Aber untertags, sobald sein zu träger Kreislauf, gestützt durch mehrere, mittels der eigens zu diesem Zweck angeschafften Moccamaschine hergestellte Espressi, in Schwung kam, gab er sich, nach und nach, ganz munter. Sicherlich trug dazu bei, daß sich (nicht ohne mein Zutun) das Verhältnis zu seiner Exfrau halbwegs normalisierte. Er durfte die inzwischen dreieinhalbjährige Pippi einmal pro Woche vom Kindergarten abholen und, sobald sie vier war, jedes zweite Wochenende sogar über Nacht bei sich behalten, eine selbstverständlich auch für Paula (obwohl sie das dementierte) recht angenehme Abmachung.

So war die Lage, als die Seidl in sein Leben trat. Das heißt, genaugenommen trat auch sie zuerst (aber, zum Unterschied von Paula, nur sehr am Rande und sozusagen versehentlich) in meins. Da Pepi gerade auf der Toilette war, wo er sich, mit Lektüre versehen, meist ausführlich aufhielt, geriet sie vorerst an mich. Sie müsse, sagte sie mit einem – ich will nicht umhin, anzumerken, daß mir diese Kombination gleich verdächtig war – mit einem *bestimmten* Stimmchen, sie müsse den Herrn Prohaska sprechen, ob ich der sei. »Nein«, sagte ich reserviert, »aber warum *müssen* Sie ihn sprechen?« Es ging mich zwar eigentlich nichts an, aber ich hatte, dem durch den ersten Eindruck ausgelösten Impuls folgend, die gute Absicht, Pepi abzuschirmen. »Ich bin Studentin«, sagte sie, »Dissertantin. Und schreib eine Doktorarbeit, in der« (hier stockte sie, denn Pepi, die ›Göttliche Komödie‹, unter dem Arm, kam – leider zu früh! – an dieser Stelle zurück) »der Herr Prohaska vorkommt.«

Nun war sie, davon abgesehen, daß Pepi, soviel ich weiß, seit seiner Trennung von Paula – und das finde ich, hatte ihm nicht geschadet – Frauen ausgewichen war, gar nicht der Typ, auf den Pepi flog. Falls von *einem* Typ, auf den Pepi flog, überhaupt die Rede sein kann; *sie* war jedenfalls keiner von allen, die mir einfallen. Für eine Studentin, auch im Dissertationsstadium, hatte sie – der Vorwurf der Frauenfeindlichkeit wird mir ohnehin nicht erspart bleiben, also sage ich's, wie ich's sah – etwas eigentümlich Knöchernes. Sie war, entnehme ich dem Klappentext ihres Buches, damals noch keine Dreißig, aber das sah man ihr auch bei größtem Wohlwollen nicht an.

Pepi also, obwohl auf den ersten Blick bestimmt nicht

sonderlich von ihr angetan, war charmant. Und vielleicht, wahrscheinlich, gewiß, erwachte, kaum hörte er, daß sie sich für ihn interessierte, seine alte Eitelkeit wieder, wenn auch in etwas abgeklärter Form. Apropos erster Blick: wie sie ihn ansah, ins Aug, nein, beide Augen faßte, mit einer hinter aller blaßblauen Wissenschaftlichkeit gelblichgrün lauernden Leidenschaft, sein Bild durch Hornhaut und Glaskörper sozusagen begehrlich in die Pupille (ins Sehloch) saugend, ihn an ihren Netzhäuten auf- und dann, flugs umgedreht, vom Kopf auf die Füße gestellt, in ihren Gehirnzellen wahr-nahm: ›das also ist er!‹ – nun, ich will nicht behaupten, daß ich diesen Augen-Blick augenblicklich mitbekam, aber so stellt er sich meiner auf Zeitlupe geschalteten Erinnerung dar, transparent, durchschaubar bis in die Ganglien – also das: wie sie ihn anschaute: war schon etwas, mochte schon etwas auslösen, in Schwung bringen. Pepi jedenfalls, ob er das nun, in diesem Moment, intuitiv empfand oder nicht, fühlte sich eher geschmeichelt als gefährdet und ließ sie mit verbindlicher Geste in sein Kämmerchen (einen selten benutzten Appendix an mein, eigentlich unser Zimmer) vorausgehen.

Dieser Appendix diente im allgemeinen uns beiden als Abstell- und Ablegeraum für Unerledigtes. Exklusiv in Anspruch genommen hatte ihn Pepi vorher nur einmal, und zwar – ich muß, sosehr ich mich bisher darum herum gedrückt habe, nun doch darauf eingehn – als Max wieder aufgetaucht war. Das war noch zur Zeit des jungen Glücks mit Paula gewesen. Und Max war aufgetaucht wie ein Gespenst aus der Vergangenheit, wir beide, Pepi und ich, hatten ihn wohl auch dementsprechend angeschaut. Er sah aber damals auch aus wie ein leibhaftiges Gespenst. Und später (ich habe ihn danach nicht mehr gesehn) wird er, nach alldem, was mir Pepi über die weiteren Zusammenkünfte mit ihm erzählt hat, widerwillig, zerknirscht, hin und her gerissen zwischen einem ganz natürlichen Instinkt zur seelischen Selbstverteidigung und meiner Ansicht nach übertriebenen Schuldkomplexen, später wird er, der arme Max, sicher nicht besser ausgesehen haben. Der arme Max! – ich verwende das Adjektiv hier nicht nur Pepi zitierend, sondern weil ich es, trotz meiner, wie man sich erinnern wird, frühen Abneigung gegen diesen Menschen, für angebracht halte. Trotz meiner frühen Abneigung und trotz ihrer späten Bestätigung durch seine Erpressungsversuche.

Ja, man muß die Sache beim Namen nennen. »Was willst du hier?« fragte Pepi. »Das werd ich dir gleich sagen«, antwortete das Gespenst, »aber lieber unter vier Augen.« – »Na schön«, sagte Pepi mit merkwürdig schwacher Stimme. Und das war der Moment, in dem er das Ablegekämmerchen zum ersten Mal, mich ausschließend, beanspruchte, hinter sich und Max die Tür zuziehend. Ein paar Gesprächsfetzen kriegte ich trotzdem mit. Das heißt: vor allem hörte ich den trotz seiner körperlichen Hinfälligkeit an einigen Stellen des Gesprächs recht lautstarken Max. »Erst den Propheten spielen«, verstand ich zum Beispiel, »und dann ...« Oder: »Glaubst du vielleicht, nur *dich* haben sie erwischt?!« Und: »Du kümmerst dich einen Dreck darum« (ich übersetze hier ins halbwegs Druckbare), »was aus denen, die dir damals nachgerannt sind, geworden ist!« Dann hörte ich ein Poltern, durch das ich mich, gegen alle Diskretion, fast zum Eingreifen veranlaßt fühlte. Doch vermutlich war Max nur aufgesprungen und hatte dabei seinen Stuhl umgeworfen, denn gleich darauf murmelte wieder Pepis beschwichtigende Stimme. »Komm aber nicht mehr hierher!« sagte er schließlich mit Nachdruck, bevor die Tür wieder aufging. Und ohne ihn zu grüßen oder mich eines Blickes zu würdigen, gesenkten, trotz seiner Leichenfarbe erhitzten Kopfs, stürmte Max aus dem Zimmer. Danach sagte Pepi ein paar Minuten lang gar nichts, atmete nur schwer. Suchte in seiner Schreibtischlade nach Restbeständen der stinkenden Zigaretten, die er sich abgewöhnt hatte. Ich gab ihm eine von meinen, nur selten gerauchten. Und dann informierte er mich: »Er hängt an der Nadel ...«

Aber ich wollte (ich *muß* auch das) von ihm und der Seidl erzählen. Mit der er sich in die, wie man mir beipflichten wird, durch Maxens Besuch schon negativ vorbelastete Kammer zurückzog. Diesmal verstand ich nichts durch die Tür, das Gespräch klang viel weniger aufgeregt als jenes, ausdrücklich, das Ohr an der Füllung, zu lauschen, widerspricht meinem Selbstwertgefühl. Doch hörte ich in der Folge (eine Dreiviertelstunde später, zwei oder drei Tage danach, von einem gewissen, diesem unseligen Nachmittag nicht allzu fernen Termin an ständig) noch übergenug von dem, was zwischen den beiden lief beziehungsweise nicht lief. »Eine komische Person«, sagte Pepi, gleich nachdem sie, leider nur fürs erste, weg war, »aber mit bemerkenswerten Interessen. Und«, fügte er, nachdem er kurz Worte gesucht hatte, hinzu, »von einem ungewöhnlichen Eifer.« – »Für dich?« fragte ich. »Ja«, sagte er, »aber nicht so, wie du meinst. Wenn ich mich dazu hinreißen ließe, sie anzurühren, bekäme sie wahrscheinlich einen hysterischen Anfall.« Damit bestätigte er mein Vor-Urteil. Der subtile Eros, der sie trieb, war mutmaßlich wirklich ein anderer als der, mit dem er umzugehen gewohnt war. Vielleicht reizte ihn gerade das, obwohl der Reiz, den es hatte, eher ambivalent schien. Aber auch Ambivalenz ist wahrscheinlich ein Reiz. »Klar geht sie mir auf die Nerven«, sagte er längstens nach dem vierten Rendezvous mit ihr. »Doch andererseits ist sie so faszinierend beharrlich!« – »Was will sie eigentlich von dir?« fragte ich. »Interviews«, antwortete er, »in denen ich mich meiner selbst besinne. Sie schreibt alles auf, was ich sage, und erst recht, was ich nicht sage.«

Sie kam (das erfuhr ich erst nach und nach) aus der katholischen Jungschar. Hatte – wie sie hervorhob: wegen seiner schönen Hände – ihren Kaplan geliebt, allem Anschein nach unglücklich. Dann Theologie studiert und nebenbei als Sekretärin im vor allem mit der Einhebung von Kirchensteuern beschäftigten Finanzreferat der Erzdiözese gearbeitet. Von einem Studienkollegen, einem inzwischen ganz und gar geistlichen Herrn, den Pepi (kichernd) namentlich nannte, der aber hier nicht genannt werden muß, allzu ungestüm bedrängt, gab sie die Theologie allerdings im vierten Semester auf und wandte sich, dem Bedränger nach Salzburg ausweichend, nunmehr der Psychologie zu. Dies weitere vier Semester. Da wohnte sie im Studentenheim. Hatte kaum Kontakte, wenn aber doch, dann mit Ausländern, die sich dort ebenso fremd fühlten wie sie. Einem Perser zuliebe, der ihr die Ehe versprach, wollte sie zum Islam übertreten, vertiefte sich in den Koran, aber dann kam die Iranische Revolution. Und der Perser fuhr nach Hause und schrieb, wie erhebend es sei, mit einem Gewehr um die Schulter die Herrschaft des Volkes und Gottes zu errichten, und sonst schrieb er nichts mehr. Übrigens gab auch die klassische Psychologie keine Antwort auf gewisse Fragen, die sie, die so schnöde, aber aus hehren Motiven Verlassene, teils quälten, teils reizten. So ging sie nach Deutschland (Köln?) an ein Institut für Parapsychologie. Experimentierte mit Versuchspersonen, V_1 und V_2, die, in voneinander getrennten Räumen sitzend, versuchten, einander auf parapsychologische Weise geometrische Zeichen oder sinnlose Silben zu übermitteln. Die Trefferquote lag im allgemeinen nur wenig über dem Mittelwert der ganz gewöhnlichen Wahrscheinlichkeit, und das war einer Frau, die, wie *sie,* auf mehr hinauswollte, entschieden zu wenig. Außerdem liebte sie leider schon wieder glücklos. Ein junger Finanzmann, angeblich ein (ich habe mir nicht die Mühe gemacht, das nachzuprüfen) Urururenkel des berühmten Salomon Heine, nützte sie, wie sie nachher behauptete, aus: als es ans Heiraten ging, heiratete er – auch unter dem Druck seiner traditionsbewußten Familie – eine andere. So kehrte sie nach Wien zurück und studierte, ernüchtert und weil sie nun schon einmal beim statistischen Rechnen war, Soziologie. Nebenbei allerdings (bei aller Ernüchterung konnte sie sich gewisse, abweichende Interessen sowie den Trieb, ihre eigene, kleine Misere vor möglichst großen, das Mißgeschick als die Voraussetzung oder Folge und dann eben wieder Voraussetzung seines Gegenteils interpretierenden Hintergründen zu erklären nicht verkneifen), nebenbei inskribierte sie Judaistik.

Das war ihre Verfassung, als man (genauer: das soziologische Institut der Universität Wien) sie auf Pepi losließ. Ihre Dissertation (›Über gruppendynamische Phänomene in Sekten und Alternativzellen‹) rationalisierte m. E. – und das läßt sich bei Lektüre ihres von dieser Arbeit abgespaltenen Buchs, das ich hiemit dennoch nicht empfehle, verifizieren – einen profunden Irrationalismus. Pepi machte sich manchmal mit erfreulich gesundem Hausverstand darüber lustig (»sie spinnt«). Anderseits aber, das läßt sich nicht leugnen, geriet er mehr und mehr unter ihren Einfluß, gab ihr »in gewisser«, »in dieser und jener«, »in vieler« Hinsicht recht und besann sich tatsächlich auf etwas, das, wie wir wissen, von Kind auf auch (dieses Auch jedoch möchte ich bitte auch beim Leiselesen betont wissen), das also *auch* er war.

Alsbald begann er seltsame Geschichten zu erzählen. Unter anderem von einem gewissen Abraham Abulafia, der Mitte des 13. Jahrhunderts und seines eigenen, ereignisreichen Lebens vom prophetischen Geist erfaßt und (so Pepi wörtlich) ganz schön weit verweht wurde. In Spanien geboren und von seinem allerdings früh verstorbenen Vater in der Gotteswissenschaft unterwiesen, war er schon mit Zwanzig nach dem Orient gereist, um den sagenhaften Fluß Sambation zu suchen, über dem, der Legende nach, die zehn verlorenen Stämme Israels wohnten. Nunmehr, mit Einunddreißig aber, erlangte er, durch Variationen und Permutationen der Buchstaben des hebräischen Alphabets, wovon weiter unten noch die Rede wird sein müssen, die Kenntnis des wahren Namens Gottes und verließ Spanien zum zweiten Mal, um – vorerst in Capua kabbalistischen Versenkungen hingegeben – im Jahre 1280 eine höchst abenteuerliche und bis heute unaufgeklärte Mission zu unternehmen, zu der er sich berufen fühlte. Er begab sich nämlich auf den Weg nach Rom, um, wie er ankündigte, respektive wie es Pepi ausdrückte, ein Wörtchen mit dem Papst zu sprechen. »Wenn die Endzeit gekommen sein wird«, stand nämlich in den Disputationen eines berühmten Kabbalisten, dessen Namen ich vergessen habe, mit einem berüchtigten, von mir namentlich ebenso vergessenen Apostaten, »wird der Messias auf Gottes Geheiß zum Papst gehen und von ihm die Freiheit seines Volkes verlangen.« Und erst dann werde man ihn, den Messias, als wirklich gekommen betrachten, und nicht vorher. Und die zu Unrecht gefürchtete Endzeit werde ein neuer Anfang sein. Der Papst fürchtete sie, die Endzeit, aber anscheinend doch, die Vorstellung, daß etwas Wahres an dieser Prophezeiung sein könnte, fuhr ihm (so Pepi) in die Knochen. Folglich gab er Anweisung, Rasiel (so nannte sich Abulafia, der sich ein dem Zahlenwert seines Namens entsprechendes, beeindruckendes Pseudonym ausgerechnet hatte), also Rasiel, falls er wirklich nach Rom käme, gar nicht erst vor sein Antlitz treten zu lassen, sondern ihn lieber zu erhaften, postwendend aus der Stadt zu führen und dort, möglichst rückstandslos, zu verbrennen. Abulafia, dem das hinterbracht wurde, kümmerte sich aber nicht darum, überließ sich vielmehr seinen Meditationen und mystischen Vorbereitungen und schrieb aufgrund seiner Gesichte sowie zum Andenken an seine wunderbare Errettung eine Schrift mit dem später hinzugefügten Titel »Buch des Zeugnisses«. Indem er nämlich vor das Stadttor trat, bekam er die Nachricht, daß der Papst – es handelte sich um Nikolaus III. – in der Nacht, ohne daß vorher irgendwelche Anzeichen darauf hingedeutet hätten, friedlich entschlafen sei. Abulafia wurde zwar, verdächtig wie er war, achtundzwanzig Tage im Collegium der Franziskaner festgehalten, schließlich aber freigelassen.

Soweit diese Geschichte, die mich, wie man gleich verstehen wird, so launig sie Pepi auch wiedergab, in den nächsten Monaten, ja genaugenommen sogar Jahren, doch einigermaßen beunruhigte. Im folgenden Urlaub nämlich fuhr er, gemeinsam mit der Seidl (!), nach Süditalien, akkurat in die Gegend von Capua. Zwar klang, was er nachher davon erzählte – vor allem erging er sich in spöttischen Beschreibungen Sibyllens, die sich, zum Unterschied von ihm extrem sonnenempfindlich, am Strand umso mehr einhüllte, je mehr er sich auszog, sämtliche verfügbaren Stoffetzen, auch seine, habe sie an sich gerafft, und sei, während er sich habe bräunen lassen, dort gehockt wie eine allerdings sehr weißhäutige Beduinin, gewissermaßen ihr eigenes, unförmiges Zelt – das also klang vorwiegend komisch und harmlos. Doch erwähnte er, obschon sehr (und damit umso auffallender) nebenbei, daß sie, diese für meinen Geschmack so wenig zu ihm passende Person, und er, mein, ich konnte mich dieses Gefühls nicht erwehren, schon wieder einmal, aber vielleicht profunder denn je, gefährdeter Pepi, einen Abstecher nach Rocca di Papa gemacht und von dort »nach Castelgandolfo hinübergeschaut« hätten, ein, wie er beziehungsvoll hinzufügte, »sehr eindrucksvoller Blick«. Daß sie auf dieser Reise zumindest *auch* hinter einem ganz bestimmten Manuskript her waren, konnte oder wollte er mir gar nicht verhehlen. Es war eine Art von Apokalypse, nannte sich »Sefer ha-'oth«, das »Buch des Zeichens«, und stammte angeblich von (so Pepi) »Abulafias eigner Hand«. Die Publikation durch den ehemaligen Oberrabbiner von Wien, Jellinek, sei (so Pepi) »zumindest glaubt das die spinnerte Seidl«, unvollständig, ihr, der Seidl, fehle in dieser Edition (enthalten in – ich habe mir die Schrift auf der Nationalbibliothek ausheben lassen – einer »Jubelschrift zum 70. Geburtstag des Professors H. Graetz«) gerade das, worauf es ihr, der Seidl, ankomme. Er, Pepi, finde das alles eher spaßig, wenn auch nicht uninteressant, aber schließlich sei sie, die Seidl, diejenige, die alles, Fahrt und Aufenthalte, bezahlt habe, und so habe er nicht umhin können, einige Tage mit ihr in Bibliotheken und Antiquariaten zu verbringen, wo es, ihr ohnehin lieber, schattiger gewesen sei als an den Stränden, etc. etc.

Derart versuchte Pepi sein eigenes Interesse an der mir so suspekten Materie zu bagatellisieren. Und darüber hinaus war es auch rationalisierbar, hätte er sich doch, durch die ratenweisen Rückzahlungen der Vorschüsse an die beiden Verlage, die er – man war ohnehin sehr kulant zu ihm – nicht ewig aufschieben konnte, gehandicapt, in diesem (und noch im folgenden) Jahr auf eigene Kosten keinen Urlaub leisten können. Nun war aber Süditalien noch unverfänglicher als Galicien bzw. Galizien, jenes in Spanien, dieses in Polen, wo sich das seltsame und, wenn man P. P. Glauben schenkte, immer noch platonische Paar neun Monate später, also im Frühjahr '82, herumtrieb. Und überdies bestätigten gewisse Papiere aus Pepis Koffernachlaß den besorgten Verdacht, den ich damals hegte.

Nach den in diversen Schriften (»Buch vom ewigen Leben«, »Licht des Intellekts«, »Worte der Schönheit« und vor allem »Buch der Kombination«) dargelegten Anweisungen des Abulafia, die wenigstens oberflächlich kennenzulernen ich mir beim Nachvollziehen dieses sinistren Weges nicht ersparen konnte, begann er, (Pepi) vorerst, Seiten um Seiten mit scheinbar sinnlosen Silben vollzuschreiben. Da – eine schöne Theorie für Schriftsteller und solche, die es noch werden wollen – das Wesen der Welt sprachlicher Natur ist, insofern es nur durch den Anteil besteht, den es am alles stiftenden Namen Gottes (»der Weltformel«, notierte Pepi) hat, manifestiert es sich, dieses Wesen – und dahinter, wenn ich recht verstanden habe, dieser Name – ganz unmittelbar in der Sprache. Die

›außersprachliche Wirklichkeit‹, um den von einem etwas berühmteren Schriftstellerkollegen ehemals gern gebrauchten Terminus zu verwenden, lenkt also nur von diesen Wesentlichkeiten ab. Und tatsächlich scheint das der eigentliche, von Abulafia anvisierte Sinn der Versenkung: daß der Name Gottes, der etwas Absolutes ist, der Name, der allem Bedeutung gibt und dennoch selber, in menschlichen Anschauungen gemessen, nichts bedeutet, keinen konkreten Inhalt oder Sinn hat.

Delikaterweise entstand, zumindest bei Pepi, gerade auf dieser Gedankenbasis eine Art von Konkreter Poesie. Aber was wußte ein Abulafia in seinem 13. Jahrhundert von dieser, meines Erachtens etwas irreführenden, literarischen Gattungsbezeichnung? »Wisse, daß die Methode des *Zeruf* dem Gehör vergleichbar ist, denn das Ohr hört Töne, und die Töne verbinden sich je nach Art der Melodie und des Instruments. Und genauso«, heißt es im Buch »Gan na 'ul«, dessentwegen ich extra nach München gefahren bin, »verhält es sich auch mit der Kombination der Buchstaben. Sie schlägt an die erste Saite an, die dem ersten Buchstaben verglichen wird, und geht von da zu einer, zwei, drei, vier oder fünf Saiten über, und die verschiedenen Anschläge verbinden sich. [...] Und die Geheimnisse, die sich in diesen Verbindungen aussprechen, erfreuen das Herz, das dadurch seinen Gott erkennt und sich mit immer neuer Freude füllt.« – »Die solcher Art gelenkte Tätigkeit des Adepten«, kommentiert der versierte Judaist Gershom Scholem, »ist also für Abulafia nicht sinnloser und unbegreiflicher als die des Komponisten. Und wie« (hier zitiert der von mir zitierte Scholem seinerseits Schopenhauer) »der Musiker die Welt in wortlosen Tönen ›noch einmal‹ ausdrückt und dabei zu unendlichen Höhen und Tiefen steigen kann, so auch der Mystiker.« Immer vorausgesetzt, daß ich alles kapiert habe, könnte man auf diese Weise sozusagen schöpferisch-spielerischen Permutierens und Kombinierens eines Tages unversehens auf den Namen

Gottes stoßen. Und was dann geschieht, dafür kann niemand garantieren – die Konkreten Poeten wissen also buchstäblich nicht, was sie tun. Wenn man bedenkt, welche Energien in diesem Namen stecken müssen (»Gott«, notiert Pepi – dies allerdings in auf außersprachliche Wirklichkeit bezogenen Menschenworten – »Gott ist ein schwarzes Loch«); die Sprache als Antimaterie! Also ich für meinen Teil habe – natürlich nicht an der Großhirnrinde, aber irgendwo im Stammhirn, wo die alten Instinkte sitzen – schon ungefähr gewußt, warum ich meine Finger von der Konkreten Poesie lasse.

Pepi hingegen – er wußte genau, was er tat. »Bereite dich vor auf deinen Gott, o Israelit!« heißt es bei Abulafia. »Rüste dich, dein Herz allein auf Gott zu richten. Reinige deinen Leib und erwähle dir eine einsame Stätte, wo niemand deine Stimme hört. Sitze dort in deinem Kämmerlein und enthülle dein Geheimnis keinem Menschen.« – Nun wird man vielleicht einwenden, daß die Geschichte ohnehin nicht klappen konnte, weil ja Pepi (ich stelle das, ohne – der bis hierher geduldig gebliebene Leser wird mir das glauben – den Einfluß der Schäfchenoma unterschätzen zu wollen, sachlich fest) gar kein richtiger Israelit war. »Umhülle dich mit deinem Gebetsmantel und lege *Tefillin* auf deinen Kopf und auf deine Hand« – kaum anzunehmen, daß er diese Anweisung befolgt hat. Andererseits (aber ach!): Abulafia war ein aufgeklärter, toleranter Mann. Stellt er doch weiter unten glatt klar, daß dieser Zugang zu Gott, da ja alle Menschen Söhne und Töchter des Allerhöchsten sind, sein Name sei gelobt, nicht nur im Gesetz und seiner Interpretation bewanderten Juden und, insofern ja nach dem Turmbau zu Babel alle Sprachen von einer ursprünglichen Gottessprache deriviert sind, nicht nur übers hebräische, sondern über jedes Alphabet den Menschen aller Nationen und Sprachen, zwar nicht gerade offen steht, aber gangbar ist, und womöglich tut es, wenn man gerade keinen Gebetsmantel bei der Hand hat, auch ein im rechten Geiste angelegter Schlafrock. Es kommt nämlich »auf die Richtung des Herzens« an. »Wenn es Nacht ist, entzünde viele Lichter, bis es ganz hell ist, und dann nimm Tinte, Feder und Tafel in die Hand.« Nun, Pepi nahm einen grünen, nach der Schärfe seiner auf seinen kabbalistischen Aufzeichnungen auch sonst ungewöhnlich leserlichen Buchstaben zu schließen, neuerworbenen Filzstift und Umweltschutzpapier. »Dann beginne, wenige oder viele Buchstaben zusammenzusetzen, zu vertauschen und miteinander zu bewegen« – nun denn, das tat er.

Das tat er auf Dutzenden, eng beschriebenen Seiten, die hier als Faksimile wiederzugeben, denke ich, unterbleiben darf. Wohl aber will ich wiedergeben, worin Pepis Permutieren und Kombinieren, soweit ich das aus den auf mich gekommenen Aufzeichnungen abschätzen kann, gipfelte. Das Ziel jener abulafianischen Sprachversenkung nämlich ist, und das war mutmaßlich der springende Punkt für meinen Freund, Prophetie. Worunter er aber – und das muß für den sich selbst stets als Exempel, wenn auch nicht immer als gutes, interpretierenden Pepi umso interessanter gewesen sein –, man höre respektive lese und staune nicht, eine Art Selbstbegegnung verstand. Was nämlich eröffnet sich, nach Abulafia, dem Jünger, der diesen konkret poetischen Weg zu Ende geht? Es offenbart sich ihm, so kann man es tatsächlich mehrfach lesen, sein geistiger Lehrer. Der aber, *Schaddaj* genannt, ist sowohl Gott als eben auch der seinen Gott suchende Mensch selbst. »Seinen Namen nenne ich Schaddaj nach meinem eigenen Namen, und er ist ich und ich bin er«, so weit Abulafia. Und Pepi? Wozu gelangte er nach wie gesagt Dutzenden, zumindest für mich sinnlos beschriebenen Seiten? Wenn der Name Gottes, so ungefähr muß er gedacht haben, alles konstituiert, so doch zweifellos auch meinen (praktischerweise nur aus vier Buchstaben bestehenden) Namen. Oder, außersprachlich und – wie aus obigem erhellt – doch nicht ganz unabulafianisch argumentiert: worüber führt der für mich bestimmte Weg zu Gott, wer immer der ist, wenn nicht über mich selbst? Also endet seine sprachexperimentelle Meditationsphase – wenn er so oder ähnlich gedacht hat, nicht inkonsequenterweise – mit folgendem (man mag es wohl so nennen) Gedicht:

pepi
eppi
*i*epp
ippe?

ppei
epip
p*i*ep
pipe?

ipep
pp*i*e
p*e*ip
*e*ipp:

pepi
pipe
eppi
p*e*ip!

Ob das nun Blasphemie oder Weisheit ist, die das scheinbar Fernste im Nächsten (der oder das ja bekanntlich, und durchaus nicht nur zynisch betrachtet, jeder sich selbst ist) erkennt, will ich wirklich nicht beurteilen. Man wird sich allerdings, während ich, zum Verständnis der tieferen oder höheren Zusammenhänge, gezwungen war, etwas weiter auszuholen, gefragt haben, was ich, abgesehen von der versehentlichen (und vorzeitigen) Sprengung der Welt durch eine sozusagen konkretpoetische Kernspaltung ungeahnten Ausmaßes, die ja, wie man sieht, nicht stattfand – sei es, weil Pepi die Kräfte, die er beschwor, doch einigermaßen beherrschte, sei es (und das halte ich für wahrscheinlicher), weil Gott, zumindest objektiver betrachtet, doch nicht Pepi (oder, dies scheint ja Pepis Ergebnis zu sein: Peip) heißt–, gefragt wird man sich haben, was ich eigentlich für oder von Pepi, für oder von Pepi unter dem Einfluß dieser mir so verdächtigen, übrigens auch verdächtig (Sibylle) benamsten Person, befürchtete. Nun, man wird sich erinnern, daß es in Zusammenhang mit Abraham Abulafia auch um den Papst ging. Jener hatte diesen treffen, dieser hatte von jenem nicht getroffen werden wollen, so waren sie nicht zusammengekommen. Zwar hatten Sibylle und Pepi, wie man sich auch erinnern wird, auf ihrer Italienreise nur (aus Rocca di Papa) »nach Castelgandolfo hinübergeschaut«, und nach Rom hatte es sie gar nicht gezogen. Aber wozu auch? Der Papst, der schlechthin überall vorbeikam, wurde ohnehin selbst in Wien erwartet. Und Pepi Prohaska führte seltsame Reden. Das heißt: er wollte seltsame Reden führen. »Man müßte mit verschiedenen Leuten«, sagte er, »mit den Mächtigen dieser Welt, ein Wörtchen plaudern.« Etwa so hatte er sich – der aufmerksame Leser weiß es – auch in bezug auf die Absicht Abulafias mit dem Papst geäußert. Nicht daß ich von Anfang an fürchtete, Pepi würde dem Papst etwas tun. Und auch vice versa hegte ich kaum Befürchtungen: dieser Papst war bei allem, was man gegen ihn sagen konnte, denn doch keiner, der Leute vor die Stadt schleppen und verbrennen ließ, abgesehen davon, daß er in Wien, wie ich zumindest hoffte, gar nicht so viel anzuschaffen hatte. Anderseits: Pepi war ja zu allerlei fähig, hatte er doch auch ehemals mit – wenn auch vergleichsweise kleinformatigen – Politikern zu reden versucht. Und wenn er das, die voraussehbare Nervosität der Behörden wegen der Sicherheit des reiselustigen Pontifex Maximus einkalkuliert, mit dem Papst versuchte, wer konnte sagen, was passierte? Wie und wo wollte er mit dem Papst reden? Eine offizielle Audienz als Prophet würde er wohl kaum bekommen. In meinen Alpträumen sah ich Pepi den Kordon der Polizei durchbrechen und auf das Papamobil zurennen – was dann geschah, sah ich nicht, weil ich an dieser Stelle des Traums immer vor Schreck aufwachte. Ebensowenig weiß ich, wie ernst Pepi seine Ankündigung eigentlich nahm. Mit den Mächtigen dieser Welt ein Wörtchen reden. Man müßte. Das sagt auch mancher andere. Und wahr ist es ja. Aber trotzdem. Es tut ja keiner. Und wenn man es täte – in wessen Namen sollte man's tun? Im Namen der Menschheit? Na bitte. Zu allgemein. Im Namen Gottes? Zu speziell; obwohl Pepi gerade dazu imstande war. Im eigenen, menschlich-göttlichen Namen? Das oben zitierte Gedicht kannte ich damals noch nicht. Aber wer weiß, was im September 1983 geschehen wäre, hätte Pepi dem Papst den Namen P*e*ip ins Gesicht geschleudert.

Doch sind wir, auch wenn ich hiemit schon wieder vorgegriffen habe, noch nicht so weit in dieser Biographie. Warum, dachte ich, übrigens ausgerechnet der Papst – gab es nicht auch andere Mächtige dieser Welt? Schön, weder der Vorsitzende der KPdSU noch der Präsident der Vereinigten Staaten gedachten in diesen Jahren nach Wien zu kommen. Im März 1982 kam der libysche Staatschef Gaddafi, da konnte sich Pepi (vielleicht, weil er bei Bruno Kreisky schon einmal abgeblitzt war) offenbar zurückhalten, zwei Monate später die angeheiratete Habsburgerin Zita, nur kam die, hier finde ich Pepis Desinteresse verständlich, 64 Jahre zu spät. Aber auch *so* weit sind wir im Text noch nicht. Ich muß erst – so zuwider mir das ist – auf Pepis zweite, unter dem Einfluß dieses überspannten Frauenzimmers gestartete Prophetenkarriere eingehen. Die Leserschaft wird Verständnis dafür haben, daß ich mich in bezug auf dieses (im Buch der Seidl und weiteren, eher obskuren Publikationen ohnehin weidlich ausgeschlachtete) »öffentliche Wirken« kurz fasse, mir geht es um etwas anderes. Bloß zur chronologischen Orientierung folgende, unter Benutzung von Pepis Kalender erstellte Zeittafel:

7. Sept. 1982	Erster Vortrag Pepis im Klubsaal des Gasthauses Zadrazil, Wien 16, Ottakringerstraße, unter dem Titel »Bin ich ein echter Prophet, & wenn nein, warum nicht?«
9. Nov. 1982	Zweiter Vortrag, ebendort. Titel: »Bin ich ein falscher Prophet, & wenn ja, warum?«
23. Dez. 1982	»Ökologisch-ökumenische Sonnwendfeier in Zusammenarbeit mit Indianern (insbesondere städtischen) & unter Ausschluß von Trappern.« Treffpunkt Endstation Linie 38.
31. Dez. 1982	Stefansplatz »(unter der Absturzstelle des legendären Baumeisters Johannes Buxbaum): Spontane Sylvesterprophezeiungen des Propheten Giuseppe Passageata unter dem Motto ›Was im Jahr vor 1984 auf uns zukommt. Oder auch nicht‹.«
14. Feb. 1983	Prophetisch-literarischer Vortrag im Galeriecafé, Wien 7, Lerchenfelderstraße. Titel: »Der Rabe Ralf schreit schaurig kra«.
14. März 1983	Ebendort. Fortsetzung unter dem Titel: »Das Nasobem als Exempel von selffulfilling prophecy«.
21. März 1983	»Nun will der Lenz uns grüßen. Softpornographisches Veilchenfest auf den Spuren Neidhart v. Reuenthals im ruinierten Wienerwald.« Treffpunkt Endstation Linie D.
17. April 1983	Café Landtmann, Wien 1, Dr. Karl Lueger-Ring, Hinterzimmer. »Prophet oder nicht Prophet, kommt eh der Komet.«

Und so weiter. Da ich bei alldem nicht dabeiwar, könnte ich, auch wenn ich wollte, keine detaillierten Angaben, gar Schilderungen dieser seiner neuen Aktivitäten geben. Hatte ich seine alternativen Experimente runde zehn Jahre früher nach anfänglicher Skepsis doch noch halbwegs ernst genommen, so schienen mir seine jetzigen Eskapaden blanker Humbug, was mich ja einerseits erleichterte. Andererseits: daß ihn die Seidl, die sicherlich mehr im Schilde führte als prophetischen Aktionismus, finanzierte, war doch verdächtig! Sie schreckte nicht einmal davor zurück, zu seiner Förderung einen Verein zu gründen und ihn mit allem, was dazugehört (Obmann, Schriftführer, Kassier), bei der Vereinspolizei anzumelden. Kassier beziehungsweise Kassierin war sie selbst, bei der Einhebung von Mitgliedsbeiträgen kamen ihr die im Dienste der Kirchenbeitragsstelle gesammelten Erfahrungen zugute. Und sie, respektive Pepi, hatte, soviel ich mitbekam, erstaunlichen Zulauf. Mein Verdacht war kurz gesagt der, daß sie P. P., den noch immer / schon wieder über die Stränge Schlagenden, sich vorläufig austoben ließ. Und irgendwann würde das dicke Ende (der Verein nannte sichoffiziell »Club für spirituelle Zukunftsforschung«, inoffiziell aber kursierte der Name »Bruder- & Schwesterschaft zur Beschleunigung des Kommenden«) schon kommen.

Im übrigen schwelte auch bei Pepi so manches Dunkle unter der bunten Oberfläche, dem Narrenkleid, das er nun wieder, erst recht, übergestreift hatte. Fast jeden Morgen brachte er neue abstruse Ideen daher, die mußte man wirklich nicht ernst nehmen. (*Hätte* man sie ernst genommen, so wäre er nicht mehr neben mir in der Bücherei gesessen, dort herrschte zwar, ich habe das schon erwähnt, eine gewisse Toleranz allerlei Abweichern von der Norm gegenüber, aber alles was recht war.) Doch manchmal, zwischen sämtlicher Narretei, war das, was ihm durch den Kopf, vielleicht muß ich eher sagen: durch die Seele ging, gerade durch den Kontrast dazu erschreckend. Sicher, die

Hauptfäden der apokalyptisch-messianischen Hirngespinste, die er so produzierte, stammten von der Seidl. Beziehungsweise: sie waren ein Verschnitt einschlägiger Ideen, vom Alten übers Neue Testament bis zu Nostradamus, dem Mühlhiasl und anderen Neuzeitgenossen. Ich glaube, es ist seinem Andenken zuträglicher, hier nicht näher darauf einzugehn. Nur einen Traum, den er mir damals erzählte, ein für die fatalen Spannungen von Omnipotenz- und Schuldgefühlen, in die er sich, zweifellos disponiert für beides, von dieser Frau manövrieren ließ, besonders charakteristisches Erzeugnis seiner Phantasie will ich hier wiedergeben.

»Ich habe geträumt«, sagte er, »ich war im Himmel. Aber der Himmel war eine Art von weitläufigem Vortragssaal, wir, *wer* wir, ich weiß nicht, haben alle auf eine große Leinwand gestarrt, und Gott, den man folglich nicht gesehn hat, ist hinten, im Dunkel, an einem Filmprojektor gestanden und hat einen Film vorgeführt. Da war alles zu sehen, alles ist abgelaufen, die ganze Weltgeschichte. Und das war schon schlimm genug – aber wie, mit Posaunengeblase, das Finale angebrochen ist, hab ich es nicht mehr ausgehalten, bin aufgesprungen und habe davonwollen. Nun hat aber mein Sessel, den ich dabei mit den Kniekehlen rückwärts geschoben hab, ein gräßliches Geräusch gemacht. Und alle, *wer* alle, ich weiß nicht, haben mich angeschaut und haben mich gesehn. Und in diesem Moment war klar: ich bin schuld. Wenn es so kommt, wie es kommen muß mit der Welt, bin *ich* schuld dran. Das war wie ein Spießrutenlauf zwischen bösen Blicken. Endlich hab ich die Tür des Saals erreicht, und draußen, stell dir vor, war die Landstraßer Hauptstraße. Der zumindest in unserer Kindheit, du erinnerst dich, noch ziemlich verlassene, ziemlich öde Teil Richtung Schlachthausgasse. Und dort bin ich, an der endlosen Mauer der von, wie mir während des Laufens eingeschossen ist, englischen (englischen!) Besatzungssoldaten bewohnten Marokkanerkaserne entlang gerannt. Und während des Laufens ist mir eingefallen, *warum* ich an allem schuld bin. Ich habe nämlich aus der Fahrradleihanstalt in der Hainburgerstraße ein Fahrrad entwendet. Beweis: ich bin, kaum ist mir das aufgegangen, schon nicht mehr gelaufen, sondern auf genau diesem Fahrrad geradelt. Und vor mir, auf der Stange, ist die Steffi gesessen, und alle, obwohl keiner da war, haben alles gewußt, und die Welt war nicht mehr zu retten.«

Dies Pepis Traum, auf den ich – ich konnte nicht anders – mit Sarkasmus reagierte. An Steffi nämlich wurde ich auch nach so vielen Jahren nicht gern erinnert, die Kombination eines so eigenwillig interpretierten Falls des bösen (oder eigentlich guten?) Engels Pepi und seines Sünden-Falls mit ausgerechnet ihr, war, so authentisch letzteres in bezug auf Pepis persönliche Geschichte auch sein mochte, eindeutig nicht mein Fall. »Außerdem«, sagte ich, »hast du doch nie ein Fahrrad gestohlen, oder?« – »Ach was«, sagte Pepi, der sonst so Ironische, »mach dich nicht lustig über meine Alpträume; ich war schweißgebadet!«

»Engelbert Traum erzählt«, heißt es dann in den hinterlassenen Kofferpapieren, »Reaktion äußerst unsensibel.« Das schmerzte mich, muß ich gestehen. Aber zu spät! »Am Abend Sibylle, zu allem Überfluß. Wie lange werde ich mich noch ihrer erwehren können? Sie bedrängt mich.«

Die letzten zwei Sätze dieser Tagebuchaufzeichnung vom 24. 7. 1983 bestärkten einen von mir schon lang gehegten Argwohn. Womöglich hatte Pepi, der in solchen Fragen früher kaum Fehlbare, die Seidl ehemals, da er sie als Frau taxierte, doch falsch eingeschätzt. Oh, kann ich mir nicht verbeißen zu sagen: Ironie des in dieser Lebensbeschreibung schon öfter beschworenen Schicksals! Trat doch nun, wie es scheint, der Fall ein, daß Pepi, der in so vielen Phasen seines Lebens von Sexualität (vor allem, wenn man mich fragt, von seiner eigenen) Verführte, Besessene, sich in dieser Spätphase gegen die Verführung und Besitznahme durch eine, die ihn ausnahmsweise nicht reizte (oder wurde er alt?), zu wehren hatte. Es ist aber durchaus auch möglich, daß seine (auch meine) ursprüngliche Einschätzung der Seidl doch stimmte. Und daß die Bedrängung, von der eben die Rede war, ganz etwas anderes meinte. Auch dafür finden sich nämlich Indizien in Pepis Tagebuch. »Am 10. September«, schreibt er, »soll ich mich kundtun.«

Nun war, woran ich erneut erinnern muß, der 10. September 1983 der Tag, an dem der Papst nach Wien kommen sollte. Die Alternative Liste, der ich (ja: richtig gelesen: ich) inzwischen nahestand, hatte für diesen Termin zu einer ›Reise ins papstfreie Rom‹ aufgerufen, an der teilzunehmen ich Pepi zu überreden versuchte, aber die Seidl wollte ihn, ihren Propheten oder weiß Gott wofür sie ihn hielt, partout dabehalten. Just zu diesem Termin nämlich plante sie (und da sage noch jemand, das war Zufall!) die bis dahin größte Veranstaltung mit Pepi, für die sie einen Fußballplatz (nein, kein Stadion: das im Prater war für den Papst reserviert, und das Weststadion, so realistisch *war* sie, schien ihr denn doch zu teuer und auch zu groß), also etwa die sogenannte Haad (zu Hochdeutsch: Heide), die traditionsreiche, alte Anlage des Simmeringer Sportclubs, zu mieten gedachte. Pepi hörte das mit gemischten Gefühlen.

Zum ersten nämlich, sagte er, habe er den Platz in ambivalenter Erinnerung. Zwar habe er dort sein einmaliges Ferslergoal geschossen, das ihm, zumindest solang er Inge nicht kannte, das Tor ins Nationalteam einen ganz schönen Spalt weit geöffnet hätte, doch habe es genau dort auch ein schreckliches Spiel im Dezember gegeben, der Boden sei gefroren gewesen und der Ball steinhart, und zu allem Unglück habe ihn auch noch ein etwas zu scharfer Paß in die Hoden getroffen. Zum zweiten aber sei er überhaupt nicht so recht überzeugt vom Projekt der Seidl, einer Verrücktheit (so wörtlich), vielleicht (so wörtlich) einem Wahnsinn, einem Projekt, auf das er indes, meine wiederholten Fragen ignorierend, nie näher einging. Doch wiedemauchsei gedenke er das alles vorerst für eine Weile zu vergessen.

In diesem August nämlich, dem letzten vor Pippis Schuleintritt, fuhr Pepi mit seiner Tochter auf Urlaub. Paula, die sich längst einen anderen Freund gefunden hatte, wollte endlich einmal mit dem allein sein, und zwar, wenn ich mich recht erinnere, auf Samos oder Patmos, so reisten Pepi (über dessen mangelnde Seriosität sich seine Exgattin für diesen Ausnahmefall hinwegsetzte) und Pippi ins Burgenland. Ins südlichste immerhin – mit dem Autobus, schrieb mir P. P., fuhren sie über den Geschriebenstein, auf der anderen Seite, dort, wo sich der Blick schon nach Ungarn öffnet, suchten sie sich ein Quartier. Und fanden sich, schrieb er mir, »einen verzauberten Garten«.

»Denk Dir nur, er umfaßt 500 Quadratmeter, ist von einer schönen, alten Mauer umgeben & auf sehr erfreuliche Weise ungepflegt. Das Gras steht hoch, die kleinen Obstbäume schauen nur mit den Kronen daraus hervor, es gibt Täler & Hügel. Ein Fischteich ist da & ein wackliger Schuppen mit ebensolchen Liegestühlen. & wir wohnen mittendrin in diesem Paradies, in einer etwas verblaßt kaisergelben Villa, die ein bißchen aussieht wie ein k & k Bahnhofsgebäude. Frag mich nicht, was das kostet, es ist, obwohl in den Zimmern der Verputz abblättert, jedenfalls idyllisch. Am Morgen weckt meine Tochter mich schon in aller Herrgottsfrüh & sagt: weiter! Ich muß ihr nämlich, seit wir beisammen sind, fast unausgesetzt Geschichten erzählen, & sie faßt es so auf, als wäre alles, was ich ihr zu erzählen habe, eine einzige Geschichte mit zahllosen Fortsetzungen. Vielleicht hat sie damit gar nicht so unrecht; außerdem komme ich tatsächlich immer wieder auf den ›Selbstsüchtigen Riesen‹ zurück, eine Geschichte, die – vielleicht erinnerst Du Dich daran – sehr gut hierher paßt. So liegen wir etwa noch eine Stunde, erzählend, lauschend.

& dann erheben wir uns & machen das Frühstück. Es gibt hier nämlich eine Küche zur gemeinsamen Benützung für alle Sommergäste, nur sind wir bis jetzt – & ich wünsche mir nicht, daß sich das ändert – zu zweit allein. Ich koche Kaffee & Kakao, Pippi streicht, wenn auch auf recht abenteuerliche Weise, Brötchen, die Früchte dieser Bemühungen genießen wir dann auf der sonnigen Veranda. Danach laufen wir hinaus auf die Wiese & spielen ›Baum‹. Das ist eine Art von VaterleihmirdieScher' zu zweit, das Pippi selbst erfunden hat. Wir stehen mit dem Rücken an je einen Stamm gelehnt, & dann schreien wir beide Baum & rennen aneinander vorbei zum Baum des jeweils anderen. Wer zuerst dort ist & den Baum des anderen umarmt, hat gewonnen. Wenn wir erschöpft sind, setzen wir uns ins Zelt. Das haben wir aus zwei Liegestühlen aus dem Schuppen & einer Decke aus dem Zimmer gebaut, der Wind hat es noch nicht umgeblasen. Oder wir sitzen am Teich & warten, ob Fische springen. Oder wir singen – am liebsten das Eröffnungsduett aus Mozarts ›Entführung‹, nicht wahr, Du kennst das, ›ist das des Bassa Selim Haus‹ etc. etc., Pippi, mit möglichst tiefer Stimme, den Part des Osmin, ich, mit möglichst hoher, den des Belmonte, das können wir schon ausgezeichnet.

Sie ist – kein Wunder bei diesem Vater – ein aufgewecktes Kind. Mit [auch kein Wunder bei diesem Vater, Anm. d. Biogr.] philosophischen & gleichzeitig ironischen Anwandlungen. Gestern, auf dem Weg zum Mittagessen, mußte sie mir plötzlich etwas ins Ohr sagen. ›Papa, ich sag dir was‹ – & dann, nur ganz im Vertrauen, versteht sich, die Enthüllung des Weltgeheimnisses: ›Alles kommt von den Kühen!‹ Dabei, schwör ich Dir, waren gerade weit & breit keine Kühe zu sehen. Nur ein Gewimmel von Feuerwanzen im Rinnsal unter uns & ein paar Störche am Himmel über uns, letztere allerdings ein sozusagen gemütserhebender Anblick. ›Alles kommt von den Kühen‹, was für ein Satz! Aus lauter Ehrfurcht vor den Kühen, denn wer weiß, wieviel Wahres da dran ist, haben wir anschließend im Gasthaus (& das ist, kannst Du mir glauben, in einem Landgasthaus gar nicht leicht) nur vegetarisch gegessen. Nachmittags haben wir dann Hummeln gestreichelt. Die sind, findet Pippi, so lieb & außerdem, das haben wir miteinander herausgefunden, ohnehin wie besoffen, wenn sie an dem hier draußen sehr hohen, fetten Klee saugen. Nach einer Weile beginnen sie allerdings immer hochfrequenter, unwilliger zu summen unter Pippis zärtlichem Zeigefinger. Dann sag ich: Laß sie, die wissen halt nicht, was gut ist.

Ach Engelbert, dieses Kind ist mir eine Erquickung! Zwar ist es gleichzeitig ein fulltimejob, aber nein, das Wort job, das ich ohnehin nicht leiden kann, ist hier unangebracht. Sie, Pippi, beansprucht meinen ganzen Tag, das wohl, aber was will ich: sie beansprucht ihn nicht nur, sondern erfüllt ihn. Sie ist also Arbeit & Vergnügen & Beziehung in einem – vielleicht wäre das eine Definition von Liebe. Gegen Abend sitzen wir gern auf der Mauer, lassen die Beine baumeln & schaun zu, wie es dämmert. & dann, wenn die Sonne, wie Pippi das ausdrückt, futsch ist, gehn wir ins Haus zurück, & ich stelle uns eine Suppe auf. Bis die gar ist, spielen wir z. B. noch eine Partie Menschärgeredichnicht oder (eine philosophische Version des ›normalen‹ Spiels) Schwarzer Peter zu zweit. Da weiß man genau, woran man ist, aber man tut so, als wisse man's nicht – eben darin liegt (ich muß gestehen, daß mir das auch nicht gleich aufgegangen ist, aber Pippi hat mich davon überzeugt) der Reiz.

Ja & dann gehn wir schlafen, spätestens um 9. Das ist mir zwar anfangs unzumutbar früh erschienen, aber nach einer Gutenachtgeschichte & noch einer Gutenachtgeschichte & bitte nur noch *einer* Gutenachtgeschichte & der aber bestimmt allerletzten Gutenachtgeschichte bin ich, wie sich herausstellt, meist ohnehin erschöpft genug, um sofort einzuschlafen. Wenn ich mich trotzdem bemühe, das nicht zu tun & das Licht nach einer Weile wieder aufdrehe, so weniger, um der Bücher, die ich mir mitgenommen habe, als um Pippis, genauer: um ihres Anblicks willen. Zwar hat sie ihr eigenes Bett, doch dort will sie nicht bleiben, also schlüpft sie zu mir, & da liegt sie dann, das Gesicht (vor allem Wange), dieses in mancher Hinsicht trotzdem schon so erwachsen wirkende, ja: Antlitz, von weit übers Bettzeug gebreiteten Locken umflossen, wie ein Undinchen, & erinnert mich merkwürdigerweise viel eher an Susi denn an Paula.

Du, Engelbert, in den letzten Tagen ist mir öfter der Gedanke aufgeblitzt (zugleich wunderschön & ein bißchen erschreckend, wie ein Blitz eben ist), daß ich ja eigentlich gar nicht mehr von hier (& ihr) wegwill. Was bleibt mir denn noch zu wünschen übrig? – Ich weiß nicht. Diesen wenn auch manchmal anstrengenden Frieden haben, für mein Kind da sein, dieses Da-Sein genießen. Ich glaube, dafür könnte (& sollte) ich alles andere bleiben lassen.«

Aber es nützte nichts. Pepi mußte zurück. Am letzten August übergab er Pippi, wie ausgemacht, an Paula, am 1. September saß er wieder neben mir in der Bücherei. »Na?« fragte ich. »Schön war's«, sagte er, »das hab ich dir ja geschrieben.« Ich hatte mit meinem ›Na‹ nicht die jüngste Vergangenheit, sondern die nächste Zukunft gemeint, doch von der wollte er vorläufig nichts wissen. Er war braungebrannt und wirkte ausgeglichen, wie zu seinen besten Zeiten, nur etwas melancholischer. Am 3. September dann traf er allerdings die Seidl. Tags darauf wirkte er etwas blasser und nervöser, aber vielleicht war das meine Projektion. Was drei Tage später folgte, hatte jedenfalls nicht unmittelbar mit der Seidl zu tun.

Am Morgen dieses 6. September nämlich blieb der Schreibtisch neben dem meinen frei. Das, dachte ich vorerst, wäre kein Grund zur Beunruhigung, womöglich hat der Herr Prohaska wieder einmal verschlafen. Wahrscheinlich, dachte ich, wird er gegen zehn eintrudeln. Doch wurde es zehn und wurde halb elf und er kam nicht.

Als es halb zwölf war, begann ich mir Sorgen zu machen.

Um dreiviertel zwölf endlich wählte ich seine Nummer.

Es dauerte ewig lange, bis Pepi abhob.

»Ja?« sagte er, sehr weit weg.

»Was ist denn los?« fragte ich.

Er sagte: »Entschuldige, aber ich bin außerstande ...«

»Was hast du denn?« fragte ich.

Darauf folgte vorerst nur Schweigen.

»Na red schon«, beharrte ich.

Er sagte: »Der Max ...«

»Was ist mit dem Max? Will er wieder Geld von dir?«

»Nein«, sagte Pepi, »der braucht kein Geld mehr. Der ist gestorben.«

Das war nun tatsächlich ein Schock, auch – diese Reaktion überraschte mich selbst – auch für mich. Heute früh, als er in die Bücherei habe aufbrechen wollen, erzählte Pepi, habe er das Couvert mit dem Partezettel im Postkasten gefunden. Vermutlich von Maxens Mutter, der Milchfrau, geschickt. »Es war wie eine Bezichtigung!« sagte er. »Unsinn«, sagte ich, »das ist zwar tragisch, aber nicht deine Verantwortung.«

Auf dieses mein gutes Zureden ging er nicht ein.

»Sag halt dem Chef«, ersuchte er mich, »daß ich plötzlich erkrankt bin. Erfind irgend etwas. Ich selber bin jetzt nicht in Form. Und laß mir Ruhe. Ich muß ein paar Tage allein sein.«

Ob es richtig war, daß ich letzteres akzeptiert habe, diese Frage beschäftigt mich noch heute. Aber Gottes Wege soll keiner durchkreuzen. Im übrigen habe ich es gar nicht lückenlos akzeptiert – nur – vielleicht hätte ich damals, gegen seinen Willen, gleich zu ihm hingehen sollen. Als ich weitere drei Tage später bei ihm anzurufen versuchte, erklang ständig das Besetztzeichen. Ich ging also, das war am Abend des 9. September, zu ihm hin und klingelte an der Tür. Zweimal, dreimal, viermal – er rührte sich nicht. Ich klopfte, polterte, hämmerte – keinerlei Antwort. Schon sah ich mich auf dem nächsten Kommissariat, einen Polizisten samt Amtsarzt anfordernd, da öffnete Pepi endlich einen Spalt breit.

»Pepi!« sagte ich.

Er: »Halt dich fern von mir!«

Ich: »Aber Pepi!«

Er: »Es nützt nichts. Ich hab dir doch gesagt...«

»Ja schon«, sagte ich, »doch du mußt verstehn...«

Er sagte: »Ich versteh. Es hilft aber nichts. Du kannst mir nicht helfen. Laß mich in Frieden.«

Diese Wendung, muß ich zugeben, traf mich. Hatte ich, der ich mich, wenn man's pauschal betrachtete, mein ganzes bisheriges Leben lang um ihn gesorgt, ja geängstigt hatte, mir das um ihn verdient? Gut, dann würde ich ihn in Frieden *lassen*. Er sah, obwohl ihm die Haare wie ein Strahlenkranz vom Kopf wegstanden, gar nicht so übel aus, hatte keinen irren Blick und würde sich kaum die Pulsadern aufschneiden.

Vielleicht erklärt die Verfassung, in der ich von Pepi wegging, meine nächtliche Reserviertheit. Als das Telephon schrillte, sprangen die roten Ziffern meines Digitalweckers soeben von 2 Uhr 35 auf 2 Uhr 36. »Hast *du* gerade bei mir angerufen?« fragte Pepis Stimme, etwas merkwürdig (aber das dämmerte mir erst am folgenden Vormittag) außer Atem. »Pepi–«, sagte ich mindestens ebenso schlaftrunken wie ärgerlich, »weißt du eigentlich, wie spät es ist?«

»Ja. Entschuldige. Also *du* warst es nicht?«

»Wer oder was?«

»Na, der gerade bei mir angerufen und – das gesagt hat.«

»Was denn? Was *hat* er gesagt?«

»Genaugenommen gefragt.«

»Also, was hat er gefragt?«

»Wo bist du, Pepi?«

»Na und«, gähnte ich, »um mir das zu erzählen, rufst du mich mitten in der Nacht an?«

»Aber Engelbert«, sagte er, »verstehst du denn nicht?! Diese Frage ...«

»Was gibt es da viel zu verstehn«, sagte ich wirklich sehr schlaftrunken, »das war halt jemand, der dich sucht ...«

»Ja eben!« sagte er.

Ich sagte: »Sei mir nicht bös, aber diskutieren wir das morgen.«

Obwohl ich dieses Gespräch beim Aufwachen nahezu vergessen hatte, habe ich es hier, glaube ich, wortwörtlich wiedergegeben. Es ist mir – schließlich war es mein letztes Gespräch mit P. P. – später so oft durch den Kopf gegangen, ich habe, exakter, meinen Kopf so oft nach den betreffenden Hirnspuren abgesucht, daß ich mir jedes einzelnen Wortes so gut wie sicher bin. Damals dämmerte es mir allerdings erst allmählich. Überhaupt war mein Kopf nach dieser Nacht (und dem vorangegangenen Tag) ziemlich schwer. So schlecht fand ich mich zurecht in Raum und vor allem Zeit, daß ich, aufstehend, nicht nur in den Aschenbecher stieg (ich hatte am Abend, ganz gegen meine sonstigen Gewohnheiten, im Bett geraucht, um mich zu beruhigen), sondern auch, eilig in Wäsche und Anzug schlüpfend, in die Bücherei wollte. Als ich jedoch meinen Fixkaffee schlürfte, fiel mein Blick auf den an der Wand hängenden Kalender: es war Samstag. Es war nicht nur Samstag, es war Samstag der 10. Nicht irgendein 10., sondern der 10. September!

Jetzt weckte mich, anstelle des Kaffees, der dazu ohnehin nur unzureichend geeignet war, der Schreck. Der 10. September – der Tag des Papstbesuchs! Nicht nur der Tag des Papstbesuchs, sondern auch der Tag jener verdächtigen Veranstaltung, Kundgebung oder wußte die Seidl was! Und zwischen beidem bestand, diese fixe Idee hatte ich nun einmal, womöglich ein unglückseliger Zusammenhang.

Merkwürdiger-, aber nicht ganz unlogischerweise hatte ich das unausweichliche Herannahen dieses Datums in den letzten Tagen beinahe vergessen. Wenn Pepi in Krankenstand ist, hatte ich noch am 6., daran erinnerte ich mich jetzt, spekuliert, so fällt vielleicht – und damit hätte die an sich traurige Nachricht über Max doch noch ihr Gutes gehabt – auch diese Kundgebung ins Wasser! Wenn er, wie er mir sagte, allein sein mußte, war seine Teilnahme an einer Großveranstaltung, noch dazu als deren Hauptperson, unmöglich. Jetzt aber, da der Tag, an dem sie stattfinden sollte, so nicht mehr erwartet, weil vorübergehend verdrängt, über mich hereingebrochen war, schien mir gerade das zweifelhaft: womöglich war diese Einsamkeit, auf der Pepi noch gestern, meine freundschaftlichen Gefühle verletzend, bestanden hatte, nur eine irgend etwas vorbereitende gewesen. Und dann dieses Telephongespräch, das mir jetzt voll in den Sinn kam! Wenn *ich* es nicht gewesen war, der Pepi mitten in der Nacht angerufen hatte, dann war es vielleicht *die Seidl* gewesen. Zwar hatte ja er, mein armer Freund, die Stimme anscheinend für eine männliche gehalten, und das Stimmchen Sibyllens, so bestimmt es sich gab, für männlich zu halten, war kaum möglich. Aber wer weiß! Vielleicht hatte sie ihre Stimme verstellt und er, ohnehin mit den Nerven fertig, war darauf hereingefallen.

Ich warf mich also ans Telephon und wählte Pepis Nummer. Doch erklang wieder das Besetztzeichen, nicht nur beim ersten, sondern auch beim zweiten, dritten, vierten Versuch. Hatte er seine Rechnung nicht bezahlt? – nein, dann hätte er mich ja nächtens nicht anrufen können! Oder hatte er am Ende von einem Automaten telephoniert? – aber nein: er hatte doch gesagt, es habe *gerade* jemand bei ihm angerufen. Also hatte er, diese vernünftige Erklärung des Sachverhalts erleichterte und beunruhigte mich gleichzeitig aufs neue, den Hörer abgelegt. Was blieb mir übrig, als zu ihm hinzugehn? Natürlich ging ich nicht, sondern fuhr mit dem Taxi. Eilte die Treppe hinauf, klingelte. Aber die Tür stand offen. Nicht weit, sodaß ich es nicht auf den ersten Blick sah. Doch auf den zweiten Blick sah ich's. »Pepi!« rief ich. Stille. »Pepi?« Stille. Ich trat also ein. Heilloses (heiliges?) Chaos. Kein Pepi da.

Sehr seltsamer Weise erschrak ich jetzt kaum mehr. Die chaotische Wohnung, in der Pepi nicht mehr war, hatte etwas recht Friedliches. Der Telephonhörer war tatsächlich abgelegt, ich legte ihn auf. Der Koffer stand mitten im Raum. Auf dem Tisch lag ein Zettel:

»Pepi, wo bist du? / Ich weiß die Antwort: / Hier bin ich, Herr / Aber was heißt das? / Ich bin auf dem Weg / Doch in der falschen Richtung / Pepi, wo bist du? / Das heißt: wohin bist du geraten? / Was tut man in so einem Fall? / Ganz einfach: man kehrt um.«

Wie soll ich's erklären? Als ich diesen Zettel gelesen hatte, kam eine große Ruhe über mich. Ich weiß nicht, ob das nachvollziehbar ist, aber ich hatte den Eindruck, daß jetzt nichts mehr passieren konnte. Infinitiv. Nicht Konjunktiv. Ich war überzeugt. Also nahm ich, dazu fühlte ich mich berechtigt, den Koffer, fuhr nach Hause und legte mich wieder schlafen.

Was Pepi inzwischen gemacht hat, ist nur zu vermuten. Die polizeiliche Rekonstruktion seines Weges ist nicht sehr ergiebig. Zu Mittag soll er in einem Gasthaus in Wien 3, Erdbergstraße, ein Gulasch und ein Krügel Bier zu sich genommen haben. Na schön, das kann sein. Es würde in gewisser Hinsicht meinen Traum bestätigen. Ich träumte nämlich, Pepi sei in die Gegend unserer Kindheit zurückgekehrt. Sah ihn ganz deutlich durch die Hainburgerstraße Richtung Gestättengasse gehen. Doch ging er nicht durch die Hainburgerstraße von heute. Und auch er, Pepi, war, obwohl er – und insofern war mein Traum durchaus realistisch – selbst in dieser Erscheinungsweise erwachsen wirkte, wieder zum Kind geworden. Zu seiner Kundgebung ging er jedenfalls nicht. Obwohl dort auf dem alten Simmeringer Sportplatz trotz im letzten Augenblick ›aus verkehrstechnischen Gründen‹ ausgesprochenen Veranstaltungsverbots angeblich Tausende (so die Seidl) auf ihn warteten. Draußen, auf der Simmeringer Hauptstraße, rollte, vom Flughafen Schwechat kommend, der Papst vorbei, ein Betrunkener schmiß eine Bierflasche nach ihm, aber nicht im Ernst gezielt. Die Vögel zwitscherten, die Menschen jubelten, es war ein strahlender Tag.

Ob Pepi Prohaska sich das Spektakel auf dem Heldenplatz angesehen hat, weiß man nicht. Es wäre allerdings naheliegend, denn zwischen 15 und 17 Uhr tauchte er (zuvor in der Erdbergstraße untergetaucht) zumindest dort in der Nähe wieder auf. Nein, keine Angst, es geschieht nichts Schlimmes, ich schlief. Die Pilgerbusse waren in der Babenbergerstraße geparkt, der Chauffeur des betreffenden Fahrzeugs, obgleich evangelisch, hatte vor lauter Papstrummel die Wagentür offen und den Zündschlüssel stekken gelassen. Pepi stieg ein und fuhr mit dem Bus davon. Wahrscheinlich fuhr er durch die Mariahilferstraße auf die Wienzeile und dann auf die Westautobahn. Nun, vielleicht leitete man ihn, des ungewöhnlichen Verkehrsaufkommens wegen, auch ein bißchen um. Jedenfalls kam er aus Wien heraus, während der Papst, mitten in Wien drin, die Gläubigen segnete. Es war, wie gesagt, ein strahlender Tag, auch noch abends. Noch dazu Sommerzeit – die Kinder konnten also lang im Freien spielen. Ihre Eltern saßen wahrscheinlich am Fernseher und sahen (die Veranstaltung auf dem Heldenplatz hatte, auch zeitlich, die Dimensionen eines Ereignisses) noch immer den Papst. So fielen Pepis Aktivitäten vorerst nicht auf.

In einer Schottergrube in der Nähe von St. Pölten, hieß es am folgenden Montag in der Zeitung, habe mutmaßlich der Büchereiangestellte Josef P. mit einem zuvor aus Wien entführten Autobus einen regelrechten Ringelspielbetrieb für Kinder eröffnet. Der Mann sei schon einmal in psychiatrischer Behandlung gewesen, allerdings habe ihn die Gendarmerie, am Tatort angelangt, vorläufig nicht fassen und der Psychiatrie zurückerstatten, sondern nur eine Aktentasche mit Dokumenten sicherstellen können. Dieses ›Vorläufig‹ war eine polizeifreundliche Darstellung. Es war nämlich klar, daß die Gendarmerie ihn auch später nicht fassen würde, zumindest behauptet das die Seidl. Ihre Darstellung des schlichten Finales ist so unerwartet poetisch, daß ich sie hier, durch Pepis, wie soll man es nennen? heitere Heimkehr, immer wenn ich daran denke, versöhnlich gestimmt, ausnahmsweise wiedergebe. Befragt über den Verbleib des Busentführers hätten die Kinder, noch ganz beeindruckt von dieser Darbietung, gesagt, der Onkel sei dort auf die Böschung gestiegen, habe noch einmal gewinkt und wäre dann entschwebt. Hinter der Böschung war zwar die Autobahn, aber wohin immer Pepi entschwunden sein mag, er ist noch nicht zurückgekehrt. Und seit seiner Himmelfahrt sind drei Jahre vergangen.

Pippi allerdings behauptet, ihr Vater hole sie manchmal von der Schule ab. Paula, die ich darüber befragt habe, will dazu keinen Kommentar geben. Die Polizei hat, vermute ich, Pepis Akt verreiht. Der Papst aber weiß von alldem, glaube ich, nichts.